ALSTERGRAB

Leo Hansen, Jahrgang 1954, arbeitete fünfzehn Jahre bei den Landesmedienanstalten in Hamburg und Thüringen. Anschließend unterrichtete er Medienpädagogik, Psychologie/Pädagogik und Politik und veröffentlichte zahlreiche medienpädagogische Fachartikel. Er hat drei erwachsene Kinder und lebt mit seiner Frau in Hamburg.

LEO HANSEN

ALSTERGRAB

Kriminalroman

emons:

Bibliografische Information der Deutschen Nationalbibliothek
Die Deutsche Nationalbibliothek verzeichnet diese Publikation
in der Deutschen Nationalbibliografie; detaillierte bibliografische
Daten sind im Internet über http://dnb.d-nb.de abrufbar.

© Emons Verlag GmbH
Alle Rechte vorbehalten
Umschlagmotiv: mauritius images/YAY Media AS/
Alamy/Alamy Stock Photos
Umschlaggestaltung: Nina Schäfer, nach einem Konzept
von Leonardo Magrelli und Nina Schäfer
Umsetzung: Tobias Doetsch
Gestaltung Innenteil: DÜDE Satz und Grafik, Odenthal
Lektorat: Lothar Strüh
Druck und Bindung: CPI – Clausen & Bosse, Leck
Printed in Germany 2024
ISBN 978-3-7408-2249-1
Originalausgabe

Unser Newsletter informiert Sie
regelmäßig über Neues von emons:
Kostenlos bestellen unter
www.emons-verlag.de

Meinen Enkeln Johan, Klara, Helen

Unglück macht Menschen,
Wohlstand macht Ungeheuer.

Victor Hugo (1802–1885)

1

Die Apple Watch vibrierte an seinem Handgelenk. Der neunzehnjährige Finn Tiberius schaute auf das Display und sah, dass Professor Santino ihm eine Nachricht geschickt hatte. »Muss den Termin leider verschieben. Melde mich wieder.«

Das war Finn gar nicht so unrecht. Er war ohne Frühstück aufgebrochen, weil er wieder mal verschlafen hatte. Nun konnte er das Frühstück nachholen. Er schrieb eine Nachricht mit fast gleichlautendem Text an das Institut für Biochemie und Molekularbiologie, wo das Treffen stattfinden sollte. Dann lehnte er sich entspannt im Sitz der S-Bahn zurück. In zwanzig Minuten würde er am Bahnhof Dammtor ankommen und dann in Ruhe zu McDonald's gehen.

Er schloss die Augen, und sofort kamen ihm Bilder von der »International Competition for Young Natural Scientists«, die vor sechs Wochen in Glasgow stattgefunden hatte, in den Sinn. Wenn er ehrlich war, hatte er damit gerechnet, einen Preis zu erhalten. Seine Forschungsergebnisse zur Nutzung künstlicher Photosynthese für die Energiegewinnung waren einfach großartig. Obwohl es also keine echte Überraschung war, hatte er sich total gefreut, und es war ein erhabenes Gefühl gewesen, auf der Bühne zu stehen. Vom Preisgeld einmal abgesehen. Und dass er zusätzlich zum Hamburger Zukunftskongress eingeladen wurde, war eine besondere Ehre.

Zudem waren die Tage mit all den anderen jungen Forschern sehr abwechslungsreich und die Abende unterhaltsam gewesen. Er hatte viele interessante Menschen kennengelernt, mit denen er sich angeregt unterhalten konnte, aber auch einige Dummschwätzer. Beeindruckt war er auch von den vielen Journalisten, die in dem SEC, dem Scottish Event Campus, wie Fliegen um die jungen Wissenschaftler herumschwirrten und sich für deren Forschungsergebnisse interessierten.

Auch er hatte als einer der Gewinner große Aufmerksamkeit erfahren. Es waren vor allem eine deutsche Journalistin von Scinexx und ein englischer Kollege vom New Scientist, beides renommierte Wissenschaftsmagazine, die ihm Löcher in den Bauch gefragt hatten. Sie wollten nicht nur alles über seine Forschungsergebnisse wissen, sondern hatten auch viele Fragen zu seinem persönlichen Umfeld gestellt. Gerade für ein jüngeres Publikum sei dies besonders interessant, hatte ihm die deutsche Journalistin versichert, deren Name ihm partout nicht mehr einfiel, obwohl er so ungewöhnlich war. Das alles war jetzt vier Wochen her.

Finn öffnete die Augen und schaute aus dem Fenster. Die Sonne schien, es war ein schöner Herbsttag. Der Engländer mit der Brille hieß Ben, fiel ihm ein, und die Deutsche hatte einen Doktortitel. Er überlegte. Schwarze lockige Haare, braune Augen und pinkfarbene Sneaker, daran konnte er sich erinnern. Aber der Name? Das ließ ihm jetzt keine Ruhe. Er kramte in seinem Rucksack herum und holte eine verknitterte Visitenkarte heraus. Dr. Kiriaki Blumenfeld. Finn lächelte. Wie konnte er diesen Namen vergessen? Er schloss wieder die Augen und sah sie vor sich. Kiki. Man durfte sie auf keinen Fall Kiriaki nennen. Das klinge wie Kikeriki. Damit hätten die Kinder in der Grundschule sie aufgezogen.

Ben, der Engländer, hatte vollmundig versprochen, seinen Artikel schon in wenigen Wochen in der November-Ausgabe des New Scientist zu veröffentlichen, und Kiki würde dann Anfang des folgenden Jahres für das deutsche Publikum nachlegen. Erfahren hatte er das beim gemeinsamen Abendessen in der Horseshoe Bar in der Drury Street, dem berühmtesten Pub in Glasgow mit der längsten Hufeisentheke in Großbritannien. Dahin hatte Ben ihn und Kiki eingeladen, um bei einem guten Steak und noch besserem Guinness exklusiv über seine Forschungsarbeiten zu sprechen. Das Steak hatte Finn genossen, und auch das Camden Hells Lager hatte ihm super geschmeckt. Auf ein zweites hatte er aber verzichtet.

Sein Großvater hatte ihn vor genau solchen Situationen gewarnt. »Sei auf der Hut«, hörte er ihn sagen, als sie seine Präsentation für Glasgow vorbereiteten. »Geschniegelte und gegelte Wirtschaftsmanager sowie freundlich daherkommende

Journalisten werden dich um den Finger wickeln wollen, um Informationen zu erhalten, die du lieber für dich behalten solltest.« Dann hatte er aus seiner Schublade eine Apple Watch geholt und sie ihm überreicht. »Zur Belohnung und als Erinnerung an meine Worte.« Die Warnung hatte er sich zu Herzen genommen und sich auch nicht von Kikis bezauberndstem Lächeln und Bens Versprechungen irgendwelche Informationen herauslocken lassen, die über das hinausgingen, was er in der Präsentation gezeigt hatte. Vielleicht hatte er etwas viel von seinem Privatleben preisgegeben, aber das war ja weder geheim noch besonders aufregend. Eigentlich nur Alltagsroutine.

»*Next station Central Station, please exit here ...*« Die sonore Lautsprecherstimme riss Finn aus seinen Gedanken. Er öffnete die Augen und sah sich einen Moment verwirrt um. War er eingenickt? Die Bahn war voll geworden. Wo all die Leute nur herkamen? Dann glaubte er seinen Augen nicht zu trauen. War das an der Tür nicht Kiki? Die schwarzen Locken, das Lächeln, dann öffneten sich die Türen, und die Menschenmassen quetschten sich auf den Bahnsteig. Finn sprang auf, schnappte sich seinen Rucksack und hetzte hinterher. Er blickte sich um, aber von den schwarzen Locken war nichts mehr zu sehen. Einen Moment war er enttäuscht. Doch warum sollte es auch Kiki gewesen sein, schließlich gab es noch mehr Frauen mit schwarzen lockigen Haaren. Er hatte seine Erinnerungsbilder wohl ins Reale projiziert. Kiki war schließlich eine gut aussehende Frau. Von ihr konnte man schon mal träumen, dachte er. Dann stieg er in den nächsten Zug, der ihn zum Bahnhof Dammtor bringen sollte.

Sammy, ein alter Klassenkamerad, der schon seit zwei Jahren bei McDonald's im Bahnhof jobbte, stand auch an diesem Mittwoch hinter dem Tresen an der zweiten Kasse. Finn stellte sich an und bemerkte, wie Sammy die Augen verdrehte, weil die beiden Kids vor ihm ihre Cents einzeln aus der Tasche kramten, um zwei Hamburger zu bezahlen. Als er Finn sah, hielt er lässig sein Handgelenk hoch.

»Bin jetzt auch am Start.« Stolz zeigte er seine Apple Watch.

»Gediegen, Sammy.«

Die beiden tauschten ihre dazugehörigen Nummern aus.

»Und sonst? Was geht?«

Finn zuckte mit den Schultern. »Verschlafen.«

»Also wie immer?«

»Jap.«

Sammy bestellte in der Küche das Rührei mit Bacon und betätigte den Knopf an der Maschine für den Kakao. »Glasgow?«

»Voll die Krönungsmesse.«

Sammy drehte sich um und stellte den Kakao auf ein Tablett.

»Das ist ja nice.«

»Ja, war echt abgefahren, aber es haben auch viele den Dicken markiert«, sagte Finn lachend.

Sammy holte das Rührei. »Und, wirste jetzt berühmt?«

»Keine Ahnung, aber *why not*?« Er bezahlte, zeigte auf die Watch und nahm das Tablett. »Gönn dir was, Sammy.«

»Kein Thema.«

Finn ging zu einem Tisch am Fenster mit Blick auf die Baustelle am Dag-Hammarskjöld-Platz, stellte das Tablett ab und den Rucksack auf den Boden. Von hier aus konnte er den Eingangsbereich gut überblicken. Er trank einen Schluck Kakao und machte sich über das Rührei her. Er musste wieder an Kiki denken. Vielleicht hatte er in der Bahn doch keine Gespenster gesehen.

Bevor er sich weiteren Überlegungen hingeben konnte, kam ein Typ mit schwarzer Hornbrille, Stoppelhaarschnitt und Schnauzbart durch die Eingangstür. Er blickte sich um und ging dann direkt auf Finn zu. Finn war irritiert. Kenn ich den?, überlegte er.

»Lange nicht gesehen, *good boy*.«

Finn schnappte nach Luft und verschluckte sich fast an einem Stück Schinken. War das etwa Ben, der englische Journalist aus Glasgow?

»Nun schluck erst mal richtig runter«, sagte Ben auf Deutsch, aber mit einem britischen Akzent. »Habe ich dich so erschreckt?«, feixte er und setzte sich neben Finn, der den letzten Rest seines Burgers runterwürgte.

»Was heißt erschreckt? Überrascht. Bist ja kaum wiederzuerkennen.«

»Ist in England der letzte Schrei.«

»Ist Kiki auch hier?«

Ben überhörte die Frage. »Ich benötige noch ein paar Informationen zu deinen Forschungsergebnissen. Mit dem allgemeinen Kram, den du uns in Glasgow erzählt hast, kann ich wenig anfangen.«

»Mehr gibt es nicht zu erzählen.«

»*Don't be daft.*« Bens Ton wurde schärfer. »Ich will wissen, ob man die Energie, die du aus der künstlichen Photosynthese gewinnst, schon nutzen kann.«

»Alter, ich bin Wissenschaftler und kein Ingenieur. Back dir ein Eis, dir erzähl ich nichts.«

»Mir vielleicht nicht, aber Kiki. Und ich habe ein gutes Argument, damit du jetzt mit mir kommst.« Ben ließ eine Hand in seine Jackentasche gleiten, und kurze Zeit später spürte Finn einen Druck in den Rippen. Ben grinste. »Die macht auch plopp, wenn ich will. Also beweg deinen Hintern und komm mit.«

Finn schluckte. »Kann ich vorher noch mal aufs Klo?«

»Ich komm mit.« Ben nickte Richtung Toiletten. »Und mach keinen Unsinn.«

Finn stand auf, und Ben folgte dicht hinter ihm. Sie mussten den langen Weg am Verkaufstresen vorbei. Sammy winkte ihnen zu. In der Toilette ging Finn sofort auf die Kabinen zu.

»Ich muss da hinein. Willst du da etwa auch mitkommen?«

Ben verzog angewidert das Gesicht. »Gib mir dein *mobile*.«

Finn zögerte demonstrativ, dann tat er wie befohlen. »Aber pass gut darauf auf«, sagte er und verschwand in der Kabine.

Er setzte sich auf den Toilettendeckel und überlegte, was er tun könnte. Um Hilfe rufen? Wahrscheinlich zu gefährlich. Sammy eine Nachricht von Watch zu Watch schicken und ihn bitten, Hilfe zu holen?

»Finn, wenn du in dreißig Sekunden nicht draußen bist, kletter ich rein«, zischte Ben in diesem Moment.

»Reg dich ab, du Arsch«, polterte Finn zurück. »Komme gleich.« Er würde abhauen. Es zumindest versuchen. Er öffnete die Walkie-Talkie-App auf der Uhr, scrollte durch das Adressbuch und lud Sammy ein. Der nahm die Einladung glücklicherweise sofort an, und Finn murmelte in die Uhr: »Komme gleich mit dem bebrillten Typen am Tresen vorbei. Lenk ihn ab.«

In dem Moment, als Finn Sammys Antwort lauschen wollte, hämmerte Ben gegen die Tür. »Komm raus, du Clown.«

Finn stellte die Uhr sofort aus, drückte die Spülung und verließ die Toilette. Er hatte keine Ahnung, ob Sammy irgendetwas verstanden hatte. Er musste es darauf ankommen lassen. Ben ging wieder dicht hinter ihm, als sie die Toiletten verließen und das Restaurant betraten. Finn spürte die Pistole in seinem Rücken, und Ben schubste ihn Richtung Ausgang. »Du gehst jetzt schnell, aber ruhig.«

»Musst du so dicht hinter mir hergehen?«, rief Finn laut.

Ben verstärkte den Druck und blaffte: »*Shut up!*«

2

Professor Santino war ein sehr umtriebiger Mensch. Der gebürtige Spanier war zum einen ein sehr renommierter Biochemiker, der seit vier Jahren am Karlsruher Institut für Technologie tätig und Leibniz-Preisträger war. Zum anderen war er auch ein erfolgreicher Geschäftsmann. In seinem Spezialgebiet, der funktionellen molekularen Systeme, hatte er mehrere Patente angemeldet. Mit diesen hatte er seine erfolgreichen Firmen Santi und Unialta gegründet, die aus steuerlichen Gründen in Spanien zugelassen waren. Letztes Jahr war er sogar zum Unternehmer Spaniens gekürt worden.

Er hätte sich längst zur Ruhe setzen und sich auf seinen

Lorbeeren ausruhen können, doch ein solches Szenario war mit seinem Charakter nicht zu vereinbaren. *Citius, altius, fortius*, er hielt es mit dem olympischen Motto. Das bedeutete für ihn, weiterzumachen und immer erfolgreicher zu werden. Und das bezog er sowohl auf seine geschäftlichen wie auch auf seine wissenschaftlichen Aktivitäten. Das letzte Jahr war allerdings für seine Ansprüche nicht gut genug verlaufen. Einige wichtige Aufträge hatte er nicht bekommen, und, das ärgerte ihn besonders, es stockte bei seinen Forschungen im Bereich der künstlichen Photosynthese.

Ein Lichtblick war lediglich, dass er zufällig auf die Arbeiten eines jungen Forschers aus Hamburg gestoßen war, die sich ebenfalls mit der Energiegewinnung aus der künstlichen Photosynthese beschäftigten und ihm sehr vielversprechend erschienen. Also hatte er seine Assistentin gebeten, Kontakt mit ihm aufzunehmen, was sich jedoch als unerwartet schwierig herausstellte. Auch als er ihn persönlich kontaktiert hatte, war der junge Mann, Finn Tiberius, zunächst sehr zurückhaltend in Hinblick auf den Austausch von Forschungsergebnissen gewesen. Aber nach dessen Erfolg beim internationalen Wettbewerb für junge Naturwissenschaftler in Glasgow hatte er ihn doch überzeugen können, dass ein Austausch auch für ihn von Nutzen sein könnte, gerade wenn es um die praktische Anwendung seiner Ergebnisse ging.

Heute sollte es nun zu einem ersten Treffen mit dem jungen Wissenschaftler kommen. Doch als Santino sich vor etwa einer Stunde auf den Weg von seinem Hotel im Schanzenpark zur Universität machen wollte, hatte es an seiner Zimmertür geklopft. Ein Mitarbeiter des Hotels stand vor der Tür und hatte ihm einen Briefumschlag überreicht. Das Schreiben war eine Einladung von Dick Mighty, CEO von CHEBIOS Motormobile, einem Subunternehmen von CHEBIOS INT. CO. Soweit Santino wusste, war dieses Unternehmen inzwischen das drittgrößte unabhängige Petrochemie-Unternehmen der Welt.

Sehr geehrter Professor Santino, ich habe gestern Abend Ihren Vortrag zu alternativen Antrieben auf dem Mobilitätsgipfel in der DUB-Akademie gehört und war begeistert. Nun möchte ich Sie unbedingt persönlich kennenlernen und für unser neues Mobilprojekt gewinnen. Ich weiß, das klingt wie ein Überfall, aber wenn Sie meiner spontanen Einladung folgen, würde ich mich freuen. Mein Fahrer wird Sie abholen. I hope we see each other.

Santino war euphorisiert. Eine Zusammenarbeit mit CHEBIOS würde das Jahr doch noch in ein Erfolgsjahr verwandeln. Und deshalb hatte er den Termin mit Finn Tiberius verschoben. Er blickte auf seine Uhr. Der Fahrer musste bald im Hotel sein. Bevor er ins Foyer ging, schrieb er noch schnell eine Nachricht an seine Frau. »Treffe mich mit CEO von CHEBIOS. *Fantástico. Muchos besos.*« Santino steckte das Handy zufrieden in die Innentasche seines Sakkos. Dabei fiel ihm ein Fleck auf dem Ärmel auf. Er zog ein neues an, band sich noch schnell eine Krawatte um und schaute dann in den Spiegel. Gut sah er aus.

An der Rezeption gab er seinen Zimmerschlüssel ab. »Könnten Sie mein Sakko in die Reinigung bringen lassen? Es liegt auf dem Bett.«

»Gerne, wird erledigt, Herr Professor.« Die junge Frau hinterm Tresen lächelte ihn an. »Der Herr dort an der Säule bei der Wendeltreppe wartet schon auf Sie.«

Santino nickte und ging schnellen Schrittes auf den Herrn im schwarzen Anzug und mit adrett gescheiteltem Haar zu. Der führte ihn zu einer großen BMW-Limousine und öffnete ihm die Tür. Santino nahm auf dem Rücksitz Platz und machte es sich bequem.

Finn hatte schon alle Hoffnung aufgegeben, als Sammys Organ durch das Restaurant dröhnte. »Eh, du stoppelhaariges Hasenhirn, kannst du mal die Tür der Pisseria zumachen?«

Verwirrt drehte sich Ben zu Sammy um und löste leicht den Druck auf Finns Rippen. In dem Moment schubste Finn ihn zur Seite. Ben kam ins Straucheln, Finn verschwand durch die Tür und stand in der Bahnhofshalle. Dann lief er los. Als er bei Starbucks um die Ecke bog, sah er aus den Augenwinkeln, dass Ben gerade McDonald's verließ. Er sprintete auf den Dag-Hammarskjöld-Platz, stieß einige Passanten zur Seite und quetschte sich zwischen zwei schwarzen Autos hindurch, die dreist vor dem Ausgang standen. Wütend schlug er auf eine Motorhaube und entschied sich dann, Richtung Radisson zu laufen.

Die Treppenstufen zum Hotel nahm Finn mit wenigen Sprüngen. Er lief hinter dem Hotel Richtung Kongresshallen und sah Ben schon auf den Treppen. Verdammt schnell, dachte Finn. Er hoffte dennoch, dass er als geübter Parkour-Läufer dem Engländer gegenüber im Vorteil sein würde. Er kletterte auf ein Gerüst, das vor dem Bistro stand, und zog sich von dort auf einen herausstehenden Fenstersims hoch. Auf dem lief er bis zu einer Plattform, hinter der einige Konferenzräume lagen. Dort stand eine Leiter, über die er den höher gelegenen Laubengang erreichte. Die nächste Wand, die er überwinden musste, war hoch. Finn rannte mit maximaler Geschwindigkeit und sprang seitlich mit dem rechten Fuß auf die niedrigere Außenmauer, stieß sich kraftvoll ab, riss die Arme hoch und drehte sich gleichzeitig Richtung Zielmauer. So bekam er das obere Ende der Mauer zu fassen und konnte sich hochziehen. Jetzt stand er auf einem Sonnendeck. Von seiner Stirn tropfte der Schweiß. Finn atmete ein paarmal tief durch und hielt Ausschau nach Ben. Der erreichte gerade über die Leiter den Laubengang. Finn ärgerte sich, dass er die Leiter nicht umgestoßen hatte, das hätte ihm einen gewissen Vorsprung verschafft.

Er sah sich um und entdeckte zwei Männer in Overalls, die durch eine Tür gerade das Sonnendeck betraten. Er ging lässig auf die beiden zu. »Geht's hier aufs Dach?«, fragte er sie beiläufig. Und als diese nickten, quetschte er sich blitzschnell durch die zufallende Tür, verbarrikadierte sie mit herumliegenden Holzpaletten und verschwand im Inneren des Gebäudes. Er landete tatsächlich in einem Treppenhaus und lief nach oben.

Sie fuhren am Heiligengeistfeld vorbei, weiter über die Ludwig-Erhard-Straße Richtung Osten. Erst als der Wagen durch Hammerbrook fuhr, wunderte sich Santino etwas und fragte den Fahrer, wo er denn Mister Mighty treffen würde.

»Mister Mighty ist Engländer. Er liebt skurrile Treffpunkte.« Sie überquerten zwei Kanäle und bogen dann auf eine Schnellstraße ein. Nach drei Kilometern verließen sie die Schnellstraße, überquerten die Bille auf der Gelben Brücke und waren dann auf dem Billbrookdeich. Jetzt befanden sie sich im Billbrooker Industriegebiet, dessen Bebauung sich mit alter Backsteinarchitektur und quadratisch-praktischen Zweckbauten abwechselte. An einigen Stellen konnte man zwischen den Gebäuden einen Blick auf die Bille, Hamburgs unbekannten Fluss, werfen. Nach fünfhundert Metern bog das Auto links auf das ehemalige Werksgelände einer Maschinenfabrik ab und fuhr nun, vorbei an dem teilweise abgerissenen Hauptgebäude, zielsicher zu einer heruntergekommenen Halle. Hier hielt der BMW.

»Warten Sie einen Moment«, sagte der Fahrer beim Aussteigen.

Santino schaute ihm hinterher und sah ihn in der Halle verschwinden. Verunsichert ließ er sich wieder ins Polster fallen. Nach einer gefühlten Ewigkeit kam der Fahrer in Begleitung eines grimmig aussehenden Mannes mit Vollbart und Sonnenbrille zurück. Dieser zerrte ihn unsanft aus dem Auto, und gemeinsam führten die beiden ihn in die Halle, in der es nach altem Öl und abgestandenem Wasser roch. Santino sah alte, verrostete Rohrleitungen, die die Halle durchzogen. Aus undichten Stellen tropfte es in Pfützen, die mit einem Ölfilm überzogen waren. Jedes Mal, wenn ein Tropfen in eine Pfütze fiel, kam der Ölfilm in Bewegung und zeichnete wundersame Farbmuster auf die Wasseroberfläche. Santino wusste um die komplizierten Wechselwirkungen zwischen fallendem Tropfen und ruhendem Wasser. Ein faszinierender Vorgang.

»Bleiben Sie stehen«, sagte plötzlich einer seiner Begleiter und riss ihn jäh aus den Gedanken, die ihn für einen Moment seine missliche Lage hatten vergessen lassen. »Und verschränken Sie die Arme hinter dem Rücken.«

Santino tat wie ihm befohlen und spürte, wie die Handgelenke mit einem Kabelbinder zusammengebunden wurden.

»Wann kommt der Engländer?«, fragte der Fahrer den anderen Mann.

»Später. Du kannst fahren.«

Der Fahrer nickte.

Der Mann mit der Sonnenbrille schubste Santino ans Ende der Halle. »Dann suchen wir uns mal ein gemütliches Plätzchen.«

Santino blickte über seine Schulter und beobachtete, wie der Fahrer die Halle verließ. Diese Ausfahrt wird kein gutes Ende nehmen, dachte er.

Finn hatte Glück, die Tür, die auf das Dach führte, war nicht verschlossen. Oben angekommen verriet ihm ein Blick zurück, dass Ben gerade mit den beiden Männern in den Overalls sprach. Ihre Blicke trafen sich, und Finn konnte sehen, wie Ben mit Zeigefinger und Daumen eine Pistole formte und auf ihn zielte.

Finn zeigte Ben den Stinkefinger und lief weiter. Das erste Hindernis, eine Klimaanlage, überwand er seitlich im Scherensprung. Dann versperrte ihm ein quer über das Dach verlaufendes Backsteinhäuschen den Weg. Er nahm Anlauf, sprang mit dem rechten Fuß an die Wand, stieß sich ab und schwang gleichzeitig die Arme nach oben. So hatte er genügend Kraft, um den linken Fuß wie beim Laufen vor den rechten zu setzen, sich wiederum abzudrücken, mit den Händen die obere Wandkante zu ergreifen und sich mit Schwung auf das Dach zu ziehen. Das alles geschah in einer einzigen Bewegung und in wenigen Sekunden. Falls Ben noch hinter ihm her war, musste er diesen Jump erst mal schaffen.

Finn lief drei Schritte über das Dach, sprang zwei Meter auf die darunterliegende Fläche und rollte seitlich über die Schulter ab, um wieder auf den Füßen zu landen. Inzwischen war er auf dem Parkhaus des Hotels angekommen, das am Ende eingerüstet war. Finn kletterte außen am Gerüst herunter, überquerte die kleine Zulieferstraße und erreichte schließlich den Rosengarten von Planten un Blomen, dem alten Botanischen Garten. Er schaute sich um, aber von Ben war nichts mehr zu sehen.

Beunruhigt war er dennoch. Sollte er entführt werden? Erst jetzt bemerkte er, dass er seinen Rucksack bei McDonald's hatte liegen lassen. »Scheiße!«, fluchte Finn. Er überlegte, was zu tun war. Er versuchte, mit seiner Apple Watch Kontakt zu Sammy, zwei weiteren Freunden und seiner Schwester aufzunehmen, aber es kam keine Verbindung zustande. Also ganz analog Kontakt herstellen. Über die Rentzelstraße war es nicht weit bis zum Abaton Bistro. Dort konnte er telefonieren.

Er machte sich auf den Weg. Nach zehn Minuten überquerte er die Grindelallee. Er ging an der Pappnase vorbei, einem Geschäft, das die Herzen von Artisten und Jongleuren höherschlagen ließ. Von Weitem konnte er schon die Aufsteller erkennen, auf dem das Bistro einige seiner französischen Spezialitäten anpries. Finn beschleunigte seine Schritte, doch bevor er das Bistro erreichen konnte, hielt ein schwarzer Mercedes mit getönten Scheiben neben ihm. Das hintere Seitenfenster glitt sanft nach unten, und eine gepflegte Hand mit schwarz lackierten Fingernägeln winkte ihn zu sich.

»Steig ein, Finn.«

Finn war irritiert, zögerte und rannte dann los. Weit kam er aber nicht. Ein blonder Hüne tauchte plötzlich wie aus dem Nichts vor ihm auf und packte ihn am Arm. »Nun mal langsam, Junge.« Er schaute Finn ernst an. »Wir wollen dir nur helfen.« Dann brachte er ihn zum Auto, öffnete die Wagentür und schob ihn auf den Rücksitz neben die Frau. Jetzt erst konnte Finn sich die Frau richtig ansehen. Er schätzte sie auf Mitte dreißig, die Haare so schwarz wie ihr Nagellack und zu einem Pferdeschwanz gebunden. Das war nicht Kiki.

»Schön, dass du eingestiegen bist«, sagte sie mit einem süffisanten Unterton in der Stimme und blickte ihn an. »Ich scann dich eben mal ab.«

Sie holte ein kleines Gerät aus ihrer Tasche, das Ähnlichkeiten mit einem Funkgerät hatte, schaltete es ein, und sofort war ein schnelles Ticken zu hören. Dann begann sie, Finn von unten nach oben abzuscannen. Beim Kragen seiner Jacke angekommen, verwandelte sich das Ticken in ein Heulen. Zufrieden stellte sie das Gerät aus. Mit der Hand tastete sie nun Finns Kragen ab, holte einen winzig kleinen Peilsender hervor und warf ihn aus dem Fenster. Dann wandte sie sich an den Fahrer. »Fahr los.«

»Wer bist du? Und was wollt ihr von mir?«, fragte Finn ängstlich.

»Abwarten.« Die Frau nahm ihr Handy und wählte eine Nummer. »Er wurde verfolgt. Wir mussten ihn einkassieren.« Sie schwieg eine Weile, nickte dann und gab Finn das Handy. »Da will dich jemand sprechen.«

Überrascht nahm er das Handy. »Ja?« Seine Augen wurden groß. »Okay, ich hör zu.« Nach zwei Minuten war das Gespräch beendet. Die Frau reichte Finn eine Trinkflasche, und wenig später war er eingeschlafen.

Ben hob keuchend den kleinen Peilsender auf und sah dem schwarzen Mercedes frustriert hinterher. Eine schmale Hand legte sich auf seine Schulter. »Das hast du versaut.«

Er drehte sich um und starrte in die funkelnden Augen seiner Partnerin. »Aber ich habe wenigstens seinen Laptop.« Er hielt stolz Finns Rucksack hoch. Als er Kikis abschätzigen Blick sah, ergänzte er: »Ich habe ihn mir gegriffen, bevor ich ihm hinterhergelaufen bin.«

Kiki nahm den Rucksack. »Du glaubst doch nicht im Ernst, dass auf dem Laptop irgendwas Verwertbares gespeichert ist. So blöd könntest nur du sein.« Sie drehte sich um und holte ein Handy aus ihrer Manteltasche. »Er ist uns vor der Nase weggeschnappt worden. In einem Mercedes GLE SUV.« Kiki nannte das Kennzeichen, dann schaute sie betreten zu Boden. Offenbar wurde sie gerade am anderen Ende der Leitung zusammengefaltet. »Nein, ist uns vorher nicht aufgefallen. Ja, ich weiß, wie wichtig die Informationen sind«, sagte Kiki kleinlaut. »Den haben wir. Ben kümmert sich um ihn. Nein, wir vermasseln es nicht noch mal.« Sie beendete das Gespräch und blaffte Ben an: »Nun fahr nach Billbrook und kümmere dich um den Professor. Und du hast gehört –«

»Ja, ja, ich versaue es schon nicht.«

3

Der Trauerzug bewegte sich langsam über die schlammigen Wege des Friedhofs. Gleichförmig liefen die Menschen hinter dem Sarg her. Gebeugte Köpfe, hängende Schultern, die Last des Verlustes und des Unfassbaren wog schwer. Menschen in Schwarz bildeten das letzte Geleit. Alte Schul- und Studienfreunde, ehemalige Kollegen aus den Verlagen, LKA-Mitarbeiter, Schutzpolizisten, einige in Uniform. Neben dem Sarg die Lebensgefährtin, neue und alte Freunde. Und mit allen ging der Schmerz.

Der Trauerzug ließ die Friedhofskapelle hinter sich. Die teilweise prächtigen Gräber ehemaliger Hamburger Kaufleute, die den Wegesrand säumten, nahm kaum einer der Trauergäste wahr. Der wolkenverhangene Himmel und der einsetzende Regen drückten die ohnehin düstere Stimmung. Schirme wurden aufgespannt und ließen die Menschen zusammenrücken. Die Spitze des Zuges erreichte das vorbereitete Grab, und der Transportwagen machte halt.

Nachdem sich die Trauernden um das Grab versammelt hatten, stellte sich LKA-Profiler Heiner Zillinski, Freund und langjähriger Weggefährte des Verstorbenen, neben den Sarg. Er räusperte sich, schloss für einen Moment die Augen. Er atmete tief durch, bevor er die Augen wieder öffnete. »Der Verlust eines geliebten und nahestehenden Menschen bringt uns aus dem Gleichgewicht, lässt uns torkeln, taumeln, fallen. Die einen mehr, die anderen weniger. Aber alle müssen einen ähnlichen Weg beschreiten, um ihr Gleichgewicht wiederherzustellen. Diesen Weg bezeichnet man als Trauer.« Zillinski hielt einen Moment inne und sagte dann mit brüchiger Stimme: »Also trauern wir.« Er trat zur Seite, und jetzt konnte man die Inschrift auf dem Grabstein lesen:

»Ängstigt euch nicht vor dem Tod,
denn seine Bitterkeit liegt in der Furcht vor ihm.«
Sokrates
Dr. Elias Hopp
1970–2019

Janne schreckte hoch und saß kerzengerade im Bett. Es war fünf Uhr morgens. Sie war schweißgebadet, und ihr Herz raste. Wieder dieser Traum. Und so realistisch. Was war nur los mit ihr? Was ging in ihr vor? Elias lebte. War wohlauf und quicklebendig. Sicher, der Anschlag vor drei Monaten hätte auch anders enden können. Hatte er aber nicht. Nachdem Elias' Auto vor seinem Haus explodiert war, waren sie und Zille sofort vor die Haustür gestürmt und fanden einen völlig demolierten Wagen sowie einen verletzten Personenschützer vor. Nur Elias war nirgends zu sehen gewesen. Im ersten Moment hatten sie das Schlimmste befürchtet. Entweder lag er schwer verletzt oder tot irgendwo auf dem Grundstück, oder er war in dem schwarzen SUV, der nach der Explosion am Grundstück vorbeifuhr, entführt worden. Doch nichts davon traf zu. Nach fünf Minuten hatten Zille und sie Elias hinter einer Buchsbaumhecke gefunden. Er hatte einen Schock und ein paar Schürfwunden erlitten und konnte sich an nichts erinnern.

Janne stand auf. Sie wusste, dass sie nicht wieder einschlafen würde. Also ging sie unter die Dusche und machte anschließend zur Beruhigung ein paar Yoga-Übungen. Nach dreißig Minuten intensiver Meditation trank sie ein Glas warmes Wasser mit Zitrone und Ingwer. Dann bereitete sie sich einen Masala Chai und setzte sich mit dem dampfenden Becher an den kleinen Küchentisch.

Es war jetzt drei Monate her, dass sie bei Elias aus- und wieder in ihre Wohnung eingezogen war. Nach dem Vorfall vor Elias' Haus war der Personenschutz von Miroslav Eschenbroschs Sicherheitsfirma ROCK verstärkt worden. Ihr Ex-Chef hatte ihnen bei beiden letzten Fällen geholfen. Der letzte Fall hatte sie viel Kraft gekostet und psychisch auch stark belastet. Glücklicherweise war Liv, ihre Freundin aus Norwegen, für vier Wochen zu Besuch gekommen und hatte sie mit ihrer fröhlichen Art wieder aufgebaut. Als Liv nach Norwegen zurückfuhr, hatte Janne sich gestärkt und ausgeruht gefühlt. Und der Zustand hatte angehalten – bis vor drei Wochen die Alpträume anfingen. Sollte sie die nicht bald in den Griff bekommen, würde sie Kontakt zu ihrem tibetanischen Lehrer Acharya Lama Sonam Nawang aufnehmen, der ihr schon in so mancher seelisch schwierigen Situationen geholfen hatte.

Janne trank ihren Tee aus und beschloss, die Zeit bis zum Treffen heute Abend im Dojo zu verbringen.

4

LKA-Profiler Heiner Zillinski, der von allen Freunden nur Zille genannt wurde, saß in seiner ehemaligen Stammkneipe »Eichenkrone« in Hamburg-Eimsbüttel. Hier hatte er gemeinsam mit seinem Freund Elias Hopp als Oberstufenschüler mindestens genauso viel Zeit verbracht wie in der nahe gelegenen Schule. Heute hieß die Kneipe »Marder« und hatte immer noch den urigen Charme von damals. Seit dem letzten großen Fall im Frühjahr war er wieder häufiger hier. Gemeinsam mit Elias Hopp, der seit ein paar Jahren als Privatermittler arbeitete, und dessen junger Kollegin Janne Bakken hatte er mit Unterstützung des BKA ein rechtsradikales Netzwerk zerschlagen. Den Anschlag auf zwei Hamburger Containerterminals und die damit verbundene gigantische Zerstörung hatten sie leider nicht verhindern können, aber immerhin war das Gelände rechtzeitig evakuiert worden, sodass nur wenige Menschen ihr Leben verloren hatten.

Die letzten Wogen des Falls hatten sich erst vor ein paar Wochen geglättet. Der Terminalbetrieb lief immer noch schleppend, und es war nicht abzusehen, wann die Stadt und die Terminalbetreiber wieder schwarze Zahlen schreiben würden. Die Schuld an dem Desaster wurde dem Verfassungsschutz zugeschrieben, schließlich hatte er weder das rechtsradikale Netzwerk, das für den Anschlag verantwortlich war, im Blick gehabt, noch waren ihm die Waffenkäufe aufgefallen. Bei dem letzten Punkt musste allerdings auch das BKA Versäumnisse eingestehen. Dem BKA und dem Hamburger LKA wurde aber zugutegehalten, dass sie Schlimmeres verhindert und das Netzwerk zerschlagen hatten.

Die Bedienung brachte Zille ein Bier. Er nahm einen Schluck und warf einen Blick auf die Speisekarte. Wenig später betrat Janne die Kneipe. Sie blieb an der Tür stehen und ließ ihren Blick über die Tische schweifen. Als sie Zille entdeckte, nahm sie ihre weinrote Ballonmütze ab, und ihre ebenso kurzen wie zerzausten dunklen Haare kamen zum Vorschein. Sie ging auf Zille zu und setzte sich zu ihm an den Tisch. »Nette Location.«

»Sieht fast noch so aus wie früher.«

»Ist das ein Gütekriterium?«, fragte Janne ironisch.

»Das Bier schmeckt.« Zille leerte sein Glas.

»Wo ist Elias?«

»Kommt später. Bringt Maja zum Flughafen. Sie muss wieder nach Wien.« Zille strich sich eine blonde Strähne aus dem Gesicht. »Du siehst müde aus, Janne.«

»Hab schlecht geschlafen.«

»Hattest du wieder diesen Alptraum?« Zilles Stimme klang besorgt.

»Seit einer Woche fast jede Nacht. Der letzte Traum war besonders schrecklich. Alle sind im Trauerzug mitgelaufen.« Janne stockte. »Nur ich war nicht dabei.«

»Hast du dich denn in den vorherigen Träumen gesehen?«

Janne überlegte. »Ich weiß nicht, ob ich mich immer an alles erinnere, wenn ich aufwache. Aber diesmal war ich definitiv nicht dabei.«

»Und das empfindest du als furchtbar?«

»Ja, ich schäme mich dafür.«

»Du schämst dich dafür, dass du in einem Traum nicht auf der Beerdigung eines Freundes warst, der gar nicht tot ist?«

Janne zuckte mit den Achseln. »Warum träume ich diesen Alptraum so oft?«

»Ich vermute, dass du dir Vorwürfe machst, den Anschlag auf Elias nicht verhindert zu haben.«

»Und dabei bin ich doch extra in sein Haus eingezogen, um ihn zu beschützen.«

»Stimmt. Aber es gab ja auch noch die Personenschützer, die rund um die Uhr auf Elias achten sollten. Und zum Zeitpunkt des Anschlags war ich auch noch bei Elias.« Zille nahm Jannes Hand. »Du denkst, du hast versagt, empfindest große Schuld und malst dir den schlimmsten aller Fälle aus. Den Tod des zu Beschützenden. Und dieses Schuldgefühl blockiert dein Trauern. Folgerichtig hast du dich nicht im Trauerzug gesehen.«

Janne drückte Zilles Hand, und ein paar Tränen kullerten über ihre Wangen.

»Doch du hast weder für den Anschlag, noch hättest du für seine möglichen schlimmeren Folgen Schuld auf dich geladen. Und schon gar nicht eine alleinige, denn wir waren zu dritt, die zum Zeitpunkt des Anschlags in Elias' Nähe waren, der übrigens auch seinen Anteil hatte. Er hat sich unvorsichtigerweise von uns entfernt.«

»Lässt sich Schuld denn überhaupt teilen?«, fragte Janne mit brüchiger Stimme.

»Aber sicher. Schuldverarbeitung funktioniert am besten im sozialen Kontext. Wir sollten also gemeinsam noch einmal über den Vorfall und über unser individuelles Verhalten reden.«

Janne lächelte. »Ja, das sollten wir. Und jetzt will ich auch ein Bier.«

»Am besten bestellst du gleich zwei«, tönte eine Stimme hinter ihr.

Janne drehte sich um. Elias war endlich da.

Sie stand auf, umarmte ihn freudestrahlend und ging Richtung Tresen.

»Das nenne ich mal eine tolle Begrüßung«, sagte Elias gut gelaunt. Dann klopfte er Zille auf die Schulter und setzte sich. »Du hast mich so noch nie begrüßt.«

»Ich musste dich auch noch nie beerdigen.«

»Hat sie wieder …?«

Zille nickte. »Gibt es bei dir was Neues?«

»Du meinst, in Bezug auf den Tod meines Stiefvaters?« Elias räusperte sich. »Solange Maja, von der ich dich übrigens grüßen soll, in Hamburg war, habe ich mich nicht weiter darum gekümmert, außer mir ein paar weitere Hintergrundinformationen über die damalige Situation in Äthiopien anzulesen.«

»Und?«

»Ich muss mit dem BND reden.«

»Gemäß dem Motto: ›*Keep your friends close, but your enemies closer.*‹«

Elias blickte Zille fragend an.

»Aus ›Der Pate‹. Teil zwei.«

»Ich habe herausbekommen, dass es neben dem damaligen Agenten Dachhuhn und meinem Vater noch jemand Drittes im Umfeld des Anschlags von Mek'ele gegeben hat. Er hatte den Namen Dirk Kaffa, bestimmt ein Deckname.«

»Weil er ständig Kaffee getrunken hat«, bemerkte Zille.

»Kaffee?« Janne kam mit einem Tablett und drei Bieren zurück an den Tisch. »Ich dachte, ihr wolltet Bier.«

»Hast alles richtig gemacht. Wenn uns die Aufträge ausgehen, könntest du hier arbeiten.« Elias hob das Glas und prostete den beiden zu.

»Davor kann ich dich erst einmal bewahren, Janne.« Zille stellte sein Bierglas mit Schwung auf den Tisch. »Ich habe einen neuen Job für euch.«

5

»In Bergedorf war ich bisher noch nie.« Janne sah Elias schelmisch an. »Gibt es dort auch Berge, so wie in Harburg?«, fragte sie.

»Nein, dafür haben sie ein Schloss«, antwortete Elias. »Mit Schlossgraben und Schlossgarten.«

»Wow. Wohnt die Familie des gefährdeten jungen Mannes im Schloss?«

Elias lachte. »Es ist jetzt ein Museum. Früher war es ein Verwaltungsgebäude.«

»Schade, ich liebe Schlösser. Ich wollte als Kind immer Prinzessin werden.«

»Was hat dich daran gehindert?«

»Meine Großmutter hat mir erzählt, dass sich Prinzessinnen nicht immer mit Jungs prügeln können.« Janne drückte auf die Hupe und zeigte einem Autofahrer den Stinkefinger.

»An der Kreuzung musst du links abbiegen.«

»Stattdessen hat sie mir geraten, zum Militär zu gehen.«

»Eine weise Frau.«

»Wie konnte Zille Finn Tiberius eigentlich vor der Entführung retten?«

»Finns Großvater hat vor einiger Zeit um Personenschutz für seinen Enkel gebeten. Die Eltern sind mit Zille befreundet, und Finn ist sein Patenkind.«

Bevor Janne weitere Fragen stellen konnte, waren sie an ihrem Ziel angelangt. Kaum hatten Elias und Janne das Grundstück betreten, kam ein mittelgroßer Hund auf die beiden zugelaufen. Elias blieb stehen, und Janne bemerkte seine Unsicherheit.

»Das ist ein Labrador Retriever, die sind auch zu Fremden freundlich.« Janne kniete sich hin, der Hund kam auf sie zu und beschnupperte sie. »Sie sind gute Rettungs- und Spürhunde, aber miserable Wachhunde.«

»Kennst du dich aus mit Hunden?«, fragte Elias.

»Bei den Jegertroppen hatten wir Huskys. Und ich durfte

einen Monat lang mit der dänischen SIRIUS-Schlittenpatrouille trainieren.« Janne streichelte den Hund im Nacken.

»Luna!«, schallte es über das Grundstück, und der Hund machte auf der Stelle kehrt. Janne und Elias folgten ihm und sahen, wie Luna auf eine blonde Frau Mitte vierzig zulief, die im Eingang einer zweistöckigen Dreißiger-Jahre-Altbauvilla stand. Auffällig war ein moderner Anbau an der Ostseite des Hauses.

»Hallo«, begrüßte die Frau sie und reichte Janne und Elias die Hand. »Johanna Tiberius. Sie sind sicherlich Herr Hopp, und Sie sind?«

»Janne Bakken.«

»Meine Partnerin«, ergänzte Elias.

Durch den Windfang betraten sie eine große Diele, von der aus eine Treppe ins obere Stockwerk führte. Im nächsten Moment rutschte ein ungefähr fünfzehnjähriger Teenager gekonnt das Treppengeländer herunter.

»Lucy, du sollst doch das Geländer nicht herunterrutschen.«

Aber Lucy hatte nur ein Grinsen für ihre Mutter übrig. »Kommt, wir gehen ins Wohnzimmer, da gibt es leckere Kekse.«

Johanna Tiberius blickte zu Janne und Elias und zuckte mit den Achseln. »Folgen Sie mir.«

Das Wohnzimmer imponierte nicht nur durch seine Größe, sondern auch wegen der Einrichtung. Die bodentiefen Fenster, die fast die ganze Breite der zur Terrasse gerichteten Seite des Raumes einnahmen, ließen das Licht den Raum fluten. An den Wänden hingen großflächige Schwarz-Weiß-Fotografien des Fotografen Willy Ronis, die Motive der Provence zeigten. Ein puristisches weißes Sideboard mit schwarzen Metallfüßen strahlte so viel Understatement aus, dass man es fast übersehen konnte. Ganz das Gegenteil war der in einer Ecke stehende ausladende Ohrensessel mit seinem Blümchenmuster, offenbar ein altes Erbstück, auf dem ein älterer Herr saß. Mitten im Raum präsentierte sich eine graue Sitzlandschaft mit einem raffinierten Modulsystem. Es gab keine klassischen Couchecken, sondern

Ecken mit spitzen und stumpfen Winkeln. Lucy lümmelte sich auf der Récamiere, die ins Sofasystem integriert war.

»Meine Tochter Lucy haben Sie ja schon kennengelernt. Im Sessel sitzt mein Vater, Professor Weichbolt.« Johanna Tiberius ging auf ihn zu. »Kapé, setz dich doch zu uns, sonst verstehst du wieder nichts.«

»Willst du damit sagen, dass ich schwerhörig bin?«, erwiderte dieser grätzig, ließ sich aber von seiner Tochter aus dem Sessel helfen.

»Nein, aber für ein Gespräch ist es doch besser, wenn man näher beisammensitzt.«

»Dann sag das doch gleich«, grantelte der Alte weiter. Gemeinsam kamen sie zur Couch, und Professor Weichbolt hob seine Hand zum Gruß.

In diesem Moment kam ein etwa fünfundfünfzigjähriger Mann mit angegrauten, längeren Haaren ins Zimmer. Er balancierte ein Tablett mit einer Wasserkaraffe und Gläsern, das er auf einen Beistelltisch platzierte. Dann wandte er sich seinen Besuchern zu. »Schön, dass Sie kommen konnten. Ich bin Arne Tiberius, Finns Vater. Nehmen Sie doch Platz.«

Janne und Elias setzten sich in die beiden Cocktailsessel, die neben dem Beistelltisch standen.

Elias holte die Unterlagen heraus, die Zille ihm gegeben hatte, dann räusperte er sich. »Herr Zillinski hat Sie ja bereits informiert, dass Finn in ein Safehouse des LKA gebracht worden ist.«

»Weil er offensichtlich entführt werden sollte«, sagte Arne Tiberius und füllte die Gläser mit Wasser.

»Wie lange muss Finn denn dort bleiben?«, fragte Lucy betroffen.

»Das wissen wir nicht«, erwiderte Elias Hopp.

»Und wer macht jetzt meine Mathe-Hausaufgaben?«

»Warum sollte denn jemand Finn entführen?« Johanna Tiberius war den Tränen nahe.

»Liegt doch auf der Hand«, mischte sich jetzt der Großvater ins Gespräch ein. »Finn ist ein genialer Wissenschaftler, trotz seiner jungen Jahre. Er hat eine Möglichkeit gefunden, künstliche Photosynthese zur Energiegewinnung zu nutzen, und zwar im großen Stil.«

»Jetzt übertreibst du aber, Kapé.«

»Na, du als Pathologin musst es ja wissen.«

»Psychologin.« Johanna Tiberius schaute zu Janne und Elias und bemerkte leise: »Manchmal ist er ein bisschen vergesslich.«

»Er hat für seine wissenschaftliche Arbeit auf dieser Competition für junge Naturwissenschaftler in Glasgow einen Preis erhalten, der immerhin mit zehntausend Euro dotiert war«, warf Arne Tiberius ein, »und er ist zum ›Zukunftskongress für wissenschaftliche und technologische Innovationen‹ hier in Hamburg eigeladen worden.«

»Eben. Die halbe Wissenschaftswelt kennt ihn mittlerweile, und immer mehr Leute und Organisationen gieren nach einem Zugriff auf seine Forschungsergebnisse.« Kapé schnäuzte sich die Nase. »Deshalb habe ich Zille gebeten, ein Auge auf Finn zu werfen.«

»Du warst das?« Johanna Tiberius schaute ihren Vater erstaunt an. »Und warum hast du uns nichts davon erzählt?«

»War eine reine Vorsichtsmaßnahme. Und ich wollte euch nicht beunruhigen«, entgegnete er. »Im Übrigen war das ja wohl eine kluge Entscheidung, sonst wäre der Entführungsversuch erst gar nicht bemerkt worden.«

»Das ist richtig.« Elias übergab dem Ehepaar Tiberius den Bericht der Personenschützer. »Hier können Sie das, was wir bisher wissen, nachlesen.«

»Es ist aber nicht viel«, sagte Janne. »Die Personenschützer haben nämlich die Gefahr erst bemerkt, als Finn offensichtlich vor jemandem davongerannt ist.«

»Haben sie denn wenigstens gesehen, wer Finn verfolgt hat?« Arne Tiberius war aufgestanden und lief unruhig im Raum hin und her.

»Nein, leider nicht, und deshalb benötigen wir von Ihnen einige Informationen über Finn.«

»Wir werden versuchen herauszufinden, wer hinter Finn

her ist.« Elias lächelte Lucy aufmunternd zu. »Und wenn wir das wissen, dann kann Finn auch wieder deine Hausaufgaben machen.«

2017 – April

»Du musst den Schmerz ertragen und Qualen erleiden können, einen eisernen Willen haben und nie zurückschauen, sondern immer weitergehen. Nur dann wirst du in dieser unwirklichen Welt überleben.« Diese Worte seines Vaters hatte er nie vergessen. Und gerade beim Marathonlaufen hörte er sie. Gleichgültig ob die Sonne schien, es regnete oder schneite. Er trotzte allen Widrigkeiten und spürte seine Kraft, Ausdauer und Widerstandsfähigkeit, aber auch seine Leidensfähigkeit in jeder Sekunde. Und das war bis heute so. Er lief immer weiter, es gab kein Zurück. Er suchte diese Herausforderung dreimal im Jahr, und wenn er zu Hause ankam, spürte er trotz aller Erschöpfung eine unbändige Energie.

Philipp Vahrenheide, ein steinreicher Hamburger Unternehmer, war ein bekannter und angesehener Mäzen der naturwissenschaftlichen Forschung. Er unterstützte mit seiner Stiftung Projekte mit besonderer Innovationskraft, insbesondere in den Bereichen Zukunftstechnologien. Gleichzeitig lag ihm aber auch die Förderung junger, talentierter Naturwissenschaftler am Herzen. Zudem liebte er sein klassizistisches Anwesen in Hamburg-Blankenese.

Besonders stolz war er auf seinen Rückzugs- und Schutzraum, den er unter der Grünfläche vor dem Haus hatte anlegen lassen. Von dem Kellerraum unter dem Haupteingang hatte er direkten Zugang zur ersten Ebene. Der Hauptgang führte in eine Rotunde mit einem gewölbeartigen Kuppeldach. Von dort zweigten drei weitere Gänge jeweils in eine andere Himmelsrichtung ab. Zwei dieser Gänge lagen hinter beweglichen Wänden, die als solche nicht zu erkennen waren. Sie dienten als

Fluchtwege, die am westlichen und östlichen Ende des Grundstücks endeten. Der dritte Gang führte in einen größeren, rechteckigen Raum, von dem es in eine Bar und drei luxuriös eingerichtete Zimmer ging. Eine blaue Tür verbarg ein Treppenhaus, über das man in eine zweite, tiefer gelegene Ebene gelangte, die als Schutzraum vor größeren Katastrophen geplant war. Dort waren jetzt schon Vorräte für zwei Monate eingelagert. Die Räume selbst mussten allerdings noch entsprechend ausgebaut werden. Mit dieser Anlage hatte er einen Rückzugs-, aber auch einen Schutzraum für sich geschaffen, der seine Paranoia vor einer Katastrophe ein wenig abschwächte.

Inzwischen war die Rotunde zu Vahrenheides Lieblingsaufenthaltsort geworden. Hierhin zog er sich nach seinen Marathonläufen, aber auch zum Nachdenken und Meditieren zurück. Hier konnte er selbst entscheiden, ob er mit der Außenwelt kommunizieren wollte. Jetzt saß er vor dem Kamin, der der Rotunde Wärme spendete, goss sich einen Martell Chanteloup, seinen Lieblingscognac ein, hielt das Glas gegen das Licht und blickte versonnen auf den karamelligen, bernsteinfarbenen Braunton seines Getränks. Er lächelte still in sich hinein, dann nahm er einen Schluck und genoss die intensive Fruchtigkeit.

Bis jetzt war sein Leben gut verlaufen. Seine Unternehmen warfen seit Jahren hohe Gewinne ab und expandierten unentwegt. Doch seit einiger Zeit trieb ihn eine diffuse Angst um. Wie lange noch konnte er seinen Wohlstand halten und genießen? Nicht, dass er sich um seine Unternehmen sorgte. Es waren die apokalyptischen Ängste vor »dem Ereignis«, das alles verändern könnte. Weshalb er sich selbst die Frage gestellt hatte, wie eine unterirdische Anlage beschaffen sein müsste, um auch vor »dem Ereignis« geschützt zu sein. Nach und nach hatte daraufhin die Idee für ein neues Projekt in seinem Kopf Gestalt angenommen, das er »chosen few« getauft hatte.

Dieses Projekt wollte er, wie es dessen Name schon sagte, mit nur wenigen Auserwählten auf den Weg bringen. Keine Politiker, keine Kleriker, keine Militärs. Das waren für ihn Intriganten, Egozentriker, Narzissten oder Dummköpfe. Manche auch von allem ein bisschen. Und irgendeiner tanzte immer aus der Reihe. Das Risiko wollte und konnte er nicht eingehen. Er wollte nur seinesgleichen um sich haben. Menschen mit sehr viel Geld, die ebenso wie er ihr Überleben um jeden Preis sichern wollten. Diese Welt hatte nämlich ein Problem. Und zwar ein großes. Nur für wenige würde es einen Ausweg geben. Doch zuvor mussten noch viele offene Fragen beantwortet werden. Vahrenheide stand auf, warf ein Holzscheit ins Feuer und goss sich einen weiteren Cognac ein. Morgen Vormittag würde er einige Anrufe tätigen, um den Startschuss für das Projekt »chosen few« zu geben.

Drei Monate später saßen drei Männer und zwei Frauen um den großen Tisch in Vahrenheides unterirdischer Rotunde und warteten auf einen weiteren Gast. Sie hatten den führenden Zukunftsforscher und Wissenschaftsjournalisten Ferdinand Peakock zu einem intensiven Meinungsaustausch eingeladen.

6

Kriminalhauptkommissar Pöppelmann saß seit sieben Uhr dreißig in seinem Büro und hatte es sich an seinem Schreibtisch bequem gemacht. Vor ihm stand eine Tasse dampfenden Kaffees aus seiner neuen Kaffeemaschine, daneben ein Teller mit einem Franzbrötchen. Er hatte Freya, die vor einem Monat bei ihm eingezogen war, versprochen, weniger Süßkram zu essen. Und so hatte er sich nur *ein* Franzbrötchen zum Bürofrühstück gekauft. Eine immerhin fünfzigprozentige Reduzierung des Zuckerkonsums. Darauf kann ich stolz sein, dachte Pöppelmann und biss genüsslich in das Franzbrötchen.

Weniger stolz sein konnte er auf die Unordnung in seinem Büro. Das Regal an der gegenüberliegenden Wand quoll über vor Akten, sodass sich inzwischen weitere vor dem Regal stapelten. Pöppelmann wusste, dass er dieses Chaos beseitigen musste, wenn er Ende Dezember in den Ruhestand gehen wollte. Sonst würde Schepanski, sein Chef, ihn nicht vor dem 31. Dezember, seinem offiziell letzten Arbeitstag, gehen lassen, trotz seiner zwölf Tage Urlaub und der vielen Überstunden.

Pöppelmann trank missmutig einen Schluck Kaffee. Er musste sich etwas einfallen lassen. Doch bevor er Pläne schmieden konnte, klingelte sein Telefon. Fünf Minuten später war er mit Anna Radke, die sich nach der Entführung durch den rechtsradikalen Ex-Soldaten Winfried Brause seit vier Wochen wieder im Dienst befand und jetzt endgültig in seine Abteilung versetzt worden war, in seinem alten Käfer unterwegs zum Billbrookdeich. Dort war man bei Abrissarbeiten auf dem Gelände einer Maschinenfabrik in einer alten Lagerhalle auf eine Leiche gestoßen. Die Fahrt zum Tatort war abenteuerlich. Der alte Käfer war nach dem Crash vor ein paar Monaten im Containerhafen nur notdürftig repariert worden. Einen Austausch der Scheibenwischer hatte Pöppelmann nicht vornehmen lassen. Und so kam es, dass sie dem Septemberregen nicht viel entgegensetzen konnten.

»Siehst du eigentlich was?«, fragte Anna ängstlich.

»Ein wenig.«

»Und das reicht?«

»Werden wir sehen. Aber ich bin ganz optimistisch.«

»Sehr beruhigend.« Kurze Zeit später konnte Anna sich entspannen. Der Regen ließ nach, und als sie im Billbrooker Industriegebiet ankamen, hatten sich die Regenwolken ganz verzogen.

Die Schutzpolizisten waren schon vor Ort und hatten den Tatort großzügig abgesperrt. Pöppelmann schaute sich nach deren Chef um. »Warum habt ihr so weiträumig abgesperrt? Das Gelände um die Halle herum ist doch von der Abrissbirne und den Schaufelbaggern bereits völlig verwüstet worden. Wer soll da Spuren vernichten?«

»Wie man es auch macht, ist es verkehrt«, bekam Pöppelmann zur Antwort. »Die Spurensicherung haben wir schon informiert.«

»Immerhin.« Pöppelmann zog eine Augenbraue hoch und zeigte zur Halle, wo Anna Radke gerade versuchte, ungefähr zehn Leute aus dem Eingang zu bugsieren. »Aber leider habt ihr den Zugang zur Halle, in der die Leiche liegt, nicht abgesperrt, das war ziemlich dämlich.« Pöppelmann schüttelte den Kopf und ging zu Anna. »Sind jetzt alle draußen?«

»Ja, nur der Typ, der die Leiche gefunden hat, wartet noch hinter der Tür.« Anna schluckte. »Die Leiche sieht übel aus.«

»Ich habe die Rechtsmedizinerin –«

»Freya Jensen?«

»– schon informiert«, sagte Pöppelmann nickend. »Und sag der Schutzpolizei, dass sie die Personalien der Leute, die hier gearbeitet haben, aufnehmen soll.« Dann betrat Pöppelmann die Halle und ging auf einen bleich aussehenden Mann zu.

»Können wir uns nicht draußen unterhalten?«, fragte der Mann mit schwacher Stimme.

»Später«, antwortete Pöppelmann, »erst müssen Sie mir zeigen, wie Sie die Leiche gefunden haben.«

»Muss das sein? Ich kann es Ihnen auch beschreiben.«

»Wie heißen Sie?«

»Hans Claußen.«

Pöppelmann reichte Claußen Überzieher für die Schuhe und zog selbst welche an. »Sie gehen vor, Herr Claußen.«

»Wenn es sein muss.«

»Machen Sie bitte alles ganz genauso, als Sie die Halle betreten und die Leiche gefunden haben. Nur fassen Sie nichts an.«

Hans Claußen stöhnte auf. »Als ich die Halle betrat, habe ich mich umgeschaut. Mir ist sofort der Stuhl ganz hinten aufgefallen, auf dem jemand saß.«

»Und was haben Sie gemacht?«

»Gerufen.«

»Bitte.«

»Bitte was?«

»Rufen Sie.«

»Hallo, ist da wer?«

»Das haben Sie gerufen?«

»Ja.«

»Aber Sie haben doch gesehen, dass dort jemand sitzt.«

»Ja, sicher. Aber er hat sich nicht bewegt.«

»Sie haben sofort erkannt, dass es ein Mann war?«

»Nein, nur angenommen.«

»Haben Sie eine Antwort erhalten?«

Hans Claußen blickte den Kommissar irritiert an. »Nein, dann bin ich langsam auf den Stuhl zugegangen.«

Pöppelmann machte eine Handbewegung, und Claußen setzte sich langsam in Bewegung. Er ging exakt unter den alten Rohrleitungen her, die an der Decke verliefen und aus denen vereinzelte Tropfen fielen, sodass sich kleinere Pfützen auf dem Betonboden gebildet hatten. Diesen wich er aus und blieb nach etwa einer Minute vor dem Stuhl mit der Leiche stehen. Inzwischen war Anna nachgekommen und stand hinter den beiden Männern.

»Haben Sie etwas angefasst?«, fragte Pöppelmann.

»Ich habe ihn leicht an der rechten Schulter berührt«, sagte Claußen verlegen. »Ich wollte wissen, ob er noch lebt.«

»Und?«

»Ich habe dann die Polizei angerufen und allen Arbeitern auf dem Gelände Bescheid gegeben.«

»Das heißt, Sie haben die Halle zunächst verlassen und sind dann wieder mit Ihren Leuten zurückgekommen.«

Claußen nickte.

»Und dann haben sich alle die Leiche angeguckt, stimmt's?«

Claußen nickte erneut. »Aber als die Polizei kam, sind wir alle zurück zum Ausgang.«

»Und wieso waren Sie eben alle wieder in der Halle?«

»Wir mussten ja auf Sie warten, und dann hat es auch noch angefangen zu regnen.«

»Jetzt gehen Sie zu meinen Kollegen vor der Halle«, sagte Pöppelmann genervt. »Die nehmen Ihre Personalien auf. Und dann fahren Sie nach Hause. Gearbeitet wird hier heute nicht mehr.«

Anna schaute Hans Claußen hinterher. »Er und seine Kollegen haben bestimmt einen Schock fürs Leben.«

Pöppelmann schüttelte ratlos den Kopf. »Selbst schuld. Keiner hat sie gezwungen, die Leiche aus der Nähe zu betrachten.«

»Und für die Spurensicherung ist es auch nicht optimal«, bemerkte Anna.

Pöppelmann umkreiste den Stuhl. »Fällt dir etwas auf?«

»Er hat keine Schuhe an, und die Fußnägel an den großen Zehen fehlen.«

»Sind ihm bestimmt nicht ausgefallen«, sagte Pöppelmann sarkastisch. Er zeigte auf die Finger. »An der rechten Hand sind ihm drei gebrochen worden und an der linken der Daumen.«

»Er wurde eindeutig gefoltert.«

»Am Hinterkopf habe ich bei meinem Rundgang eine heftige Wunde gesehen, die ihm wahrscheinlich mit einem harten Gegenstand zugefügt wurde. Die Frage ist, woran er gestorben ist.«

»Und wann.«

Pöppelmann kniete sich vor die Leiche. »Ist wohl schon ein paar Tage her. An seinen Füßen haben ein paar Ratten geknabbert, und das Blut an seinem Hinterkopf ist bereits getrocknet.« Er betrachtete den Toten genauer. »Ich denke, zur Todeszeit wird Freya uns Genaueres sagen können. Vermutlich werden die kleinen Tierchen auf der Leiche ihr dabei helfen.« Dann streifte er sich Handschuhe über und fingerte einen Kugelschreiber aus seiner Manteltasche. Mit dem schob er die Sakkotaschen des Toten ein wenig auseinander. »Was haben wir denn hier?«, brabbelte er vor sich hin.

»Hast du was gefunden?«, fragte Anna.

»Da ist eine Streichholzschachtel.« Er griff mit der linken Hand in die Tasche des Sakkos, holte sie vorsichtig heraus und gab sie Anna.

»›Hotel am Wasserturm‹«, las sie vor.

Pöppelmann richtete sich ächzend wieder auf. »In dem Hotel schauen wir später vorbei. Vielleicht war unser Toter dort ja Gast.«

Anna steckte die Streichholzschachtel in einen Asservatenbeutel. »Weißt du, wo das Hotel ist?«, fragte sie.

»Im Sternschanzenpark.« Pöppelmann wischte sich den Schmutz von seiner Hose.

Im selben Moment betrat Freya Jensen gemeinsam mit den Kriminaltechnikern der Spurensicherung die Halle. »Am besten geht ihr beiden Hübschen uns mal aus dem Weg, bevor ihr auch die letzten Spuren vernichtet.«

»Sehe ich auch so«, sagte Carmen Martinez, die seit einem halben Jahr bei der Spurensicherung arbeitete und zurzeit ihren kranken Chef vertrat. »Ich verschaffe mir mal einen Überblick, und dann besprechen wir das weitere Vorgehen.«

»Wir räumen gerne den Platz für euch«, sagte Anna. »Der Anblick der Leiche ist nicht wirklich schön.«

»Zudem«, Pöppelmann machte ein ernstes Gesicht, »je eher ihr mit eurer Arbeit beginnt, umso schneller werden wir hoffentlich die Ergebnisse erhalten.«

»Sieht dir ähnlich, dass du gleich Druck aufbauen musst, Herr Kriminalhauptkommissar.« Freya tätschelte ihm die Wange. »Aber dann wirst du mich heute Nacht nicht zu sehen bekommen.«

»Für die Verbrechensaufklärung nehme ich auch große Opfer in Kauf, meine Liebe. Außerdem«, fügte Pöppelmann ironisch hinzu, »muss ich meiner jungen Kollegin die effektivste Kommunikationsstrategie mit euren Abteilungen beibringen.«

Carmen Martinez war bei ihrem Rundgang beim Toten angekommen und betrachtete ihn eine Weile. »Ich kenne ihn.«

Pöppelmann, der sich gerade entfernen wollte, drehte sich um. »Du kennst den Toten?«, fragte er überrascht.

»Nicht persönlich. Wenn ich mich nicht irre, ist das Professor Santino. War letztes Jahr Unternehmer des Jahres in Spanien. Gab große Zeitungsberichte über ihn.«

Zwei Stunden später standen Pöppelmann und Anna an der Rezeption des Hotels, das sich im ehemals größten Wasserturm

Europas befand. Pöppelmann winkte einen Mitarbeiter herbei und wies sich aus. »Kennen Sie einen Professor Santino?«

Der Mitarbeiter nickte. »Ja. Er ist seit einigen Tagen Gast bei uns.«

»Wann haben Sie ihn zuletzt gesehen?«

»Vor drei Tagen. Da ist er von einem Fahrer abgeholt worden.«

»Und seitdem ist er Ihnen nicht mehr über den Weg gelaufen?«, fragte Anna überrascht.

»Ich stehe nicht immer an der Rezeption, und wenn ich mit Gästen spreche, bekomme ich auch nicht alles mit, was in der Lobby sonst noch geschieht.«

»Aber dass er am Dienstag abgeholt wurde, schon?«

»Ja, und zwar deshalb, weil Dienstagvormittag ein Brief für Professor Santino abgegeben wurde.«

»Und?«, fragte Pöppelmann ungeduldig.

»Ein Page hat ihm den Brief auf sein Zimmer gebracht, eine halbe Stunde später hat er dann das Hotel mit dem Fahrer, der auf ihn an der gegenüberliegenden Säule wartete, verlassen. Und nein«, der Mitarbeiter klang jetzt genervt, »ich habe den Fahrer nicht gekannt.«

»Ich auch nicht.« Eine junge Frau kam mit einem Sakko in der Hand aus einem der hinteren Räume an den Rezeptionstresen. »Aber bevor der Professor mit dem Fahrer verschwand, hat er dieses Sakko hier zum Reinigen abgegeben.« Sie legte ein Handy auf den Tresen. »Das hat er im Sakko vergessen.«

»Interessant.« Pöppelmann nahm das Handy in die Hand und gab es Anna. »Kannst du es knacken?«

»Denke schon, aber nicht sofort.« Anna wandte sich an die Mitarbeiterin. »Waren Sie nicht überrascht, dass Herr Santino das Sakko nicht abgeholt oder nach dem Handy gefragt hat?«

»Doch. Aber wir informieren normalerweise die Polizei erst, wenn ein Gast mehr als drei Tage verschwunden ist.« Sie stockte und wirkte verlegen. »Sie wissen ja, in Hamburg kann man leicht –«

»Ich weiß. Ich schicke später noch einen Kollegen vorbei,

der Ihre Aussagen aufnimmt und dem Sie dann bitte Professor Santinos Anmeldung aushändigen«, sagte Pöppelmann.

»Ist dem Professor etwas passiert?«

»Jetzt würden wir gern sein Zimmer sehen.«

Als Anna Radke und Pöppelmann das Zimmer betraten, sahen sie sich an.

»Hier wird nicht mehr viel zu holen sein«, seufzte Pöppelmann. »Alles aufgeräumt und sauber gemacht.«

»In einem Vier-Sterne-Hotel kann man das auch erwarten«, erwiderte Anna.

»Wir werden uns dennoch umsehen und dann die Kollegen von der Kriminaltechnik vorbeischicken.«

»Müsste es nicht umgekehrt geschehen?«, fragte Anna. Doch als sie Pöppelmanns Gesichtsausdruck sah, machte sie sich auf den Weg ins Bad. Pöppelmann ging Richtung Schreibtisch. Auch dort war alles akkurat geordnet. Papiere, Broschüren und Bücher lagen alle parallel zu den seitlichen Schreibtischkannten. Nur in der Mitte lag ein Brief, der nicht ins Muster passte. Pöppelmann zog sich Handschuhe an und studierte den Text. Es handelte sich um die Einladung, wahrscheinlich aus dem Brief, von dem der Rezeptionist gesprochen hatte. Er legte sie zurück und fotografierte den Schreibtisch als Ganzes.

»Im Bad ist nichts Auffälliges zu sehen.« Anna gesellte sich zu Pöppelmann. »Das ist eher ein Fall für die Spurensicherung.«

»Ist mir ein Rätsel, wie man so arbeiten kann«, sagte Pöppelmann und zeigte auf den Schreibtisch. »So eine Ordnung ist doch nicht normal. Da geht doch jede Kreativität flöten.«

Anna lachte. »Hat aber den Vorteil, dass man seine Sachen leichter wiederfinden kann.«

»Vielleicht.« Pöppelmann verscheuchte eine Mücke auf seiner Glatze. »Wir blättern mal die Stapel durch. Du auf der rechten, ich auf der linken Seite.«

»Wonach suchen wir?«

Pöppelmann zuckte mit den Achseln.

Nach zehn Minuten waren Anna und Pöppelmann mit der Sichtung der Unterlagen fertig.

»Bei mir lagen entweder Fachartikel oder die Zusage von verschiedenen Wissenschaftlern für das Halten von Vorträgen auf einem Zukunftskongress«, berichtete Anna.

»War bei mir ähnlich«, sagte Pöppelmann. »Und ich habe eine Liste mit den Namen der Referenten für diesen Zukunftskongress gefunden, der übrigens in ein paar Tagen hier in Hamburg stattfinden soll.«

»Und welche Rolle sollte Santino bei dem Kongress spielen?«

»Er sollte ihn leiten.« Pöppelmann dachte nach. »Wir fotografieren die Liste der Teilnehmer ab, den Rest muss die Spurensicherung auswerten.«

7

Dr. Kiriaki Blumenfeld, genannt Kiki, und Ben Taylor waren sich in Glasgow auf der Competition für junge Naturwissenschaftler zum ersten Mal begegnet. Was Ben vorher getrieben hatte, wusste sie nicht. Sie hatten erst spät festgestellt, dass sie beide vom Veranstalter beauftragt worden waren, sich jeweils näher mit den Gewinnern zu beschäftigen. Da endeten ihre Gemeinsamkeiten aber auch schon, denn sie konnten sich von Anfang an nicht leiden.

Deshalb war es, zumindest aus Kikis Sicht, umso ärgerlicher, dass sie in Hamburg erneut zusammenarbeiten sollten. Ihr Auftrag lautete diesmal, Finn Tiberius unauffällig, schnell und ohne Gewalt zu entführen. Kikis Idee, Finn zu verführen und dann zu betäuben, stieß bei Ben nicht auf Zustimmung. Er hielt das für zu risikoreich. Was, wenn sie überhaupt nicht Finns Typ wäre? Kiki fand diesen Einwand an den Haaren herbeigezogen. Sie war sich sicher, dass Ben ihr nicht das Vergnügen gönnte. Stattdessen schlug Ben eine klassische Entführung vor.

Pistole in den Rücken, rein ins Auto, betäuben und dann los. Das würde immer funktionieren. Er habe genug Erfahrung mit solchen Aktionen.

Und so beobachteten sie zwei Wochen lang Finn Tiberius' Tagesablauf und einigten sich schließlich darauf, dass Ben ihm bei einem seiner regelmäßigen Frühstücke bei McDonald's im Dammtor-Bahnhof auflauern und ihn von dort mit sanfter Gewalt auf den Dag-Hammarskjöld-Platz lotsen sollte, wo Kiki in einem Auto auf die beiden warten würde. Das war nun krachend gescheitert. Finn war zwar entführt worden, aber nicht von ihnen. Ihnen blieben nur sein wertloser Laptop und eine Beule in der Motorhaube ihres Wagens. Und deshalb hatten sie jetzt zwei neue Aufträge an der Backe. Sie sollten Finn Tiberius finden und sich auch noch um einen weiteren Wissenschaftler kümmern.

Kiki war auf dem Weg zu Ben. Sie hatte sich für heute Morgen um neun Uhr mit ihm verabredet, um ihr weiteres Vorgehen zu besprechen. Sie betrat die Lobby seines Hotels, das in unmittelbarer Nähe zur Reeperbahn lag. Typisch, dachte Kiki, so kann Ben abends leicht seinen zweifelhaften Vergnügungen nachgehen. Als sie sein Zimmer im zweiten Stock betrat, traf sie fast der Schlag. Überall lagen seine Klamotten und Kartons mit Pizzaresten herum, die zusammen mit einigen angebrochenen Gin- und Whiskeyflaschen sowie Bens Ausdünstungen einen widerlich penetranten Geruch im Zimmer verströmten.

»Hier bleibe ich keinen Moment länger«, begrüßte Kiki ihren Partner wütend. »Zieh dir etwas Frisches an. Wir treffen uns dann in der Lobby und suchen uns einen anderen Ort für unsere Unterhaltung.«

Auf der Busfahrt über die Reeperbahn zählte Ben alle Etablissements auf, die er seit ihrem Aufenthalt in Hamburg besucht hatte. Kiki hörte ihm nicht zu, sie fand seine Vorliebe für Sadomasopraktiken abstoßend, wenngleich sich seine Lust, anderen Schmerz zuzufügen, bei den Verhören als nützlich erwiesen hatte. Sie stiegen an der U-Bahn-Haltestelle St. Pauli aus und betraten bei der Millerntorwache die Wallanlagen.

»Willst du jetzt mit mir spazieren gehen?«, fragte Ben genervt.

»So wie du stinkst, hält man es mit dir keine Minute in einem geschlossenen Raum aus. Außerdem«, fuhr Kiki süffisant fort, »kannst du auch mal etwas anderes besichtigen als nur Puffs und üble Spelunken.«

»Fick dich.«

»Dieses kleine Haus«, Kiki zeigte auf die Millerntorwache, »ist ein altes Stadttor. Nur durch dieses konnte man Hamburg früher betreten.«

»Willst du mich jetzt mit History-Scheiß zutexten?«

Kiki schaute Ben abschätzig an. »Solche Typen wie dich hätte man früher sicher nicht in die Stadt gelassen.«

»Früher war eben nicht alles besser«, nuschelte Ben.

Sie gingen eine Weile schweigend durch die Wallanlagen und passierten die Rückseite des Museums für Hamburgische Geschichte.

»Ich habe mit unseren Auftraggebern gesprochen«, ergriff Kiki das Wort. »Wie du dir bestimmt vorstellen kannst, sind sie ziemlich sauer, dass du Santino umgebracht hast, denn nun benötigt der Zukunftskongress einen neuen Leiter. Das wird für Aufsehen sorgen. Und genau das wollten wir auf jeden Fall vermeiden.«

Ben setzte eine Unschuldsmiene auf. »Es war nicht meine Absicht, ihn zu töten. Ist einfach aus dem Ruder gelaufen.«

Kiki kochte innerlich vor Wut, riss sich aber zusammen. »Finn Tiberius zu finden hat höchste Priorität, bevor eine andere Partei von seinen Forschungen profitieren kann.« Kiki griff in ihre Jackentasche und holte einen Zettel heraus. »Der Abgleich des Nummernschildes hat leider nichts ergeben, aber wir haben trotzdem einen Hinweis auf seinen Aufenthaltsort.«

Ben schaute sie fragend an.

»Finns Apple Watch war dabei ganz hilfreich.« Kiki gab Ben den Zettel.

»Wo ist das?«

»Das Signal brach plötzlich ab. Wahrscheinlich haben sie

irgendwo alle Ortungssysteme deaktiviert. Im besten Fall an dem Ort, wo sie ihn versteckt haben.«

»Und im schlechtesten Fall im Nirvana«, sagte Ben genervt.

»Finde es heraus, fahre hin und recherchiere. Aber keine Alleingänge, und vermassele es nicht wieder.«

»Und was machst du?«

»Wie du weißt, sollen wir uns auch um Dr. Janusz Gutowski kümmern, den Spezialisten für alternative Stromerzeugung.« Kiki fuhr sich mit der linken Hand durch ihre Haare. »Ich habe heute Nachmittag einen Termin in seinem Institut und werde die Location checken.«

»Spielst du wieder die Wissenschaftsjournalistin?«

»Im Gegensatz zu dir verstehe ich etwas von der Materie.«

»Und was ist mit der Umgebung?«

»Habe ich schon erkundet. Ich denke, wir können bald zuschlagen. Ich melde mich.«

Ohne sich zu verabschieden, ging sie Richtung Sievekingplatz, dem zentralen Ort der Hamburger Justiz. Der Platz wurde von drei prächtigen Gebäuden, die alle um die Jahrhundertwende vom 19. ins 20. Jahrhundert errichtet wurden, umsäumt. In ihnen befanden sich die wichtigsten Gerichte der Hansestadt. Hoffentlich ist das kein schlechtes Omen, dachte Kiki.

8

Pöppelmann saß am Frühstückstisch. Allein, ohne Freya, die noch im Bett lag. Sie hatte die halbe Nacht in der Rechtsmedizin mit dem toten Santino verbracht. Also musste er beim Frühstück mit Oskar, seinem Graupapagei, vorliebnehmen. Freya hatte ihm einen vorläufigen Bericht zur Morgenlektüre auf den Tisch gelegt. Er zog es allerdings vor, ihn erst nach dem Frühstück zu lesen. Glücklicherweise hatte Oskar den Bericht nicht entdeckt, sonst wären einige Seiten mit Sicherheit bereits an den Ecken angeknabbert gewesen. In Ermangelung von Büchern, und die hatte Pöppelmann auf Wunsch von Freya aus der Küche entfernt, fiel Oskar auch über einzelne Seiten her. Er liebte nun mal Papier. Freya konnte Oskars Verhalten noch nicht vollständig einschätzen, was allerdings auch schwierig war, weil er seit ihrem Einzug sehr sprunghaft geworden war. Jetzt saß er zufrieden auf Pöppelmanns Schulter und ließ sich mit Käse und Salami füttern.

So saßen die beiden einträchtig am Frühstückstisch, als Pöppelmanns Handy klingelte. Er guckte auf das Display und sah, dass Zille anrief.

»Du bist schon wach?«

»Tu nicht so scheinheilig«, grummelte Zille. »Du hast doch bestimmt Anna aufgetragen, sich bei mir zu melden, falls sie vor acht Uhr etwas Interessantes in den Unterlagen von Santino entdeckt.«

»Und, hat sie was entdeckt?«, fragte Pöppelmann beiläufig.

»Sie hat die Teilnehmerliste des Zukunftskongresses durchforstet und mir die Namen derjenigen zugeschickt, die sich schon in Hamburg aufhalten oder hier leben.«

»Und was ist daran interessant?«

»Nichts. Das heißt, eigentlich schon. Mindestens drei Wissenschaftler, die auf der Liste stehen, können nicht mehr an dem Kongress teilnehmen.«

»Haben die abgesagt?«

»Einer ist vor einer Woche in Ostdeutschland verunglückt, Alkohol am Steuer, und zwei weitere aus Süddeutschland sind plötzlich verschwunden.«

»Und du meinst, diejenigen, die in Hamburg sind, benötigen jetzt Personenschutz?« Pöppelmann hielt Oskar ein Stück Käse hin.

»Bei meinem Aufenthalt in den USA habe ich mal eine chinesische Familie getroffen, die zwei Jahre lang glaubte, eine tibetanische Dogge als Haustier zu haben. Weil der vermeintliche Hund aber fast nur auf den Hinterbeinen herumlief und bald über hundert Kilo wog, haben sie sich das Tier dann genauer angesehen und festgestellt, dass es sich in Wahrheit um einen Schwarzbären handelte.«

»Wann und wo wollen wir uns treffen?«

»Im Congresshotel am Dammtor.«

Als sie die Lobby des Hotels betraten, fiel Zille die skandinavisch anmutende Einrichtung auf. Soweit er wusste, hatte der Architekt bei der Renovierung des Hotels dieses mit Möbeln aus einem Hotel in Kopenhagen bestückt.

»Siehst du diese komischen Sessel?« Pöppelmann zeigte auf die Sitzgruppe, die vor der Lobbybar stand. »Die sehen aus wie eine Batterie bunter Eier.«

»Das muss der Designer auch so gesehen habe, als er sie entworfen hat.«

»Kennst du den etwa?«

»Nicht persönlich. Aber er hat den Sesseln den Namen ›Ei‹ gegeben.«

Die beiden Kommissare hatten inzwischen die Fahrstühle erreicht, und Pöppelmann drückte auf den Knopf, der einen von denen zu ihnen beorderte. »Weißt du, dass man diesen Knopf ›Anholer‹ nennt?«

»Weißt du die Zimmernummern der Wissenschaftler?«

»Habe ich vergessen.«

»Was?«

»Sie zu fragen.«

»Aber dass wir kommen, wissen sie?«

»Ich habe ja mit jedem telefoniert.«

Der Fahrstuhl war inzwischen im Erdgeschoss angekommen, doch Zille und Pöppelmann waren schon auf dem Weg zur Rezeption.

Pöppelmann legte seinen Ausweis auf den Tresen. »Wir benötigen die Zimmernummern der Herren Professoren Mancetti und Dahlgrün sowie von Frau Professorin Hammerberg.«

»Gerne«, erwiderte die Rezeptionistin freundlich. »Soll ich sie Ihnen aufschreiben?«

»Sehr nett von Ihnen, junge Frau, aber so senil sind wir auch noch nicht.« Zille spielte den Empörten und musste dann aber lachen.

»Ich dachte nur, weil Sie gerade nicht in den Fahrstuhl gestiegen sind.« Die Rezeptionistin schaute auf den Computermonitor. »Also, Herr Dahlgrün hat das Zimmer 512, Herr Mancetti 723 und Frau Professorin Hammerberg 999.«

»Vielen Dank«, sagte Pöppelmann.

»Von Frau Professorin Hammerberg soll ich Ihnen ausrichten, dass Sie in die Weinbar kommen sollen. Etage 26.«

Zille und Pöppelmann fuhren zunächst in den fünften Stock und klopften bei Professor Henrik Dahlgrün an die Tür. Dahlgrün war Schwede, Genetiker und in der Alzheimer-Forschung tätig.

»Die Herren von der Polizei.« Ein blonder Mann um die vierzig mit schwarzer, markanter Brille begrüßte sie freundlich und bat sie ins Zimmer. »Es ist leider sehr unaufgeräumt, aber ich suche gerade eine Zeitschrift mit einem wichtigen Artikel, die ich offenbar verlegt habe.«

»Kommt mir bekannt vor«, sagte Pöppelmann augenzwinkernd. »Ich finde in meinem Büro selten etwas wieder.«

Dahlgrün befreite zwei Stühle von Papieren und Büchern, sodass Pöppelmann und Zille Platz fanden. Er selbst setzte sich aufs Bett.

»Seit Ihrem Anruf habe ich nachgedacht, also eigentlich denke ich immer nach«, unterbrach Dahlgrün sich selbst und kicherte, »ich meine, über Ihre Frage, ob ich in letzter Zeit belästigt worden sei.« Er nahm seine Brille in die Hand und rieb mit der anderen seine Augen. »Nein, bin ich nicht. Ich kann mich an nichts erinnern«, und jetzt kicherte er wieder, »abgesehen von ein paar alten Schrullen auf dem Flug von Stockholm nach Hamburg bin ich in letzter Zeit nicht belästigt oder gar bedroht worden.«

»Gab es vielleicht in Ihrem Institut Probleme, oder ist etwas Ungewöhnliches vorgefallen?«, fragte Zille nach.

»Wir haben immer Probleme, mit den Mitarbeitern, mit

Studierenden, der Universitätsleitung und vor allem mit den externen Geldgebern.«

»Wie muss ich mir das vorstellen?«

»Die wollen ständig mitreden und über die Fortschritte unserer Forschung am liebsten täglich informiert werden.«

»Wer sind denn Ihre Geldgeber?«, fasste Pöppelmann nach.

»Pharmaunternehmen. Jedes Medikament, das Alzheimer eindämmen kann, bringt den Konzernen Millionen. Mein Institut ist zwar eines der besten, aber nicht das einzige.«

»Sie sollen sich also beeilen, weil die Konkurrenz groß ist.« Dahlgrün nickte.

»Wenn Sie so gut sind, dann sind Ihre Ergebnisse sicher auch interessant für andere Mitspieler«, stellte Zille fest.

»Ich verstehe, was Sie meinen.« Dahlgrün stand auf, öffnete die Minibar und nahm sich ein Bier heraus. »Wollen Sie auch eins?«

Zille und Pöppelmann lehnten dankend ab.

»Unsere Daten sind sehr gut gesichert.« Dahlgrün nahm einen Schluck aus der Flasche. »Bei uns ist noch nie etwas in die falschen Hände geraten.«

»Einmal ist immer das erste Mal«, gab Pöppelmann zum Besten, »warum nicht auf diesem Kongress?«

»Weil ich keine sensiblen Daten bei mir habe.«

»Aber in Ihrem Kopf.«

»Ich passe schon auf mich auf.« Dahlgrün spannte seine Muskeln. »Ich boxe seit meinem zehnten Lebensjahr.«

Zille und Pöppelmann standen auf, und Dahlgrün begleitete sie zur Tür.

»Eine Sache fällt mir doch noch ein«, sagte der Professor. »Ich bekomme immer mal wieder Hassbotschaften von irgendwelchen Spinnern, die mir vorwerfen, ich würde als Genetiker in die Schöpfung Gottes eingreifen. Die letzte vor ein paar Tagen.« Dahlgrün winkte ab. »Aber solche E-Mails gehören inzwischen zur Normalität, und die bekommen auch viele andere Wissenschaftler.«

»Sind Sie in der E-Mail bedroht worden?«

»Nicht wirklich. Da stand so was wie: ›Ich sorge dafür, dass du in der Hölle schmoren wirst, du Bastard.‹«

Pöppelmann gab Dahlgrün seine Visitenkarte. »Können Sie mir die Mail weiterleiten?«

»Ich habe sie gelöscht.«

»Dann halt die nächste.«

»Wollen wir die zwei Stockwerke bis zu Mancettis Zimmer laufen?« Zille tänzelte auf der Stelle.

»Hat dich der Affe gebissen?«

»Ich habe gelesen, dass der Mensch nicht zum Sitzen geboren ist, sondern sich immer bewegen sollte.«

»Ich habe gelesen, dass der Mensch sich nicht von Burgern allein ernähren sollte.«

»Das sind Fake News, eindeutig.«

»Kannst du mal still stehen? Dein Gezappel macht mich ganz nervös.«

»Wir können ja wenigstens bis zu den Fahrstühlen joggen, komm.« Zille lief los.

Pöppelmann zeigte ihm einen Vogel und trottete langsam hinterher. Als er beim Fahrstuhl ankam, öffnete sich gerade dessen Tür. »Und was hast du jetzt gewonnen?«, fragte Pöppelmann spöttisch.

»Gesundheit und ein längeres Leben«, sagte Zille trotzig, und beide Männer betraten den Fahrstuhl. Zille drückte den Knopf mit der Sieben, aber der Fahrstuhl setzte sich nach unten in Bewegung.

»Hast du den richtigen Knopf gedrückt?«

Zille ignorierte die Frage und beobachtete mit Entsetzen, dass der Fahrstuhl ins Erdgeschoss fuhr. »Ich fasse es nicht«, knurrte er und wollte gerade genervt gegen die Fahrstuhltür treten, als sich diese öffnete und eine Gruppe von Stewardessen hereinströmte.

»Passen wir hier alle noch herein?«, flötete eine der Damen.

»Wir können gerne eng zusammenrücken«, erwiderte Zille generös.

»Steigen Sie etwa wegen uns hier nicht aus?«, fragte eine der anderen Stewardessen kokett.

»Könnte man meinen, und es wäre ja auch verständlich. Doch es verhält sich genau andersherum«, erläuterte Zille. »Wir wollten in den siebten Stock, doch Sie haben uns zu sich nach unten geholt.«

»Dann fahren wir jetzt mit Ihnen nach oben.«

Im siebten Stockwerk stiegen Zille und Pöppelmann, benebelt von mindestens fünf unterschiedlichen Parfüms, aus, während die Damen noch weiter in die Höhe fuhren.

Noch leicht benommen standen Zille und Pöppelmann schließlich vor Zimmer 723, das von Professor Silvio Mancetti aus Neapel bewohnt wurde. Es dauerte eine Weile, ehe der auf das Klopfen reagierte und die Tür öffnete. Vor ihnen stand ein Wissenschaftler, der eher wie ein Filmstar aussah. Eine junge Ausgabe von Marcello Mastroianni, dachte Zille. Dunkle, gegelte Haare, braun gebrannt und Zigarette im Mund.

»Ah, *polizia*«, strahlte er sie an. »Ich hoffe, Sie verhaften mich nicht wegen der *sigaretta*. Ich hatte ganz vergessen, dass Sie kommen.« Und dann sagte er verschwörerisch: »Deshalb kann ich Sie nicht hineinbitten.«

»Schon okay.« Pöppelmann klang verständnisvoll. »Die Zigarette interessiert uns nicht.«

»Prima. Worum genau geht es noch einmal?«

»Marcello«, Zille konnte es sich nicht verkneifen, »Sie sind Wissenschaftler und zu diesem Zukunftskongress eingeladen. Weshalb?«

»Ich heiße übrigens Silvio, wie –«

»Schon klar. Also, was machen Sie im Labor?«

»Ich erforsche, um es einfach zu sagen, wie man das allergene Potenzial in Lebensmitteln verringern und diese auf natürliche Weise, durch Fermentierung, länger haltbar machen kann.«

»Und das ist wichtig?«, fragte Pöppelmann.

»Fermentiertes Gemüse trägt dazu bei, den Cholesterinspiegel zu senken, und das wiederum kann Herzerkrankungen reduzieren.«

»Und Ihre Forschungsergebnisse lassen sich gut verkaufen?«

»Sicher, viele große Unternehmen buhlen um meine großartigen Erkenntnisse, ich bin nicht umsonst Träger des renommiertesten Wissenschaftspreises in Italien.«

»Wird Ihnen Druck gemacht oder sogar gedroht?«, fragte Zille.

»Ich bin bekannt aus Funk und Fernsehen und werde deshalb oft angesprochen. Ich werde beleidigt, erpresst, ja auch manchmal bedroht.«

»Auch per E-Mail?«

»Die Mails kann ich schon gar nicht mehr zählen. Aber die meisten haben nichts mit meiner Arbeit zu tun.«

In diesem Moment tauchte eine attraktive Frau hinter Mancetti auf und rief ihm auf Italienisch etwas zu, was den Filmstar veranlasste, sich überschwänglich von ihnen zu verabschieden und die Zimmertür wieder schnell hinter sich zu schließen.

Für das letzte Gespräch mussten Pöppelmann und Zille sich in Hamburgs am höchsten gelegene Weinbar begeben. Ihre Gesprächspartnerin Professorin Ilse Hammerberg verbrachte offensichtlich viel Zeit in dieser zugegeben großartigen Panoramabar.

Auf der Fahrstuhlfahrt in die Weinbar fragte Pöppelmann plötzlich: »Wieso hast du ihn mit Marcello angesprochen?«

»Weil Mancetti wie der junge Marcello Mastroianni aussieht.«

»Ist das dieser Sänger mit diesem Lied ›Itsy Bitsy Teenie Weenie Honolulu-Strand-Bikini‹?«

»Du Banause. Nein. Das war Silvio Francesco.«

»Woher kennst du denn den?«

»Frau Kohl, meine Vermieterin, schwärmt für ihn.«

»Und wer ist nun dieser Marcello?«

»Ein italienischer Schauspieler. Hat in ›La dolce vita‹ mitgespielt.«

»Wo auch sonst.«

»Wir sind oben.«

Kaum waren sie aus dem Fahrstuhl getreten, hörten sie auch schon eine Stimme, die offensichtlich nach ihnen rief.

»Meine Herren«, eine Frau Mitte vierzig, kurze braune Haare, winkte ihnen zu, »ich sitze hier.«

»Das ist unsere Professorin«, sagte Pöppelmann und runzelte die Stirn.

»Nicht dein Typ?«

»Die hat mich am Telefon schon zugetextet.«

»Dann auf in den Kampf.«

»Die Polizeiinspektoren Pöppelmann und Zillinski, wenn ich mich recht erinnere. Setzen Sie sich.«

»Fast, Frau Professorin –«

»Lassen Sie den Quatsch. Vielleicht habe ich den Titel ja auch gekauft. Wissen Sie's? Nein. Nennen Sie mich Ilse.«

»Wir sind keine Inspektoren, sondern Kommissare, Ilse.«

»Titel, Dienstgrade, alles Schall und Rauch. Beim gemeinsamen Trinken spielt das keine Rolle. Ich bin gerade beim Weintasting und lade Sie ein. Probieren Sie die großartige trockene badische Chardonnay Spätlese.«

Sie ließ keine Widerrede zu und winkte den Kellner herbei. »Die Herren möchten auch gerne den badischen Chardonnay kosten.« Kaum hatte er Pöppelmann und Zille eingeschenkt, prostete sie ihnen auch schon zu. »Auf das Leben und die Wissenschaft. Oder vielleicht doch andersherum. Was meinen Sie?«

Pöppelmann zögerte mit der Antwort, und Zille ließ sich den Wein auf der Zunge zergehen. »Köstlich«, sagte er staunend.

»Das ist die richtige Antwort.« Ilse Hammerberg nippte an ihrem Glas. »Solche wunderbaren Gaumenerlebnisse sind nur mit jahrelanger Forschung möglich. War es zu Beginn der Wissenschaftsgeschichte vielleicht so, dass der Mensch die Wissenschaft formte und entwickelte, so ist es heute die Wissenschaft, die dem Menschen das Überleben und den Genuss sichert.« Sie hob erneut das Glas.

Bevor sie das Glas absetzte und zu einer Fortsetzung ihrer Vorlesung kam, grätschte Pöppelmann dazwischen, um ihren Wortschwall zu stoppen. »Frau, äh, Ilse, Sie sind Nuklearmedizinerin. Was machen Sie genau, und was könnte an Ihrer Arbeit interessant für Wissenschaftsspione sein?«

»Na alles. Wir suchen permanent nach neuen Verfahren der diagnostischen Bildgebung. Finden wir welche, brauchen wir meistens neue Geräte.«

»Und daran haben dann bestimmte Firmen Interesse.«

»Gut erkannt, aber auch andere Kollegen«, antwortete die Professorin lapidar. »Ich sage Ihnen was.« Sie schenkte sich Wein nach. »In der Wissenschaftscommunity hat es immer schon ein Hauen und Stechen gegeben, und es kommt nur darauf an, diese beiden Disziplinen gut zu beherrschen.« Sie nippte an ihrem Glas. »Und ich bin eine Meisterin in beiden Disziplinen und habe mich noch nie bedroht gefühlt. Im Gegenteil. Angriff ist die beste Verteidigung.«

»Das heißt, Sie haben auch schon einmal …«

»… jemandem gedroht. Ja, mit einer fiesen E-Mail. Anonym. Hat funktioniert.«

»Und bekommen Sie selbst auch Hassmails?«, fragte Zille.

»Mich hassen so viele Leute, da bleibt das nicht aus.«

Pöppelmann gab ihr seine Visitenkarte. »Wenn Sie in den nächsten zwei Wochen Nachrichten dieser Art bekommen, leiten Sie sie bitte an mich weiter.«

»Ich hoffe, Ihr Computer hat genügend Speicherplatz. Trinken Sie noch etwas, die Herren.«

»Der Wein ist köstlich, Ilse, aber wir sind im Dienst und haben noch weitere Termine.«

2017 – Mittwoch, 9:00 Uhr

Professor Dr. Ferdinand Peakock hatte schon an vielen Gesprächen, Diskussionsrunden und Tagungen zum Zustand der Welt teilgenommen, doch die Einladung, die er vor einer Woche über einen Mittelsmann der Europäischen Union erhalten hatte, war ungewöhnlich, aber auch etwas dubios. Dennoch hatte sie seine Neugier geweckt. Ein ihm unbekannter Thinktank mit dem Namen »chosen few« hatte ihn eingeladen, um über die großen Probleme der Welt zu reden. Die Mitglieder seien sehr gut vernetzt und hätten großen Einfluss auf die Politik und die Finanzwelt, so der Mittelsmann. Sollte er bei diesem Gespräch überzeugende Lösungsansätze präsentieren, würde eine exorbitant hohe Geldsumme für die Umsetzung der Lösungen zur Verfügung gestellt werden. Die einzige Bedingung sei, so stand es in der Einladung, dass das Treffen an einem geheimen Ort stattfinde und er bei einem Misserfolg zur absoluten Verschwiegenheit verpflichtet sei. Er hatte zunächst gezögert, doch der Mittelsmann hatte ihm bei aller Geheimhaltung die Seriosität des Thinktanks und die Ernsthaftigkeit des Anliegens glaubhaft versichert.

Also hatte sich Ferdinand Peakock vor zwei Tagen auf den Weg gemacht. Das Einzige, was er über die Reise erfahren hatte, war der Startpunkt in Oslo. Ab dem Moment befand er sich im Blindflug. Die Fenster des Flugzeugs, einer Gulfstream G280, waren verdunkelt. Er wusste nicht, wo sie hinfliegen würden. Aber das war ja wohl Sinn der Sache. Er zählte drei Zwischenstopps. Er war gerade mit dem Abendessen fertig, als der Flieger zur vierten Landung ansetzte. Diesmal sollte er aussteigen. Mit Kopfhörern und einer Haube über dem Kopf wurde er über das Flugfeld geführt und in einen Helikopter gebracht. Dieser Flug dauerte geschätzte zwanzig Minuten.

Als er später in seinem fensterlosen, aber komfortablen Zimmer auf seine Uhr schaute, war es zweiundzwanzig Uhr. Ferdinand Peakock war sechsunddreißig Stunden durch die Welt geflogen. Auf dem Sideboard mit der Zimmerbar lag ein Brief.

Sehr geehrter Herr Dr. Peakock. Entschuldigen Sie die Umstände Ihrer Anreise. Wir hoffen dennoch, dass es Ihnen auf dem Flug an nichts gefehlt hat. Morgen um 8:00 Uhr wird Ihnen der Zimmerservice ein Frühstück bringen. Um 9:00 Uhr werden Sie dann abgeholt und in

*die Rotunde gebracht, wo wir uns treffen. Wir wünschen
Ihnen eine angenehme Nacht.*

Peakock legte den Brief beiseite und schenkte sich einen Grappa
ein. Das sollte ein guter Schlaftrunk sein.

Philipp Vahrenheide stand auf dem oberen Absatz der Treppe,
die in die Rotunde führte. Er hatte sie tiefer legen lassen, damit
der Raum größer und eindrucksvoller wirkte. In das Decken-
gewölbe waren Lichtschlitze eingezogen, die mit farbigem Panzerglas versehen waren. Das verlieh dem Raum, wenn die Sonne
schien, einen sakralen Charakter. Das Gewölbe ließ sich aber
auch vollständig mit einer beweglichen Stahldecke verschließen.
Er ließ seinen Blick umherschweifen. Die »chosen few« waren
vollzählig versammelt und saßen am Konferenztisch. Beim ersten Treffen vor sechs Wochen im Tessin waren sie sich schnell
einig geworden, dass sie sich vor einer Katastrophe, die über
alles je Dagewesene hinausgehen und unweigerlich kommen
würde, schützen und gemeinsam handeln müssten. Sie hatten
alle zu viel zu verlieren. Schutzräume für einen kurzfristigen
Aufenthalt hatten sie alle, aber eine absolut sichere Anlage, in
der sich Jahre verbringen ließen, die musste erst errichtet werden. Und die Zeit drängte. Heute waren sie hier, um die ersten
Schritte für ihr Überleben zu planen. Drei Männer und zwei
Frauen, reich, öffentlichkeitsscheu und voller Furcht vor »dem
Ereignis« auf der Suche nach einem Ausweg.
    Vahrenheide schaute auf seine Armbanduhr. Als er wieder
aufblickte, wurde er gewahr, wie einer seiner Angestellten in
Begleitung von Ferdinand Peakock auf ihn zukam. Er begrüßte
den Wissenschaftler. Dann gingen sie die Treppe hinunter und
setzten sich auf die beiden noch freien Plätze.
    Vahrenheide ergriff das Wort. »Meine Damen und Herren,
ich hoffe, Sie hatten alle eine angenehme Nacht. Ich darf Ihnen
unseren Gast und Gesprächspartner Professor Dr. Ferdinand
Peakock vorstellen. Er ist gestern Abend eingetroffen und sicher ebenso gespannt auf den Meinungsaustausch wie wir.«

Auf dem Tisch standen mehrere Karaffen mit Wasser bereit. Peakock bediente sich an einer und goss sich ein Glas Wasser ein.

»Wie Sie an den Namensschildern erkennen, Dr. Peakock, legen wir großen Wert auf Diskretion ...«

»Und Anonymität.«

»Was Sie sicherlich verstehen werden.«

Peakock musterte die Runde. Links von ihm saß Erich, ein Mann mit hoher Stirn und grauen Haaren. Es folgte Dorothea, eine schlanke Frau mit ausgeprägten Wangenknochen und strengem Blick. Ihr Nachbar Chris hatte ein aufgedunsenes Gesicht und eine Glatze. Bärbel war eine elegante Erscheinung. Dezent geschminkt und die blonden Haare zu einem Dutt hochgesteckt. Zu seiner Rechten saß der Gastgeber Alex. Er war ein großer, durchtrainierter Mann mit einer schwarzen Hornbrille. Alle hier Anwesenden waren mittleren Alters.

Peakock griff zu seinem Wasserglas. »Ich vermute, dass die Wahl der Vornamen sowie die Sitzordnung kein Zufall sind«, sagte Peakock freundlich. »Sie können mich gerne mit Ferdinand ansprechen.« Dann fügte er süffisant hinzu: »Das ist wahrscheinlich der einzige Klarname in dieser Runde.«

»Das ist für unser aller Sicherheit das Beste, Ferdinand.«

Peakock nickte verständnisvoll. »Vielen Dank für die Einladung zu diesem ungewöhnlichen Treffen. Selbstverständlich bin ich gespannt auf diese Zusammenkunft, auf den Austausch«, er zeigte auf die Bücher und Zeitschriften, die auf dem Tisch verteilt lagen, »und auch auf Ihre Fragen. Denn wie ich sehe, haben Sie sich ja umfassend über meine Arbeiten informiert. Doch zunächst würde ich gerne von Ihnen wissen, was aus Ihrer Sicht, also der Sicht von sehr wohlhabenden Menschen wie Ihnen, die großen Probleme dieser Welt sind.« Er schaute auffordernd in die Runde.

Als Erster ergriff sein linker Nachbar, Erich, das Wort. »In den letzten vierzig Jahren ist kein Tag vergangen, an dem mein Vater mich nicht auf eine bevorstehende Apokalypse hingewiesen hat: Am Anfang war es der ›Kalte Krieg‹, der uns seiner

Meinung nach in das Verderben führen würde, dann die Sozis und jetzt die Folgen des Klimawandels. Vierzig Jahre das gleiche Lamento. Da wird man paranoid.«

»Womit Ihr Vater ja recht hat«, sagte Dorothea mit dänischem Akzent. »Die Katastrophen nehmen zu: Waldbrände, Sturmfluten, Seuchen –«

»Nicht zu vergessen die Dürren, Hungersnöte und die Unterernährung –«

»Und die damit verbundenen Fluchtbewegungen«, vervollständigte Chris, der eine Krawatte mit dem Hamburger Wappen trug, die Aufzählungen von Erich.

»Was mich vor allem umtreibt, sind Hackerangriffe auf öffentliche, wirtschaftliche, politische und militärische Infrastrukturen.« Vahrenheide fuhr sich durchs Haar. »Bald sind die Verbrecher so weit, dass unser Alltag zum Stillstand kommen wird und wir alles verlieren werden.«

»Selbst wenn wir nicht alles verluuse –«

»Eine Schweizerin«, bemerkte Peacock belustigt.

»Verlieren«, fuhr Bärbel lächelnd fort und cremte sich beiläufig ihre Hände ein, »werden die meisten Menschen verarmen, und wir bleiben auf unseren Produkten sitzen.«

»Okay«, erwiderte Vahrenheide, »dann müssen wir unseren Reichtum, solange es geht, noch weiter vermehren.«

»Das sehe ich auch so.« Dorothea schob sich genüsslich ein Lakritz in den Mund. »Je mehr wir verdienen, umso besser können wir uns vor dem alles verändernden Ereignis schützen.«

Ferdinand Peacock hatte sich ein paar Stichworte notiert. Er blickte von seinem Block auf und betrachtete einen Moment lang das Lichtspiel der Lichtschlitze in der Decke. »Sie zeichnen ein apokalyptisches Zukunftsszenario, dem Sie entgehen wollen. Was Sie übrigens in Ihren Aufzählungen noch vergessen haben, sind zunehmende soziale Unruhen und Aufstände, ein Atomkrieg, Terroranschläge und Versorgungsengpässe. All das sind tatsächlich potenzielle Gefahren, einige sind größer als andere.«

»Welche sind das?«, fragte Dorothea.

»Es gibt meiner Meinung nach zwei Kategorien. Unter die eine fallen alle größenwahnsinnigen und selbstverliebten Diktatoren, die mit ihren Muskeln spielen und über Atom-, biologische oder chemische Waffen verfügen. Die sind unberechenbar, und sollten sie solche Waffen einsetzen, ist der Schutz davor problematisch, weil die Vorwarnzeit extrem kurz sein wird.«

»Dann muss man solche Kerle rechtzeitig ausschalten«, warf Erich mit schneidiger Stimme ein.

»Zur anderen Kategorie«, fuhr Peakock fort, »zähle ich die *tipping points*, die aufgrund des globalen Klimawandels erreicht werden könnten. Diese würden irreversible Schäden auf unserer Erde hervorbringen.«

Jetzt richteten sich fragende Blicke auf den Wissenschaftler.

»Wenn ein bestimmter Temperaturanstieg erreicht wird, und wir Menschen tun bereits alles dafür, dass wir diesem Punkt immer schneller näher kommen, lässt sich zum Beispiel das vollständige Schmelzen des grönländischen Festlandeises nicht mehr verhindern. Der Meeresspiegel würde um sieben Meter steigen. Die Folgen dürften klar sein.« Peakock trank einen weiteren Schluck Wasser. »Soll ich die weiteren neun *tipping points* und ihre Folgen auch aufzählen?«, fragte er sarkastisch.

»Ich glaube, das wird nicht notwendig sein.« Vahrenheide atmete tief durch.

»Auf eines muss ich Sie aber doch noch hinweisen.« Peakock redete jetzt lauter. »Jedes einzelne Ereignis, das Sie eben aufgezählt haben, zieht immer auch weitere Katastrophen nach sich.«

»Und was ist aus Ihrer Sicht das dramatischste Ereignis?«

»Jede Apokalypse führt in den Abgrund.«

Es wurde still im Raum. Sehr still. Keiner schaute den anderen an. Die Blicke wanderten ziellos durch den Raum. Nach einer Weile erhob sich Vahrenheide, ging zu einer Sprechanlage und sprach leise hinein. Er setzte sich wieder, und nach wenigen Minuten, es herrschte nach wie vor eine beklemmende Stille, kam ein Angestellter mit einem Tablett und fünf Schnapsgläsern herein. Er verteilte die Gläser und verschwand wieder.

»Auf diesen Moment habe ich mich vorbereitet.« Vahrenheide hob sein Glas. »Er kam nur schneller, als ich erwartet hatte. Prost.«

Bis auf die Schweizerin Bärbel tranken alle ihren Aquavit.

»Ferdinand, wo würden Sie sich vor der Apokalypse schützen?«, fragte sie. »Gleichgültig welcher Art.«

»Tief unter der Erde.« Er machte eine Pause. »Und in ein paar Jahren vielleicht auch über ihr. Auf jeden Fall müsste man sie rechtzeitig erkennen, um ihr zu entkommen.«

»Darüber müssen wir reden.«

9

Pöppelmann konnte Zille überreden, einmal auf seine Burger-Mahlzeit zu verzichten, und hatte ihn stattdessen in seine Lieblingsgaststätte mitgenommen. Zumal sie erfreulicherweise auf dem Weg zu ihrem nächsten Besuchstermin lag. Nun saßen sie in der Veddeler Fischgaststätte in der Tunnelstraße, die in Hamburg Kultstatus hatte.

»Meinst du, irgendeiner der Wissenschaftler hat unsere Warnung ernst genommen?«, fragte Pöppelmann.

»Sie haben alle cool reagiert«, Zille nahm die Speisekarte in die Hand, »aber ich glaube, das ist mehr Show. Immerhin haben alle mehr oder weniger darauf hingewiesen, dass es in der Wissenschaft auch eine gewisse kriminelle Energie gibt.«

»Und Ilse hat sich sogar als Täterin geoutet«, spottete Pöppelmann.

»Die hat Haare auf den Zähnen.«

»Was hältst du von den Drohmails?«

»Weiß nicht, die Wissenschaftler haben das runtergespielt und als etwas inzwischen Normales abgetan, das man nicht ernst nehmen muss. Aber es gibt genügend Fälle, in denen Täter ihre Taten vorher in den sozialen Medien kundgetan haben.«

»Zumindest bei Amokläufen«, fügte Pöppelmann hinzu.

»Wir sollten das im Auge behalten. Aber jetzt lass uns was essen.«

Zille schlug die Speisekarte auf. Sie war übersichtlich und bestand im Wesentlichen aus verschiedenen Portionsgrößen Backfisch.

»Es gibt keinen besseren Backfisch als hier«, schwärmte Pöppelmann.

»Das glaube ich wohl«, entgegnete Zille, »aber sie könnten die Fischfrikadelle doch auch in ein Brötchen legen, die Frikadelle mit dem Gurkensalat belegen und das alles mit einem Schuss Mayo abrunden.«

»Damit du doch wieder deinen Burger bekommst?« Pöppelmann blickte Zille ungläubig an. »Tradition wird hier ganz großgeschrieben. Die Rezepte sind aus den dreißiger Jahren, und der Gastraum sieht immer noch so aus wie in den Jahren nach dem Zweiten Weltkrieg. Also schlag dem Personal und vor allem der Chefin bloß nicht deine Burger-Variante vor.«

»Aber der Fisch ist frisch?«

»Ich esse seit zwanzig Jahren einmal im Monat hier. Man kennt sich.« Und als die Bedienung im Anmarsch war, zischte Pöppelmann: »Blamier mich nicht.«

»Herr Kommissar, schön dich zu sehen. Wie immer?«

»Auf jeden Fall, Petra, aber zweimal und zwei Alsterwasser.«

Petra legte den beiden Männern jeweils zwei Gabeln hin. »Im Dienst?«

Pöppelmann nickte.

»Dann also die schnelle Variante.«

Zille hatte das Gespräch belustigt verfolgt. »Dass du hier Stammgast bist, hast du mir Jahre vorenthalten.«

»Ein paar Geheimnisse muss ich schließlich auch noch vor dir haben.«

»So wie das Geheimnis der zwei Gabeln? Gibt es keine Messer?«

»Nee, ist Tradition.«

»Muss ich das verstehen?«

»Nach dem Krieg waren Fischmesser zu teuer. Da hat man sich also mit zwei Gabeln beholfen. Und das ist so geblieben.«

Petra brachte die Alsterwasser, und die beiden stießen miteinander an.

»Wie gut, dass wir die Wissenschaftler alle angetroffen haben und überprüfen konnten«, feixte Pöppelmann, »dass sie wohlbehalten und keine Schwarzbären sind.«

»Ich hoffe, sie nehmen trotz aller Coolness unsere Warnungen ernst und sind vorsichtig, wenn jemand Unbekanntes Kontakt mit ihnen aufnehmen will.«

»Und schicken mir ihre zukünftigen Hassmails.«

Zille wischte sich den Schaum vom Mund. »Da noch mehr Wissenschaftler im Kongresshotel einchecken werden, sollten wir ein paar Kollegen zu deren Sicherheit und Beruhigung abstellen.«

»Unser Chef wird nicht begeistert sein.«

»Auf der Teilnehmerliste steht auch Finn Tiberius' Name. Bei ihm gab es einen Entführungsversuch, und zwei andere Wissenschaftler, die dort aufgelistet sind, wurden wahrscheinlich tatsächlich entführt.«

»Sie sind verschwunden, das heißt nicht zwangsläufig, dass sie entführt wurden.« Pöppelmann stockte. »Andererseits: Professor Santino, Leiter des Kongresses, wurde ermordet, und ein weiterer Teilnehmer ist tödlich verunglückt.«

»Zufall?«

»Unwahrscheinlich.«

»So, meine Herren, jetzt ist Dienstpause.« Petra stellte zwei große Portionen Backfisch mit Kartoffelsalat und für jeden noch einen Gurkensalat auf den Tisch.

»Lasst es euch schmecken.«

Sieben Fischfiletstücke später brachen Pöppelmann und Zille zu ihrem letzten Besuch am heutigen Tag auf. Janusz Gutowski stand auf ihrem Zettel. Er hatte sein Institut für alternative Verfahrenstechnik in Harburg-Heimfeld. Für die fünfzehn Kilometer brauchten sie wegen eines Unfalls auf der Europabrücke, die sie über die Süderelbe brachte, fast eine Stunde. Doppelt so lange wie vom Navi angezeigt. Genervt parkte Zille seinen Pick-up in der Einfahrt des Instituts und stieg aus. »So ein Mist«, fluchte er, »ich hoffe, auf dem Rückweg geht es etwas schneller.«

»Das hoffe ich auch. Freya und ich wollten heute Abend ins Kino.«

»Und welchen Film wollt ihr euch anschauen?«, fragte Zille interessiert.

»Im Netz der Versuchung.« Pöppelmann verdrehte die Augen. »Hat Freya ausgesucht.«

»Mit Anne Hathaway und Matthew David McConaughey. Die beiden haben auch schon in ›Interstellar‹ zusammen gespielt.«

»Ist das ein Gütekriterium?«

Zille zuckte mit den Achseln und wollte gerade die Klingel an der Eingangstür zum Institut drücken, als die Tür geöffnet wurde. Vor ihnen stand eine Frau mit dunklen, lockigen Haaren, die ihr Gesicht bis zum Kinn umrahmten.

Zille schaute ihr einen Moment in die Augen. »Sie zuerst«, sagte er dann freundlich und trat zur Seite.

»Vielen Dank«, entgegnete sie, trat vor die Tür und ging wiegenden Schrittes zur Straße. Dort drehte sie sich noch einmal um und winkte den beiden Männern zu.

»Schaust du ihr hinterher, weil du sie attraktiv findest oder weil du Polizist bist?«, fragte Pöppelmann belustigt.

»Das eine schließt das andere nicht aus.« Zille fuhr sich mit den Händen durch die Haare und band sich seinen Zopf neu. »Sie hat braune Augen und trägt pinkfarbene Sneaker.«

Pöppelmann klopfte Zille anerkennend auf die Schulter. »Gut beobachtet, Kollege. Wollen wir reingehen?«

»Wir sollten trotz der offenen Tür klingeln, sonst kriegt Gutowski noch einen Schreck.«

Nachdem sie die Klingel betätigt hatten, kam ein griesgrämig dreinblickender junger Mann auf sie zu. Beim Anblick von Pöppelmanns Ausweis veränderte sich seine Miene leicht zum Freundlichen hin.

»Sie hatten sich angekündigt, ich erinnere mich. Leider ist Professor Gutowski gerade mit einem Versuch beschäftigt und kann Sie nicht persönlich empfangen. Aber seine engste Mitarbeiterin Frau Dr. Schulz hat Zeit für Sie.« Er führte sie in einen Besprechungsraum, und ein paar Minuten später kam eine drahtige Frau im weißen Kittel mit wachem Blick in den Raum.

»Mein Name ist Mathilda Schulz. Und Sie sind die Kommissare von der Polizei«, begrüßte sie fröhlich Pöppelmann und Zille. Sie setzte sich an den runden Konferenztisch und nahm eine Thermoskanne in die Hand. »Kaffee, die Herren?«

Beide nickten, dann ergriff Zille das Wort. »Wir wissen, dass Professor Gutowski an dem Zukunftskongress teilnimmt, der demnächst in Hamburg stattfinden wird.«

»Das ist richtig, alles andere wäre auch absurd.«

»Wie meinen Sie das?«

»Nun, Professor Gutowski und ich forschen an einer revolutionären Möglichkeit der Stromgewinnung. Ein Kongress, der sich auf die Fahne schreibt, zukunftsweisende Technologien und Forschungsergebnisse zu präsentieren, kommt an Gutowski nicht vorbei.«

»Das hört sich für mich so an, als ob es auf Ihrer Seite eine gewisse Verstimmung gäbe«, orakelte Zille.

Mathilda Schulz trank von ihrem Kaffee. »Zwischen dem Leitungsteam des Kongresses und Professor Gutowski gab es im Vorfeld einige Spannungen.«

»Der Leiter des Kongresses –«, sagte Pöppelmann.

»Professor Santino.«

»Genau. Er ist tot.«

Mathilda schlug sich die Hände vor das Gesicht. »Oh Gott, hatte er einen Unfall?«

»In gewisser Weise, ja.«

»Bestanden die erwähnten Spannungen zwischen Santino und Gutowski?«, fragte Zille.

»Nein.« Dr. Schulz hatte sich wieder gefangen, aber ihre freundliche Stimme hatte sich verändert. »Das Leitungsteam besteht, bestand aus drei Personen. Professor Köhler vom Institut für Biochemie, Klaus Zirko von der Handelskammer und eben Professor Santino. Klaus Zirko hat verhindert, dass Gutowski ins Leitungsteam kam.«

»Warum?«

»Er hält Thermoelektrizität für eine Sackgasse.«

»Und daran forschen Sie?«

Mathilda Schulz nickte. Und dann brach es aus ihr heraus. »Dieser Zirko ist ein aufgeblasener Affe, der überhaupt keine Ahnung von Naturwissenschaft hat.«

»Aber als Teilnehmer an der Konferenz konnte er Professor Gutowski akzeptieren?«, warf Pöppelmann ein.

»Nein, aber der Kompromiss sah vor, dass Gutowski die Keynote sprechen sollte, sonst hätte Santino das Handtuch geworfen.«

Zille staunte. »Wir haben heute schon einmal gehört, dass in der Wissenschaft ein rauer Ton herrscht.«

»Eitelkeit, Konkurrenz und Kompetenzgerangel sind integraler Bestandteil von Wissenschaft und Forschung.«

»Gehören Beschimpfungen und Bedrohungen auch dazu?«

»Beschimpfungen sicher, Bedrohungen sind eher die Ausnahme. Aber wieso fragen Sie das alles?«

Pöppelmann zögerte mit der Antwort und trommelte mit den Fingern auf den Tisch. »Es ist im Vorfeld des Kongresses zu ein paar unerfreulichen Ereignissen gekommen, deshalb bitten wir die Wissenschaftler, die an dem Kongress teilnehmen, um besondere Vorsicht.«

»In Bezug auf die Daten Ihrer Forschungsergebnisse und in Bezug auf die Kontaktaufnahme von unbekannten Personen. Auch virtuell«, ergänzte Zille.

»Datensicherheit wird bei uns großgeschrieben, aber was die Kontakte angeht, ist die Sache kompliziert.« Mathilda Schulz stockte einen Moment. »Stichwort Presse. Auf dem Kongress werden viele Pressevertreter herumlaufen.«

»Das stimmt. Aber es gibt auch andere Gruppen, die Interesse an den Forschungsergebnissen haben. Und wenn man die Daten nicht klauen kann, dann …«

»… klaut man die Menschen«, setzte Dr. Schulz den Satz fort. »Verstehe. Ist das Santino passiert?«

Pöppelmann hob entschuldigend die Hände. »Aus ermittlungstaktischen –«

Dr. Mathilda Schulz winkte ab. »Verstehe. Ich gebe die Hinweise und die Warnung an Professor Gutowski weiter.« Sie schaute auf die Uhr. »Jetzt muss ich noch einige Daten auswerten, sonst wird der Professor ungehalten.«

»Ich habe gesehen, dass Sie ein elektronisches Zahlenschloss an der Tür haben.« Zille trank seinen Kaffee aus und erhob sich. »Ändern Sie die Zahlenkombinationen regelmäßig?«

»Eher mäßig«, antwortete Dr. Schulz ehrlich. »Aber Anfang der Woche bekommen wir ein ganz neues System.«

»Eine letzte Frage habe ich noch«, sagte Pöppelmann und hielt seine Visitenkarte in der Hand. »Erhalten Sie Hassmails oder Ähnliches?«

»Sie meinen, von durchgeknallten Wissenschaftsleugnern?« Mathilda Schulz zog eine Augenbraue hoch. »Unter Verfahrenstechnik können sich nur wenige Leute etwas vorstellen. Insofern sind wir bisher verschont geblieben.«

Pöppelmann gab ihr seine Visitenkarte. »Falls doch, leiten Sie die E-Mails bitte an mich weiter.«

10

Finn Tiberius schaute aus dem Fenster seines Zimmers. Inzwischen kannte er jeden Strauch und jeden Baum in seinem Sichtfeld. Seit vier Tagen starrte er ständig aus diesem Fenster, wobei er gar nicht wusste, wonach er Ausschau hielt. Er hatte beängstigende Wolkenformationen und Platzregen beobachten können, auch sehr schöne Sonnenuntergänge und in klaren Nächten einen beeindruckenden Sternenhimmel, doch er hatte weder ein übermäßiges Interesse an Wetterphänomenen noch an Astronomie. Und ohne seine Apple Watch war er von der

Außenwelt abgeschnitten. Die war ihm wohl bei der Autofahrt, während er betäubt gewesen war, abgenommen worden. Nachdem sie in dem Safehouse angekommen waren, war er wieder aufgewacht. David, der blonde Hüne, und Michelle, die schwarzhaarige Frau, waren sehr freundlich zu ihm gewesen. Sie hatten auf der Fahrt alles besorgt, was er für seinen unfreiwilligen Aufenthalt benötigte, und ihn weitgehend in Ruhe gelassen.

Am Anfang seines Aufenthalts saß er manchmal mit David im Technikraum. Dann beobachteten sie auf den acht Monitoren die Bilder, die von den vielen hochauflösenden Kameras, die das Grundstück überwachten, übertragen wurden. Meistens sahen sie nur Bäume im Wind, manchmal Eichhörnchen und Vögel aller Art und ganz selten ein paar Rehe, die sich auf der Wiese hinter dem Haus, die außerhalb des Grundstücks lag, verlaufen hatten. Aber nach zwei Tagen war es Finn langweilig geworden.

Zum Glück konnte er sich im Haus und auch auf dem Grundstück frei bewegen, aber verlassen durfte er es nicht. Am dritten Tag hatte er vor, an den See hinterm Haus zu gehen, der allerdings außerhalb des Grundstücks lag. Dazu musste er den Zaun, der um das gesamte Grundstück verlief, überwinden. Dummerweise bekam er dabei einen Stromschlag, der ihn für einige Zeit außer Gefecht setzte. Als er wieder zu sich kam, lag er auf seinem Bett und sah in das wütende Gesicht von Michelle. Sie zeigte ihm einen Vogel und verließ wortlos das Zimmer. Abends erklärte sie ihm noch einmal, dass der Aufenthalt in diesem Haus seinem Schutz diene und der Zaun unliebsame Besucher abhalten solle. David und sie wären ihm sehr dankbar, wenn er sich zukünftig von dem Zaun fernhielte.

Finn setzte sich an seinen Tisch und klappte den Laptop auf, den er bekommen hatte, wie zu erwarten, ohne Internetzugang. Da er die installierten Spiele inzwischen langweilig fand, hatte er begonnen, Tagebuch zu schreiben. Er las seinen letzten Eintrag.

Ben wollte mich entführen und zu Kiki bringen. Aber warum? Er ist Journalist und will einen besonders spannenden Artikel über meine Forschungsergebnisse schreiben. Okay. Aber mich deshalb entführen? Das ist doch völlig wahnsinnig. Entweder ist er bescheuert, oder es geht um etwas anderes. Aber um was? Und was hat Kiki damit zu tun?

Finn fasste sich an die Nase und dachte nach. Er kam aber nicht sehr weit mit seinen Überlegungen, weil es an seiner Zimmertür klopfte und eine Frau hereinkam, die aussah wie Mitte zwanzig.

»Hallo, Finn, ich bin Claire und wurde dir ja bereits angekündigt.« Sie gab ihm die Hand, zeigte ihm ihren LKA-Ausweis und setzte sich zu ihm an den Tisch.

»Ja, Michelle hat mir erzählt, dass du was über den Typen wissen willst, der versucht hat, mich zu entführen.«

»Genau. Und über seine angebliche Komplizin. Denn wenn wir wissen, wer hinter dem Entführungsversuch steckt, dann werden wir uns die schnappen, und du kannst wieder nach Hause.«

»Warum kommt Zille nicht?«

»Zum einen aus Sicherheitsgründen. Die Entführer kennen offensichtlich deine Gewohnheiten. Sonst hätten sie dich nicht bei McDonald's kontaktiert. Es ist also anzunehmen, dass sie auch wissen, wo du wohnst und wer bei euch ein und aus geht.«

»Wie Zillinski, verstehe. Und der zweite Grund?«

»Er hat zu tun.« Claire blickte Finn aufmunternd an und holte einen Schreibblock aus ihrer Tasche. »Jetzt erzähle mir erst einmal, wie der Tag mit dem Entführungsversuch abgelaufen ist.«

Finn schaute sie fragend an.

»›Als ich morgens aufgestanden bin, war ich noch sooo müde …‹«

Finn lachte und setzte nahtlos an Claires Satz an: »›… deshalb habe ich mir erst mal einen Kaffee genehmigt und bin duschen gegangen.‹« Dann berichtete er detailliert, wie er zum Bahnhof ging und bei McDonald's plötzlich Ben hereinkam. Nach einer Viertelstunde beendete er seine Erzählung: »Als ich dann im Wagen von Michelle und David saß, bin ich eigeschlafen und in diesem Haus wieder aufgewacht.«

Claire nickte anerkennend und legte den Schreibblock auf den Tisch. »Das war sehr ausführlich. Sollte dir noch etwas einfallen, kannst du es mir jederzeit erzählen. Ich werde die nächsten Tage hier im Haus bleiben und dir Gesellschaft leisten.«

»Okay, das hört sich gut an.«

Claire blickte Finn freundlich an. »Unten im Keller ist eine Tischtennisplatte. Kannst du spielen?«

Finn nickte.

»Und nach dem Essen erzählst du mir etwas über deinen Aufenthalt in Schottland, und wir erstellen Phantombilder von den beiden Journalisten.«

»Kannst du so gut zeichnen?«

»Der Computer kann das besser.«

11

Den Vormittag hatte Janne mit einer ausgiebigen Meditation verbracht und war anschließend zum Wing-Tsun-Training gefahren, das sie in den letzten Wochen vernachlässigt hatte. Dafür hatte sie viel Ausdauersport gemacht und ein paar Krav-Maga-Kurse belegt. Obwohl sie schon auf Expertenlevel war, musste sie in Übung bleiben. Nach dem Training machte sie sich auf den Weg zu Elias. Sie hatten sich zu einer ersten Besprechung verabredet.

Vor Elias' Haus in der Albertiweg traf sie Zille, der mit seinem alten Ford Pick-up die Straße verpestete.

»Erfüllt dieses Auto irgendeine Euronorm?«, begrüßte Janne ihn.

»Ich freue mich auch, dich zu sehen.« Zille umarmte Janne. »Aber du hast recht. Das ist einfach kein Stadtauto.«

»Schaff deine Karre ab und versuche es mit Carsharing.«

Zille schaute Janne mit einem ungläubigen Blick an.

»Mache ich auch. Funktioniert wunderbar.«

»Und dein alter Volvo?«

»Steht an der Schlei.« Janne gab Zille einen Knuff auf den Arm. »Denk mal darüber nach.«

»Vielleicht könnte ich mein Auto auch auf dein Grundstück an die Schlei stellen?«

Auf Jannes Gesicht breitete sich ein Lächeln aus. »Wenn du es so liebst, selbstverständlich.«

»Dann kann ich nur nicht mehr spontan daran herumschrauben.«

»Kannst dir ja stattdessen einen Hund anschaffen.«

»Und daran rumschrauben?«

»Wie wäre es mit Gassigehen?«

Als die beiden Elias' Haus betraten, wurden sie von einem ihnen unbekannten Personenschützer abgetastet. Miroslav Eschenbrosch, Jannes Ex-Chef, hatte wohl neue Leute abgestellt, um Elias zu beschützen.

Beim Anblick des Besprechungsraums staunten die beiden nicht schlecht. Elias hatte ihn mehr als aufgehübscht. Am neuen ovalen Konferenztisch fanden mindestens acht Leute Platz. An der einen Längsseite hing jetzt ein großes weißes Glasboard, an der Stirnseite war ein interaktives Creativeboard mit einer berührungssensitiven Oberfläche befestigt.

»Du hast dich nicht nur neu eingerichtet, sondern auch die Technik aufgerüstet«, sagte Janne.

Elias nickte. »Und dazu gehört auch eine neue Software.«

»Du meinst Spyware«, erwiderte Zille schmunzelnd.

»Auch. Aber vor allem kann ich mich mit der neuen Software selber besser davor schützen, digital ausspioniert zu werden.«

»Zum Beispiel vor Dachhuhn vom BND.«

»Genau. Ich lasse mich von seinen Drohungen nicht einschüchtern und will nach wie vor die Wahrheit über den Tod meines Stiefvaters in Äthiopien wissen, darüber, welche Rolle der BND dabei gespielt hat.«

»Das kann ich gut verstehen.« Zille nickte zustimmend. »Zumal der Tod deines leiblichen Vaters während eurer Flucht in den siebziger Jahren vor den Wirren des Bürgerkriegs aus dem Libanon bis heute auch nicht aufgeklärt ist.«

Elias winkte ab. »Damit habe ich abgeschlossen und akzeptiere es als einen unglücklichen Unfall.«

Janne schenkte sich ein Glas Wasser ein. »Dass du dich digital besser schützt, ist wichtig. Doch genauso wichtig ist, dass Miro nach wie vor Personenschützer für dich bereitstellt. Wer weiß, welche perfiden Ideen sich Dachhuhn noch ausdenkt, um dich einzuschüchtern.«

»Sehe ich auch so.« Zille wanderte um den großen Tisch herum und machte ein fragendes Gesicht. »Ich weiß gar nicht, wo ich mich hinsetzen soll.«

»Der Kriminalhauptkommissar kann ja neben mir Platz nehmen«, sagte Elias spöttisch. »Dann kannst du auch die Boards gut sehen.«

»Bei meinem Besuch in Japan habe ich gelernt, dass man einen Raum erst einmal auf sich wirken lassen muss, um sich mit seiner Umgebung in Einklang zu bringen.«

»Bist du jetzt Feng-Shui-Meister?«, fragte Janne verblüfft.

Zille schüttelte den Kopf. »Es geht mir nicht nur darum, die guten Energien zu nutzen, die an einem Ort vorhanden sein sollten, an dem man lebt oder arbeitet. Vielmehr muss meine Seele sich mit diesem Raum vereinen.«

»Dann ist der Platz neben mir ja optimal.« Elias breitete seine Hände wie ein Priester aus und zeigte auf den Tisch. »Wenn du hier sitzt, sind Chips, Kaffee und Kekse in deiner unmittelbaren Umgebung.«

Zille setzte sich, schloss einen Moment die Augen und öffnete sie wieder. Dann goss er sich einen Kaffee ein, nahm einen Keks, den er wie immer eintunkte, bevor er ihn sich in den Mund schob. Mit seligem Gesichtsausdruck sagte er: »Es funktioniert.«

»Weil der Raum auch nach dem Kanso-Konzept eingerichtet ist«, sagte Elias. »Ein ganz neuer Trend aus Japan.«

»Und du bist sicher«, fragte Janne, »dass Chips und Kekse dazugehören?«

Elias schlug seine Kladde auf. »Ich berichte mal von unserem Besuch bei Familie Tiberius.«

Zille nickte zustimmend.

»Finn hat einen sehr geregelten Tagesablauf. Er geht montags, mittwochs und freitags gegen neun Uhr dreißig aus dem Haus zur Uni, meistens ins Institut für Biochemie.«

»Wenn er nicht verschlafen hat«, ergänzte Janne. »Dann frühstückt er nämlich vorher bei McDonald's am Dammtor. Dort arbeitet sein alter Schulfreund Sammy.«

»Kommt das häufiger vor?« Zille nahm sich einen weiteren Keks.

»Immer, behauptet seine Schwester.«

»Im Labor des Instituts hat er einen festen Arbeitsplatz, was eher ungewöhnlich ist, weil sich die Mitarbeiter die Plätze in der Regel teilen müssen«, fuhr Elias fort. »Finn jedoch nicht, weil er so gut ist.«

»Besser als sein Professor, behauptet sein Großvater, der mächtig stolz auf seinen Enkel ist«, sagte Janne. »Deshalb kann Finn ins Institut kommen und gehen, wann er will.«

»Der Großvater hat mir heute Morgen übrigens eine E-Mail geschickt. Er will mir seine Überlegungen über das mögliche Motiv der versuchten Entführung mitteilen.« Elias kratzte sich an seinem Dreitagebart. »Zurück zu Finn. An einem Nachmittag in der Woche trifft er sich mit anderen Traceur und Freerunnern zum Parkour-Laufen, und am Freitagnachmittag hat er seine Arbeitsgruppe mit Professor Köhler.«

»Dass er Traceur ist, wusste ich«, sagte Zille und wischte sich einen Krümel aus seinen Bartstoppeln. »Hat er eine Freundin?«

»Lucy, seine Schwester, meinte, er hätte was mit einer Frau aus der Parkour-Gruppe.« Janne zuckte mit den Achseln. »Einen Namen konnte sie mir aber nicht nennen.«

»Den Rest der Zeit hängt er viel zu Hause rum, auch bei seinem Großvater. Ansonsten liest er, schaut Serien und geht am Wochenende ab und zu mal tanzen, im ›Uebel und Gefährlich‹.« Elias klappte die Kladde zu.

»Muss man den Club kennen?«, fragte Zille.

Janne lachte. »In deinem Alter nicht mehr.«

»Wenn man Finn also eine Woche beobachtet, kennt man scheinbar sein ganzes Leben. Ziemlich berechenbar.« Zille runzelte die Stirn. »War bei mir irgendwie anders.«

Dann berichtete er von dem Leichenfund im Hamburger Hafen. »Bei Abrissarbeiten auf dem Gelände einer ehemaligen Maschinenfabrik am Billbrookdeich ist man in einer alten Halle auf eine Leiche gestoßen. Oder vielmehr auf das, was von ihr übrig geblieben ist. Das war vor zwei Tagen.« Zille griff in seine Aktentasche und legte zwei Fotos auf den Tisch. »Das ist oder besser war Professor Luigi Santino.«

»Der sieht ja übel aus.« Elias schaute angeekelt.

»Stimmt, von seinem Gesicht ist nicht mehr viel zu erkennen. Und sie haben ihm einige Finger gebrochen. Er sah jedenfalls aus, als wäre er von einer Straßenbahn überrollt worden. Santino wurde eindeutig gefoltert. Und den Rest haben die Ratten erledigt.«

»Todesursache?«, fragte Janne.

»Nachdem er gefoltert wurde, hat man ihn mit einem übergroßen Schraubenschlüssel mehrmals geschlagen, auch auf den Hinterkopf. Die Spurensicherung hat die Tatwaffe gefunden. Außerdem ist sie sicher, dass mehrere Leute anwesend waren.«

Elias hatte inzwischen die Fotos von Santino an das Board geheftet. »Wie lange war er schon tot, als er gefunden wurde?«

»Rechtsmedizinerin Freya Jensen sagt, etwa drei oder vier Tage.«

»Wie wurde er identifiziert?« Elias trank einen Schluck Wasser. »Die DNA-Analyse lässt doch bestimmt noch auf sich warten.«

»Stimmt«, bestätigte Zille. »Carmen Martinez von der Spurensicherung hat ihn erkannt. War irgendeine Berühmtheit aus Spanien.«

»Zufälle gibt's …«

»Und Pöppelmann hat in seiner Jackentasche eine Streichholzschachtel aus einem Hotel gefunden. Er und Anna sind dorthin, und die Mitarbeiter an der Rezeption haben bestätigt, dass Santino dort Gast war.«

»Dann haben Pöppelmann und Anna sein Zimmer inspiziert«, warf Janne ein.

»Genau.« Zille machte eine Pause, bevor er weitersprach. »Wir wissen inzwischen, dass er Professor für Biochemie war und am KIT lehrte, also an der Uni in Karlsruhe. Es kommt noch besser. Eine Mitarbeiterin des Hotels hat das Handy von Santino in seinem Sakko gefunden, das er ihr zur Reinigung gebracht hatte. Anna konnte das Handy hacken und so zwei wichtige Dinge erfahren: Er hat interessanterweise am Dienstagvormittag Finn Tiberius, also am Tag von Finns versuchter Entführung, eine Nachricht geschickt und seine Verabredung mit ihm im Institut für Biochemie um drei Stunden verschoben, weil er spontan zu einem Treffen mit dem Geschäftsführer oder neudeutsch CEO von CHEBIOS, einem großen Petrochemie-Unternehmen, eingeladen worden war. Von diesem Treffen hat er auch seiner Frau ganz euphorisch per SMS berichtet. Seit dieser SMS hat sie nichts mehr von ihm gehört.«

»Und habt ihr den CEO von CHEBIOS kontaktiert?«, fragte Elias.

»Das ist ein gewisser Dick Mighty. Er behauptete, dass er Santino nicht zu einem Treffen eingeladen habe, war allerdings eine Woche in Hamburg und hat Santino am Abend vor seinem Verschwinden noch bei einem Vortrag gehört. Er selbst sei aber abends noch nach London zurückgeflogen. Haben wir überprüft. Es stimmt.« Zille fasste sich an die Nase. »Santino wurde von einem Fahrer im Hotel abgeholt, wie die Mitarbeiter an der Rezeption übereinstimmend berichtet haben.«

»Das alles bedeutet«, schlussfolgerte Janne, »dass Santino am letzten Dienstag entführt und ermordet wurde.«

»Nach Freyas Madenanalyse werden wir Gewissheit haben.«

»Wie das?«, fragte Elias.

»So wie ich das verstanden habe, legen bestimmte Fliegen-
arten schon ein bis zwei Stunden nach dem Tod ihre Eier auf
der Leiche ab. Ein paar Tage später schlüpfen Maden, die von
Tag zu Tag größer werden.« Zille band sich seinen Zopf. »Aus
dem Entwicklungsstadium der Maden kann man rückschließen,
wie viele Tage sie alt sind.«

»Dann weiß man auch, wann die Eier gelegt wurden«, ergänzte Elias.

»Das ist dann wahrscheinlich auch die ungefähre Todeszeit.«
Janne nickte zustimmend.

»Ihr solltet zur Polizei gehen«, sagte Zille lachend und bediente sich jetzt zur Abwechslung an den Chips. »Die machen
süchtig«, bemerkte er mit vollem Mund.

»Hast du heute noch nichts gegessen?«, fragte Elias kopfschüttelnd.

Zille ignorierte die Frage. »Was ich noch sagen wollte: Anna
und Pöppelmann haben in Santinos Hotelzimmer eine Teilnehmerliste des Zukunftkongresses gefunden, zu dem auch Finn
eingeladen war. Anna hat sie überprüft und wichtige Details
herausgefunden. Zum einen, dass zwei Wissenschaftler, die auf
der Liste stehen, vor ein paar Wochen verschwunden sind –«

»Entführt?«, fragte Janne.

»Möglich. Und zum anderen, dass Santino der Kongressleit-
ter war.« Und dann berichtete Zille von den weiteren Recherchen, die er mit Pöppelmann durchgeführt hatte. »Inzwischen
wissen wir, dass der Kongress von einem Team geleitet wird,
einem Professor Köhler –«

»Das ist der Professor, bei dem Finn studiert. Interessant«,
murmelte Elias.

»– und einem Typen der Handelskammer, Zoko, nein, äh,
Zirko«, verbesserte sich Zille. »Und dieses Team scheint sich
nicht unbedingt einig gewesen zu sein. Die anderen Teilnehmer
des Kongresses, die schon in Hamburg sind und die wir aufgesucht haben, berichten ebenfalls von einem rauen Wind im
Wissenschaftsbetrieb. Fühlen sich aber nicht direkt bedroht.
Allerdings erhalten einige auch Hassmails.«

»Maja hatte auch schon welche in ihrem elektronischen Postfach«, sagte Elias. »Ein paar mit üblen Beschimpfungen.«

»Falls sie in den nächsten Tagen verstärkt mit solchen Mails bombardiert werden sollten, leiten die Wissenschaftler diese an Pöppelmann weiter.«

»Mord, Entführung, das hört sich so an, als ob alle Wissenschaftler, die auf dieser Liste stehen, gefährdet sein könnten.« Elias kratzte sich an seinem Dreitagebart. »Maja und ihre Doktorandin Greta Villinger müssten auch auf der Liste stehen.«

»Das tun sie auch«, bestätigte Zille. »Inwieweit sie gefährdet sind, kann ich nicht beurteilen. Vielleicht hängt das Gefährdungspotenzial von den Entdeckungen der Forscher ab.«

»Du meinst, das Motiv für das Verschwinden, die versuchte Entführung und den Mord hätte etwas mit den jeweiligen Forschungsthemen zu tun?«, fragte Janne.

»Warum nicht? Datenklau scheint im Wissenschaftssektor häufiger vorzukommen.«

»Interessante These.« Elias dachte nach. »Schick mir mal die Teilnehmerliste, Zille. Der sind bestimmt auch die Titel der Vorträge zu entnehmen.«

»Aber warum ermordet man dann einen Wissenschaftler?« Janne zog die Augenbrauen hoch. »Wenn er tot ist, kann er nichts mehr preisgeben.«

»Womöglich hat er vorher geredet.«

»Santino ist gefoltert worden«, sagte Zille, »aber dass er in dieser Situation einen wissenschaftlichen Vortrag hält, wage ich zu bezweifeln.«

»Vielleicht hat er Stichworte preisgegeben«, bemerkte Janne.

»Wie dem auch sei«, sagte Zille. »Der LKA-Chef hat verfügt, dass eine Sonderkommission eingerichtet wird, um den Mord und die versuchte Entführung im Umfeld des Zukunftskongresses zu untersuchen.«

»Bestehend aus den üblichen Verdächtigen?«, fragte Elias.

Zille nickte. »Wir ermitteln jetzt also in beiden Fällen. Und Schepanski bittet darum, gründlich und schnell zu arbeiten.«

»Ausnahmsweise«, kommentierte Elias lachend. »Trotzdem verstehe ich ihn. Der Kongress findet auch international große Aufmerksamkeit, und da will er verständlicherweise keine schlechte Presse haben.

»Okay. Gibt es was Neues von Finn?«, fragte Janne.

»Ich habe die Sicherheitsvorkehrungen im Safehouse insgesamt verstärkt und noch eine weitere Kollegin dorthin geschickt. Gestern hat sie ein längeres Gespräch mit Finn geführt. Dabei hat er seinen Entführer und dessen mutmaßliche Komplizin beschrieben. Es sind die beiden Journalisten, die ihn in Glasgow umgarnt haben.«

»Gibt es Phantombilder?

»Ja, leider mehrere.«

»Bitte?«

»Na ja, der Mann, Ben, hat für Hamburg sein Äußeres verändert.«

»Woran hat er ihn dann erkannt?«, fragte Elias.

»Letztlich an seinem englischen Akzent.«

»Damit sind die Bilder wertlos«, stellte Janne fest.

»Die mutmaßliche Komplizin hat er in Hamburg nicht gesehen«, sagte Zille.

»Das könnte bedeuten, dass ihr Phantombild noch ihrem Aussehen in Schottland entspricht«, spekulierte Elias. »Schick mir alle Fotos zu.«

»Mach ich, sobald ich sie habe.«

Elias überlegte. »Wir sollten die Aufgaben verteilen.«

Janne und Zille blickten ihn aufmerksam an.

»Da ist Sammy, der Freund von Finn, der bei McDonald's arbeitet. Vielleicht hat er am Tag der Entführung gearbeitet.«

»Ich könnte zu Sammy gehen«, sagte Janne.

»Lass mich das machen«, warf Zillinski ein, »da kann ich gleich mal den neuen Big Bacon Raclette probieren.«

»Zille, isst du auch noch was anderes?«, fragte Elias besorgt.

»Kekse«, erwiderte dieser grinsend und nahm den letzten aus der Schale.

Elias räusperte sich. »Janne, dann geh du doch zur Uni und

hör dich mal im Institut um, in dem Finn tätig war.« Er schaute auf seine Uhr und sagte zu Zille: »Und wir gehen jetzt Fußball spielen.«

12

Janne war nach der anstrengenden Sitzung bei Elias in ihre Wohnung auf St. Pauli gefahren, hatte sich umgezogen und war joggen gegangen. Nach neunzig Minuten kam sie verschwitzt zurück und sprang unter die Dusche. Sie hatte gerade das Wasser ausgestellt, als ihr Handy klingelte. Anna war am Telefon, und sie verabredeten sich zum Essen. Janne schrieb noch schnell eine Mail an eine Wissenschaftlerin aus Finns Arbeitsgruppe und machte sich dann auf den Weg zu Annas Lieblingsitaliener in der Michaelisstraße.

Die Dämmerung hatte bereits eingesetzt und Janne nutzte den lauen Septemberabend für einen Spaziergang. Sie lief durch die Kastanienstraße bis zum Zirkusweg und nahm dann die Abkürzung durch den Alten Elbpark, der genau zwischen den Stadtteilen St. Pauli und Neustadt lag. Bevor dieser Teil der Hamburger Wallanlagen völig verwahrloste, hatte die Stadt beschlossen, den Park aufzuwerten, und neue Treppenanlagen sowie Sitzbereiche angelegt. Den eigentlichen Schandfleck, so fand Janne, dieses monumentale und hässliche Bismarck-Denkmal, wollte man leider stehen lassen.

Sie war gerade am Fuße des Denkmals angekommen und schaute ungläubig an dem alten Mann hoch, als sie Geräusche von der Plattform des Sockels hörte. Erst war es ein Wimmern, und als dann ein Schluchzen folgte, war Janne sich sicher, was dort oben auf der Rückseite des Denkmals vor sich ging. Sofort schossen ihr Bilder in den Kopf, als sie als Jugendliche vergeblich versucht hatte, ihre Freundin Solveig vor dem Ertrinken zu retten. Solveig war drei Männern, die sie vergewaltigten, schließlich entwischt und in Panik auf das Eis eines zugefrorenen Sees gelaufen und eingebrochen. Die Männer konnten entkommen. Janne lief es kalt den Rücken herunter. Hier und heute würde niemand vergewaltigt werden und auch kein Täter entkommen. Sofort stürmte sie die Treppen hinauf. Sie sah, wie ein blonder Mann mit seinem linken Arm von hinten den Brustkorb einer jungen Frau umklammerte und ihr mit der rechten Hand den Mund zuhielt.

»Wenn du zu laut wimmerst, du Schlampe, schlitz ich dir die Kehle auf«, geiferte er.

Ein zweiter Mann nestelte ungeduldig an der Hose der jungen Frau herum und versuchte, sie herunterzuziehen. Er war damit so beschäftigt, dass er den Angriff auf seinen Kumpel nicht kommen sah. Mit wenigen Schritten war Janne hinter dem Blondschopf und schlug ihm mit beiden Fäusten auf die Ohren. Mit einem martialischen Schrei ließ er die Frau los. Janne riss ihn herum, sah in sein schmerzverzerrtes Gesicht und setzte ihn dann mit einem Handkantenschlag auf die Halsschlagader außer Gefecht. Dann wandte sie sich dem anderen Mann zu. Zu ihrer Überraschung sah sie, dass dieser sich krümmte und sich die Hände zwischen seine Beine hielt.

»Das wirst du mir büßen, du Hexe«, presste er mit heiserer Stimme hervor. Bevor er sich aufrichten konnte, war Janne bei ihm und verpasste ihm einen Faustschlag in den Nacken.

»Schlaf gut, Arschloch.« Jetzt erst sah Janne die junge Frau an, die zitternd auf die beiden am Boden liegenden Männer blickte. Vor ihr stand eine echte Punkerin: bunte, abstehende Haare, gepierct und mit einem Nasenring. »Sind die tot?«

»Nein«, sagte Janne leise und nahm die Punkerin in den Arm. Jetzt löste sich deren ganze Anspannung, und die junge Frau begann zu weinen.

»Das Schlimmste haben wir verhindert.« Janne tröstete sie eine Weile schweigend und löste sich dann aus der Umarmung. »Hast du einen Namen?«

»Rita.«

»Das nächste Mal trittst du noch härter zu.« Janne zeigte auf die beiden Männer. »Komm, wir haben noch was zu tun, Rita.

Wir nehmen ihnen die Gürtel weg und ziehen ihnen dann die Hosen herunter.«

»Warum das?«, fragte Jasmin voller Ekel.

»Ich finde, die Menschen hier im Viertel sollten wissen, was das für Schweine sind.«

Zwanzig Minuten später saßen die beiden Vergewaltiger mit heruntergelassenen Hosen auf den Stufen des Bismarck-Denkmals, mit je einer Gürtelschlaufe um Pimmel und Hände. Die beiden langen Gürtelenden waren miteinander verknotet.

»Ein bisschen provisorisch«, befand Janne, »aber eine Zeit lang sollte es halten. Außerdem«, sie zückte ihr Handy, »gibt es noch ein Foto für die Ewigkeit.«

»Moment«, intervenierte Rita.

Janne sah sie erstaunt an.

»Ich habe auch eine Idee für die Ewigkeit.« Rita zerriss die T-Shirts der Männer. Sie bückte sich und hob eine Glasscherbe auf, mit der sie einen Buchstaben auf ihre Oberkörper ritzte. »V wie Vendetta. Wenn das Blut trocknet, kann man es gut sehen.«

»Oder V für Vergewaltiger«, murmelte Janne und machte jetzt ihr Foto.

»Lädst du es auf Social Media hoch?«

»Ich schulde ein paar alternativen Journalisten noch eine Story«, erwiderte Janne und machte sich auf den Weg zum Restaurant. Sie hatte jetzt mächtig Hunger.

13

Hätte Janne gewusst, dass ihr Treffen mit Anna in der Pyjama Bar auf dem Kiez erst zu später beziehungsweise früher Stunde enden würde, hätte sie keinen Termin für elf bei der Teamleiterin von Finn Tiberius' Arbeitsgruppe vorgeschlagen. Diese hatte gestern Abend noch zugesagt. Also hatte sie nach dem mühsamen Aufstehen zunächst einen Espresso mit Zitronensaft getrunken und anschließend ein paar saure Gurken, Salzstangen sowie Brühe zum Frühstück verzehrt. Ein Geheimrezept ihrer Freundin Liv. Norweger kannten sich mit einem Katerfrühstück gut aus. Dann hatte sie sich aufs Fahrrad geschwungen und war zum Martin-Luther-King-Platz gefahren, um sich dort mit Dr. Paula Rudowski zu treffen.

Davon abgesehen, dass Fahrradfahren in einer Großstadt aufgrund der Abgase sowieso ungesund war, war diese spezielle Fahrt auch noch lebensgefährlich gewesen. Auf der Bernstorffstraße war sie zweimal von einem Auto im Abstand von maximal zehn Zentimetern überholt worden, in der Schanzenstraße hatte sie nur mit Mühe einem rückwärts ausparkenden Auto ausweichen können, und beim Überqueren der Schröderstiftstraße hatte ihr ein Mülllaster die Vorfahrt genommen. Es kam ihr wie ein Wunder vor, dass sie dennoch unbeschadet das Institut für Biochemie erreicht hatte und nun bei Frau Dr. Rudowski an der Tür ihres Büros anklopfen konnte.

»Ist offen, kommen Sie rein.«

Janne trat ein und wurde von einer dunkelhaarigen, attraktiven Frau Anfang vierzig begrüßt. Janne war ganz fasziniert. Sie hatte etwas Aristokratisches an sich.

»Setzen Sie sich, Frau Bakken. Was Sie mir über Finn berichtet haben, ist ja furchtbar. Ist er wirklich in Gefahr?« Frau Rudowski reichte Janne unaufgefordert einen Becher Kaffee.

Janne nahm dankend an. »Er ist in Sicherheit, aber wir würden gerne wissen, wer es auf ihn abgesehen hat.« Sie nippte an der Kaffeetasse. »Und deshalb benötigen wir so viele Informationen wie möglich von Ihnen, um uns ein besseres Bild von Finns Forschung machen zu können.«

»Das kann ich gut verstehen. Wir können uns alle nicht vorstellen, wer zu so etwas fähig wäre.«

»Gibt es denn keine Konkurrenz unter Wissenschaftlern?«

»Doch, es kommt schon vor, dass Forschungsergebnisse, äh …«, Dr. Rudowski schien nach einem passenden Wort zu suchen, »… gestohlen werden. Aber dazu muss man auch Zugriff auf die Daten haben.«

»Verstehe«, erwiderte Janne, »aber Finn ist doch Mitglied in einer Arbeitsgruppe.«

Paula Rudowski lachte. »Darüber sind wir auch sehr froh. Doch wir reden nicht über Finns Forschung, sondern er unterstützt uns bei den Projekten, die jeder Einzelne von uns bearbeitet.«

»Sie wissen also nicht, woran Finn forscht?«, fragte Janne ungläubig.

»Doch, schon. Er erforscht die Möglichkeiten von künstlicher Photosynthese zur Energiegewinnung. Aber wir wissen nur das, was er auch in Glasgow vorgetragen hat. Und wir wissen, dass ihm vor Kurzem offenbar ein großer Durchbruch gelungen ist.«

»Nichts Genaueres?«

»Nein, selbst Professor Köhler weiß nicht mehr, was ihn übrigens sehr ärgert.«

»Aber Finn forscht doch hier im Institut.«

»Die entscheidenden Untersuchungen macht er zu Hause. Zusammen mit seinem Großvater. Und seine Forschungsergebnisse wird er gut versteckt haben. Dafür wird sein Großvater, der alte Weichbolt, schon gesorgt haben.«

»Kennen Sie Professor Weichbolt?«

»Nicht persönlich. Doch es ranken sich Legenden um ihn. Er war früher hier der Institutsleiter.«

»Verstehe«, Janne nickte. »Dann ist Professor Köhler sicher nicht gut auf seinen Vorgänger zu sprechen.«

»So könnte man es ausdrücken«, erwiderte Rudowski vorsichtig.

»Hat es denn bei Ihnen im Institut schon mal ein Datenleck gegeben?«

Dr. Rudowski zierte sich ein bisschen. »Na ja, manchmal gibt es Ärger unter den wissenschaftlichen Mitarbeitern und Masterstudenten wegen angeblichem Kopieren von Ergebnissen. Richtig belegen und beweisen konnte das aber bisher niemand. Genauso wenig wie den Vorwurf von Sabotage, den vor einem Jahr ein Student erhoben hat.«

»Und Datenklau von außen?«

»Ist mir nicht bekannt.« Die Antwort kam wie aus der Pistole geschossen.

Janne war sich sicher, dass Dr. Rudowski log, und würde mal bei Professor Weichbolt, Finns Großvater, nachfragen.

»Gab es dann vielleicht Bedrohungen von außen?«

»Was Sie alles wissen wollen.«

»Die versuchte Entführung eines Mitarbeiters Ihres Instituts gibt uns schon Anlass zur Sorge.«

»Das Institut hat immer schon hin und wieder merkwürdige E-Mails erhalten. Doch seit bekannt ist, dass wir diesen Zukunftskongress veranstalten, haben sich diese Art E-Mails gehäuft. Und in der letzten Woche haben wir sogar eine ganz üble Mail bekommen.«

»Haben Sie das der Polizei gemeldet?«

»Ich habe die Mail an Professor Köhler weitergeleitet.«

»Haben Sie die Mail noch?«

Dr. Rudowski durchwühlte einen Papierstapel auf ihrem Schreibtisch und fischte ein Blatt Papier heraus. »Lesen Sie selbst.«

Janne nahm das Blatt und überflog die Zeilen.

Die vorherrschende materialistische Wissenschaft und allen voran Ihr Institut will uns weismachen, dass sie alle Probleme dieser Welt erklären und lösen kann. Aber sie trägt nur dazu bei, alle moralischen Werte dem schnöden Mammon unterzuordnen. Dabei schreckt sie auch nicht davor zurück, uns mit angeblich bewiesenen Tatsachen in die Irre zu führen und glauben zu lassen, der Klimawandel wäre menschengemacht, Krankheiten würden zufällig ausbrechen und Armut entstünde aus mangelnder Leistungsbereitschaft.

Die materialistische Wissenschaft ist abhängig von Konzernen und Regierungen und dreht ihre Ergebnisse so hin, dass sie ihren Geldgebern passen.

Unser Ziel muss die Zerstörung der etablierten Wissen-

schaft sein, denn sie ist Ursache für den Materialismus.
Wenn wir die vorherrschende materialistische Wissen-
schaft eliminieren, kann der Mensch wieder zu sich selbst
finden. Während des sogenannten Zukunftskongresses
werden wir mit unserer Mission beginnen.
Zur Natur, zu Gott und zum Glauben.

Janne atmete tief durch und trank ihren Kaffee aus. »Heftig, das hört sich nach religiösen Fanatikern an.«

»Könnte sein. Muss man das ernst nehmen?«

»Unbedingt. Das ist eine direkte Drohung. Bitte sagen Sie Professor Köhler, dass er sich möglichst umgehend bei Kriminalhauptkommissar Pöppelmann vom LKA melden soll. Ich werde das auch weitergeben und eine Kopie der E-Mail mitnehmen. Und jetzt brauch ich dringend noch einen Kaffee.«

Dr. Rudowski stand auf und holte Janne noch einen Becher Kaffee. Dann setzte Janne ihre Befragung fort. »Finn wollte sich mit einem Professor Santino hier im Institut treffen, letzten Dienstag. Wussten Sie davon?«

»Alle wussten es. Santino forscht wie Finn über die künstliche Photosynthese und ist Leiter des Zukunftskongresses, der demnächst hier in Hamburg stattfinden soll und, wie ich bereits erwähnte, von unserem Institut ausgerichtet wird. Er ist aber nicht aufgetaucht.«

»Haben Sie sich nicht gewundert, dass er sich nicht wenigstens gemeldet hat?«

»Nein, Finn hatte uns mitgeteilt, dass der Termin verschoben wurde. Das war alles. Und da es sich ja um eine Verabredung zwischen den beiden gehandelt hat, haben wir uns nichts weiter dabei gedacht.« Dr. Rudowski räusperte sich. »Allerdings hatten wir am Freitag wegen des Kongresses auch einen Termin mit Santino –«

»Zu dem er nicht erschienen ist?«

»Ich wollte nach unserem Gespräch Kontakt mit ihm aufnehmen. Ist ihm auch –?« Sie sah Janne mit großen Augen an.

»Ja, leider ist er verstorben. Unter sehr unschönen Umständen.« Janne biss sich auf die Lippen. »Die Polizei kann Ihnen Genaueres mitteilen.« Janne machte eine Pause. »Sie müssen sich wohl einen neuen Kongressleiter suchen.«

»Ich denke, den Job muss ich dann übernehmen.«

»Nicht Professor Köhler?« Janne war überrascht.

»Er ist mit vielen anderen Dingen beschäftigt und begleitet den Kongress im Hintergrund.«

»Na dann. Ich danke Ihnen für Ihre Zeit.« Janne stellte die halb volle Kaffeetasse auf den Schreibtisch. »Eine letzte Frage habe ich noch. Hätten Sie ein Kongressprogramm für mich?«

Janne stand auf dem Martin-Luther-King-Platz und versuchte, Elias anzurufen, konnte ihn aber nicht erreichen. Also rief sie Zille an.

»Janne, schön, dich zu hören.«

»Ich war gerade in der Uni und habe interessante Neuigkeiten.«

»Ich höre.«

»Das Institut hat eine üble Drohmail erhalten, und zwar im Zusammenhang mit dem Kongress.«

»Ich kann mir schon vorstellen, dass so ein Zukunftskongress die Ewiggestrigen auf den Plan ruft. Vielleicht tatsächlich eine Spur.«

»Auch interessant ist, dass Finn die meiste Zeit mit seinem Opa zu Hause forscht, nicht in der Uni.«

»Dass Weichbolt ein Labor im Keller hat, weiß ich. Aber dass er dort mit Finn geforscht hat, ist mir neu. Wäre eine wichtige Information für Elias' Gespräch mit ihm.«

»Ich erreiche Elias aber nicht.«

»Macht nichts. Die treffen sich erst morgen oder übermorgen.«

»Okay«, seufzte Janne erleichtert.

»Janne, wir müssen später weiterreden, ich bin gerade am Dammtor und will mit diesem Sammy reden.«

»Gut, dann bis später. Guten Appetit!«

Als Zille McDonald's betrat, schaute er sich erst einmal um. Es war nur eine Kasse geöffnet, und Sammy hatte reichlich zu tun. Aber Zille sah auch zwei weitere Mitarbeiter, die in einer Ecke standen und ein Schwätzchen hielten. Offenbar hatten sie nicht vor, ihren Kollegen in nächster Zeit zu unterstützen. Zille zückte seinen Ausweis, ging zu Sammy hinter den Tresen und sprach zu den Kunden: »Sie werden ab sofort an Kasse zwei und drei bedient.« Zille wandte sich an Sammy und fragte ihn leise: »Wie heißen die beiden Mitarbeiter in der Ecke?«

»Willi und Mila.«

»Und zwar«, Zille wurde lauter, »von Willi und Mila.«

»Oh Mann«, stöhnte Sammy, »jetzt krieg ich Ärger.«

»Quatsch, ich bin im Dienst und muss mit dir reden«, beruhigte Zille ihn. »Aber erst einmal besorgst du mir einen Big Bacon Raclette. Ich sitze dort am Fenster.«

Sammy kam nach ein paar Minuten mit dem Big Bacon Raclette und einer Cola. »Die Cola ist für mich«, sagte Sammy und setzte sich.

Zillinski biss in den Burger. »Nicht schlecht«, nuschelte er mit vollem Mund.

»Mann, was geht hier ab? Die denken alle, ich bin ein Azzlack.«

»Ein was?« Zille biss erneut ab.

»Ein Azzlack.«

»Bin nicht schwerhörig.«

»Na, ein Gangster oder so.«

»Wieso, hast du was ausgefressen?«

»Nein.« Sammy stand der Schweiß auf der Stirn. Neben ihm saß ein Bulle. Vielleicht sollte er seine Sprache mäßigen.

»Nun trink die Cola und komm runter. Ich will nur eine Info von dir.« Zille holte ein Foto von Finn aus seiner Jacke und legte es auf den Tisch. »Kennst du den?«

»Jap, das ist Finn.«

»Wann hast du ihn das letzte Mal gesehen?«

»Oh Mann, ich seh am Tag tausend Leute, keine Ahnung.«

»Nun streng dein Hirn mal an. Vor zwei Tagen oder vier?«

»Nee, ist länger her.« Sammy schaute auf seine Uhr. »Ich muss wieder –«

»Ich entscheide, wann deine Pause zu Ende ist«, stoppte ihn Zille. »Erinnerst du dich an den Wochentag?«

Finn schaute wieder auf seine Uhr.

»Nun schau doch nicht immer auf –«

»Nein, nein, jetzt weiß ich es.« Er fummelte an seiner Uhr herum. »War am Dienstag, 3. September.« Sammy blickte Zille stolz an.

»Und woher kommt jetzt die wundersame Eingebung?«

»Na, ich hab jetzt 'ne Apple Watch, so wie Finn. Da hat er mir eine Nachricht zukommen lassen. Über die Walkie-Talkie-App.«

Zille kannte die Geschichte zwar schon, wollte aber auch noch einmal Sammys Version hören.

»Hier, hören Sie selbst.«

Zille hörte Finns leise, gepresst gesprochene Nachricht. »Komme gleich mit dem Typen aus Glasgow, lenk ihn ab.«

Und dann erzählte Sammy Zille den Ablauf vom Dienstagvormittag in aller Ausführlichkeit. Zille musste seine ganze professionelle Geduld aufbringen, um Sammy nicht zu unterbrechen. Schließlich kam er zum Ende. »Echt krass, der Typ hat Finn mit 'ner Knarre bedroht. Wie im Film.«

»Und warum hast du nicht die Polizei verständigt?«

»Finn ist doch abgehauen. Gefahr gebannt. Finn ist viel zu schnell, deshalb hätte der Typ ihn nie einholen können. Seitdem habe ich Finn aber nicht mehr gesehen.«

Zille schob den letzten Bissen vom Big Bacon in den Mund. »Ist dir sonst noch etwas aufgefallen?«

Sammy fuhr sich mit den Händen durch die Haare. Dann schloss er die Augen.

»Willst du jetzt ein Nickerchen machen?«, fragte Zille gereizt.

»Nein«, antwortete Sammy leise, ohne die Augen zu öffnen. »Ich gehe in mich.«

»Na dann. Hoffentlich kommst du bald wieder raus.« Zille

überlegte, ob er noch einen Big Mac bestellen sollte, um die Wartezeit zu verkürzen.

»Er hatte ein Tattoo am linken Handgelenk.« Sammy öffnete die Augen. »Als Finn ihn geschubst hat, ist er hingefallen.«

»Sagtest du schon.«

»Der Ärmel seines Mantels ist hochgerutscht. Es sah aus wie Punkte, größere Punkte.«

»Geht's nicht genauer?«

»Die haben mich an irgendetwas erinnert. Neulich war so ein Typ hier, mit Ringen in der Nase. Und der hatte ein Kapuzenshirt an.«

»Ja und?«

»Äh, da waren diese großen Punkte auch drauf.« Sammy überlegte. »Und als er sich seine Doppel-Burger, vier Stück, genommen hatte, ist er zum Eingang.«

Zille wurde langsam unruhig.

»Und hinten auf dem Shirt stand ›taz‹.«

»Das ist eine Zeitung. Und die haben als Logo eine Wolfstatze.«

»Ah, das kann sein. Ein Punkt war nämlich auch dicker. Und drum herum kleinere.« Sammy fischte einen Stift aus seiner Hosentasche und malte dann das Tattoo auf Zilles Serviette. »So in etwa. Und es waren mehrere.«

»Super.« Zille steckte die Serviette ein.

Sammy sah Zille besorgt an. »Ist Finn was passiert?«

»Nein, er ist in Sicherheit.«

»Gut. Der Typ sah echt gefährlich aus.«

»Wie im Film.« Zillinski stand auf. »Vielen Dank, Sammy, warst eine große Hilfe.«

Sammy strahlte. »Gerne. Immer wieder.«

»Okay.« Zille klopfte Sammy auf die Schulter. »Jetzt gehen wir mal zu deinem Boss. Dem erzähle ich dann, dass du kein Altsack –«

»Azzlack.«

»Genau, sondern ein Held bist und dass er mir die Überwachungsaufnahmen vom 3. September geben soll.«

»Den Gang können Sie sich sparen. Die Kameras sind seit ein paar Wochen im A… äh, defekt.«

»Ganz schön blöd«, sagte Zille genervt. Er verließ den Burgerladen nachdenklich und machte sich auf den Weg zum Polizeipräsidium, um sich mit Pöppelmann zu treffen. Er hatte ihm versprochen, beim Aufräumen seines Büros zu helfen. Dabei könnten sie auch die neusten Erkenntnisse über die versuchte Entführung von Finn und den Mord an Santino austauschen. Zille suchte zurzeit gerne die Gesellschaft anderer Menschen. Seitdem Britta vom BKA zu Europol nach Den Haag gewechselt war, sahen sie sich noch seltener als vorher. Sie arbeitete noch mehr und war zudem häufig in ganz Europa unterwegs. Und immer, wenn er alleine war, kreisten seine Gedanken um die Frage, wie sich dieser Zustand ändern ließe. Außer Lottospielen und auf einen Gewinn in Millionenhöhe zu hoffen, um finanziell nicht auf seinen Job angewiesen zu sein, war ihm noch nicht viel eingefallen.

Am Stephansplatz kaufte er vier Franzbrötchen und stieg in die U1 nach Alsterdorf.

14

Ben und Kiki saßen in einem Imbiss an der Seehafenstraße.

»Wer hat dir denn diesen Treffpunkt vorgeschlagen?«, fragte Kiki entsetzt.

»Karl und Ralf«, antwortete Ben. »Die hätten hier einen super Döner, und um diese Uhrzeit wär es hier fast immer leer.«

Ihre beiden Spezialdöner wurden gebracht, und Ben machte sich sofort über seinen her. Während er ihn mit beiden Händen in den Mund schob, versuchte Kiki, den Döner mit Messer und Gabel zu essen.

»Dieses Unterfangen ist zum Scheitern verurteilt«, sagte Ben mit vollem Mund.

»So versaue ich mir wenigstens nicht meine Kleidung.«

»Aber dir geht der Genuss beim Reinbeißen verloren.«

»Darauf kann ich verzichten.« Kiki holte den Inhalt aus der Fladenbrottasche und pickte einige Fleischstücke mit der Gabel auf. »Wann kommt die Verstärkung?«

Ben schaute auf die Uhr. »Die beiden müssten bald hier sein.«

Zehn Minuten später kamen Karl und Ralf herein, bestellten jeder eine Cola und setzten sich zu Kiki und Ben an den Tisch.

Kiki schob ihren Teller zur Seite. »Die wesentlichen Informationen habt ihr ja schon. Gutowski arbeitet gerne abends, und zwar nur mit einer bestimmten wissenschaftlichen Mitarbeiterin. Sein Labor ist im Keller.«

»Kann mir schon vorstellen, warum«, sagte Ben grinsend.

Kiki verzog ihr Gesicht. »Er forscht an einer neuartigen Methode der Stromerzeugung, und die Ergebnisse möchte er nur mit wenigen Mitarbeitern teilen. Er vertraut ihr.«

»Und du bist dir sicher, dass die beiden allein im Institut sind?«

»Dienstagabends haben die Mitarbeiter ihren regelmäßigen Stammtisch in der Hamburger Innenstadt. Deshalb verlassen sie spätestens um siebzehn Uhr das Institut.«

»Und die besagte Mitarbeiterin geht da nicht mit?«, fragte Ralf verwundert.

»Nein, sie weiß das Privileg zu schätzen, dass Gutowski ihr vertraut.«

»Na dann. Sollen wir beide entführen?«, fragte Karl.

»Nein, nur Gutowski. Deshalb geht ihr maskiert ins Haus.«

»Wie kommen wir da rein?«, wollte Ralf wissen.

»Durch die Eingangstür.«

»Sollen wir sie aufsprengen? Ich habe alles dabei.«

Kiki verdrehte die Augen. »Die Entführung soll unauffällig und möglichst ohne Gewalt ablaufen.« Sie griff in ihre Jackentasche und holte einen Zettel heraus. »Das ist der Türcode.«

»Wie bist du an den Code gekommen?«, fragte Ben neugierig.

»Mit Geduld. Ich habe gestern Mitarbeiter beobachtet, wie

sie den Code benutzt haben. Vier von ihnen haben es so gemacht, dass ich freien Blick auf das Tastenfeld hatte.«

»Und du bist sicher, dass die Zahlen stimmen?« Die Skepsis war Karl anzuhören.

Kiki ignorierte die Frage und gab Ben einen Zettel. »Hier ist der Grundriss des Instituts. Habe ich auf der Website des Instituts gefunden.« Dann warf sie einen Blick auf ihre Uhr. »In einer Stunde geht es los. Ihr könnt euch also noch einen Döner bestellen.«

Als der schwarze Mercedes-Kleinbus vor dem einstöckigen Flachdachbau im Ehestorfer Weg hielt, hatte es stark zu regnen begonnen. Die Straße war menschenleer. Drei schwarz gekleidete Gestalten, einer mit einem Rucksack, liefen zu dem Haus, in dem sich Gutowskis Institut für alternative Verfahrenstechnik befand. Vor der Haustür zogen sie sich Masken über den Kopf und öffneten mit dem Zahlencode die Tür. Kiki, die am Steuer wartete, beobachtete, wie ihre Komplizen im Haus verschwanden. »Hoffentlich erledigen sie die Aufgabe leise und sauber«, murmelte sie.

Ben, Karl und Ralf gelangten vom Eingang sofort in einen quadratischen Flur, von dem zwei Büroräume und ein langer Gang abgingen. Ben hatte sich den Grundriss eingeprägt und wusste, dass am Ende des Gangs die vermuteten Mitarbeiterlabore lagen. Vorsichtig ging er voran, Karl und Ralf folgten ihm. Nach wenigen Metern führte rechts eine Treppe in das Untergeschoss. Ben blieb stehen und lauschte. Leise Stimmen waren zu hören. »Dort unten finden wir das Geheimlabor«, flüsterte er. »Checkt aber lieber mal die Räume am Ende dieses Gangs und schaut nach, ob die anderen Mitarbeiter wirklich alle weg sind, damit wir keine Überraschung erleben.«

Karl und Ralf folgten Bens Befehl, huschten zu den hinteren Räumen, öffneten sie leise und warfen einen Blick hinein. Dann kamen sie zurück und gaben Ben ein Zeichen, dass alles okay sei. Jetzt stiegen die drei Männer die Treppe hinunter, die in eine Art Lagerraum mit allerlei Geräten und Materialien führte. Die Stimmen waren jetzt deutlich zu hören.

»Kannst du die Daten jetzt auswerten, Mathilda?«

»Sicher, das kann aber eine Weile dauern.«

»Das macht nichts. Ich brauche auch einige Zeit, um den nächsten Versuch vorzubereiten. Komm zu mir ins Labor, wenn du fertig bist.« Dann hörte man eine Tür zuschlagen.

»Gutowski ist jetzt bestimmt wieder im Labor.« Ben holte eine Elektroschockpistole aus seiner Tasche und raunte dann: »Und seine Tussi ist alleine.«

Die Männer schlichen durch den Lagerraum. Die Tür zum Büro war nur angelehnt. Karl legte seine Finger dagegen, worauf sie lautlos aufglitt und er Mathildas Rücken sehen konnte. Sie hatte Kopfhörer auf, saß vor einem Computer und bearbeitete die Tastatur. Ben richtete die Pistole auf sie, um sie auszuschalten, als er von Karl zurückgehalten wurde.

»Noch nicht, die Tür könnte verriegelt sein«, zischte er und zeigte auf das elektronische Zahlenschloss an der Labortür.

Mathilda hatte den Kopfhörer inzwischen abgesetzt und blickte überrascht über ihre Schulter. Sie drehte sich dann langsam mit dem Schreibtischstuhl zu den Männern um. Als sie die Pistole sah, wollte sie schreien, doch Ralf warnte sie eindringlich.

»Ich würde die Klappe halten, Schätzchen, sonst …«

»Gib uns den Türcode, und wir schicken dich nur schlafen«, sagte Ben mit zuckersüßer Stimme.

Mathilda blickte Ben hasserfüllt in die Augen. »Niemals.«

Ben ging langsam auf die Wissenschaftlerin zu. »Wir haben nicht viel Zeit.« Dann zeigte er auf die Pistole. »Weißt du, was das ist?«

Mathilda nickte.

»Dann weißt du auch, was das Gerät bewirkt?«

Mathilda nickte erneut.

»Die hat fünfhunderttausend Volt. Das tut weh.«

»Und manchmal kann es auch tödlich enden«, ergänzte Karl lächelnd.

»Ich sage trotzdem nichts«, presste Mathilda heraus.

»Nun spiel nicht die Heldin.« Ben stand jetzt vor ihr. »Glaub mir, ich krieg von jedem die Informationen, die ich haben will.« Er wandte sich an Ralf. »Gib mir mal deinen Rucksack, dafür nimmst du meine Pistole.«

Die beiden tauschten. Ralf hielt Mathilda in Schach, während Ben im Rucksack herumkramte und eine Zange und ein Messer herausholte.

»Mit welchem Werkzeug soll ich dich bearbeiten?«, fragte er Mathilda, die jetzt starr vor Angst war.

»Du hast die Wahl. Messer, Zange oder gleich reden.«

Mathilda schwieg weiter.

»Verstehe.« Ben holte ein Tuch und Klebeband aus dem Rucksack und gab beides Karl. »Kneble und fessle sie.«

Wenig später war Mathilda mit Schnittwunden an Armen und Gesicht übersät sowie voller Blut. Bevor Ben sie auch noch mit der Zange bearbeiten würde, hatte Mathilda endlich die Zahlenkombination auf einen Zettel geschrieben.

»Geht doch«, sagte Ben und atmete tief aus.

Karl ging zur Labortür, gab den Code ein und öffnete die Tür. Im nächsten Moment stand er Janusz Gutowski gegenüber und bekam eine Ladung Pfefferspray ins Gesicht.

»Was habt ihr Schweine mit Mathilda angestellt?«, brüllte Gutowski, während Karl sich schreiend die Maske vom Gesicht riss. Bevor Gutowski die nächste Attacke starten konnte, hatte Ralf ihn mit der Elektroschockpistole ruhiggestellt.

»Scheiße!«, brüllte Karl und hielt sich die Hände vors Gesicht. »Woher wusste er, dass wir reinkommen?«

Ben zeigte auf eine kleine rot leuchtende LED-Lampe an einer Gegensprechanlage, die ein wenig versteckt auf dem Schreibtisch stand. »Unser Schätzchen hat wohl die Anlage aktiviert, nachdem sie uns bemerkt hatte.« Dann wandte er sich mit eisiger Stimme an Mathilda. »Damit hast du dein eigenes Todesurteil gefällt.« Ben nahm das Messer und schnitt ihr kaltblütig die Kehle durch. Dann prügelte er wütend auf die Gegensprechanlage ein.

»Wieso hat er nicht die Polizei alarmiert?« Karl bückte sich, um seine Maske aufzuheben, die er in Panik auf den Boden geschleudert hatte. Als er sich wieder aufrichtete, blieb er mit der Maske an einem Regal hängen. Ungeduldig riss er sie ab und steckte sie in seine Jackentasche.

»Im Labor gibt es sicher keinen Handyempfang. Und jetzt packt endlich den Laptop und alle Festplatten, die ihr finden könnt, ein. Wir müssen verschwinden.«

Kiki hatte die letzten zehn Minuten mindestens zwanzig Mal auf die Uhr geschaut. Sie fragte sich, was die drei Männer dort im Haus trieben. Es konnte doch nicht so schwer sein, eine junge Frau zu überwältigen und einen betagten Wissenschaftler zu entführen. Ungeduldig schlug sie aufs Lenkrad. In dem Moment öffnete sich die Haustür des Instituts. Ralf blickte fragend zu ihr herüber. Sie gab das Zeichen, dass die Luft rein war. Als sie sah, dass Ben und Ralf zwischen sich einen älteren Mann schleppten und Karl wie ein angeschossenes Wild nebenherlief, wusste sie, dass etwas gehörig aus dem Ruder gelaufen sein musste. Sie stieg aus dem Bus und öffnete die Schiebetür an der Seite.

»Steigt sofort ein und setzt Gutowski auf die hintere Bank«, sagte Kiki mit wütender Stimme. »Und klebt ihm den Mund zu und fesselt ihn, bevor er wieder zu sich kommt.«

Die ersten zehn Minuten verlief die Autofahrt schweigend. Dann erzählte Ben kleinlaut, wie die Entführung abgelaufen war. Die Folterdetails ließ er aus.

»Du bist so ein Idiot, Ben Taylor«, fuhr Kiki ihn an. »Je mehr Blutspuren und Leichen du hinterlässt, umso höher ist die Wahrscheinlichkeit, dass die Polizei etwas findet.«

»Wir haben sicherheitshalber noch die Räume zur Ablenkung verwüstet«, sagte Ralf. »Jetzt denkt die Polizei bestimmt, es war ein ganz normaler Raubüberfall.«

»Wie dämlich ist das denn?« Kiki konnte so viel Dummheit nicht fassen. »Mit einer Ermordeten und einem Entführten? Echt voll normal.«

Jetzt waren sie auf dem Weg zu dem Versteck, wo sie Gutowski hinbringen sollten. Es lag mitten in der Stadt, allerdings unter der Erde. Dort würde man den Wissenschaftler bestimmt nicht suchen und finden, sie mussten ihn nur unbemerkt dort abliefern. Kiki gab die Adresse ins Navi ein. In vierzig Minuten wären sie am Ziel.

»Wo geht's denn hin?«, fragte Ben.

»Nach Pöseldorf, zur Musikhochschule.«

»Wieso das? Soll er uns ein Klavierstück vorspielen?«

»Auf dem Grundstück der Hochschule liegt ein alter Bunker.«

»Und wenn in der Hochschule gerade eine Veranstaltung ist?«

»Wir gehen erst heute Nacht rein. Und zwar über einen Nebeneingang. Keiner wird uns bemerken.«

»Und was machen wir bis dahin?«

Kiki schaute Ben abschätzig an. »Warten. Und jetzt haltet einfach die Klappe.«

Um zwei Uhr weckte Kiki die Männer.

»Es geht los. Karl, du bleibst im Auto. Wenn wir verschwunden sind, fährst du eine halbe Stunde durch die Gegend und holst uns dann wieder hier ab. Ben und Ralf, ihr nehmt Gutowski in die Mitte und zieht ihm die Haube über.«

Leise verließen die vier Personen das Auto und schlichen zum Eingang einer Villa in der Magdalenenstraße. Die Dunkelheit verschluckte sie schnell, und nach wenigen Schritten standen sie vor einer Treppe, die zu einem Hauseingang führte.

»Das sieht aber nicht wie ein Bunker aus«, bemerkte Ben.

»Du hast eine gute Beobachtungsgabe«, erwiderte Kiki stichelnd. Kiki gab Ben und Ralf ein Zeichen. Sie sollten stehen bleiben. Sie ging die Treppenstufen hinauf, holte einen Schlüssel sowie eine kleine Taschenlampe hervor und öffnete vorsichtig die Haustür. Mit einer Handbewegung gab sie Ben und Ralf zu verstehen, dass sie Gutowski die Treppe hochbringen sollten. Sie traten in den Flur, und Kiki schloss leise die Tür hinter sich.

»Das ist doch ein Wohnhaus«, sagte Ralf irritiert.

»Jetzt seid endlich leise.« Kiki leuchtete den Männern den Weg bis zu einer Eisentür, die offensichtlich nachträglich eingebaut worden war. Auch für diese hatte sie einen Schlüssel. »Es geht zehn Stufen runter in den Keller. Dann geht ihr nach links und wartet vor der nächsten Tür«, flüsterte sie. »Ich folge euch.« Als Kiki zu den Männern gestoßen war, betätigte sie ein Zahlenschloss, im nächsten Moment sprang die Tür auf. »Wir müssen die nächsten Meter geduckt gehen, weil der Tunnel nur anderthalb Meter hoch ist und abwärts verläuft.« Ben wollte etwas sagen, doch Kiki legte demonstrativ den Zeigefinger auf ihre Lippen und gab ihm die Taschenlampe.

Genervt betrat Ben den Tunnel. Es folgte Gutowski, der von dem hinter ihm gehenden Ralf den Kopf heruntergedrückt bekam. Ben stand nach zwanzig Metern vor einer – diesmal nur mit einem Riegel gesicherten – weiteren Tür. Er schob den Riegel beiseite und quetschte sich durch die Öffnung. Die anderen folgten ihm. Als Letzte betrat Kiki den Raum und zog die Tür hinter sich zu.

»Wo sind wir denn hier?«, fragte Ralf überrascht.

»Im Bunker«, klärte Kiki ihn auf, »und zwar im ehemaligen Maschinenraum. Ist jetzt eine Art Besprechungsraum.«

»Gab es den Tunnel schon immer?«, fragte Ben.

»Nein, da war vorher irgendein Versorgungsschacht. Weiß ich aber auch nicht so genau.« Dann führte sie Gutowski durch zwei weitere Räume in ein kleines Zimmer, das eher einer Zelle glich. Dort zog sie ihm die Haube vom Kopf und befreite ihn von dem Klebeband auf seinem Mund. »Das wird die nächsten Tage Ihr Aufenthaltsort sein. Es ist alles da, was man benötigt. Bett, Stuhl, Tisch und Toilette.«

Ben, der den beiden gefolgt war, ging auf Gutowski zu und befreite ihn auch noch von dem Kabelbinder, mit dem seine Hände gefesselt waren.

»Was wollen Sie von mir?«

»Das werden Sie noch rechtzeitig erfahren, Herr Professor«, sagte Kiki freundlich.

»Sie sind Mörder, Sie sind Entführer. Ich verachte Sie. Ich werde gar nichts machen«, sagte er wütend. »Auch nicht essen.«

»Sie wollen nicht wirklich, dass wir Sie zwangsernähren«, sagte Ben gehässig und schubste ihn auf das Bett. »Entspannen Sie sich und machen Sie es sich hier unter der Erde gemütlich.«

»Duschen und frühstücken können Sie morgen früh«, versuchte Kiki Gutowski zu beruhigen.

Er schaute sich um.

»Nicht hier, ein Kollege wird Sie abholen. Später bekommen Sie auch frische Kleidung zum Wechseln. Ihnen soll es ja an nichts fehlen.« Sie schaute auf ihre Armbanduhr. »Wir müssen los, Ben. Karl soll nicht warten.« Dann wandte sie sich noch einmal an Gutowski. »Das Zimmer ist videoüberwacht, und das Licht wird nur leicht gedimmt.« Anschließend verließ sie mit Ben die Zelle und verschloss sie.

Ralf hatte sich inzwischen in der Bunkeranlage umgesehen und war in einem Raum mit vielen Rechnern und Monitoren angekommen. Auf mehreren dieser Bildschirme waren Menschen zu sehen, die auf einem Bett lagen und schliefen. »Was sind das für Leute?«, fragte er Kiki, als sie hinter ihm stand.

»Soweit ich weiß, ist der eine ein holländischer Wissenschaftler. Ist vor zwei oder drei Tagen hergebracht worden. Die anderen kenne ich nicht. Sie sind schon länger hier.«

Ralf zeigte auf einen der Bildschirme. »Sieht aus wie eine Frau.«

»Meinst du, Frauen können keine Wissenschaftlerinnen sein?«, fragte Kiki genervt.

»Waren die die ganze Zeit unbewacht?«

»Nein, ihre Bewacher sind vor einer Stunde gegangen. Jetzt wirst du auf die vier aufpassen.«

»Was soll das heißen?«, fragte Ralf entsetzt.

»Du bleibst heute Nacht hier.«

»Niemals. Ich krieg Panik unter der Erde.«

»Jammer nicht, der Bunker liegt nur ein paar Meter tief.«

»Und was ist über mir?«

»Fünf Meter Stahlbeton.«

»Und wenn mir das alles auf den Kopf fällt?«

»Du bist ein Schisser«, sagte Ben verächtlich. »Diese Anlage hat einen Krieg überstanden.«

Kiki schaltete einen weiteren Monitor an, kurz darauf war Gutowski zu sehen. »Dein Job ist es, ein Auge auf alle zu werfen, damit sie sich nichts antun. Denk daran, das sind schlaue Menschen.«

»Aber –«

»Die Zimmer sind nachts immer schwach beleuchtet, und morgen früh wird es wieder hell. Automatisch, brauchst dich um nichts zu kümmern. Wenn das Licht angeht, holst du einen nach dem anderen aus ihren Zimmern –«

»Und wenn sie nicht wollen?«

»Wenn sie aufs Duschen und Frühstücken verzichten wollen, können sie drinbleiben. Morgen Mittag wirst du abgelöst. Gute Nacht, Ralf.«

2017 – Mittwoch, 11:00 Uhr

Ferdinand Peakock kam einige Minuten zu spät in die Rotunde. Er hatte sich in der Pause noch einige Notizen gemacht und dabei die Zeit aus den Augen verloren. Er setzte sich und legte seinen Block auf den Tisch. »Meine Verspätung tut mir leid, aber meine Notizen haben mich doch mehr in Anspruch genommen, als ich gedacht hätte.«

Vahrenheide winkte ab. »Kein Problem, Ferdinand. Sie erwähnten am Ende des ersten Gesprächs, dass Sie nur zwei Möglichkeiten sehen, einer Apokalypse zu entkommen.«

Peakock sah ihn überrascht an. »Da haben Sie mich falsch verstanden, Alex. Wenn die Apokalypse nicht mehr aufzuhalten ist, dann gibt es tatsächlich nur zwei Orte, um Schutz zu suchen. Unter der Erde und perspektivisch in der Marsstadt Nüwa.«

»Die Muttergöttin«, erläuterte Dorothea. »Ist nach der chinesischen Mythologie für den Schutz der Menschen zuständig.«

»Genau, der Name ist Programm, das Programm aber Zukunftsmusik. Vielleicht in dreißig Jahren umsetzbar.« Peakock schenkte sich ein Glas Wasser ein und fuhr dann fort. »Ich glaube allerdings, dass es doch noch Optionen gibt, eine Apokalypse aufzuhalten.«

Unruhe entstand in der Rotunde. »Wie, bitte schön, kann man Naturkatastrophen, einen wirtschaftlichen Zusammenbruch oder was auch immer aufhalten?«, polterte Erich.

»Nun, Sie haben Angst vor den unmittelbaren Auswirkungen Ihres eigenen wirtschaftlichen Handelns. Aus reinem Profitinteresse haben Sie und Ihresgleichen die Globalisierung und Digitalisierung auf die Spitze getrieben. Und jetzt durchschauen Sie die Welt nicht mehr, weil sie brüchig geworden ist, voller unvorhersehbarer Erschütterungen, komplex ohne Ende und vor allem ohne ein Gesetz von Ursache und Wirkung.«

Peakock ärgerte sich über seine Emotionalität. Er hatte sich vorgenommen, sachlich zu bleiben. Aber wann hatte er schon einmal Gelegenheit, Entscheidern zu sagen, was aus seiner Sicht in der Welt geschah.

Bärbel unterbrach seine Gedanken. »Ja, wir fühlen uns ohnmächtig und hilflos und haben Angst, dass die Welt unregierbar, vielleicht sogar unbewohnbar wird.«

»Dann verändern Sie ihr Wirtschaftsgebaren. Definieren Sie ihre Ziele neu und binden Sie die Bedingungen einer globalisierten Welt mit ihren teilweise katastrophalen Auswirkungen in Ihre Strategien mit ein.«

»Wie soll das funktionieren?« Bärbel klang neugierig.

An dieser Stelle grätschte Vahrenheide dazwischen. »Uns geht es nicht um neue Wirtschaftskonzepte, es geht uns einzig um den Schutz vor einem alles verändernden Ereignis.«

»Das kann ich nur unterstützen«, schaltete sich jetzt Chris ein. »Ich habe schon große Teile meines Vermögens in Gold angelegt. Dafür brauche ich sichere Lagerungsmöglichkeiten.«

»Mir liegt meine Familie am Herzen, die muss ich schützen, und ihr soll es an nichts fehlen«, sagte Dorothea energisch. »Das erreichen wir nicht durch neue Wirtschaftssysteme, sondern durch einen –«

»– bombensicheren Schutzraum«, fiel ihr Erich ins Wort.

»Genau. Und ich will wissen, was dafür nötig ist.«

»Also, Ferdinand«, Philipp Vahrenheide lächelte, »Sie sehen, wo unsere Prioritäten liegen.«

Peakock nickte und schwieg einen Moment. »Bevor ich ein paar Anmerkungen darüber mache, was man benötigt, um in einem Bunker längerfristig zu überleben, stellt sich die Frage, von welcher Prämisse wir ausgehen.«

»Von der schlimmsten«, schlug Chris vor.

»Okay, gehen wir also davon aus, dass Europa oder ganz allgemein die Landschaft, in der der Survival-Bunker stehen soll, für viele Jahre unbewohnbar ist.«

»Das heißt also, der Bunker muss komplett autark sein«, kommentierte Erich.

»Dazu später. Die Anlage muss in einem erdbebensicheren Gebiet auf felsigem Untergrund gebaut werden.« Peakock überlegte. »Die Amerikaner und Kanadier haben so einen Bunker in den sechziger Jahren in Colorado gebaut. Siebenhundert Meter tief unter der Erde. Dabei haben sie Tausende Tonnen Granitstein aus der Tiefe herausgeholt. Die Anlage war sehr groß und das Unterfangen ziemlich teuer.«

»Geld spielt keine Rolle«, warf Chris ein.

»Muss man denn so tief graben?«, fragte Vahrenheide. »Oder kann man vielleicht bestehende Bunkeranlagen nutzen?«

»Je tiefer, umso sicherer«, erklärte Peakock. »Und von den bestehenden Bunkeranlagen erfüllen nur wenige diese Bedingungen.«

»Ich gehe davon aus, dass die Größe und auch die Tiefe kein grundsätzliches Problem darstellen.« Dorothea kritzelte ein paar Skizzen auf einen Block.

»Man kann sich horizontal, aber auch vertikal ausdehnen«, warf Vahrenheide ein.

»Ich denke, dass die baulichen Komponenten lösbar sind«, fasste Bärbel zusammen. »In der Schweiz gibt es einige Bunkeranlagen in den Bergen, die als taktische Festungen gegen Hitlers Vormarsch tief in die Felsen getrieben wurden.«

»Dann geht es jetzt ans Eingemachte.« Peakock griff in seine Aktentasche, beförderte ein paar Unterlagen heraus, griff sich ein Blatt und las vor. »›Was benötigt man, um viele Jahre in einem Bunker zu überleben? Welche Probleme können auftreten? Welche Regeln gibt es, und wer stellt sie auf? Wer achtet darauf, dass sie eingehalten werden? Wie geht man mit Krankheiten um? Wer kümmert sich um die Versorgung? Welche Experten benötigt man, um das Leben unter Tage aufrechtzuerhalten?‹« Peakock blickte auf. »Das sind noch nicht alle Fragen, die ich mir notiert habe. Aber sie bergen Sprengstoff, und je nachdem, wie man sie beantwortet, werfen sie weitere Fragen auf. Deshalb begebe ich mich jetzt gemeinsam mit Ihnen auf die Suche nach Antworten.«

»Geht es nicht auch einfacher?«, fragte Erich sichtlich genervt.

»Es macht schon Sinn«, erwiderte Bärbel, »sich gemeinsam über diese Fragen Gedanken zu machen, Erich.«

Vahrenheide versuchte, einen Streit im Keim zu ersticken. »Ferdinand wird sich bei seinem Vorgehen schon etwas gedacht haben.

»Das kann schon sein«, mischte sich Chris ein. »Allerdings ist Dr. Ferdinand doch der Experte, der zu den meisten Fragen sicher auch schon eine Meinung hat. Die sollten wir uns zunächst einmal anhören.«

»Sag ich doch«, stichelte Erich.

»Dann legen Sie mal los, Ferdinand«, sagte Chris bestimmt.

»Gut. Wenn Sie entschieden haben, wie viele Menschen in dem Bunker Platz haben sollen, muss die Frage nach einer autonomen Stromgewinnung geklärt werden. Es stehen weder Sonnen- noch Windkraft zur Verfügung, und auch der eingelagerte Diesel ist irgendwann verbraucht. Sie benötigen also Verfahren, um selbstständig Strom erzeugen zu können.«

»Gibt es denn bereits solche Verfahren?« Bärbel klang skeptisch.

»Man forscht daran.«

»Wie steht es mit dem Wasser?« Diese Frage kam von Dorothea.

»Im günstigsten Fall gibt es unter der Erde einen natürlichen Wasserspeicher. Das kann man im Vorfeld erkunden.«

»Und der übersteht eine Apokalypse?«

»Kommt auf die Katastrophe an. Ohne Risiko kein Überleben. Aber«, fügte Peakock beschwichtigend hinzu, »die Qualität des Wassers lässt sich mit Filteranlagen beeinflussen.«

Vahrenheide hatte inzwischen Gebäck auftischen lassen. Peakock schenkte sich einen Kaffee ein und bediente sich. Mit vollem Mund fuhr er fort. »Die leckeren Zimtbrötchen führen mich zum nächsten Punkt. Die Versorgung. Auch hier sollte man auf Selbstversorgung setzen. Der eingelagerte Vorrat hält, vor allem wenn er so gut schmeckt wie diese süßen Hefegebäcke, nicht ewig. Also müssen Getreide, Gemüse, Gewürze und Mikroalgen angebaut –«

»– und Rinder und Schweine gehalten werden.«

»Wohl eher nicht, Erich. Viel zu aufwendig. Insekten und In-vitro-Fleisch müssen die Ernährung ergänzen.«

»Das halte ich nicht aus.«

»Die Forschung ist auf einem guten Weg. Bald wird man keinen Unterschied mehr zu echtem Fleisch schmecken – jedenfalls, wenn man noch ein bisschen weiterforscht.«

»Das werde ich niemals essen.«

»Ein paar Tiere sind vielleicht aus psychologischen Gründen sinnvoll.«

»Ich brauche keinen Streichelzoo.« Erichs Stimme verriet einigen Groll.

»Und wie soll das Zeug zum Wachsen gebracht werden?« Philipp Vahrenheide lenkte die Debatte wieder auf die sachliche Ebene.

»Mit künstlicher Photosynthese. Eine industrielle Anwendung ist noch in der Erforschung.« Peakock sah in zweifelnde Gesichter. »Aber es gibt vielversprechende Ansätze. Das künstliche Licht, das ebenfalls nötig ist, ist bereits erfunden.«

»Aus der Retorte ist so ein Bunker wohl nicht zu haben«, bemerkte Dorothea trocken.

»Im Gegenteil. Wenn wir von dem größten anzunehmenden Super-GAU ausgehen und die Welt für Jahrzehnte verwüstet wird, dann ist nicht nur eine realistische und ausgeklügelte Versorgungsstrategie vonnöten, sondern auch eine zumindest mikrogesellschaftliche Vorstellung vom Zusammenleben in einer völlig neuen Umgebung.«

»Willkommen in der Unterwelt.« Bärbels Gesicht verwandelte sich zu einer Grimasse.

15

Elias hatte sich für den frühen Nachmittag mit Professor Kapé Weichbolt verabredet und staunte nicht schlecht, als er über einen separaten Eingang den Anbau der Tiberius-Villa betrat. Er befand sich unmittelbar in einem großzügigen Zimmer. Professor Weichbolt bat ihn, in einer gemütlichen Sitzecke Platz zu nehmen. Er selbst setzte sich in einen großen Sessel. Zwischen ihnen stand ein antiker Couchtisch aus Eichenholz. Ob es sich allerdings um das Wohnzimmer handelte, ließ sich nicht genau sagen. Überall lagen Bücher und Skizzen herum, an den Wänden hingen neben Landschaftsbildern von William Turner und Emil Nolde großformatige Blätter mit Formeln, Zahlen und Grafiken, teilweise so durcheinander und vollgeschrieben, dass Elias keinerlei Einzelheiten erkennen konnte.

Professor Weichbolt schenkte Elias und sich Kaffee ein und zeigte auf ein Schälchen mit Vanillekipferln. »Bedienen Sie sich, die hat Lucy gebacken.«

»Dann muss ich sie wohl probieren«, sagte Elias lächelnd und nahm ein Plätzchen. »Mmh, sehr gut.« Er spülte das Plätzchen mit einem Schluck Kaffee hinunter. »Danke, dass Sie sich Zeit für mich genommen haben, Professor Weichbolt.«

»Kein Problem, Dr. Hopp.«

»Sie erwähnten, dass Sie etwas zum möglichen Motiv von Finns versuchter Entführung erzählen könnten.« Elias kam gleich zur Sache.

»Dazu möchte ich etwas weiter ausholen, wenn ich darf.«

Elias nickte interessiert. »Sicher.«

»Ich war über lange Jahre Leiter und Professor am Hamburger Institut für Biochemie mit dem Schwerpunkt synthetische Biologie. Das ist ein interdisziplinäres Fachgebiet, in dem sich Biologen, Chemiker und Ingenieure tummeln, um künstliche biologische Systeme zu entwickeln. Ich habe viel zu Hause gearbeitet, und Finn hat sich schon als Kind für meine Arbeit interessiert, nicht zuletzt wegen meiner tollen Bilder.« Professor Weichbolt lachte und zeigte auf die vollgeschriebenen Papiere an der Wand. »Finn war davon fasziniert, und die großformatige Skizze, die Sie neben dem Bild von Emil Noldes ›Sonnenaufgang am Meer‹ sehen, hat Finn mit sieben Jahren entworfen, gemalt, geschrieben. Wie man es auch immer nennen soll.«

Elias schaute hoch. Es war die Skizze, bei der er keine Einzelheiten erkennen konnte. »Faszinierend«, murmelte er.

»In der Tat«, fuhr Professor Weichbolt fort. »Aber was mich noch mehr verblüffte, war Finns unglaubliche Auffassungsgabe. Er hat einen IQ von etwa 180. Mit dreizehn Jahren hat er seine ersten Goldmedaillen bei der Physik- und Biologie-Olympiade gewonnen, mit siebzehn war er bereits ein vielversprechender Jungforscher, der seit zwei Jahren am Institut für Biochemie und Molekularbiologie der Universität Hamburg ein und aus gegangen ist, und mit gerade neunzehn hat er den Hauptpreis bei dieser Competition in Glasgow mit einer großartigen Präsentation seiner Forschungsergebnisse zur künstlichen Photosynthese gewonnen. Um es mit einem Satz zu sagen: Dieser Junge ist nicht nur talentiert, er hat etwas Geniales an sich. Allerdings hat er in Glasgow nicht alle Forschungsergebnisse offengelegt, die wir erzielt haben.«

An dieser Stelle wurde Elias hellhörig. »Wenn ich Sie jetzt richtig verstehe, haben Sie gemeinsam geforscht?«

Professor Weichbolt schmunzelte. »Bietet sich doch an. Er war sowieso ständig bei mir im Labor.«

»In der Uni?«

»Nein, hier.« Weichbolt deutete auf den Boden. »Ich habe mein eigenes Labor im Keller. Nach meiner Pensionierung wollte ich nicht untätig rumsitzen, sondern weiterforschen, und die Einrichtung des Labors war meine entscheidende Bedingung, damit ich zu meiner Tochter ins Haus ziehe. Von mir hat Finn die Grundlagen gelernt, und mir wurde mit der Zeit immer klarer, wenn einer den Durchbruch in der synthetischen Biologie schafft, dann Finn.« Und als er Elias' fragendes Gesicht sah, fuhr er fort. »Nun, die Erschaffung einer künstlichen lebenden Zelle, die Licht in chemische Energieträger umwandeln kann.«

»Hört sich kompliziert an.«

»Ist es auch.« Professor Weichbolt nahm sich ein Vanillekipferl, stand auf und öffnete einen Schrank. Sichtbar wurde eine gut gefüllte Bar. »Ich habe hier einen Cognac für komplizierte Angelegenheiten.« Er hielt einen Rémy Martin XO Excellence hoch. »Wollen Sie auch einen? Siebenunddreißig Jahre gereift, und das Finish ist überwältigend.«

Da konnte Elias nicht widerstehen und nickte.

»Gute Entscheidung.« Professor Weichbolt kam mit zwei gefüllten Cognacschwenkern zurück. Er prostete Elias zu. »Auf den Jungen und ein gutes Ende.« Die beiden Männer ließen den Cognac durch ihre Kehlen laufen, und Elias genoss das Walnussaroma.

Professor Weichbolt stellte seinen Cognacschwenker auf dem Couchtisch ab. »Das Holz dieses Tisches hat eine Eiche aus Kohlendioxid und Sonnenenergie erschaffen. Quasi ein solarbetriebener Produktionsprozess. Dieses Prinzip der Natur gilt es nachzuahmen. Die Idee ist nicht neu. Das hat vor über hundert Jahren schon der italienische Chemiker Giacomo Luigi Ciamician so formuliert. Aber erst mit der modernen synthetischen Biologie wurde es auch möglich. Und sogar effektiver als in der Natur. Wussten Sie, dass Pflanzen in der Regel weniger als ein Prozent von der eingestrahlten Lichtenergie in chemische Energie umsetzen?«

»Das ist mir neu.«

»Die künstliche Photosynthese«, fuhr Professor Weichbolt mit vibrierender Stimme fort, »kann noch mehr leisten, wenn es gelingt, die zwei Prozesse, die bei der natürlichen Photosynthese ablaufen, optimal miteinander zu verbinden. So weit alles verständlich?«

Elias nickte. »Irgendwie schon. Aber am besten nehme ich noch einen Schluck.«

»Gute Idee, jetzt wird es nämlich besonders interessant. Also zunächst findet bei der natürlichen Photosynthese die Umsetzung der Energie von Lichtteilchen auf ein höheres Energieniveau statt, also höher als das Niveau im Grundzustand. Anschließend wird die erzeugte elektronische Energie in Zuckermoleküle umgewandelt. Das kann, im Gegensatz zum ersten Schritt, im Dunkeln geschehen. Diesen zweiten Teilschritt, den man auch Dunkelprozess nennt, bekommen einige Forscher auch schon ganz gut hin. Im Reagenzglas.«

»Und Finn hat den Dunkelprozess mit einer künstlich erschaffenen lebenden Zelle geschafft?«

»Nicht nur den Dunkelprozess. Beide Schritte. Und das ist das Revolutionäre an seiner Forschung. Inzwischen haben wir sogar ein Verfahren entwickelt, mit dem diese Form der Energiegewinnung für großindustrielle Produktionen genutzt werden kann.« Professor Weichbolt leerte sein Glas. »Sie verstehen, was das bedeutet?«

Elias hob hilflos die Hände.

»Wir können aus Wasser, Kohlenstoff und Sonnenlicht Brennstoffe und vieles mehr gewinnen.«

»Der Stein der Weisen«, sagte Elias bewundernd.

»Na ja, ist vielleicht ein wenig übertrieben. Allerdings werden die Dimensionen dieser Erfindung deutlich, wenn man weiß, wie sich der Energiebedarf der Menschheit verteilt. Ein Drittel Elektrizität, zwei Drittel Brennstoffe.«

»Da werden sicherlich Begehrlichkeiten geweckt«, sagte

Elias lakonisch und trank seinen Cognac aus. »Ist sonst noch jemand über den Stand Ihrer Forschung informiert?«

»Jetzt wissen auch Sie es.« Professor Weichbolt atmete tief aus. Und zögerte. »Das ist ja auch ein wesentlicher Grund, warum Finn hier forscht. Die Ergebnisse sind hier sehr sicher. Ich befürchte allerdings, dass Finns Präsentation in Glasgow wohl doch zu viele Hinweise auf die eigentliche Entdeckung preisgegeben hat.«

»Oder er hat sich verplappert«, gab Elias zu bedenken.

Professor Weichbolt winkte ab. »Das kann ich mir nicht vorstellen. Selbst besoffen würde er das nicht tun.«

»Trinkt Finn?«

»Nein, und wenn, nur in Maßen. Er ist sehr vernünftig.«

»Was ich auf jeden Fall jetzt begriffen habe, ist, dass es einen verdammt guten Grund dafür gibt, Finn zu entführen«, resümierte Elias.

»Genau, jetzt haben Sie das Motiv. Er wäre im Übrigen nicht der erste Forscher, der aufgrund wegweisender Entdeckungen verschwunden ist«, stellte Professor Weichbolt fest.

»Wie meinen Sie das?«

»Nun, die Wissenschaftsgeschichte hat viele solcher Fälle dokumentiert. Es gibt eben nicht nur Wirtschaftsspionage. Der Daten- und Ideenklau fand und findet überall statt. Wettbewerbe für junge Wissenschaftler oder Kongresse sind sehr beliebte Schauplätze für solcherlei Aktivitäten.« Professor Weichbolt erhob sich und sagte mit fast flehender Stimme: »Finden Sie heraus, wer hinter der versuchten Entführung steckt, und überführen Sie diese Leute. Unsere Ergebnisse dürfen auf keinen Fall in die falschen Hände geraten.«

Elias erhob sich nun ebenfalls. »Wir werden unser Bestes tun. Wer veranstaltet eigentlich solche Events?«

»Das ist unterschiedlich. Meistens Universitäten, oft gemeinsam mit externen Forschungsinstituten.« Professor Weichbolt zog die Augenbrauen hoch. »Interessanter ist die Frage: Wer finanziert sie?«

»Und?«

»Pharmaunternehmen, Energiekonzerne, gerne auch Stiftungen. In Glasgow war es die Stiftung ›Spirit of Future‹. Die existiert allerdings noch nicht so lange.« Weichbolt brachte Elias zur Tür. »Ich hätte eine Bitte –«

»Ich kann Geheimnisse gut für mich behalten«, kam Elias ihm zuvor. »Meinen Partnern werde ich nur das Nötigste, nichts Substanzielles erzählen.«

Die beiden Männer gaben sich die Hand, als schlössen sie einen Pakt.

Auf dem Rückweg dachte Elias über das Gespräch nach. Er hatte zwar höchstens die Hälfte verstanden, deutlich war aber geworden, dass dieser Entführungsversuch sicher nicht wegen einer Lösegelderpressung stattgefunden hatte. Hier wollte ein krimineller Player unbedingt die Ressourcen und Forschungsergebnisse eines jungen Wissenschaftlers abgreifen. Und mit der Ermordung von Professor Santino hatte man sich möglicherweise einen Konkurrenten vom Hals geschafft. Alles Überlegungen, die er bei der nächsten Besprechung mit Zille und Janne vertiefen konnte.

Als Elias zu Hause ankam, begrüßte ihn sein Personenschützer schon vor der Haustür. »Ich habe gerade eine Runde ums Haus gedreht. Keine besonderen Vorkommnisse, Herr Dr. Hopp.«

»Eine beruhigende Nachricht.«

»Ich löse jetzt mal den Kollegen Engin im Auto ab.«

»Machen Sie das.« Beim Aufschließen der Haustür drehte Elias sich noch einmal um und rief dem Mann hinterher: »Wenn Sie einen Kaffee wollen, Rüdiger, sagen Sie einfach Bescheid.« Dann schob er seine Haustür auf, kam allerdings, als er einen Fuß ins Haus setzte, ins Rutschen und konnte gerade noch einen Sturz verhindern. Auf dem Boden lag der Grund für seine Rutschpartie: eine Postkarte. Er hob sie auf und blickte auf ein rotes Backsteinhaus mit einer von weißen Säulen gestützten überdachten Terrasse. Er drehte die Karte um und las:

Bei Onkel Pö spielt 'ne Rentnerband bis 79 Dixieland,
'n Groupie haben die auch, die heißt Antje oder so.

Neue Öffnungszeiten ab Samstag, 14.09. Immer ab
10 Uhr.

Als Elias die Karte nachdenklich auf eine Kommode legte, entdeckte er in der unteren linken Ecke einen Kaffeefleck.

16

Pöppelmann und Zillinski kamen gegen elf Uhr am Tatort im Ehestorfer Weg an. Pressevertreter waren auch schon vor Ort.

»Das hat sich aber schnell herumgesprochen«, bemerkte Zille und sah die ersten Reporter auf sie zukommen.

»Können Sie uns schon Genaueres sagen?«

»Wie viele Tote gibt es?«

Zille hob das Absperrband hoch. »Alter vor Schönheit.«

Pöppelmann und Zille tauchten unter dem Band durch. Dann drehte Pöppelmann sich nochmals zu den Pressevertretern um. »Was haben Sie gerade beobachtet, meine Herren?«

»Ich verstehe nicht –«

»Nee, Sie verstehen so einiges nicht.«

»Was der Kollege sagen will«, griff Zille den Gesprächsfaden auf, »Sie sehen doch, dass wir gerade erst an den Tatort kommen. Wie sollen wir da schon etwas wissen?«

Pöppelmann hatte inzwischen einen der Schutzpolizisten herbeigewinkt. »Pass auf, dass die Presse hinter der Absperrung bleibt. Und es werden sicherlich noch mehr kommen.«

Kopfschüttelnd gingen die beiden Kommissare auf das Institut zu, blieben ein paar Meter vor dem Eingang stehen und schauten sich frustriert an.

»Ich befürchte, das neue Schließsystem ist noch nicht installiert worden«, sagte Pöppelmann.

»Ich befürchte, du hast recht.« Zille zeigte auf das Schild neben dem Eingang. »›Institut für alternative Verfahrenstechnik‹. Vermutlich ist die Erforschung der Thermoelektrizität auch etwas Besonderes in der Wissenschaft für erneuerbare Energien.«

»Damit würde sich die These verdichten, dass irgendjemand hinter innovativen Ideen her ist.«

»Wenn Professor Gutowski denn tatsächlich entführt wurde.«

»Tot aufgefunden wurde er jedenfalls nicht.«

»Stimmt. Die Kollegen haben von einer toten Frau gesprochen.«

Die beiden Männer gingen auf die offene Eingangstür zu. Als sie das Haus gerade betreten wollten, kam ihnen schnellen Schrittes eine junge Kollegin von der Spurensicherung entgegen.

»Moin, die Herren. Ich muss noch etwas aus dem Auto holen.«

Als sie an ihnen vorbei war, sagte Zille: »Jetzt bring bitte nicht deinen Spruch, Pöppelmann.«

»Würde aber zu einem richtigen Déjà-vu gehören.«

»Ja, sie ist attraktiv, hat aber keine rosa Sneaker an.«

»Das hätten wir geklärt. Komm, wir schauen uns die Leiche an.«

»Wenn ihr die Leiche sehen wollt, müsst ihr in den Keller. Die Rechtsmedizinerin untersucht sie schon.« Die Kollegin, die eben an Zille und Pöppelmann vorbeigelaufen war, kam zurück und verschwand in einem der hinteren Räume.

»Wieso ist die Rechtsmedizin schon vor Ort?«, fragte sich Zille verwundert.

Pöppelmann war auch ratlos. »Keine Ahnung.«

Carmen Martinez und ein weiterer Kollege waren im Keller und sahen sich gerade im Labor um. Rechtsmedizinerin Freya Jensen kniete im Vorraum und betrachtete eingehend die verschiedenen Schnittwunden der Toten, die sitzend an einen Schreibtischstuhl gefesselt war.

»So trifft man sich wieder«, sagte Pöppelmann, als er mit Zille den Vorraum betrat.

»Ich freue mich auch, dich in dieser heimeligen Umgebung wiederzutreffen«, antwortete Freya sarkastisch. »Ich hoffe, dass du den Küchentisch abgeräumt hast und nicht wieder wie neulich alles für Oskar hast liegen lassen.«

»Woher soll ich denn wissen, dass dieser Papagei selbstständig die Küchentür öffnen kann?«, verteidigte sich Pöppelmann.

»Und außerdem«, kam Zille ihm zu Hilfe, »seitdem du bei ihm eingezogen bist, ist er die Ordnung selbst.«

»Dann scheinst du sein Büro nicht zu kennen«, erwiderte Freya. Sie stand auf. »Wollt ihr etwas über die Tote wissen oder lieber plaudern?«

»Wir hören, liebste Freya.«

»Sie ist mit einem Messer gefoltert worden und anschließend wurde ihr die Kehle durchgeschnitten. Das ergibt sich schon aus dem morbiden Arrangement. Warum sollte man sie knebeln und an den Stuhl fesseln, wenn man sie sofort umbringen wollte?«

»Und einer Toten Schnittwunden zuzufügen, macht auch wenig Sinn«, sagte Pöppelmann.

»Eben. Insgesamt hat man ihr zwölf Schnitte zugefügt, verteilt über den ganzen Körper. Verschiedene Tiefen. Ob das mit Absicht geschehen ist, kann ich nicht sagen, aber ich vermute es.«

»Je tiefer eine Wunde, umso schmerzhafter«, bemerkte Zille.

»Das stimmt, vor allem wenn die Wunde tiefer geht als die Lederhaut.« Freya packte ihre Tasche. »Und das ist bei vier Wunden der Fall. Da wurden Muskeln verletzt, vielleicht auch die Knochenhaut. Nach der Obduktion weiß ich mehr.«

»Spielt die Verteilung der Wunden eine Rolle?«, fragte Zille.

»Fürs Schmerzempfinden auf jeden Fall. Im Gesicht, an den Händen und an den Unterschenkeln können auch schon kleinere Wunden stark schmerzen.«

»Kannst du schon etwas zur Todeszeit sagen?«, sagte Pöppelmann.

»Keine zwölf Stunden.« Freya nahm ihre Tasche und wandte sich zum Gehen. »Ich bin hier fertig.«

»Wann kommst du denn nach Hause?«, fragte Pöppelmann beiläufig.

»Musst du etwa vor mir da sein, um doch noch den Küchentisch abzuräumen?« Lachend verließ sie den Tatort.

Zille wanderte durch den Raum, Pöppelmann sah sich in dem davorliegenden Lager um. Währenddessen waren laute Stimmen aus dem Labor nebenan zu hören.

»Auf jeden Fall kann das relevant sein«, war die wütende Stimme von Carmen Martinez zu hören.

»Außer ein paar Fingerabdrücken, die wahrscheinlich von Gutowski und seinen Mitarbeitern stammen, ist hier doch nichts zu holen. Die Eindringlinge haben bestimmt nur etwas gesucht und dabei keinerlei Rücksicht auf die Einrichtung genommen. Nicht mehr und nicht weniger, meine Liebe«, antwortete eine tiefe Stimme.

»Erstens bin ich nicht Ihre Liebe, zweitens haben die gar nichts gesucht, sondern nur wahllos gewütet, und drittens sollten Sie diese Entscheidung den Ermittlern überlassen.« Martinez war sauer.

»Kann ich helfen?« Zille stand in der Eingangstür und verfolgte amüsiert den Streit.

Der Mann mit der tiefen Stimme blickte auf und kam auf Zillinski zu. »Mein Name ist Wohlers, ich bin der neue Chef der Kriminaltechnik.«

»Freut mich. Zillinski mein Name.« Dass der Typ ihm unsympathisch war, konnte man Zilles Stimme anhören. »Hier sieht es genauso chaotisch aus wie in dem Lagerraum. Ist das in allen Institutsräumen so?«

»Nein, nur im Keller, Zille«, antwortete Carmen. »In den Räumen in den oberen Stockwerken ist alles aufgeräumt. Die Eindringlinge, wie Herr Wohlers sie nennt, waren wohl nur hier unten aktiv.«

»Sag ich doch.« Wohlers zwängte sich an Zille vorbei. »Die haben etwas gesucht, aber es offensichtlich nicht gefunden. Auf jeden Fall nicht in diesem Raum. Den Rest kann Martinez Ihnen berichten.« Bevor er aus Zilles Blickfeld entwich, drehte er sich noch einmal um. »Den Bericht lässt sie Ihnen morgen zukommen.«

Carmen Martinez verdrehte die Augen, und als Wohlers außer Hörweite war, sagte sie: »Das ist so ein Kotzbrocken. Weiß alles besser.«

»Und, ist er besser?«

»Wo denkst du hin? Schau dich doch um. Hier wurde sinnlos alles umgeschmissen und zerstört. Hier wurde bestimmt nichts gesucht.«

»Jedenfalls keine Unterlagen«, sagte Pöppelmann, der jetzt ebenfalls ins Labor kam. »Sie haben, wie befürchtet, Janusz Gutowski gesucht und offensichtlich auch gefunden.«

»Hattest du eine plötzliche Eingebung?«, fragte Zille.

»Im Lagerraum brauchte ich mich nicht lange umzusehen, der war völlig verwüstet.«

»Weil sie uns für blöd halten und einen Einbruch vortäuschen wollten.«

Pöppelmann lachte kurz auf und stellte trocken fest: »Somit haben wir es mit einem weiteren Mord und einer geglückten Entführung zu tun.«

Zille atmete tief ein und aus. »Ich werde veranlassen, dass der Schutz von Finn Tiberius verstärkt wird.«

»Wir werden hier alles genau unter die Lupe nehmen«, sagte Carmen. »Und euch schnellstens den Bericht zukommen lassen.«

17

Elias Hopp stand vor dem Grab seiner Mutter, tauschte die verwelkten gegen frische Blumen aus und schloss für einen Moment seine Augen. Das tat er immer, so war er seiner Mutter am nächsten, hörte ihre Stimme, ihr Lachen, konnte ihren Geruch und ihre Wärme spüren. Er öffnete seine Augen, blickte auf das Grab und sah seine Mutter vor sich. »Du hast mir so viel verheimlicht. Ich habe dir doch von dem Brief erzählt, der vor ein paar Monaten in meinem Briefkasten lag. Jetzt«, Elias griff in seine Manteltasche, »lag diese Postkarte im Hausflur.« Und dann las er ihr den Text vor. »Ich habe daraufhin Constantin Mügge – du erinnerst dich vielleicht an ihn, einen Journalistenkollegen – angerufen, und er hat mir gesagt, der Text auf der Karte ist eine abgewandelte Liedzeile aus einem Song von Udo Lindenberg. Also habe ich mir das Lied angehört und mich erinnert, dass mein Vater das Lied oft zu Hause gehört hat.«

Elias stockte einen Moment. So wie sich ein Elfjähriger eben erinnern kann, dachte er und fuhr leise fort. »Nur, wer ist Antje? Im Originaltext heißt die Frau Rosa. Auch die Zahl 79 kommt im Original nicht vor. Aber 1979 habt ihr, also du und Sören Hopp, der mich dann adoptiert hat, geheiratet.« Elias atmete schwer. »Jedenfalls bin ich auf den Dachboden unseres Hauses gegangen und habe in alten Kisten herumgewühlt, die ich bislang nie angerührt hatte. Ich habe viele Schallplatten und alte Eintrittskarten von Konzerten in Onkel Pös Carnegie Hall gefunden. Von Al Jarreau, U2 und auch von Udo Lindenberg.« Elias lächelte versonnen. »Und auf dem Cover der Platte von Lindenberg stand mit verblasster Schrift: ›In Liebe deine Antje, 1974‹.«

Elias steckte die Postkarte wieder in seine Tasche. »Wahrscheinlich, Mutter, konntest du mir von Antje nichts erzählen, weil du sie gar nicht gekannt hast. Aber der Verfasser der Postkarte hat von ihr gewusst, und er wusste auch, dass mein Vater Stammgast im Onkel Pö war. Ich treffe mich heute Abend mit Mügge in Eppendorf, Lehmweg 44. Da war nämlich das Onkel Pö.« Elias bückte sich und hob die verwelkten Blumen auf, um sie auf dem Rückweg zu entsorgen. »Mach's gut, Mutter, bis nächste Woche.«

Elias betrat das italienische Restaurant mit dem Namen »Mama« im Lehmweg 44. Er entdeckte Constantin Mügge an einem Fensterplatz.

»Jetzt verstehe ich, warum du dich um achtzehn Uhr mit mir treffen wolltest«, sagte Elias amüsiert und setzte sich zu Mügge an den Tisch.

»Wenn wir uns schon in einem Restaurant treffen, dann sollten wir auch etwas essen.«

»Die Einrichtung vermittelt eher den Charme einer Cafeteria.« Elias blickte sich um. »Kaum zu glauben, dass hier früher einmal Udo Lindenberg gespielt hat.«

»Nicht nur der, sondern auch Otto Waalkes und Olli Dittrich.« Dann bekam Constantin Mügge feuchte Augen. »Und echte Jazzgrößen waren im Onkel Pö. Art Blakey, Dizzy Gillespie, Carla Bley, Charlie Haden, um nur einige zu nennen.«

»Wusste gar nicht, dass du ein Jazz-Fan bist.«

»Das ist ein Stück Hamburger Geschichte.« Mügge winkte die Bedienung herbei. »Über das Ende hat sogar die Tagesschau berichtet.«

Nachdem die beiden ihre Bestellung aufgegeben hatten, referierte Mügge noch einen Moment weiter. »Weißt du, was in der ersten behördlichen Lizenz vom Onkel Pö stand?«

Elias schüttelte brav den Kopf.

»Gaststätte mit Alkoholausschank, in der auch Kapellen auftreten«, sagte Mügge lachend. »Und was für Kapellen.«

Die beiden Pizzen kamen zusammen mit einer Flasche Rotwein und einer Flasche Wasser. Mügge schenkte ihnen ein. »Im Onkel Pö wurde übrigens hauptsächlich Bier und Pineau getrunken, in siebzehn Jahren angeblich vierundzwanzigtausend Flaschen.«

Die beiden stießen an. »Woher weißt du das alles?«, fragte Elias.

»Der letzte Inhaber, Holger Jass, hat ein Buch über seine Jahre im Pö geschrieben.« Mügge zerteilte seine Pizza Diavolo in acht Dreiecke, legte Messer und Gabel beiseite, nahm das erste Stück in die Hand und biss ab. »Oh, die Pizza ist sehr scharf, aber lecker.«

Elias hatte inzwischen die Postkarte auf den Tisch gelegt. »Hier ist das gute Stück. Ich habe bereits herausbekommen, dass Sören Hopp auch häufig im Onkel Pö verkehrte. Hier hat er wohl auch diese Antje kennengelernt.«

Mügge nahm die Karte in die Hand und betrachtete Vorder- und Rückseite. »»Bei Onkel Pö spielt 'ne Rentnerband bis 79 Dixieland, 'n Groupie haben die auch, die heißt Antje oder so‹«, murmelte er mit vollem Mund. »Weißt du mehr von dieser Dame?«

»Nein, nur, dass sie 1974 auf eine LP von Udo Lindenberg ›In Liebe deine Antje‹ geschrieben hat.«

»Und bei dieser LP, die du bei den Sachen deines Vaters gefunden hast, handelt es sich um das Album ›Andrea Doria‹ mit dem gleichnamigen Song?«

»Mit der Rentnerband«, bestätige Elias. »Und 79 meint sicher 1979. Da haben meine Mutter und mein Stiefvater geheiratet. Das sind alles Dinge, die nur jemand wissen kann, der meinen Stiefvater sehr gut gekannt hat.« Elias machte sich jetzt auch über seine Pizza her.

»Dem stimme ich zu«, sagte Mügge und schlürfte seinen Rotwein. »Wir haben noch nicht über den restlichen Text gesprochen.«

»Du meinst, ›Neue Öffnungszeiten ab Samstag, 14.09. Immer ab 10 Uhr‹?«

Mügge nickte. »Und das abgebildete Foto. Das ist eine Gaststätte.«

»Das sehe ich auch.«

»Aber nicht irgendeine, sondern das Forsthaus Hessenstein in der Gemeinde Panker in Ostholstein.«

»Muss man das kennen?«

»Nein, aber ich glaube kaum, dass die Abbildung ein Zufall ist. Dieses Forsthaus hat Peter Marxen, der Onkel Pös Carnegie Hall von 1972 bis 1979 betrieben hat, anschließend übernommen.«

Elias verdrückte das letzte Stück Pizza, trank einen weiteren Schluck Wein und schaute Mügge mit großen Augen an. »Was willst du damit sagen?«

»Diese Postkarte enthält eine Botschaft. Der Verfasser will

sich mit dir am Samstag um zehn Uhr im Forsthaus Hessenstein treffen.«

»Und um mir zu versichern, dass er vertrauenswürdig ist, gibt er diese intimen Details preis?«

»Nicht nur das. Ich denke, er ist auch derjenige, der dir den Brief deines Stiefvaters hat zukommen lassen.«

Elias lehnte sich in seinem Stuhl zurück. »Jetzt wird es spannend.«

»Darauf trinken wir einen Schnaps, und du versprichst mir endlich eine gute Story von dem Mann, der zwei Väter verloren hat – seinen leiblichen und seinen Stiefvater.«

18

Pöppelmann stand erschöpft vor dem Regal hinter seinem Schreibtisch. Er suchte sowohl den Bericht der Kriminaltechnik als auch den der Rechtsmedizinerin. Er war sich sicher, dass er beide auf dem Regal abgelegt hatte, und zwar unter der Rubrik »Wichtig«. Nur, und das war das Problem, wusste er nicht mehr, wo genau auf dem Regal er diese Rubrik eingerichtet hatte. Das Regal zog sich über die gesamte vier Meter breite Wand seines Büros und bestand aus drei Abschnitten. Er könnte schwören, dass er die wichtigen Sachen in der Mitte des Regals auf die obersten Regalbretter gelegt hatte. Da waren sie aber nicht. Er war inzwischen viermal von links nach rechts und von rechts nach links am Regal vorbeigelaufen. Den letzten Gang hatte er laut fluchend zurückgelegt, sodass er nicht bemerkt hatte, dass Zille in sein Büro getreten war.

»Wenn du die Berichte suchst, die habe ich.« Zille hielt zwei Aktenordner in die Höhe.

Pöppelmann drehte sich abrupt um. Er atmete so heftig ein und aus, dass sein Bauch auf und ab wippte.

»Reg dich nicht auf. Ich habe dir einen Zettel auf deinen Schreibtisch gelegt.«

»Siehst du da irgendeinen Zettel?«, fragte Pöppelmann genervt.

Zille ging zum Schreibtisch und hob einen Reiseprospekt hoch, der mitten auf dem Schreibtisch lag. »Zugegeben, er ist klein, aber –«

Pöppelmann ließ sich auf seinen Schreibtischstuhl fallen. »Schon gut. Habe ich wohl übersehen.«

»Willst du auf die Malediven?« Zille blätterte den Prospekt durch.

»War so eine Idee.«

»Ich könnte ja mitkommen.«

»Eigentlich wollte ich mit Freya fahren.«

»Ich habe nichts dagegen, wenn sie mitkommt.«

Pöppelmann zeigte Zille einen Vogel. »Ich glaube, wir müssen zur Besprechung.«

Im Besprechungsraum A des LKA Hamburg war die komplette Sonderkommission versammelt, die zur Aufklärung der Verbrechen im Zusammenhang mit dem anstehenden Zukunftskongress gebildet worden war. Gemeinsam mit Oberstaatsanwalt Dürkopp betraten Pöppelmann und Zille den Raum.

»Der Oberstaatsanwalt möchte ein paar einleitende Worte sagen«, eröffnete Pöppelmann förmlich die Sitzung.

Dürkopp zupfte seine gestreifte Krawatte zurecht, bevor er begann. »Liebe Kolleginnen, liebe Kollegen, ich will gleich zur Sache kommen. In Hamburg beginnt in den nächsten Tagen ein großer internationaler Zukunftskongress für technologische«, er blickte in seine Unterlagen, »und wissenschaftliche Innovationen. Die akademische Welt gibt sich ein Stelldichein, auch die Politik ist sehr interessiert an den Ausführungen über die neuen, alternativen Ansätze, die Energie- und Klimaprobleme lösen und medizinische Fortschritte bringen können. Die Weltpresse wird auch anwesend sein und berichten. Ich muss Ihnen ja nicht erzählen, dass Hamburg bekannt ist für seine Weltoffenheit und seine Gäste immer mit offenen Armen empfängt.«

»Herr Dürkopp, darf ich Ihnen eine Tasse Kaffee einschenken?«, fragte Zille betont freundlich.

»J-Ja, bitte«, antwortete Dürkopp irritiert.

Zille schenkte ihm Kaffee ein. »Ich meine nur, wegen der Gastfreundschaft. Milch?«

Dürkopp nickte. »Wo war ich stehen geblieben?«

»Bei der Gastfreundschaft«, half ihm Pöppelmann.

»Genau. Also, die vielen Gäste müssen aber auch beschützt werden. Und leider sind ja nun schon einige, äh, ermordet oder entführt worden.« Dürkopp rührte seinen Kaffee um. »Ich sehe da einen Zusammenhang zwischen den Verbrechen und dem Kongress.«

»Das ist eine These, Herr Dürkopp«, wandte Elias ein, »die wir noch belegen müssen.«

»Das kann schon sein, Herr Dr. Hopp, und selbstverständlich müssen wir auch sauber arbeiten. Aber allein dass es möglich sein könnte, hat den Innensenator und auch andere Politiker alarmiert. Was ich sagen will, und ich spreche auch im Namen des Senators: Wir brauchen schnelle Erfolge. Am besten schon bis Montag.«

»Haben Sie an dem Tag eine Pressekonferenz angesetzt?«, fragte Laura Sentrup, Pöppelmanns wieder genesene Stellvertreterin.

Dürkopp nickte. »Es haben sich schon die ersten ausländischen Pressevertreter angemeldet. Die scheinen schon etwas zu ahnen.«

Zille trank einen Schluck Wasser. »Kein Problem, Herr Oberstaatsanwalt. Wir verhaften die üblichen Verdächtigen.«

»Ah, Sie haben schon eine Spur und einen Verdacht, Herr Zillinski?«

»Und weil die Angelegenheit politisch so brisant ist, verhaften wir doppelt so viele wie üblich.«

»Sehr gut, machen Sie das. Sie haben meine volle Unterstützung.« Dürkopp stand auf und verabschiedete sich. Bevor er den Raum verließ, drehte er sich noch einmal um. »Vielen Dank für die Gastfreundschaft.«

Kaum war Dürkopp verschwunden, richteten sich alle Blicke auf Zille.

»Was?« Zille hob unschuldig die Achseln. »Ich habe nur ein Filmzitat zum Besten gegeben.«

»Aus welchem Film?«, fragte Janne.

»Casablanca. Der Polizeichef Capitaine Louis Renault sagt das häufiger, wenn auf die Schnelle Schuldige gefunden werden müssen.«

»Und Dürkopp glaubt das?«

»Scheint so.« Zille zupfte sich am Ohr. »Also müssen wir liefern.«

»Gut, dann bringe ich euch mal auf den neusten Stand über die Vorkommnisse im Institut für alternative Verfahrenstechnik.« Pöppelmann schlug den Bericht der Spurensicherung auf. »Mindestens zwei, eher drei Täter sind Dienstagabend ins Institut eingedrungen mit der Absicht, Professor Gutowski zu entführen. Was ihnen auch gelungen ist. Leider haben sie dabei eine enge Mitarbeiterin Gutowskis getötet.«

»Weshalb wurde sie getötet?«, fragte Laura Sentrup und schenkte sich einen Kaffee ein.

»Sie hat wahrscheinlich das Gesicht eines der Täter gesehen. Außerdem sind ein Laptop und nach Aussagen der anderen Mitarbeiter mehrere Festplatten und einige Akten verschwunden.«

»Mit was für Daten?«, fragte Elias.

»Professor Gutowski forschte, Moment«, Pöppelmann schaute in seine Unterlagen, »an Thermoelektrizität aus Nanoröhrchen zum Zweck der Stromerzeugung.«

»Das scheint auch eine so wegweisende Entdeckung zu sein, wie Finn Tiberius sie gemacht hat.«

»Und er steht ebenso auf der Teilnehmerliste für den Kongress wie Santino und Finn«, sagte Anna Radke, die zum ersten Mal an so einer Sitzung teilnahm. »Wie auch zwei weitere Wissenschaftler, die plötzlich spurlos verschwunden sind. Der eine, Professor Meierhuber, forscht zu kinetischen Böden und soll eine revolutionäre Möglichkeit gefunden haben, Strom zu erzeugen. Das hat mir jedenfalls die TU München mitgeteilt.

Die andere, Professorin Breitenmacher, ist Spezialistin für In-vitro-Fleisch. Kommt aus Österreich und lehrt zurzeit an der Uni in Ulm.«

»Wie lange sind die beiden schon verschwunden, und gibt es Hinweise auf eine Entführung?«, fragte Elias.

»Die Kollegen aus Bayern und Baden-Württemberg haben mir zugesichert, dass wir ihre Berichte bald bekommen. In beiden Fällen kann man wohl von einer Entführung ausgehen.«

»Ich denke, der Zusammenhang zwischen den Entführungen, den Morden und dem Zukunftskongress ist jetzt mehr als nur eine These«, stellte Zille fest. »Noch etwas anderes weist auf diesen Zusammenhang hin. Pöppelmann und ich haben einigen Wissenschaftlern, die sich schon in Hamburg aufhalten, einen Besuch abgestattet.«

In den folgenden Minuten unterrichteten Zille und Pöppelmann die Kollegen über ihre Gespräche und endeten mit der Feststellung, dass alle drei befragten Wissenschaftler bestätigten, dass man sich im Wissenschaftsbetrieb warm anziehen und sich genau überlegen müsse, wem man vertrauen kann und wem nicht.

»Davon hat mir auch der Großvater von Finn, Professor Weichbolt, berichtet«, sagte Elias. »Sind die drei Wissenschaftler auch schon einmal bedroht worden?«

»Auf die ein oder andere Weise ist das allen schon widerfahren«, erläuterte Zille. »Und wie viele andere auch sind sie per E-Mail angegangen worden.«

Pöppelmann wühlte seine Unterlagen durch, fluchte leise vor sich hin und zog dann triumphierend zwei Blätter hervor. »Da sind sie doch«, murmelte er zufrieden. »Ich habe alle Wissenschaftler gebeten, falls sie weitere Hassmails erhalten sollten, diese an mich weiterzuleiten. Zwei habe ich schon bekommen. Zunächst eine von Frau Dr. Ilse Hammerberg, die sie gestern bekommen hat: ›Du weißt gar nicht, was wir für einen Hass und eine Wut auf dich und das andere Wissenschaftsgesocks haben. Du greifst mit deiner Forschung in Gottes Werk ein, wie es dir passt. Hammerberg, du Miststück, wir kriegen dich bald, dann gnade dir Gott!‹ Sie hat mir diese E-Mail mit ein paar Smileys zugeschickt, vermutlich um zu zeigen, dass die Drohung sie nicht beängstigt.« Pöppelmann nahm das zweite Blatt in die Hand. »Und auch der italienische Wissenschaftler Mancetti hat mir heute Morgen eine Mail weitergeleitet. ›Deine Forschung ist Teufelswerk, dein Leben möge eine Qual sein und hoffentlich kurz‹.«

»Ich finde, dass diese Drohungen schon heftig sind«, äußerte sich jetzt Zille. »Janne, du kannst doch auch noch etwas zu diesem Thema beitragen.«

»So ist es. Das Institut für Biochemie, Veranstalter des Zukunftskongresses, hat schon vor ein paar Tagen eine Hassmail bekommen. Ich will nur die letzten Sätze zitieren, den Rest könnt ihr selber lesen: ›Unser Ziel muss die Zerstörung der etablierten Wissenschaft sein, denn sie ist Ursache für den Materialismus. Wenn wir die vorherrschende materialistische Wissenschaft eliminieren, kann der Mensch wieder zu sich selbst finden. Während des sogenannten Zukunftskongresses werden wir mit unserer Mission beginnen. Zur Natur, zu Gott und zum Glauben.‹ Die Verfasser haben mit dieser Mail quasi ihre Motivation und ihre Haltung mehr als nur skizziert. Sie verabscheuen regelrecht die moderne Wissenschaft.«

»Denialisten, vielleicht auch Kreationisten«, bemerkte Elias. »Beides Gruppen von Wissenschaftsleugnern.«

»Sind das die, die behaupten, die Erde wäre ein Scheibe?«, fragte Anna.

»Die gehören auch dazu, aber im Wesentlichen zeichnet die Kreationisten aus, dass sie die Evolutionstheorie ablehnen.«

»Die sind besonders in den USA weitverbreitet, da sind sie besonders aktiv und fundamental.« Zille lehnte sich in seinem Stuhl zurück. »Und sie sind sehr bibeltreu.«

»Wir sollten schon in Erwägung ziehen, dass diese Drohungen ernst gemeint sind und vielleicht auch schon in die Tat umgesetzt wurden«, meinte Pöppelmann.

»Du meinst, unsere Täter sind in diesem Umfeld zu suchen?«, fragte Laura Sentrup skeptisch.

»Nicht auszuschließen. Wir sollten das auf jeden Fall im Blick behalten.«

»Ich kümmere mich darum«, sagte Anna.

Pöppelmann nickte Anna zu. »Und jetzt machen wir eine Pause.«

19

»Ich hatte während der gesamten Sitzung ein flaues Gefühl«, sagte Zille, als er zurück in den Besprechungsraum kam. »Und wisst ihr auch, warum?« Er schaute herausfordernd in die Runde. »Weil wir keine Franzbrötchen hatten.« Dann legte er zwei Papiertüten auf den Tisch. »Das Problem ist hiermit gelöst.«

Während Pöppelmann im Bericht der Spurensicherung herumblätterte, bedienten sich die anderen an den Franzbrötchen.

Nachdem sich auch Elias versorgt hatte, ergriff er als Erster das Wort. »Ich habe noch einmal über die Hassmails nachgedacht, vor allem ihre Sprache.«

»Jetzt spricht der Germanist«, spöttelte Zille.

Elias überhörte die Bemerkung geflissentlich. »Die Texte sind grammatikalisch korrekt, keine Rechtschreibfehler, selbst die Interpunktion ist richtig.«

»Die Texte sind ja auch nicht besonders lang«, gab Laura Sentrup zu bedenken.

»Du glaubst nicht, wie viele Fehler man in einem Satz machen kann«, sagte Elias, biss von seinem Franzbrötchen ab und sprach mit vollem Mund weiter. »Der Inhalt ist interessant oder, besser gesagt, das, was nicht dort steht. Jeder Kreationist hätte die Texte mit Bibelzitaten angereichert, um so seine Gottesgläubigkeit zu dokumentieren. Die fehlen komplett. Auch wenn in jeder Mail in irgendeiner Weise auf den Glauben Bezug genommen wurde, und dazu gehört ja auch der Teufel.«

»Du bist der Meinung, jemand will uns täuschen?«, fragte Janne.

»Zumindest eine falsche Fährte legen«, präzisierte Elias seine Vermutung. »Auch die verallgemeinernde Ablehnung von Wissenschaft als Teufelswerk, die in die Schöpfung eingreift und Ursache für unsere dekadente, moderne, säkularisierte Welt ist, das ist wohl mit Materialismus gemeint, ist untypisch für einen echten Denialisten.«

»Das ist mir auch aufgefallen«, sage Anna. »Sie sprechen zwei Wissenschaftler direkt an, gehen aber mit keinem Wort konkret auf ihre Arbeit ein. Auf jeden Fall scheinen sie zu wissen, wer alles an dem Kongress teilnimmt.«

»Wenn ich das mal zusammenfassen darf«, sagte Pöppelmann mit Blick auf seine Armbanduhr. »Bei den Mails könnte es sich um eine Finte handeln, andererseits werden die Wissenschaftler auch persönlich bedroht. Und dem müssen wir nachgehen, denn es gibt bereits zwei Tote und mehrere Entführungen. Ob der Verfasser der Mails einer unserer Täter ist, das müssen wir herausfinden.«

Pöppelmann blickte sehnsüchtig zu den Franzbrötchen. Die Versuchung war groß, aber er riss sich zusammen. Er hatte es Freya versprochen. Er räusperte sich und leerte das Wasserglas in einem Zug.

»Der Blick in die Berichte der Spurensicherung hilft uns dabei nicht viel weiter. Was allerdings deutlich geworden ist: Es kann sich nicht um Einzeltäter gehandelt haben. Ansonsten gibt es nur vom Überfall auf Gutowski eine mögliche DNA-Probe, die Untersuchung läuft.«

»Aber wir haben noch weitere vielversprechende Hinweise auf die möglichen Täter erhalten.« Zille schnappte sich die Fernbedienung für den Beamer und warf ein Phantombild auf die Leinwand. »Das ist Ben Taylor, der versucht hat, Finn Tiberius zu entführen. Allerdings hat er sein Aussehen stark verändert.« Ein zweites Phantombild erschien auf der Leinwand. »So sah er aus, als er sich Finn auf dem Wettbewerb in Glasgow als Journalist vorgestellt hat.«

»Ein echter Verwandlungskünstler«, stellte Elias fest.

»Was er aber nicht verändern kann, ist sein Tattoo, das wie

eine Wolfstatze aussieht.« Zille zerrte eine Serviette aus seiner Sakkotasche hervor und hielt sie hoch. »So sieht das Tattoo aus. Das hat Sammy, ein Mitarbeiter bei McDonald's, gezeichnet. Das hat Taylor am linken Handgelenk.« Zille betätigte erneut die Fernbedienung. Auf der Leinwand erschien nun eine Frau. »Das ist Dr. Kiriaki Blumenfeld oder Kiki, wie Finn Tiberius sie nennt. Sie hat sich ihm ebenfalls in Glasgow als Journalistin vorgestellt. Beide haben Finn in Glasgow gemeinsam interviewt.«

»Mensch, Zille, diese Kiki ist uns beim ersten Besuch bei Gutowski über den Weg gelaufen. Hatte nur kürzere Haare«, rief Pöppelmann aufgeregt.

Zille betrachtete das Bild eingehend. »Du hast recht, Pöppelmann.«

»Das lässt die Vermutung zu, dass sowohl diese Kiki als auch Ben an beiden Entführungen und den Morden beteiligt waren.« Janne blickte in die Runde. »Und vielleicht unsere E-Mail-Schreiber sind. Oder?«

»Steile Thesen«, sagte Elias und klopfte ihr auf die Schulter.

»Aber nicht unmöglich.«

Anna war in den letzten Minuten unruhig auf ihrem Stuhl herumgerutscht. »Wie hieß diese Kiki?«, fragte sie plötzlich in die Runde. »Kikeriki?«

Zille lachte. »So ähnlich. Dr. Kiriaki Blumenfeld.«

»Dann steht sie auf Santinos Teilnehmerliste des Kongresses.«

»Bist du dir sicher?«

»Hundertprozentig. Nicht als Teilnehmerin, sondern handschriftlich auf der letzten Seite hinzugefügt. Deshalb habe ich sie zunächst nicht beachtet.«

»Die Frau wird immer interessanter«, bemerkte Pöppelmann. »Wir müssen mehr über sie in Erfahrung bringen.«

»Jetzt zum Bericht der Rechtsmedizinerin Freya Jensen«, sagte Zille. Auf der Leinwand erschienen nebeneinander Fotos der beiden Leichen.

»Die sehen übel aus.« Laura Sentrup verzog das Gesicht.

»Stimmt. Bei Santino war ich nicht am Tatort und habe die Leiche erst in der Rechtsmedizin gesehen. Da ist jemand schon sehr brutal vorgegangen und hat Santino viele Schmerzen zugefügt. Wenn aus ihm also Informationen herausgepresst werden sollten, und die Folterspuren lassen das vermuten, hat er diese nicht lange für sich behalten.«

»Du meinst, der Folterer könnte Spaß an seinem Tun gehabt haben?«, fragte Janne.

»Auch Mathilda Schulz, die Mitarbeiterin von Gutowski, wurde gefoltert. Die Leiche habe ich am Tatort gesehen. Freya beschreibt die Schnitte so, dass sie maximale Schmerzen verursachen sollten. Nicht nur die Tiefe der Schnitte, sondern auch die Körperstellen, an denen die Schnitte gesetzt wurden, lassen darauf schließen.«

»Daran ist sie aber nicht gestorben, oder?«

Zille atmete tief ein und aus. »Nein, ihr wurde die Kehle durchgeschnitten. Von einem Rechtshänder.«

»Und einem Sadisten«, sagte Anna.

»Gut möglich. Jedenfalls weiß er genau, wie man möglichst effektiv foltert.«

»›Wenn man einmal das Böse in sich aufgenommen hat, verlangt es nicht mehr, als dass man ihm glaube.‹«

Janne schaute Elias fragend an.

»Franz Kafka.«

»Ich zitiere zum Abschluss aus dem Obduktionsbericht von Freya Jensen«, sagte Pöppelmann. »›Der Todeszeitpunkt von Professor Santino lag zwischen vierzehn und neunzehn Uhr am Dienstag, dem 3. September.‹ Am selben Tag fand die versuchte Entführung von Finn Tiberius statt.«

»Was wir ja schon vermutet haben«, sagte Zille.

»Gibt es noch Fragen?« Pöppelmann blickte in die Runde.

Laura Sentrup hob die Hand. »Wer veranstaltet diesen Kongress?«

»Das Institut für Biochemie der Universität Hamburg.« Janne holte den Flyer aus ihrer Tasche, den sie von Dr. Paula Rudowski, der wissenschaftlichen Mitarbeiterin von Professor

Köhler, bekommen hatte. »Und zwar«, Janne blätterte im Flyer, »gemeinsam mit der Stiftung ›Spirit of Future‹.«

Elias horchte auf. »Den Namen habe ich schon mal gehört.« Er nahm den Flyer in die Hand und dachte nach. »Die haben auch die ›International Competition for Young Natural Scientists‹ in Glasgow veranstaltet.«

»Die Zufälle häufen sich«, sinnierte Zille. »Nur, sind es dann noch Zufälle?«

»Ich rede noch einmal mit Dr. Rudowski.« Janne biss sich auf die Lippen. »Sie oder die neue Kongressleitung müssen ja mehr über die Stiftung wissen.«

»Dann kannst du sie auch gleich fragen, ob sie den Kongress überhaupt noch stattfinden lassen wollen«, bemerkte Pöppelmann. »Er dünnt ja ziemlich aus.«

»Ich glaube, für eine Absage ist es zu spät«, sagte Elias und winkte Zille und Janne zu sich. »Ich würde gerne mit euch essen gehen. Im ›Mama‹, in Eppendorf, ist ganz in der Nähe.«

20

Es war vier Uhr samstagmorgens, als Janne mit Miroslav Eschenbrosch auf dem Weg zum Forsthaus Hessenstein unterwegs war. Sie hatte ihn nach dem gestrigen Essen mit Elias und Zille angerufen und ihn von dem anstehenden Treffen von Elias mit einem Informanten in Kenntnis gesetzt, von dem er sich weitere Hintergrundinformationen über mögliche Verstrickungen des BND in den Tod seines Stiefvaters erhoffte. Auch Miro war der Meinung, dass Elias auf keinen Fall alleine zum Treffen mit dem Verfasser der Postkarte fahren sollte, und hatte sofort seine Unterstützung angeboten.

»Dem BND kann man einfach nicht trauen«, sagte Eschenbrosch. »Zumal, wenn es sich bei dem Brief, den Elias bekommen hat, um eine Verschlusssache handelt, die noch keine dreißig Jahre zurückliegt. Eine Verschlusssache zu leaken ist nämlich eine Straftat, wie auch das Lesen dieser Informationen.«

»Okay, Elias macht sich also auch strafbar. Aber deshalb muss man ihn ja nicht gleich umbringen wollen«, erwiderte Janne.

»Der BND müsste normalerweise mit einer Strafverfolgungsbehörde zusammenarbeiten.«

»Was er nicht macht.« Janne gähnte.

»Nein. Offensichtlich ist die Angelegenheit zu heikel, und der Verdacht liegt nahe, dass vor dreißig Jahren beim Einsatz seines Vaters in Äthiopien etwas schiefgelaufen ist.«

»Etwas, was auch heute noch den jetzigen Abteilungsleiter beim BND, Dachhuhn, in Schwierigkeiten bringen würde.«

»Deshalb ist Vorsicht geboten.« Miroslav Eschenbrosch zeigte auf den Rücksitz des SUV. »Im Rucksack sind eine Thermoskanne mit Kaffee, zwei Becher und Rosinenbrötchen. Bereite uns doch mal ein Frühstück, Janne.«

»Gute Idee, Miro.«

Nach einer knappen Stunde verließen sie die Autobahn bei Neustadt in Holstein und fuhren über die Dörfer. Bald passierten sie den Bungsberg, Schleswig-Holsteins höchste Erhebung mit sage und schreibe hundertsiebenundsechzig Metern. Fünfundzwanzig Minuten später kamen sie in der Gemeinde Panker an. Dort lag das Forsthaus Hessenstein, idyllisch am Rande eines Waldes und unterhalb des siebzehn Meter hohen Aussichtturms Hessenstein.

Sie stellten den Wagen auf einem Trekkingplatz ab. Miro blickte auf seine Armbanduhr. »Es ist fünf Uhr dreißig. Wir benötigen mindestens vierzig Minuten bis zum Forsthaus, wenn wir den größten Teil der Strecke durch den Wald gehen.«

Neben zwei Feldstechern bewaffneten sie sich mit jeweils einer Heckler und Koch P30L sowie einem Kampfmesser. Janne schulterte den Proviantrucksack, während Miro dem Kofferraum auch noch das Multikalibergewehr MK 16 des belgischen Herstellers FN Herstal entnahm.

»Ganz schön schwer, der Proviant«, sagte Janne scherzhaft.

»Das sind die Granaten im Rucksack. Man kann nie wissen«, sagte Miro.

Die ersten Kilometer benutzten sie einen Wanderweg. Dann verließen sie die ausgeschilderten Wege und folgten Miros Kompass, der sie mitten durch den Wald führte. An den Langbetten, zwei Großsteingräbern aus der Jungsteinzeit, machten sie Rast. Janne lehnte den Rucksack an eine Informationstafel.

»Wer hier wohl liegt?«, überlegte sie laut.

»Bei der Größe der Gräber wohl ein paar mehr Leute.«

Janne lachte. »Ich habe mal als Kind mit meinen Eltern so ein Grab in Norwegen besucht. In Skjeberg, ganz im Süden an der schwedischen Grenze. Und da hat man uns erzählt, dass in der Mitte dieser Gräber eine Grabkammer ist, in der höchstens zwei Personen Platz finden.«

»Genug Geschichtsunterricht, wir müssen weiter«, sagte Miro, drehte sich um und machte sich wieder auf den Weg.

Janne hob den Rucksack an, stellte ihn aber gleich wieder ab. »Die Granaten sind viel zu schwer zu schleppen und wahrscheinlich auch noch überflüssig«, murmelte sie und versteckte sie unter einem der Gräber, um sie auf dem Rückweg wieder einzusammeln. Dann stapfte sie Miro hinterher.

Nachdem sie eine Weile schweigend durch den Wald gegangen waren, hob Miro die Hand und blieb stehen. Er nahm seinen Feldstecher und suchte den Wald ab. »Wildschweine«, flüsterte er. »Eine ganze Rotte.«

»Warten wir, bis sie weiterziehen?«

»Nur einen Moment. Die Bache ist schon im Aufbruch.«

Janne dachte nach. »Welche Vorgehensweise würdest du bei einem Überfall wählen?«

Miro massierte sich mit den Fingerspitzen seine Schläfen. »Ich würde meine Leute, als Wanderer getarnt, in der Gaststube, um das Forsthaus herum und auf den Zufahrtswegen positionieren. Wo dann der Zugriff stattfinden würde, hängt von der konkreten Situation ab.«

»Wobei die Frage ist, was soll verhindert werden?«

»Das ist der entscheidende Punkt. Wenn ich das Treffen verhindern wollte, würde ich die Zielpersonen schon auf dem Hinweg ausschalten.«

»Das ginge nur auf dem Zufahrtsweg.«

»Option zwei ist, die Zielpersonen erst im Gasthaus zu entführen oder zu liquidieren.«

»Gefährliches Unterfangen, weil ja bekannt ist, dass Elias Personenschützer hat.«

»Bleibt der Rückweg, um die beiden umzubringen.« Miro schaute erneut durch den Feldstecher. »Die Wildschweine sind weitergezogen, der Weg ist frei«, sagte er.

Hintereinander liefen sie schweigend weiter. Wenige Minuten später lichtete sich der Wald, und der Hessenstein kam in Sicht. Fünfzig Meter vor dem Aussichtsturm trennten sich ihre Wege. Janne sollte das Gelände westlich vom Turm inspizieren, Miro den östlichen Teil. Es begann zu dämmern, und bis zum Sonnenaufgang würde noch ungefähr eine halbe Stunde vergehen. Dann wollten sie sich am Turm wiedertreffen und das weitere Vorgehen abstimmen.

21

Zille nutzte das Wochenende für einen Kurztrip zu Britta nach Den Haag. Ursprünglich hatte er vorgehabt, mit dem Auto zu fahren. Aber da er Pöppelmann versprochen hatte, einige Anmerkungen zum aktuellen Fall für die Pressekonferenz, die für Montag angesetzt war, für ihn zu formulieren, hatte er sich für eine Bahnfahrt entschieden. Pöppelmanns Vorschlag, auch Zille aufs Podium für die Pressekonferenz zu setzen, hatten LKA-Chef Schepanski und Oberstaatsanwalt Dürkopp dankend abgelehnt. Zille hatte allerdings den Verdacht, dass die Anfrage schon die Hürde bei Pressesprecherin Elif Uslun nicht überwunden hatte, da sie seinen Auftritt bei der letzten Pressekonferenz als nicht besonders hilfreich empfunden hatte.

Ihm war das ganz recht, wobei er seinen Auftritt gar nicht so schlecht fand. Zumindest hatte es keinen Tumult gegeben, wie es sonst so oft vorkam.

Zille hielt sich die Hand vor den Mund und gähnte. Er war seit fast fünf Stunden mit der Deutschen Bahn unterwegs und gegen fünf Uhr dreißig in Dortmund angekommen. Für eine Nachtfahrt keine schlechte Zeit, wie er sich vom Zugbegleiter erklären lassen musste. Immerhin hatte er ein wenig schlafen können. Jetzt saß er im Zug nach Duisburg und blickte auf seine Notizen für Pöppelmann:

Der Mord in Billbrook sowie die Entführung in Harburg hängen möglicherweise zusammen. Beide Wissenschaftler waren Teilnehmer des Zukunftskongresses. Es gibt erste Verdächtige (den Engländer), der Spur wird nachgegangen, Europol angefragt. Eine weitere Spur könnten Hassmails an die Wissenschaftler sein, Motive möglicherweise Rache, Konkurrenz, Neid. Mehr kann aus ermittlungstaktischen ... usw.

Zille nickte zufrieden. Das war doch schon nicht schlecht. Die weiteren Punkte waren eher für den Abschluss der Pressekonferenz gedacht.

Doktoren und Professoren herzlich willkommen. Zukunftskongress auch in Zukunft sicher. Hamburg – eine Stadt, in der Wissen eine Chance hat.

Zille dachte nach und kam zu dem Ergebnis, dass der Slogan vielleicht doch ein wenig zu allgemein war. Er löschte ihn von der Liste, sicherte die Datei und schickte sie an Pöppelmann.

Er schaute auf die Uhr. In zehn Minuten sollte er in Duisburg ankommen. Dort musste er noch ein weiteres Mal umsteigen, um nach Utrecht zu kommen, wo Britta ihn abholen wollte. Sie hatte ihm versprochen, eine kleine Sightseeing-Tour mit ihm zu unternehmen. Er hoffte allerdings, dass sie nicht zu lange dauern würde, schließlich war es schon eine Weile her, seit er das letzte Mal das Bett mit Britta geteilt hatte.

22

Das Vibrieren ihres Handys holte Janne aus einem Dämmerzustand. Es war jetzt acht Uhr, und Miro hatte sich bis jetzt noch nicht wieder bei ihr gemeldet. Nachdem sie bei Sonnenaufgang ihre Erkundungstouren beendet hatten, hatten sie sich, wie verabredet, am Hessenstein getroffen, um das weitere Vorgehen zu besprechen. Sie waren sich beide einig gewesen, dass die Aussichtsplattform des Hessensteins der beste Ort für den Überblick über das gesamte Gelände war. Von dort waren sowohl der Zufahrtsweg für die Autos als auch alle Wanderwege zum Forsthaus einsehbar. Dort wollte Miro sich auf die Lauer legen und verschanzen. Das war auch aus Jannes Sicht sinnvoll.

Allerdings waren sie unterschiedlicher Meinung darüber gewesen, wo Janne sich verstecken sollte. Miro wollte, dass sie sich am Waldrand positionierte, um einen Angriff von dieser Seite zu verhindern. Janne fand den Vorschlag jedoch nicht besonders zielführend. Schließlich waren vom Waldrand bis zum Forsthaus über fünfzig Meter offenes Feld zu überwinden, das Miro vom Turm aus gut im Blick hatte. Daher war ihrer Meinung nach das Außengelände ums Forsthaus herum gut genug abgesichert. Und weil Miro nicht mehr ihr Chef war, hatte sie ihre eigene Idee umgesetzt und sich im Gasthaus Zutritt verschafft, um Elias' Personenschützer zu unterstützen.

Jetzt hielt sie sich in einer Wäschekammer im Keller auf, in der sie sich ein wenig ausgeruht hatte.

Elias war schon gestern nach dem Essen im »Mama« mit zwei Personenschützern angereist und hatte ein Zimmer im Gasthaus bezogen. Darauf hatten sie und Zille nach Rücksprache mit Miro aus Sicherheitsgründen bestanden. Sie verließ die

Kammer und begab sich auf die Suche nach einer Toilette, als sie Miros Stimme in ihrem Ohr hörte.

»Hältst du deinen Aufenthalt im Inneren des Gasthauses immer noch für eine gute Idee?«

»Sicher.«

»Ist deine Entscheidung«, sagte er nach einer Pause und klang dabei gereizt.

»Gibt es etwas Neues?«

»Ich melde mich wieder.«

Janne war irritiert. So hatte sie Miro noch nie erlebt. Konnte er es nicht leiden, wenn ihm jemand widersprach? Kränkte ihn das? Sie würde mit ihm reden müssen. Später. Jetzt schaute sie sich unruhig um und hoffte, dass die nächste Tür zu einer Toilette führte. Sie riss die Tür auf und hielt peinlich berührt inne. »Entschuldigung, ich dachte –«

»Schon gut«, kam es freundlich zurück. Ein älterer Mann mit Brille und schütterem Haar saß auf einem Stuhl und hatte eine Pistole mit Schalldämpfer in der Hand, die er auf Janne richtete. »Es ist lange her, dass eine junge Frau in mein Zimmer gestürmt ist.«

»Ich habe nicht damit gerechnet, hier im Keller ein Gästezimmer zu finden.« Janne wollte sich langsam zurückziehen, doch der Mann winkte sie zu sich, ohne die Pistole von ihr abzuwenden. »Schließen Sie die Tür.«

Janne tat, was er wollte, blieb aber an der Tür stehen, und überlegte, wie sie sich aus dieser misslichen Lage befreien konnte.

»Ich bin zwar alt, aber auf drei Meter treffe ich immer noch sicher. Setzen Sie sich.«

Janne rutschte an der Tür herunter und saß nun auf dem Boden.

»Was suchen Sie hier?«

»Ich habe eine Toilette gesucht.«

»Die sind auf der anderen Seite.«

»Ihre Glock 43 macht mich nervös.«

»Ihr Kampfmesser im Fußhalter und die Pistole, die sie auf dem Rücken im Hosenbund stecken haben, sind auch nicht vertrauensbildend. Nehmen Sie die Hände hinter den Kopf und dann berichten Sie mir, was Sie ins Forsthaus geführt hat.«

Janne schaute sich in dem fensterlosen Zimmer um. Es gab eine weitere, kleinere Tür, hinter der sie das Bad vermutete. Gepäck war nicht zu sehen, sie sah auch keine anderen Hinweise, dass der Mann sich hier schon länger aufhielt. Auf dem Nachttisch lag ein Buch. Sie entzifferte den Titel: »Die Entstehung des BND«.

In Janne kam eine leichte Ahnung auf, wer da vor ihr saß. Und so versuchte sie einen Schuss ins Blaue. »Ich glaube, Sie wollen sich hier mit jemandem treffen. Ich bin zu seinem Schutz hier.«

Der Mann rückte mit der linken Hand seine Brille zurecht. »Was Sie nicht sagen.«

»Und zwar mit Dr. Elias Hopp.«

»Weiter.«

Janne fragte sich, ob sie sich nicht völlig naiv verhielt. Aber angesichts der auf sie gerichteten Pistole hielt sie die Wahrheit immer noch für die beste Option. Und so stellte sie sich vor und begann, die Geschichte von Elias' verschollenem Vater Sören Hopp zu erzählen. Nach fünf Minuten legte der Mann seine Pistole zur Seite und zeigte auf die kleine Tür.

»Dort finden Sie eine Toilette.«

Als Janne zurückkehrte, fühlte sie sich in mehrerlei Hinsicht erleichtert. »Elias Hopp wird um neun Uhr frühstücken.« Sie ging zur Zimmertür. Bevor sie diese öffnen konnte, bekam sie noch einen Rat mit auf den Weg: »Wenn Sie die Gaststube betreten, grüßen Sie den Wirt, meinen Freund Helge Jakubowski, von Kaffa. Er mag keine Überraschungsgäste, und Sie wollen doch sicher einen Kaffee trinken. Und, Frau Bakken, erwähnen Sie noch nicht, dass ich hier bin.«

Janne verließ Kaffas Zimmer und setzte ihren Rundgang durch das Forsthaus fort, ohne etwas Auffälliges zu entdecken. Elias' Personenschützer, deren Namen sie sich nicht merken konnte, liefen ihr über den Weg. Von Elias selbst war noch nichts zu sehen. Um acht Uhr fünfzig saß sie in der Gaststube und trank einen Kaffee.

Zwei Minuten vor neun Uhr betraten die beiden Personenschützer den Raum. Sie inspizierten alle Tische, bestellten sich dann zwei Kaffee und setzten sich an einen Tisch, von dem aus sie die Tür und den größten Teil der Gaststube überblicken konnten. Einerseits fand Janne ihre Gründlichkeit beruhigend, andererseits fragte sie sich, was sie bei ihrer Suche zu entdecken hofften. Das Forsthaus öffnete offiziell erst in einer Stunde, und sie ging davon aus, dass die beiden gestern nach ihrer Ankunft bereits alles abgesucht hatten. Vielleicht trauten sie ihr nicht über den Weg. Sie hatten jedenfalls nicht gerade begeistert gewirkt, als sie sich eben auf dem Flur begegnet waren.

Schließlich ließ sich auch Elias blicken. Er war überrascht, Janne zu sehen, kam auf sie zu und begrüßte sie herzlich.

Janne stand auf, umarmte ihn und flüsterte ihm dabei ins Ohr: »Kaffa, dein Informant, ist schon im Haus.«

»Woher –?«

»Erzähl ich dir später.«

Elias nickte und ging zu dem eingedeckten Frühstückstisch. In dem Moment öffnete sich die Tür der Gaststube, und Kaffa trat ein. Die Personenschützer sprangen sofort auf und richteten ihre Pistolen auf den Ankömmling.

»Meine Herren, beruhigen Sie sich. Herr Hopp und ich sind verabredet.« Die Coolness von Kaffa beeindruckte Janne. Er nickte ihr zu und setzte sich Elias gegenüber an den Tisch. Die beiden Personenschützer näherten sich dem neuen Gast, immer noch die Pistolen im Anschlag.

»Ihre Personenschützer sind ganz schön nervös.«

Elias wurde nachdenklich. »Die Situation ist auch ungewöhnlich. ›Wer vorsieht, ist Herr des Tages‹, um es mit Goethe zu sagen.«

»Ihr Vater hat in solchen Situationen immer Oscar Wilde zitiert. ›Vorsicht ist, was wir bei anderen Feigheit nennen‹. Ich bin übrigens Kurt Riedel.« Der Mann stand auf und streckte beide Arme zur Seite. »Sie können mich gerne abtasten«, sagte er zu den Personenschützern.

Janne gefiel das Getue der Personenschützer ganz und gar nicht. Aber wahrscheinlich hatte Miro sie nach dem letzten Angriff auf Elias entsprechend instruiert, weshalb sie nun besonders beflissen und aufmerksam sein wollten. Elias' Informant setzte sich wieder, und die Personenschützer zogen sich zu ihrem Tisch zurück. Janne trank ihren Kaffee aus.

»Wie sieht es aus?«

»Alles klar, Miro. Der Informant sitzt jetzt schon bei Elias am Frühstückstisch, und deine Jungs haben ihn bereits gecheckt.«

»Er ist zu früh.«

»Stimmt, aber so können auch keine unliebsamen Gäste das Treffen stören.«

»Auch wahr. Ich stöpsele mich aus und melde mich wieder.«

Noch so eine Merkwürdigkeit, dachte Janne. »Die Kommunikation darf nie abbrechen« war einer von Miros Glaubenssätzen. Vielleicht wurde er einfach alt. Janne blickte zu Elias und sah, wie er sie zu sich winkte. Sie erhob sich und gesellte sich zu den beiden.

»Setzen Sie sich doch zu uns, so können Sie besser auf uns aufpassen«, sagte der Informant mit leichter Ironie in der Stimme.

»Ich habe Kurt Riedel erzählt, dass du meine Partnerin bist und es gut wäre, wenn du aus erster Hand informiert würdest.«

»Heißen Sie nicht Kaffa?«, fragte Janne verwundert und setzte sich an die Stirnseite des Tisches.

»Das war mein Deckname in Äthiopien. Dirk Kaffa. Alle, die im Außeneinsatz waren, hatten Decknamen, falsche Pässe und arbeiteten bei einer Legendenfirma.«

»Mein Vater auch?«, fragte Elias.

»Nein, er war in der Botschaft angestellt und arbeitete dort unter seinem Klarnamen.«

»Woher kennen Sie meinen Vater?«

»Wir haben einige Male zusammengearbeitet. Zunächst im

Libanon, dann in Äthiopien. Gerade während der Zeit im Libanon waren wir gut befreundet, wir waren jung, und Beirut war eine tolle Stadt, jedenfalls bis 1974, vor Ausbruch des Bürgerkriegs.«

»Und in langen und entspannten Nächten haben Sie sich Geschichten aus Ihrer Jugend erzählt.«

Riedel nickte. »Dann war er plötzlich verschwunden und kam ein Jahr später wieder nach Beirut zurück. Einige Monate später hat er Sie und Ihre Mutter nach Hamburg gebracht. Wir hatten dann noch hin und wieder Kontakt, aber das nächste Mal haben wir uns erst in Äthiopien so richtig wiedergetroffen.«

Janne verfolgte das Gespräch aufmerksam, ließ aber die beiden Personenschützer nicht aus dem Blick. Sie beobachtete, dass einer der beiden leise über Funk mit jemandem sprach. Das konnte nur Miro sein. Warum wurde sie von dieser Kommunikation ausgeschlossen?

»Willst du noch einen Kaffee?«, unterbrach Elias ihre Gedanken.

Janne lehnte dankend ab und fragte Riedel: »Und was geschah genau in Äthiopien? Elias meint, dass der Anschlag in dem Hotel dem Botschafter der DDR galt und der BND dahintersteckte.«

Riedel biss von seinem Brötchen ab. »Sowohl die DDR als auch der BND hatten schon etwas mit dem Anschlag in Mek'ele zu tun. Aber es ging in Wirklichkeit nie um den Botschafter. Im Hotel hat eine DDR-Delegation mit Vertretern der äthiopischen Regierung über weitere Kaffeelieferungen gegen die Lieferung von Waffen verhandelt.«

»Das scheint ja ein merkwürdiger Deal gewesen zu sein«, sagte Elias verblüfft.

Riedel lachte. »Die DDR stand unter enormem Druck, weil sie ihre eigene kaffeeverrückte Bevölkerung bald nicht mehr mit der Bohne beglücken konnte. Honecker befürchtete einen neuen 17. Juni, da es um die gesamte Versorgungslage im Land schlecht bestellt war. Und ein Versorgungsengpass mit Kaffee würde, so die Einschätzung des Politbüros, das Fass zum Überlaufen bringen. Und im Gegenzug brauchten die Äthiopier, die sich ja im Bürgerkrieg befanden, Waffen.«

Janne verdrehte die Augen. »Ich habe diesen Teil Deutschlands nie verstanden.«

»Das geht nicht nur dir so«, antwortete Elias und wandte sich wieder an Riedel. »Und was passierte dann?«

»Nach dem Willen eines großen westdeutschen Kaffeekonzerns sollte diese Handelsvereinbarung aber nie zustande kommen, weil er selbst den Deal machen wollte. In Kenntnis der prekären Lage der DDR trat dann ein Vertreter dieses Konzerns an Sören Hopp und Dachhuhn –«

»Was machte der denn in Beirut?«

»Er war ein Kollege von Ihrem Vater in der Botschaft.« Riedel brach sich ein Stück Brot ab und kaute langsam darauf herum. »Dieser Typ«, fuhr er fort, »trat also an die beiden heran und bot ihnen viel Geld, wenn sie einen Anschlag auf das Hotel inszenieren würden. Denn im Ergebnis würde eine Win-win-Situation entstehen, so seine Argumentation. Für den Konzern und die BRD.«

»Wieso das?«, fragte Janne erstaunt.

»Na ja, der Konzern könnte den Kaffeedeal für sich abschließen, und die BRD würde die DDR destabilisieren und von einer baldigen Wiedervereinigung träumen«, erläuterte Elias den Gedanken.

»Genau«, bestätigte Riedel. »Ihr Vater lehnte ab, Dachhuhn hingegen sagte nach Rücksprache mit dem BND zu. Söldner führten den Anschlag dann durch. Sören Hopp geriet als kritischer Mitwisser in Gefahr, konnte zunächst noch fliehen und mir in letzter Sekunde einen Brief zukommen lassen, den ich schnellstens an Ihre Mutter abgeschickt habe.« Riedel machte eine Pause und schluckte. »Wenige Tage später haben Schergen des Kaffeekonzerns Ihren Vater ermordet.«

Riedel verstummte, auch die anderen schwiegen. Als Janne in den Brotkorb griff, fiel eine Serviette herunter.

»Mist«, sagte sie in die Stille hinein. Sie bückte sich, musste jedoch unter den Tisch kriechen, um an die Serviette heranzukommen. Dabei stieß sie sich den Kopf, und als sie hochblickte, sah sie einen kleinen Minirekorder. Spontan wollte sie ihn abreißen, hielt dann aber inne. Stattdessen tastete sie ihn ab und schaltete ihn aus. Mit der Serviette in der Hand kam sie dann wieder zum Vorschein.

»Uff«, stöhnte sie, »ich muss mehr Sport machen.« Sie setzte sich wieder auf den Stuhl, legte die Serviette ab und bestrich ihr Brot mit Butter. »Tut mir leid, dass ich euch unterbrochen habe.«

»Und was war Ihre Rolle dabei?«, nahm Elias das Gespräch wieder auf.

Riedel rieb sich verlegen das Kinn. »Im Nachhinein betrachtet, eine unrühmliche. Da ich als Agent gut vernetzt war, wurde ich mit der Organisation des Anschlags beauftragt. Das hieß, ich sollte die richtigen Söldner aussuchen und den Sprengstoff besorgen. Meine Bedenken, dass in dem Hotel möglicherweise viele Unschuldige sterben würden, entkräftete Dachhuhn mit dem Hinweis, dass dort aus Sicherheitsgründen nur die beiden Delegationen anwesend wären.«

»Was sich aber hinterher als falsch herausstellte.«

»Ich habe Dachhuhn nie verziehen, dass er so schlampig recherchiert hat und deshalb viele Unschuldige sterben mussten, aber mir wurde schnell und nachdrücklich sehr deutlich gemacht, dass ich zu schweigen hätte. Als dann Ihr Vater umgebracht wurde, gab es für mich keinen Zweifel mehr, dass sie keine leeren Drohungen ausstießen und dass sie auch mich umbringen lassen würden, sollte ich reden.« Riedel zuckte resigniert mit den Schultern. »Ich hatte einfach Angst. Aber den Preis für mein Schweigen habe ich seitdem jeden Tag teuer bezahlt. Die Leichtigkeit und Freude im Leben sind mir seitdem abhandengekommen, und ich hatte nicht nur ein schlechtes Gewissen, sondern auch viele Alpträume.«

Janne blickte hin und wieder verstohlen zu den beiden Personenschützern. Einer der beiden verließ gerade die Gaststube, der andere redete wahrscheinlich wieder mit Miro. Janne wurde zunehmend angespannter. Hier stimmte etwas ganz und gar nicht. Sie musste sich Klarheit verschaffen, hatte aber noch keine passende Idee, wie sie am geschicktesten vorgehen sollte. Jetzt richtete sie ihre Aufmerksamkeit wieder auf das Gespräch an ihrem Tisch und hörte, wie Elias nach dem Grund für Riedels Sinneswandel fragte.

»Ich brauche seit ein paar Monaten keine Angst mehr zu haben«, sagte er mit einem gequälten Lächeln. »Ich bin krank, todkrank, mich kann jetzt niemand mehr bedrohen. Als ich von meiner Erkrankung erfuhr, war ich einerseits geschockt, andererseits wurde mir auch bewusst, dass ich nun endlich mein Gewissen erleichtern und mich an Dachhuhn rächen könnte. Riedel schenkte sich Kaffee nach und fuhr dann fort: »Ich habe erfahren, dass der Brief Ihres Vaters nie bei Ihnen und Ihrer Mutter angekommen, sondern im Archiv des BND gelandet ist, wo er als Verschlusssache verwahrt wird. Ich kann die Toten von Mek'ele nicht wieder lebendig machen, aber zumindest Ihnen Gewissheit verschaffen, wie Ihr Vater tatsächlich gestorben ist. Deshalb habe ich Ihnen den Brief von Sören Hopp weitergeleitet –«

»Wie sind Sie nach all den Jahren an den Brief gelangt?«, fragte Janne nach. »Er ist doch als ›geheim‹ eingestuft.«

»Der BND ist eine Schlangengrube, und ich habe nach wie vor gute Kontakte dorthin. Viele Leute dort haben mit jemandem ein Hühnchen zu rupfen.«

»Auch mit Dachhuhn?«

»Er ist nicht sehr beliebt.«

»Sie sind also davon ausgegangen, dass ich als emotional betroffener investigativer Journalist Nachforschungen anstellen würde, sobald ich den Brief erhalten habe.«

»Was ja auch geschehen ist. Ich habe schon die brisanten Schlagzeilen vor meinen Augen gesehen. Allerdings habe ich nicht damit gerechnet, dass Dachhuhn Ihre Nachforschungen so schnell bemerken würde und seitdem versucht, Sie mit unlauteren Mitteln einzuschüchtern.«

»Wobei es sogar einen Anschlag auf Elias gab«, ergänzte Janne.

Riedel klang gestresst. »An diesem Punkt bekam ich meine Zweifel, ob nur Dachhuhn hinter diesen Einschüchterungen steckt.«

»Was heißt hier Einschüchterungen?« Janne klang empört.

»Elias hätte sterben können.«

»Wenn das jemand gewollt hätte, wäre es auch passiert.«

Elias schaute Riedel skeptisch an. »Haben Sie mich und meine Aktivitäten überwacht?«

Riedel setzte eine unschuldige Miene auf. »Einmal Agent, immer Agent.«

Elias sah Riedel auffordernd an. »Was lässt Sie vermuten, dass es noch einen anderen Player in dem Spiel gibt?«, fragte er.

Riedel fuhr sich durch sein dünnes Haar. »Der BND hält sich nicht immer an die Regeln, aber im Inland einen Mord oder versuchten Mord zu inszenieren und durchzuführen, das kann ich mir nicht vorstellen.«

»Und wer könnte Ihrer Meinung nach dahinterstecken?«

»Weiß ich noch nicht. Aber ich könnte mir vorstellen, dass die Spur zu dem Kaffeekonzern führt, der damals den Anschlag in Auftrag gegeben hatte. Schließlich ist es schlecht für das Geschäft, wenn bekannt wird, dass die Grundlage für diesen inzwischen großen Konzern der Handel mit Blutbohnen war.«

»Und um Elias all das zu erzählen, haben Sie dieses Treffen arrangiert.« Janne nickte. »Gut eingefädelt, aber ich glaube, wir kriegen ein Problem.«

2017 – Mittwoch, 14:00 Uhr

»Ich hoffe, der kleine Snack hat Ihnen allen zugesagt und für jeden war etwas Schmackhaftes dabei«, begrüßte Philipp Vahrenheide erneut seine Gäste.

»Ein deftiges Steak hätte ich schon vertragen«, grummelte Erich und klopfte auf seinen Bauch.

»Ich denke, heute Abend werden Sie auf Ihre Kosten kommen, Erich.« Dann wandte er sich Peakock zu. »Wir würden zunächst einmal gerne gemeinsam mit Ihnen ein Video über einen Survival-Bunker ansehen und sind auf Ihre Meinung gespannt.«

Peakock war ein wenig überrascht über den Vorschlag, ließ sich aber nichts anmerken. »Ich bin gespannt.«

Vahrenheide ließ eine Projektionswand aus einem Sideboard hochfahren, dann begann die Vorführung. Peakock bekam ein Werbevideo der amerikanischen Firma Underground Living Spaces zu sehen. Ausgangspunkt war eine stattliche Villa, die in etwa dem Wohnstandard der Anwesenden entsprach. Im Wesentlichen warb die Firma mit luxuriöser Ausstattung und stylish designten Wohn- und Aufenthaltsräumen sowie Freizeitangeboten. Die Sicherheits- und Versorgungskonzepte blieben sehr vage. Die gesamte Schutzanlage war direkt vom Wohnhaus über einen unterirdischen Zugang zu erreichen. Nach knapp fünf Minuten war die Vorführung beendet.

Peakock lehnte sich in seinem Stuhl zurück und holte tief Luft. »Meine Damen und Herren, ich vermute mal, dass Sie vor allem die geschmackvolle Ausstattung der Räume begeistert hat und Sie hoffen, dass Sie auch keine Abstriche Ihres Lebensstandards machen müssen.«

»Wenn wir schon viel Geld für einen Schutzraum ausgeben, dann soll es auch angemessen komfortabel sein«, sagte Chris.

»Allerdings sind die Freizeitangebote noch ausbaufähig.« Erich schnäuzte sich. »Kino und Pool sind ja in Ordnung, aber eine Squash-Halle und Tennisplätze gehören ebenfalls dazu.«

»Platz wäre ja da, schließlich scheint eine große Garage völlig überflüssig zu werden«, bemerkte Vahrenheide. »Was wollen wir mit Autos, die nicht bewegt werden können?«

»Hauptsache, es gibt einen professionellen Tischkicker.« Belustigt blickte Chris Dorothea an. »Für Ihre Kinder?«

»Nein, für mich.«

Mit einem ungläubigen Blick unterbrach Bärbel das Gespräch. »Ich glaube, wenn ich mir Ferdinands Gesichtsausdruck anschaue, hält er uns, vorsichtig formuliert, für naiv, stimmt's?«

Peakock schüttelte behutsam den Kopf. »Die Ausstattung von Survival-Bunkern ist nicht das Problem. Aber Sie müssen bedenken, dass es bei einer Katastrophe apokalyptischen Ausmaßes zunächst ums Überleben geht. Dem ist alles unterzuordnen. Dafür benötigt man nicht zwangsläufig eine Squash-Halle.«

»Da haben Sie recht«, sagte Vahrenheide, »doch wenn ich mich mehrere Jahre unter der Erde aufhalten muss, sind auch Soft Skills von Bedeutung.«

»Damit wären wir bei einem wichtigen Thema.« Peakock schenkte sich eine Cola ein. »Doch zunächst zurück zum Video. Es gaukelt vor, dass es möglich wäre, einen Survival-Bunker einfach hinter seinem Haus unter dem Garten anzulegen. In einem Schutzraum, wie er in dem Film gezeigt wurde, würde niemand einen Atomschlag oder ein Erdbeben, um nur zwei mögliche Katastrophen zu nennen, überstehen.«

Vahrenheide nickte. »Deshalb sitzen wir hier, um eine echte Lösung zu finden.«

»Sie haben im vorherigen Gespräch eine realistische Versorgungsstrategie angesprochen und etwas«, Erich suchte nach dem passenden Begriff, »von ›mikrogesellschaftlichen Vorstellungen‹ gesagt. Dr. Ferdinand, können Sie uns das einmal näher erläutern?«

»Im Prinzip geht es darum, so etwas wie eine kleine Stadt im Untergrund zu planen. Die erste Frage, die sich stellt: Wer soll alles in dem Bunker wohnen?« Peakock schaute in die Runde.

»Unsere Familien«, sagte Vahrenheide sofort.

»Und die unserer Kinder«, ergänzte Dorothea.

Chris kaute auf einem Bleistift herum. Er schien nachzudenken. »Vielleicht auch die besten Freunde?«

»Dann auch mit Anhang.«

Bärbel stöhnte entgeistert auf. »Das nimmt ja kein Ende.«

»Das ist eine einfache Überschlagsrechnung.« Erich schaute auf die Zahlen, die er auf einen Zettel geschrieben hatte. »Wir selbst bringen jeweils zehn Leute ein, und wenn dann noch jeweils ein befreundetes Paar dazukommt, sind wir schon bei circa hundert Leuten.«

»Aber dabei bleibt es nicht«, sagte Peakock. »Sie brauchen ja auch Menschen, die die Infrastruktur Ihres Bunkers aufrechterhalten können.«

»Gut, sagen wir, hundertfünfzig.«

»Gehen wir mal von dieser Zahl aus und nehmen eine sinnvolle Verteilung der Altersstruktur und Geschlechterverteilung an.«

»Was wahrscheinlich nicht gegeben sein wird«, warf Vahrenheide ein. »Und es stellen sich auch noch andere Probleme. Ist es sinnvoll, den neunzigjährigen Großvater mit in den Bunker zu nehmen? Das todkranke Enkelkind? Die verhasste Schwiegermutter? Den drogenabhängigen Schwager?« Er rückte sich die Brille zurecht. »Schwere Entscheidungen.«

»Wir sollten die Freunde weglassen«, nuschelte Erich.

»Und warum?«, fragte Dorothea gereizt.

»Es ist doch am wichtigsten«, sagte Erich jetzt lauter, »dass wir die bestmöglichen Chancen für das Überleben in dem Bunker erhalten. Und dafür brauchen wir Experten. Keine Freunde.«

»Vielleicht sind die Freunde ja auch Experten.« Chris wischte sich den Schweiß von der Stirn.

»Um die Komplexität dieses Unterfangens zu bewerten, spielt das im Moment keine Rolle«, versuchte Peakock eine Debatte über die Auswahlkriterien abzuwenden. »Gehen wir mal von der Zahl Hundertfünfzig aus. Wenn diese Menschen, sagen wir, zehn Jahre in einem Bunker leben sollen, muss ihre Ernährung, medizinische Versorgung und Gesundheit gesichert sein –«

»Was macht das für einen Unterschied?«, fragte Dorothea mit spitzem Mund.

»Das eine meint die Behandlung bei Krankheiten«, fuhr Peakock fort. »Das andere deren Vermeidung, also die Frage, wie bleibt man gesund. Und ebenso entscheidend ist das soziale Leben.« Als Peakock einige fragende Blicke bemerkte, sah er sich genötigt, diesen Aspekt näher auszuführen. »Hundert Menschen haben mindestens hundert verschiedene Interessen und Bedürfnisse. Die Alten, die Jungen, die Frauen, die Männer –«

»Die Klugscheißer, die Nörgler –«

»Die Introvertierten und Extrovertierten«, setzten Chris und Bärbel die Aufzählung fort.

»Das könnten wir jetzt noch lange fortsetzen. Deutlich wird, dass Regeln für ein friedliches Miteinander aufgestellt werden müssen, um Streit in einem auf Jahre isolierten Raum zu verhindern. Und wer stellt die Regeln auf? Und wer sorgt dafür, dass sie eingehalten werden?« Peakock schaute in unschlüssige Gesichter. »So ein Mikrokosmos ist ein zerbrechliches System. Jeder Zwist, jede Parteienbildung schwächt das System. Das heißt, Sie brauchen eine Führungsebene, die alle nötigen Entscheidungen trifft, auch unangenehme.«

»Wie könnte das aussehen?« Bärbel wischte sich eine Haarsträhne aus dem Gesicht.

»Es gab Angang der 1990er Jahre mal ein Experiment in den USA, bei dem acht Menschen zwei Jahre lang unter einer von der Außenwelt isolierten Biosphäre, die eine Miniatur unserer Erde abbildete, verbrachten und sich selbst versorgten.«

»Unter der Erde?«

»Nein, unter einer Glaskuppel, und das Projekt wurde von außen gemanagt. Jedenfalls hatten sie bei der Planung für ihre Ernährung falsch kalkuliert, und die Gruppenmitglieder nahmen im Tagesdurchschnitt zu wenige Kalorien zu sich. Sie verloren jeder binnen weniger Monate ungefähr zehn Kilo an Gewicht. Dann kamen einige Missernten dazu, und zum Schluss haben sie sich nur noch von Süßkartoffeln ernährt und mussten hungern. Das hat dazu geführt, dass einige der Gruppenmitglieder Nahrung hamsterten und durch eine Schleuse zur Außenwelt Proviant hereinschmuggelten. Daraufhin gab es Streit, und die Gruppe spaltete sich in zwei Lager. Obwohl das Management über die Situation informiert wurde, ließ sie alles weiterlaufen.«

Ferdinand Peakock schenkte sich ein Glas Wasser ein und trank einen Schluck. »Ebenso, als der Sauerstoff knapp wurde und die Gruppenmitglieder nicht mehr klar denken konnten. Wieder zerstritten sie sich, und diesmal war auch das Management, das von außen das Experiment überwachte, unterschiedlicher Meinung, wie es mit der lebensbedrohlichen Situation in der Biosphäre umgehen sollte. Erst als auf Druck einiger Wissenschaftler Sauerstoff in die Biosphäre gepumpt wurde, entspannte sich die Lage wieder. In einem Survival-Bunker, wo alles von innen heraus geklärt und entschieden werden muss, wäre ein solch zögerliches Verhalten äußerst problematisch. Wahrscheinlich würde schon bei einer Nahrungsknappheit eine Revolte ausbrechen.«

»Ich würde sie anführen«, sagte Chris kämpferisch und klopfte auf seinen Bauch.

»Und ich knallhart niederschlagen.« Alle starrten auf Erich.

Vahrenheide erhob sich. »Es ist Zeit für eine Pause. Wir sollten die Zeit nutzen, um über die eben gehörten und angesprochenen Aspekte nachzudenken.«

23

»*Sie begehen meinen Mord und ich den Ihren.*«

Zilles Handy klingelte. Er schreckte hoch. Wer hatte zu ihm gesprochen? Da saß niemand in seinem Zugabteil. Wieder das Handyklingeln. Es war seins. Er musste es einen Moment suchen, fand es dann aber unter seiner Jacke, die auf dem Nebensitz lag. Es war Britta.

»In fünf Minuten soll dein Zug einfahren. Stehst du schon erwartungsvoll an der Tür?«

»Ich stehe seit Duisburg an der Tür, meine Liebste«, log Zille, ohne nachzudenken.

»In welchem Waggon sitzt du?«

»Direkt hinter der Lok.«

»Ich bin da.« Das Gespräch war beendet.

Zille rieb sich den Schlaf aus den Augen. Was hatte er da nur geträumt? Er schloss die Augen, und jetzt sah er die Szene vor sich. Es war Bruno, Bruno Antony, der Mann aus Hitchcocks »Strangers on a Train«. Mord war selbst Bestandteil seiner Träume. Er guckte einfach zu viele Filme. Diesmal riss ihn die Ansage, dass sie gleich Utrecht Centraal erreichen würden, aus seinen Gedanken. Er zog seine Jacke an, nahm seine Reisetasche und ging zur Tür. Bruno ließ er lieber im Abteil zurück.

Auf dem Bahnsteig schaute er sich nach Britta um und sah sie am anderen Ende des Zuges stehen. Wie immer, dachte er, der Zug hatte in irgendeinem Bahnhof seine Fahrtrichtung geändert und er somit nicht im ersten, sondern im letzten Abteil gesessen. Jetzt konnte er Brittas Anblick dreißig Sekunden lang still genießen. Ihre blonden, leicht gelockten Haare trug sie offen, sodass sie ihr regelrecht über die Schultern flossen. Ihr wiegender Gang und das geblümte Kleid betonten ihre sportliche Figur. Mit jedem Schritt, mit dem sie sich näher kamen, schlug sein Herz höher. Sie war die Frau seines Lebens.

Dann fielen sie sich in die Arme und küssten sich wie verrückt. Britta nahm Zilles Gesicht in beide Hände und sah ihn an. »Du siehst furchtbar aus.«

»Und du würdest auch nach sieben Stunden Bahnfahrt noch gut aussehen.« Das Küssen ging weiter.

Schließlich löste sich Britta aus seiner gleichzeitig leidenschaftlichen und übermüdeten Umarmung. »Wie gut, dass wir nicht in Den Haag sind und ich erkannt werden könnte, sonst hätte ich ein Disziplinarverfahren wegen Erregung öffentlichen Ärgernisses am Hals.«

»Wir sind doch nicht in Saudi-Arabien.« Zille nahm die Reisetasche. »Wo fahren wir hin?«

Britta legte ihren Arm um seine Hüfte und flüsterte ihm ins Ohr. »Ich habe eine Überraschung für dich.«

Nachdem sie eine Viertelstunde durch Utrechts Innenstadt gelaufen waren, führte Britta Zille in ein kleines Hotel am Vismarkt. »Ich dachte, du brauchst nach der langen Bahnfahrt ein wenig Entspannung«, säuselte sie und zog ihn in einen antiken

Fahrstuhl. Kaum setzte dieser sich in Bewegung, küsste sie Zille wieder und begann, sein Hemd aufzuknöpfen.

»Sollten wir nicht warten, falls –«

»Hier passt niemand mehr rein«, sagte sie schon leicht erregt und zog ihm das Hemd aus der Hose.

»Der Fahrstuhl macht auch nicht den stabilsten Eindruck.«

»Halt die Klappe.«

Der Fahrstuhl hielt, und sie stolperten kichernd hinaus und verschwanden in Brittas Zimmer. Hinterher lagen sie erschöpft, aber glücklich nebeneinander im Bett.

»Ich könnte gut eine Runde schlafen«, sagte Zille und schmiegte sich an Britta.

»Du kannst gleich im Auto schlafen. Wir fahren nach Leiden, zur ältesten Universität des Landes.«

»Eine Sightseeing-Tour?«

»Hatte ich dir versprochen.«

Eine Stunde später parkten sie in der Nähe der Universitätsbibliothek und schlenderten durch die Stadt.

»Die Innenstadt von Leiden ist ein großes Freilichtmuseum, tolle Architektur, Innenhöfe und Grachten«, erzählte Britta voller Begeisterung. »Und es ist die Geburtsstadt von Rembrandt.«

»Bist du häufig hier?«, fragte Zille.

»Leiden liegt direkt neben Den Haag. Ist auch nicht so hektisch. Ich überlege sogar, mir hier eine Wohnung zu nehmen.« Britta schmatzte Zille auf die Wange. »Komm, wir gehen ins Barista Cafe, das liegt im Catharinasteeg. Sie haben dort einen vorzüglichen Latte macchiato.«

»Das ist eine gute Idee«, erwiderte Zille strahlend. »Ich brauche jetzt unbedingt ein vernünftiges Frühstück.«

Das Café öffnete gerade, und sie konnten einen schönen Fensterplatz auswählen. Nachdem sie bestellt hatten, nahm Zille Brittas Hand. »Es ist schön, hier bei dir zu sein. Leider kann ich nicht lange bleiben – die Arbeit.«

»Jeder Tag zählt. Aber du musst kein schlechtes Gewissen

haben. Wir haben in einer Stunde einen Arbeitstermin mit dem Direktor des Wissenschaftsmuseums Rijksmuseum Boerhaave.«

Ein junger Mann brachte die beiden Latte macchiato sowie einen doppelten Espresso. Freudig nahm Zille den Espresso entgegen, füllte einen Teelöffel Zucker hinein, verrührte diesen und schlürfte den Espresso genüsslich aus. »Das kommt jetzt richtig gut.«

»Langsam lichten sich auch deine tiefen Ränder unter den Augen«, ermunterte Britta ihn.

»Und was genau besprechen wir mit dem Direktor?«

»Er ist in der Wissenschaftsszene europaweit bestens vernetzt. Außerdem ist er Physiker und Historiker und forscht zu Wissenschaftsverbrechen in den letzten Jahrhunderten. Nachdem du mich über die Verbrechen im Umfeld des Hamburger Zukunftskongresses informiert hattest, habe ich Kontakt mit ihm aufgenommen, und er hat sofort einem Treffen zugestimmt.«

»Und was muss ich mir unter seiner Forschung vorstellen?«

»Zum einen geht es dabei um die Wissenschaftsverbrechen in der Nazizeit, wie zum Beispiel rassenkundliche Untersuchungen von Anthropologen, die eine angeblich wissenschaftliche Legitimierung des Völkermords lieferten.«

Britta unterbrach ihre Ausführungen, weil das Frühstück gebracht wurde. Als der junge Mann sich wieder entfernte, fuhr sie fort: »Aber es geht auch um Betrug und Fälschung von Daten, um eigene wissenschaftliche Thesen zu belegen. In der Biologie, Chemie, Medizin und Physik. Sogar Isaac Newton manipulierte einige seiner Experimente, um sie an seine Rechenmodelle anzugleichen.« Britta schob sich ein Stück Käse in den Mund.

»Und du erhoffst dir von dem Gespräch mit dem Museumsdirektor, dass er uns nützliche Hinweise geben kann?«

»Ja, außerdem ist das Museum großartig. Aber jetzt frühstücken wir erst einmal in Ruhe.«

24

Miro hatte einen seiner Personenschützer aus der Gaststube vor die Tür beordert. Der steckte sich draußen sofort eine Zigarette an.

»Das ist ungesund, Rüdiger«, hörte er Miro in seinem Ohr.

»Wie läuft es im Forsthaus?«

»Alle drei sitzen an einem Tisch.«

»Janne also auch?«

»Ja. Kann sein, dass sie unser Aufnahmegerät entdeckt hat.«

»Wie das?«

»Sie ist einmal unter den Tisch gekrochen, weil ihr etwas runtergefallen war.«

»Ich vermute, dass sie inzwischen sowieso misstrauisch geworden ist. Außerdem ist es gleich zehn Uhr, und es könnten bereits die ersten Gäste kommen. Also erledigt euren Job.«

»Du meinst –?«

»Und denkt an den Wirt.«

Das Gespräch war zu Ende. Rüdiger zog noch ein letztes Mal an seiner Zigarette und warf sie dann achtlos auf den Boden. Er zog seine Waffe, entsicherte sie und ging auf die Tür zu, die in die Gaststube führte.

Elias und Riedel blickten beide erstaunt zu Janne.

»Das Problem ist, dass der Feind bereits unter uns ist«, sagte Janne etwas kryptisch und wollte sich gerade erklären, als Miro sich bei ihr meldete.

»Du solltest das Forsthaus jetzt endlich verlassen.«

»Um die Angreifer abzuwehren, die sich im Wald versteckt haben?« Spott lag in Jannes Stimme. Sie stand auf.

»Um dich selbst in Sicherheit zu bringen.«

»Warum, Miro?«, fragte Janne.

»Das spielt jetzt keine Rolle mehr.«

»Doch, es wäre deine letzte Gelegenheit, zumindest mit ein wenig Anstand zu sterben.«

Janne gab Elias und Riedel ein Zeichen, dass sie unter den

Tisch kriechen sollten, riss gleichzeitig die Waffe aus ihrem Hosenbund und erschoss den Personenschützer, der noch am hinteren Tisch saß. Aus den Augenwinkeln sah sie, wie sich die Gaststubentür langsam öffnete. Janne überlegte nicht lange. Sie machte zwei schnelle Schritte auf die Tür zu, gab dabei mehrere Schüsse ab und rutschte mit Schwung auf ihrem Hintern Richtung Tür. Dabei schoss sie immer wieder auf die Tür. Dort angekommen, stieß sie diese mit ihren Füßen auf. Sofort sprang sie wieder auf die Beine, als sie einen Schmerz an der linken Hüfte spürte.

Rüdiger, der Personenschützer, lag mit schmerzverzerrtem Gesicht am Boden direkt vor ihr. Die Waffe, mit der er gerade noch auf Janne geschossen hatte, fiel ihm aus der Hand. Ein letzter Blick, dann kippte sein Kopf zur Seite. Janne stieß seine Waffe mit einem Fuß zur Seite, bückte sich zu ihm hinunter und fühlte seinen Puls. Er war tot, was bei den drei Kugeln, die ihn im Oberkörper getroffen hatten, nicht verwunderlich war. Janne atmete tief durch, tastete vorsichtig ihre linke Hüfte ab und bemerkte Blut an der Hand. Sie zog ihr Shirt hoch und sah, dass es zum Glück nur ein Streifschuss war. Der Wirt würde sicher einen Verbandskasten haben.

Janne ging zurück in die Gaststube und ließ sich notdürftig vom Wirt verarzten. Elias und Riedel hatten den Tisch während der Schießerei zur Seite gekippt und sich hinter der Tischplatte verschanzt. Jetzt kamen sie aus der Deckung und stellten den Tisch wieder auf die Füße.

»Die Gefahr hier im Raum ist erst einmal gebannt. Aber vor der Tür wartet noch ein weiteres Problem.« Janne setzte sich an den Tisch und berichtete im Telegrammstil, dass wahrscheinlich Miroslav Eschenbrosch hinter den Angriffen auf Elias steckte und hier im Forsthaus den Nachforschungen von Elias ein Ende setzen wollte.

Elias konnte es kaum glauben, was Janne ihnen da erzählte.

»Warum sollte Miro hinter dem heutigen Angriff und auch allen vorherigen Einschüchterungen mir gegenüber stecken? Er war doch immer auf unserer Seite und hat uns immer geholfen.«

Janne zuckte mit den Achseln. »Ich weiß es nicht. Miro ist mein Freund.« Sie hielt einen Moment inne und sagte dann traurig: »Na ja, war mein Freund, bis heute. Ich glaube, in den letzten Monaten ist irgendwas geschehen.«

»Das muss aber ziemlich einschneidend gewesen sein.«

»Wenn ich mich mal einmischen darf«, meldete sich Riedel zu Wort, »Familie, Geldsorgen oder eine Leiche im Keller. Einer dieser drei Aspekte spielt bei grundlegenden Verhaltensänderungen immer eine Rolle.«

»Ist das eine Geheimdienstweisheit?«, fragte Elias.

»Erfahrungswerte.« Helge Jakubowski, der Wirt, war an den Tisch gekommen. Er hatte eine große Tasche in der Hand.

»Auch vom Geheimdienst?«, fragte Janne.

»Sie scheinen aber auch keine normale Personenschützerin zu sein. Ich habe selten jemanden so schnell und konsequent reagieren sehen.«

»Was machen wir, wenn Gäste kommen?«, fragte Elias.

»Es kommen keine Gäste. Das Forsthaus öffnet offiziell erst in der nächsten Woche.« Jakubowski griff zur Tasche, entnahm ihr ein Gewehr und gab es Janne. »Wenn da draußen noch jemand ist, kann die Haenel möglicherweise helfen.«

»Schick«, sagte Janne anerkennend und betrachtete das Gewehr eingehend.

»Hat einen guten Präzisionsschuss.«

Janne hörte eine Stimme in ihrem Ohr und bedeutete den drei Männern, dass sie sich ruhig verhalten sollten.

»Was willst du, Miroslav Eschenbrosch?«

»Ich habe dich unterschätzt.«

»Das ist dein Problem.«

»Es wird dir aber nichts nützen. Lebend kommt ihr nicht mehr aus dem Forsthaus heraus.«

»Du hältst dich wohl für unbesiegbar. Das ist dein nächster Fehler. Wir haben schon eine Spezialeinheit geordert. Und bis die Leute eintreffen, werden wir es uns hier gut gehen lassen. Hast du noch etwas zu essen?« Janne blickte auf das Jagdgewehr.« Bei uns gibt es heute Mittag Wildschweinbraten.«

»Bis heute Mittag werdet ihr tot sein.«

»Was du nicht sagst. Übrigens, die Granaten, die im Proviantrucksack waren, habe ich im Wald gelassen. Aber das hast du mit Sicherheit schon bemerkt. Sie waren mir einfach zu schwer. Also wird es wohl keinen High Noon geben.« Sie nahm den Mikrokopfhörer aus dem Ohr und warf ihn in einen Papierkorb.

»Hast du tatsächlich das SEK bestellt?« Elias musterte Janne überrascht.

»Nein.« Janne schüttelte den Kopf. »Ich wollte Miro nur unter Druck setzen. Er wird nicht warten, bis ein Spezialkommando anrückt. Er wird kämpfen wollen.«

»Sie glauben, er steigt vom Turm herunter?«, fragte Helge Jakubowski.

»Er kalkuliert seine Möglichkeiten. Bleibt er auf dem Turm, hat er keine Chance.«

»Und uns kann er von dort oben nicht töten – solange wir nicht rausgehen.«

»Wir sollten uns Hilfe holen«, schlug Elias vor.

»Was machen wir dann mit den Leichen?«, fragte Janne.

Die drei Männer schauten sie verwundert an.

»Ich würde sie gerne entsorgen, wir haben sonst nur Ärger mit ihnen.

25

Britta und Zille verließen gestärkt und gut gelaunt das Café und machten sich auf den Weg zum Museum. Sie überquerten eine der vielen Grachten und waren in wenigen Minuten beim Rijksmuseum Boerhaave, das gerade als Europäisches Museum des Jahres ausgezeichnet worden war. Direktor Dr. Piet van der Velde, mindestens einen Meter neunzig groß, lockige Haarpracht und eine Nickelbrille auf der Nase, erwartete sie schon in seinem Büro.

Er erhob sich aus seinem Schreibtischstuhl und ging freude-strahlend auf Britta zu. »Dass Europol uns seine attraktivste Kommissarin schickt, wissen wir zu schätzen, Frau Timmer-mann«, begrüßte er Britta in fast akzentfreiem Deutsch. »Und Sie sind der Kollege Zillinski vom LKA in Hamburg. Freut mich, Sie kennenzulernen, auch wenn die Umstände offen-sichtlich nicht so schön sind.«

»Ich verbinde das Angenehme mit dem Nützlichen, Dr. van der Velde.« Er reichte ihm die Hand. »Und nennen Sie mich Zille.«

»Das mache ich gerne, wenn Sie mich Piet nennen.«

»Gut, meinen Vornamen kennt ihr, und somit hätten wir das schon einmal geklärt«, sagte Britta lachend. »Wie ich Ihnen am Telefon schon erzählte, haben die Kollegen in Hamburg es mit einem mysteriösen Wissenschaftlerschwund zu tun.«

»In der Wissenschaftsgeschichte ist das Verschwinden, Fäl-schen und Stehlen nichts Neues. Dass es bei Ihnen in Hamburg allerdings mit Mord und Totschlag einhergeht, ist jedoch nicht alltäglich.« Van der Velde machte ein betrübtes Gesicht. »Das berührt mich insbesondere, weil ich Hamburg liebe, ist schließ-lich die Heimatstadt meiner Frau.«

»Deshalb sprechen Sie so gut Deutsch«, bemerkte Zille an-erkennend.

»Das konnte ich glücklicherweise schon, bevor ich meine Frau Julia kennenlernte. Meine Deutsch-Kenntnisse haben nämlich die Kontaktaufnahme wesentlich vereinfacht«, erwi-derte er verschmitzt. »Ich mache Ihnen einen Vorschlag. Wir führen unser Gespräch bei einer privaten Führung, die in einer unserer meistfrequentierten Räumlichkeiten enden wird, näm-lich dem Café im Atrium.«

»Das hört sich gut an, Piet«, sagte Zille, der heimlich hoffte, dass es dort auch Burger gab.

»Zunächst führe ich Sie in unser Anatomie-Theater. Es ist ein Nachbau des Theatrums Anatomicum der Universität Leiden aus dem Jahre 1594.«

Van der Velde führte sie in die obere Reihe des Theaters.

»Diese Art Hörsäle gibt es immer noch«, sagte Britta. »Habe ich einmal in Leipzig in der Uni gesehen.«

»Sie sind nach wie vor wie ein Hufeisen gestaltet, mit nach oben gestaffelten Sitzreihen. Und ganz unten steht der Seziertisch. Hier zeigen wir dem Publikum, was es in den letzten fünf Jahrhunderten an Entwicklungen in der praktischen Anatomie gegeben hat.«

»Das ist bestimmt spannend.« Zille beugte sich über die Brüstung. »Ab und zu bin ich mal bei den Obduktionen unserer Rechtsmedizinerin dabei. Bei einigen Tätigkeiten sieht das noch wie aus dem vorletzten Jahrhundert aus.«

»Ja, beispielsweise Sägen werden heutzutage auch noch benötigt. Das Material ist aber sicherlich besser geworden.« Piet van der Velde kicherte leise in sich hinein. »Was wir hier nicht zeigen, ist die kriminelle Energie, die der Medizin als Wissenschaft innewohnt.«

»Wie meinen Sie das?«, fragte Britta neugierig.

»Nun, zum einen wollen wir unseren Besuchern nicht den Glauben an die Aufrichtigkeit in der Medizin nehmen. Zum anderen würde es einfach zu viel Raum einnehmen, wenn wir sie über die Manipulationen und Fälschungen von Daten sowie das Stehlen von Forschungsergebnissen aufklären würden. Diese Probleme sind sehr umfangreich und seit Jahrhunderten ständige Begleiter in der Wissenschaft und der Medizin und leider nicht totzukriegen. Zum Beispiel der Fall der Biochemikerin Rosalind Franklin. Sie hat mit einem Kollegen die DNA mit Röntgenstrahlen untersucht und entdeckte dabei viele Details zum Aufbau der DNA-Struktur. Bilder dieser Röntgenaufnahmen und ein von ihr verfasster Forschungsbericht wurden zwei konkurrierenden Kollegen zugespielt. Es half den beiden, den DNA-Aufbau als Doppelhelix zu beschreiben und dafür dann 1962 den Nobelpreis zu erhalten.«

»Wahrscheinlich, ohne die Frau zu erwähnen«, vermutete Britta.

»So ist es«, bestätigte van der Velde. Im Anschluss führte er seine Besucher durch weitere Räume und zeigte ihnen die älteste

Pendeluhr der Welt von Christiaan Huygens, das Mikroskop von Leeuwenhoek sowie die Leidener Flasche. »Diese Flasche ist eine frühe Form eines elektrischen Kondensators, erfunden 1745. Wird heute natürlich nicht mehr benutzt. Aber diese Erfindung markiert den Anfang von vielen Experimenten, die letztlich zur Entwicklung von Batterien führten. Aber nicht immer waren wegweisende Erfindungen für den Forscher von Vorteil.«

Van der Velde nahm seine Brille ab und säuberte die Gläser. »Der Erfinder Stanley Meyer hatte schon 1988 ein Patent angemeldet, mit dem man Treibstoff aus Wasser produzieren konnte. Unternehmen und Regierungen ölproduzierender Staaten wollten ihm seine Erfindung abkaufen oder boten ihm viel Geld, damit er seine Forschungen einstellt. Er hat sich auf nichts eingelassen. Also wurde gegen ihn prozessiert, 1996 wurde er des groben Betrugs für schuldig befunden, und 1998 verstarb er bei einem Treffen mit Investoren. Es gibt Leute, die behaupten, er sei vergiftet worden.«

»Und das ist belegt?«, fragte Zille skeptisch.

»Zumindest ist belegt, dass er eine Art Wasserstoffzelle entwickelt hat, die damals schon ziemlich effektiv war. Und so falsch lag er mit seinen Überlegungen wohl nicht. Toyota produziert heute schließlich auch Autos mit Wasserstoffzellen.«

»Dann war er wohl zu früh.«

»Ich könnte Ihnen noch über vierzig weitere Räume mit spannenden Exponaten zeigen, denke aber, wir suchen jetzt das Café auf.«

Sie betraten das Atrium des Museums und nahmen an einem reservierten Tisch Platz.

»Die Suppen sind hier sehr gut, aber auch das Choucroute«, empfahl der Direktor. »Sie sind eingeladen.«

Britta und Zille lehnten dankend mit dem Verweis auf ihr opulentes Frühstück ab und bestellten stattdessen einen Rosé. Van der Velde entschied sich für den Weißwein.

»Gibt es denn weitere Wissenschaftler, die Opfer eines Verbrechens geworden sind?«, fragte Zille.

Van der Velde nickte. »Leider ja, sie wurden entführt, getötet oder beides. 1998 hat der achtzehnjährige Viljo Spahic ein Kodierungsverfahren entwickelt, das alle damals bekannten Speichermethoden wertlos gemacht hätte. Einen Monat nach Bekanntwerden seiner Erfindung verschwand er allerdings spurlos, und zwar nachdem öffentlich wurde, dass er seine Erfindung mit einem kleinen Unternehmen selbst vermarkten wollte.«

»Und wer war der Wissenschaftler, der getötet wurde?«, fragte Britta, nachdem der Wein gebracht worden war.

»Das war eine junge Wissenschaftlerin. Sofie de Clercq, zwanzig Jahre, kam aus Brügge. Ist 1980 unter ungeklärten Umständen gestorben. Sie hat ein Unterwassergewächshaus entwickelt, in dem Bohnen, Erdbeeren und Basilikum wunderbar gediehen. Und wahrscheinlich auch andere Pflanzen. Damit ließe sich der Hunger in der Welt ohne Pestizide bekämpfen, weil es keinen Schädlingsbefall gäbe. Das war Sofies Vision. Zwei Monate nach dem Bekanntwerden ihrer Erfindung wurde sie tot in einem Kanal in der Innenstadt gefunden. Wie sie da hineingekommen ist, wurde nie geklärt.« Van der Velde hob sein Glas. »Auf die jungen Wissenschaftler.«

»Gab es keinerlei Hinweise?«, fragte Britta ungläubig.

»Ich weiß nur, dass die Ermittlungen eingestellt wurden und die Polizei von einem tragischen Unfall ausgegangen ist.«

»Wissenschaftler ist scheinbar ein Risikoberuf«, bemerkte Zille lapidar.

»Nun, die meisten überleben. Und es ist ja auch wichtig, dass die Wissenschaft vorankommt. Nur so werden wir in der Lage sein, in einer aus den Fugen geratenen Welt zu überleben. Das lehrt die Geschichte.«

»Was meinen Sie genau?«, fragte Britta erstaunt.

»Ich nenne Ihnen einige Stichworte: Klimakatastrophe, Pandemien, Hunger, Völkerwanderungen, soziale Unruhen ...« Van der Velde nippte an seinem Wein. »Soll ich weitermachen?«

Zille hob die Hände. »Nicht nötig. Und Sie meinen, dass wissenschaftliche Forschung diese Probleme lösen kann?«

»Davon bin ich fest überzeugt.« Van der Veldes Handy machte sich bemerkbar. Er schaute auf das Display. »Oh, meine Sekretärin erinnert mich an meinen nächsten Termin.« Er stand auf und verabschiedete sich. »Tut mir leid. Wenn Sie noch Fragen haben, melden Sie sich einfach wieder.«

Britta und Zille schauten dem Direktor hinterher. »Das ging jetzt aber schnell«, brummte Zille. »Egal, wir trinken unseren Wein in Ruhe aus.«

Vor dem Museum schaute Zille sich um.

»Suchst du etwas?«

»Ich überlege, in welche Richtung wir gehen müssen, um an einem Burger-Schuppen vorbeizukommen.«

Britta hakte sich bei Zille unter. »Komm, ich führe dich. Kann ja keinen Hamburger Bullen verhungern lassen.«

26

Miroslav Eschenbrosch fluchte vor sich hin. »Wieso musste die blöde Kuh auch darauf bestehen, im Forsthaus Wache zu halten?« Jetzt musste er sehr schnell handeln. Von einer Seite konnte Janne ungesehen zum Turm gelangen, weil ihm die Bäume von hier oben den Blick versperrten. Allerdings musste sie dafür einen kleinen Umweg in Kauf nehmen. Seine einzige Chance, den Turm zu verlassen, bevor sie da wäre. Käme er zu spät, würde sie sich wahrscheinlich mit Blick auf die Tür des Turmes verschanzen und ihn wie Freiwild abknallen, sobald er sich rauswagte. Er schulterte das Gewehr und machte sich auf den Weg. Die steile und enge gusseiserne Wendeltreppe musste er vorsichtig hinunterlaufen. Wenn er hier stürzte, hätte er eh verloren.

»Helge, ich denke, Sie als Jäger schießen ganz passabel. Gehen Sie auf den Dachboden und suchen Sie sich eine Luke mit freiem Blick auf die Umgebung.«

»Es gibt nur eine.«

»Elias und Riedel, ihr verschanzt euch in der Gaststube und lasst euch nicht an den Fenstern blicken.«

»Und was machen Sie, Janne?«, wollte Riedel wissen.

»Ich laufe zum Turm.«

»Am besten gehen Sie durch den Vordereingang und dann hinterm Stall in den Wald. Dann kann er Sie nicht sehen«, schlug Jakubowski vor.

»Dauert zu lange. Außerdem wird er versuchen, so schnell wie möglich aus dem Turm zu verschwinden.« Janne nahm ihre Pistole in die Hand, entsicherte sie und verließ die Gaststube. Vorsichtig betrat sie die Terrasse, scannte die Umgebung und lief gebückt im Zickzack zur Hecke, deren Blätter schon eine bräunliche Färbung angenommen hatten. Sie lugte durch eine Lücke. Sie musste sich entscheiden, ob sie den direkten, gefährlicheren Weg oder den sicheren, aber zeitraubenden Umweg nehmen sollte.

Miroslav Eschenbrosch hatte die Hälfte der Wendeltreppe bereits hinter sich gelassen, doch es lagen noch fünfzig Treppenstufen vor ihm. Leider war er schon ein wenig aus der Puste und spürte einen leichten Schwindel. Aber langsamer laufen war keine Option. Und so nahm er die rechte Hand vom Gewehr, um mit beiden Händen das Geländer fassen zu können. Nach etwa zwanzig Stufen verrutschte das Gewehr und stieß mit dem Schaft ans Geländer, Eschenbrosch kam aus dem Rhythmus, konnte aber gerade noch einen Sturz verhindern.

Janne hatte sich für die direkte, aber gefährlichere Variante entschieden. Sie überquerte den Weg und lief dann wieder gebückt über die Wiese, um zu einer Baumgruppe zu gelangen, von der aus sie einen freien Blick auf die Turmtür hatte. Dann stolperte sie über eine Wurzel, kam ins Straucheln und prallte mit dem Kopf gegen einen Baumstamm. Sie schaffte es gerade noch, hinter den Baum zu kriechen, und blieb dort benommen liegen.

Eschenbrosch konnte schon das Tageslicht sehen, das durch die offene Tür fiel. Er verlangsamte seine Schritte und versuchte, sich an die Räumlichkeiten im Eingangsbereich des Turmes zu erinnern. Wenn er sich nicht täuschte, waren nur die ersten drei, vier Stufen von außen zu sehen. Er musste sich also ganz außen an das Treppengeländer drängen, dann konnte er die Treppe bis zu den ersten Stufen hinuntergehen, ohne von einer Waffe ins Visier genommen zu werden. Auf den letzten Stufen angekommen, blieb er stehen, nahm das Gewehr in Anschlag und entsicherte es. Langsam bewegte er sich weiter und sprang dann mit einem Satz an der offenen Tür vorbei zur gegenüberliegenden Wand. Kein Schuss. Entweder hatte Janne ihn nicht gesehen, oder sie war noch nicht in Stellung gegangen.

Janne kam langsam wieder zu sich und schlug die Augen auf. Ihr Kopf dröhnte noch, doch sie unterdrückte das Verlangen, die Augen wieder zu schließen. Sie hatte immerhin eine Aufgabe zu erledigen. Sie legte sich in Position und meinte, eine Bewegung im Turm gesehen zu haben. Sie kniff sich in die Wange und war sich dann sicher, dass es keine Halluzination gewesen war. Miro war im Eingangsbereich angekommen. Wer würde als Erster aus seiner Deckung kommen? Die komplexere Frage: Könnte sie wirklich ihren langjährigen Freund erschießen? Und würde er sie erschießen?

Was für eine Scheiß-Situation, dachte Janne. Objektiv betrachtet, war es ein Patt, auch wenn Miro die bessere Waffe hatte. Aber ihre HK P30L war auf fünfzig Meter treffsicher, und sie hatte zwölf Schuss im Magazin, das sie gleich nach dem Schusswechsel in der Gaststube gewechselt hatte. Sie musste nur schneller abdrücken als Miro.

Janne warf einen Blick zurück zum Forsthaus. Sie konnte die Dachluke erkennen, die leicht geöffnet war und aus der ein Gewehrlauf herausguckte. Wenn sie Miro herauslocken könnte und er sich ihr auf mindestens zwanzig Meter näherte, hätte Jakubowski ihn im Visier. Aber würde er auch wirklich schießen?

»Janne«, hörte sie plötzlich Miro rufen. »Ich weiß, dass du dich da draußen irgendwo versteckt hältst und nur darauf wartest, dass ich rauskomme. Aber wenn du mich haben willst, musst du mich schon erschießen. Kannst du das? Ich glaube nicht.« Miro hustete. »Du denkst, ich mache Psychospielchen, aber da liegst du falsch. Ich habe, wie du weißt, eine gute Menschenkenntnis, vor allem bin ich kein Selbstmörder.«

»Gute Rede, Miro, aber du irrst dich.«

»Glaube ich nicht. Ich komm jetzt raus, gehe zum Weg und verschwinde dann im Wald.«

»Das wäre dein Todesurteil.«

Janne hörte ein Lachen, und dann stand Miro plötzlich in der Tür des Turmes. Das Gewehr im Anschlag.

»Du siehst, ich bluffe nicht.« Selbstsicher kam er ihr entgegen. »Du liegst hinter dem Baum, nicht wahr? Hätte ich auch ausgewählt.« Langsam kam er ihr immer näher und blieb dann stehen. »Vielleicht überlege ich es mir doch noch anders und erschieße dich, bevor ich im Wald verschwinde.«

»Du kommst hier nicht lebend weg.« Janne stand auf und ging ebenfalls langsam auf Miro zu.

»Jetzt stehen wir uns hier gegenüber, jeder seine Waffe auf den anderen gerichtet.« Miro seufzte und setzte sich wieder in Bewegung. »Ich halte lieber Abstand. Ich weiß ja, wie gut du im Nahkampf bist.«

Janne blieb stehen, Schweiß bildete sich auf ihrer Stirn. »Ich bin aber auch gut im Zielen«, hörte sie sich sagen und wusste, dass sie nicht abdrücken könnte.

»Ich weiß.« Miro kam noch näher. »Deshalb muss ich zuerst schießen.«

In dem Moment ging Miro zu Boden, und Janne hörte den Schuss. Sie blickte sofort zur Dachluke, aus der jetzt Helge herausschaute. Dann stürzte sie mit der Waffe in der Hand auf Miro zu. Sie kickte sein Gewehr beiseite und kniete sich neben ihn. Aus seiner Brust sickerte Blut. Sie tastete seinen Hals ab. Er lebte noch. Mit tränenerstickter Stimme beugte sie sich über ihn und flüsterte: »Miro, wie konnte es so weit kommen?«

Er schlug die Augen auf, dann griff er blitzschnell mit einer Hand an Jannes Bein, zog ihr das Kampfmesser aus dem Holster und setzte die Spitze auf ihre Brust. »Ich hatte recht, Janne«, sagte er mit leiser Stimme, »du hast nicht geschossen.«

»Du aber auch nicht.«

»Das stimmt.« Miro atmete schwer, ließ das Messer sinken und flüsterte. »Du musst immer bis zum Schluss wachsam sein und aufpassen, Janne.«

Janne schluchzte. »Warum, Miro?«

»G-Greif in meine Jacke.«

Janne musste sich jetzt ganz dicht zu ihm hinunterbeugen. »Innentasche.«

Janne knöpfte die blutverschmierte Jacke auf und holte aus der rechten Innentasche ein Foto heraus.

»Zeig es mir.« Er war kaum noch zu verstehen. »Jasmina, mein Kind.«

»Du hast eine Tochter?«

Miro nickte.

»Sie wird bedroht?«

»Ja.«

»Von wem, Miro?«

»Pass auf sie auf«, hauchte er. Dann war er tot.

Janne liefen die Tränen über die Wangen. Sie nahm das Foto an sich und schloss Miro behutsam die Augen.

»Ich habe es ja gesagt, es ist meistens die Familie.« Es war Riedel, der hinter ihr stand, mit seiner Pistole in der Hand.

Janne stand auf. »Ich würde seine Leiche gerne mitnehmen.«

»Meinen Sie nicht, dass das zu auffällig wäre?« Riedel legte seine Hand auf ihre Schulter. »Ich mache Ihnen einen Vorschlag. Wir kümmern uns um die Leichen. Jakubowski hat einen Schweinestall, dort finden die Personenschützer ihre letzte Ruhe. Ich kenne einen Bestatter. Der äschert Miros Leiche ein, und wir schicken Ihnen die Urne.«

27

Nach einem wunderbaren Hamburger Royal und zwei Stunden Schlaf in Brittas bequemem Boxspringbett bereitete Zille eine Überraschung für Britta vor, die gerade noch einige Besorgungen machte. Seine Vermieterin Frau Kohl hatte ihm ihren selbst gebackenen großartigen Nusskuchen mit Schokoladenüberzug für sie mitgegeben, mit der Bemerkung, mehr als zwei Stücke dürfte er aber nicht davon verspeisen.

Er stand in einer Durchgangsküche. Das bedeutete, dass man von der einen Seite ins Esszimmer und von der anderen Seite ins Wohnzimmer kam. Ein, so fand er, ungewöhnlicher innenarchitektonischer Akzent. Er hatte den Esstisch eingedeckt und Frau Kohls Kuchen auf einer länglichen Glaskuchenplatte platziert. Den Kaffee würde er kochen, wenn Britta von ihrem Einkauf zurückgekehrt war. Zille nahm sich ein Bier aus dem Kühlschrank, ging ins Arbeitszimmer und trat auf den Balkon. Dort setzte er sich auf einen Stuhl und genoss den lauen Spätsommertag.

Nach einem kräftigen Schluck aus der Bierflasche dachte er über den Besuch im Museum nach. Abgesehen davon, dass er vor allem von dem Anatomie-Theater begeistert war, hatten ihm van der Veldes Ausführungen deutlich gemacht, dass Datenklau in der Wissenschaftswelt nicht ungewöhnlich war. Die häufigsten Motive für diese Verbrechen lagen auf der Hand: Geld, Eitelkeit und Streben nach Ruhm. All das konnte er bei den Fällen in Hamburg zwar nicht grundsätzlich ausschließen, es schien ihm aber eher unwahrscheinlich. Die Häufung der Morde und Entführungen von Wissenschaftlern im Umfeld des Kongresses deutete auf etwas Größeres hin. Er leerte die Bierflasche.

Ein Kuss holte Zille aus seinen Träumen zurück in die Realität.

»Hast du von mir geträumt?« Britta saß rittlings auf seinem Schoß.

»Wir lagen an einem Strand, und du träufeltest mir Weintrauben in den Mund.«

»Weiter ist nichts geschehen?«

»Anschließend hast du dich auf mich gesetzt und geküsst. Dann bin ich aufgewacht, und mein Traum wurde Wirklichkeit.«

»Sehr poetisch.« Britta gab ihm noch einen Kuss und stand auf. »Vielen Dank für den Nusskuchen. Den habe ich vermisst.«

»Da musst du dich bei Frau Kohl bedanken, von der ich dich herzlich grüßen soll.«

»Der Kaffee ist übrigens frisch gebrüht. Wir können uns jetzt über den Kuchen hermachen.«

Britta hatte die Kuchenstücke schon abgeschnitten und auf die Teller gelegt. Zille wollte sich gerade hinsetzen, doch Britta manövrierte ihn zum anderen Platz.

»Da sitze ich.«

Zille blickte auf die Teller und wusste Bescheid. Bei ihm lagen zwei Stücke Kuchen, bei Britta drei.

»Woher –?«

Britta lachte, holte ihr Handy heraus und las Zille eine SMS vor. »›Liebe Britta, ich hoffe, ich sehe Sie bald mal wieder bei uns in Hamburg. Und übrigens: Für Zille sind nur zwei Stücke Kuchen vorgesehen. Ihre Erna Kohl‹.«

»Seit wann hat Frau Kohl ein Handy? Und warum hat sie deine Nummer?«

»Weil wir Frauen gerne miteinander kommunizieren. Genieße deine zwei Stücke.« Dann machte Britta sich über den Kuchen her. »Köstlich, einfach köstlich.«

Zille tat beleidigt und rührte seine Kuchenstücke demonstrativ nicht an. Doch nach dem zweiten Schluck Kaffee konnte auch er nicht mehr an sich halten und verspeiste genüsslich die ihm zugebilligte Ration.

»Ich habe dir immerhin das Randstück überlassen. Mehr Schokoguss geht nicht.«

»Doch. Das zweite Randstück, doppelt so dick.«

»Dann musst du aber noch ein paar Tage bleiben.« Britta legte die Kuchengabel zur Seite und sprang auf. »Ich sollte den

Fisch, den es heute Abend geben soll, aus seiner Verpackung nehmen.« Sie ging in die Küche.

Zille schaute ihr hinterher, nahm sich sein Messer und wollte ein weiteres Stück vom Kuchen abschneiden.

»Heiner Zillinski«, tönte es aus der Küche, »ich sehe genau, was du vorhast.«

»Das ist echt ungerecht, schließlich habe ich den Kuchen transportiert.«

»Und du meinst, dafür steht dir eine Extraportion zu?«

»Ja.«

»Du kannst dir gleich noch ein Stück abschneiden. Aber erst einmal kommst du in die Küche. Das musst du dir ansehen.«

»Ist der Fisch so besonders?«

»Der Fisch nicht, aber seine Verpackung.«

»Das hört sich spannend an.« Zille trottete gemächlich in die Küche und beugte sich über die zerknitterte Zeitungsseite, in der der Fisch eingewickelt war. Er verstand zwar kein Niederländisch, doch die Überschrift konnte er entziffern. »*Waar is Ruben de Jong? – Viroloog al weken vermist*«.

»Von wann ist der Artikel, Britta?«

»Die Zeitung ist vor einer Woche erschienen.«

»Es wird also ein Virologe vermisst. Kannst du noch mehr entziffern?«

»Ruben de Jong ist Professor am Institut für Virologie an der Uni Leiden, das von Professorin Gerda Stellendam geleitet wird.«

»Und wie lange ist er schon verschwunden?«

»Seit ein paar Wochen.«

»Vielleicht hat er eine Geliebte oder Spielschulden.«

»Steht das in dem Artikel?«

»Nein, das heißt, ich weiß es nicht. Ich kann ja kein Niederländisch. Wäre aber eine Möglichkeit.«

»Wir sollten dem Institut und der Polizei einen Besuch abstatten.« Britta faltete die Zeitungsseite zusammen.

»Bekomme ich jetzt mein Stück Kuchen?«

Britta gab Zille einen Kuss. »Du kannst mein drittes Stück essen.«

»Du bist die Beste«, strahlte Zille.

»Ich führe jetzt einige Telefonate. Vielleicht erfahre ich schon etwas mehr.«

Nach einigen Minuten setzte sich Britta wieder an den Esstisch. »Die Chancen für einen verlängerten Aufenthalt für dich stehen nicht schlecht«, sagte sie und schlug ein Notizbuch auf. »Ich habe Professorin Gerda Stellendam erreicht.«

»Das war doch die Direktorin des Instituts für Virologie, oder?«, fragte Zille.

»Ja. Wir haben Montagnachmittag einen Termin bei ihr und vormittags bei Kommissarin Tess Smit.«

»Dann kann ich mindestens noch einen Tag länger hierbleiben.«

»Sag ich doch. Tess Smit hatte keine Zeit für einen Plausch, doch die Professorin konnte ich schon ein bisschen ausfragen.« Britta blätterte in ihren Notizen. »Ihr Kollege Professor Ruben de Jong ist ein anerkannter Virologe. Er hat den Beijerinck-Preis der Königlich Niederländischen Akademie der Künste und Wissenschaften und den Gosling-Preis der Niederländischen Vereinigung für Infektionskrankheiten erhalten.«

»In ein und demselben Jahr?«

»Nein, da lagen sechs Jahre dazwischen.«

Zille stand auf und hielt sich den Bauch. »Ich brauche etwas für den Magen.« Er verschwand in der Küche und kam mit zwei Gläsern und einer Flasche Genever zurück.

Britta schaute überrascht auf die Flasche. »Wo hast du denn die gefunden?«

»In einem der Küchenschränke, bei der Suche nach einer Kuchenplatte.«

»Hatte ganz vergessen, dass ich Schnaps im Haus habe.«

»Willst du auch einen?«

Britta verzog das Gesicht.

»Ich betrachte das auch mehr als Medizin.« Zille goss sich ein Glas des Wacholderschnapses ein, nippte zunächst am Glas und kippte ihn dann hinunter. Dann klopfte er sich leicht auf den Bauch. »Geht mir gleich viel besser.«

»Da bin ich beruhigt«, sagte Britta ironisch.

»Hast du Professorin Stellendam auch danach gefragt, ob sie sich das Verschwinden ihres Kollegen de Jong erklären kann?«, fragte Zille.

»Sie meinte nur, er wäre ein absolut zuverlässiger Kollege. Wir sollten am besten mit seinen Mitarbeitern sprechen.«

»Gut, das machen wir dann am Montag.« Zille blickte Britta spitzbübisch an. »Und was machen wir bis dahin?«

»Ist schon alles geplant. Jetzt geht es zum Zuiderstrand.«

Nach einem Strandspaziergang bis zum Hafen Scheveningen kehrten Zille und Britta in dem angeblich coolsten Strandcafé am Zuiderstrand ein. Sie tranken einen Aperitif, blickten aufs Wasser und hingen ihren Gedanken nach. Sie mussten erst einmal die Informationen, die Zille auf dem Rückweg telefonisch von Elias erhalten hatte, verdauen. Sie waren sehr erleichtert, dass er und Janne das Treffen im Forsthaus unbeschadet überstanden hatten. Dass Miroslav Eschenbrosch allerdings bei dem Treffen getötet worden war und sich als derjenige herausstellte, der die Einschüchterungen und Angriffe auf Elias zu verantworten hatte, erschütterte sie ziemlich. Zille ließ Sand von einer Hand in die andere rieseln, bis das letzte Sandkorn wieder auf dem Boden angekommen war.

»Ich mache mir Sorgen um Janne«, brach es aus ihm heraus.

»Willst du zurückfahren?«

»Nein. Elias hat gesagt, er würde sich um Janne kümmern. Sie bleibt das Wochenende bei ihm, auch um Miros Personenschützer zu ersetzen. Und sie hat heute Abend einen Videotermin mit ihrem Guru aus dem Kloster in Tibet.«

»Wie würdest du reagieren, wenn ein sehr guter Freund dich so betrügen würde?«

»Offensichtlich ist Miro erpresst worden. Man hat seine Tochter bedroht.«

»Macht das den Betrug geringer?«

»Es erklärt ihn.« Zille zog am Strohhalm und leerte seinen Aperitif. »Und es würde meine Enttäuschung emotional entschärfen.«

»Da spricht der Psychologe. Wie sähe das der Freund?«

»Nach Elias' Schilderungen vermute ich, dass Janne drei emotionale Phasen erlebt. Die ersten beiden hat sie schon durchlaufen. Nach der ersten Gewissheit, dass Miro, ihr langjähriger Freund, sie schon die ganze Zeit hintergangen hat, kam Hass in ihr auf, weil sie eine sehr innige Beziehung zu ihm hatte. Dieser Hass ruft einen Vernichtungswillen hervor. Als sie dann Miros Motiv für sein Handeln erfuhr, war sie zunächst voller Mitleid, weil sie sein Dilemma begriff.«

»Ein Leben für ein anderes.«

»In den nächsten Tagen wird dieses Mitleid der Enttäuschung weichen, dass er sie nicht in sein Dilemma eingeweiht hat. Diese Enttäuschung wird bleiben. Wie ich Janne jedoch kenne, wird zu dieser Enttäuschung bald eine unbändige Wut auf diejenigen kommen, die Miro das angetan haben.«

»Und das sind dieselben, die Elias bedrohen.«

»Davon müssen wir ausgehen.«

»Beantwortest du mir jetzt meine Frage?«

»Ich würde wie Janne reagieren.« Zille schaute einen Moment auf das Meer und sagte dann unvermittelt: »Sie hat mir vorgeschlagen, ich soll mein Auto abschaffen und mir stattdessen einen Hund zulegen. Das wäre nachhaltiger.«

Britta blickte Zille verwundert an. »Was diese jungen Leute alles für Ideen haben. Ich besorge uns noch zwei Aperitifs.«

28

Finn saß am frühen Abend in seinem Zimmer und schrieb in sein Tagebuch. Es war allerdings weniger ein Tagebuch im klassischen Sinne, dafür geschah in diesem Haus einfach zu wenig. Die letzten nennenswerten Ereignisse waren das Auftauchen von Claire, die vor einer Woche gekommen war, und der zwei zusätzlichen Personenschützer, die vor vier Tagen im Safehouse mit einigen Waffen Stellung bezogen hatten und nun regelmäßig auf dem Grundstück patrouillierten. Er hatte versucht herauszubekommen, warum ihn nun insgesamt fünf Personen beschützen mussten, hatte aber keine Antwort erhalten. Selbst Claire, mit der Finn sich gut verstand, bot ihm nicht mehr als Sätze wie »Je weniger du weißt, umso besser für dich« oder »Es ist zu deinem Schutz«.

Aber es war kontraproduktiv, einen Naturwissenschaftler mit solchen vagen Äußerungen abzuspeisen. Also hatte er begonnen, seine Überlegungen zu diesen Antworten aufzuschreiben. Sein Großvater hatte ihm schon früh gesagt, dass Schreiben für einen klaren Kopf sorgt und die Gedanken sortiert. Daher hatte Finn schon als Kind seine Ideen zu Papier gebracht und natürlich erst recht später, wenn er dachte, einen brillanten Gedankenblitz zur Lösung von physikalischen Problemen oder neuen Prozessen zu haben. Meistens stellte er dann beim Schreiben fest, dass es ihm zunächst schwerfiel, sich deutlich auszudrücken, und dass seine Argumentationen noch sehr holprig waren. Das Geschriebene zu lesen ließ ihn die Lücken erkennen und half ihm so, seine jeweilige Idee verständlicher zu formulieren.

Und so ließ er jetzt seinen Gedanken freien Lauf.

Wenn es also besser für mich sein soll, weniger zu wissen, was an sich schon eine völlig unsinnige Aussage ist, stellen sich mehrere Fragen: Was würde geschehen, wenn ich mehr wüsste? Für wen wäre es von Interesse, wenn ich weniger beziehungsweise mehr wüsste? Von was sollte ich weniger wissen? Und was bedeutet überhaupt ›besser‹? Auch Claires Aussage, dass es zu meinem Schutz sei, wenn nun fünf statt drei Personen auf mich aufpassen, wirft bei mir viele Fragen auf: Warum waren zunächst zwei, dann drei Personen ausreichend? Was ist geschehen, dass es jetzt fünf sein müssen? Sind die beiden Neuen besonders gut ausgebildet? Was sollen die weiteren Waffen und vermehrten Kontrollgänge außerhalb des eingezäunten Geländes? Vor wem muss ich geschützt werden?

Finn hielt inne. Wenn er diese Fragen mit seiner versuchten Entführung in einen Zusammenhang brachte, dann konnte das nur bedeuten, dass es Hinweise auf eine erhöhte Gefahrenlage gab. Er schmiss den Stift auf seine Kladde.

»Scheiße!«, brüllte er und schlug mit den Fäusten auf den Tisch.

Im selben Augenblick stürmte Claire in sein Zimmer, zog an Finns Arm und zerrte ihn aus dem Zimmer. »Du musst sofort in den Keller.« Ihre Stimme duldete keinen Widerspruch.

»Wenn du mit mir Tischtennis spielen willst –«

»Das ist kein Spaß. Geh sofort in den Schutzraum und schließ von innen ab.« Claire wartete, bis Finn in den Keller ging, dann lief sie in die Küche zu David und Michelle.

Ben Taylor wartete mit einer kleinen Gruppe von Söldnern in einem Waldstück, das sich ungefähr zwei Kilometer entfernt von dem Haus befand, in dem Finn Tiberius versteckt gehalten wurde. Die Koordinaten, die er von Kiki erhalten hatte, führten ihn zu einer Fleischerei in einem Ort namens Tolk, hundertzwanzig Kilometer nördlich von Hamburg. Offensichtlich hatten Finns Bewacher hier noch Wurst und Steaks gekauft, bevor sie sich in das Safehouse zurückgezogen hatten. Jedenfalls konnte die Verkäuferin sich noch gut an den auffälligen SUV erinnern, der hier vor ein paar Tagen direkt vor ihrem Geschäft geparkt hatte.

Von der Metzgerei aus hatte Ben sich dann durchgefragt und die Anwohner mit einer Herz-Schmerz-Geschichte von der Suche nach seiner Verlobten, die Stunden vor der Heirat mit ihrem gemeinsamen Sohn im Bauch verschwunden wäre, beglückt. Dieser sentimentale Quatsch rührte fast alle, und so waren die Leute sehr auskunftsfreudig gewesen. Das hatte ihn zwar auch auf einige falsche Fährten geführt, aber letztendlich hatte er das Versteck gefunden. Die endgültige Gewissheit hatte ihm Finns Bekanntschaft mit dem Elektrozaun geliefert, der von seinen Männern vom Wasser aus beobachtet worden war.

Ben hatte seiner Truppe sehr deutlich gemacht, dass die Entführung von Finn nicht in einem Gemetzel enden durfte. Der Plan war, bei einbrechender Dunkelheit anzugreifen und Finns Bewacher leise und effektiv kampfunfähig zu machen. Das war zwar nicht seine bevorzugte Vorgehensweise, aber Ben wollte diesmal weiteren Ärger mit seinen Auftraggebern vermeiden.

29

Claire kam abgehetzt in der Küche an. »Wo sind Bert und Jonas?«

»Der eine vor, der andere hinter dem Haus«, antwortete Michelle, gab Claire einen Mikrokopfhörer und hängte sich eine Maschinenpistole um. »Die Kameras haben immer noch nichts Auffälliges gezeigt, aber zwei weitere Bewegungsmelder haben ebenfalls Alarm gegeben.«

»Vielleicht waren es bloß Füchse.«

»Das wird gerade von den beiden Kollegen kontrolliert. Wir sollten auf jeden Fall wachsam sein.«

David nahm sich auch eine Maschinenpistole. »Michelle, wir sollten ins obere Stockwerk gehen. Falls wir doch angegriffen werden, können wir von dort oben besser zielen.«

Michelle nickte und blickte Claire angespannt an. »Geh du in den Technikraum. Wenn du etwas Ungewöhnliches auf den Monitoren siehst, gibst du uns sofort Bescheid.« Bevor sie auf der Treppe aus dem Blickfeld verschwand, drehte sie sich noch einmal um. »Wir sollten davon ausgehen, dass sie uns zahlenmäßig überlegen sind.«

»Und das heißt?«, fragte Claire.

»›Jeder Schuss ein Treffer‹ wird zur obersten Devise.«

»Na prima.« Claire steckte sich eine Pistole in ihr Holster und eine zweite in den Hosenbund. »Soll ich eine Meldung absetzen, dass wir angegriffen werden?«

Michelle winkte ab. »Übertreiben sollten wir auch nicht gleich.«

»Dann gehe ich jetzt mal fernsehen.«

Claire starrte schon einige Minuten abwechselnd auf die vielen Monitore, als sie plötzlich einen lauten Knall hörte. Unmittelbar darauf folgte ein zweiter.

»Was war das?«, rief Michelle aufgeregt in ihrem Ohr. »Kannst du etwas erkennen?«

»Ich habe zwei Blitze gesehen. Sowohl vor als auch hinter dem Haus. Und zwar außerhalb des Zauns.«

»Da haben Bert und Jonas patrouilliert.« Michelle atmete tief durch. »Meldet euch!«

Röcheln, Pfeifen, eine schnarrende Atmung – all das drang an die Ohren von Michelle, Claire und David. Und dann war es still.

»Verdammt, das waren bestimmt Blendgranaten«, brüllte David. »Sagt doch was, Jungs.«

»Stirbt man von einer Blendgranate?« Claires Stimme war kaum zu hören.

»Man wird eine Zeit lang orientierungslos. Und darauf folgt in der Regel der Zugriff.«

»Wir müssen ihnen helfen«, sagte Michelle verzweifelt.

»Nein, wir müssen hierbleiben und uns verschanzen. Unser Job ist es, Finn zu beschützen.«

»Sehe ich auch so wie Claire«, schaltete sich David ein. »Zumal jedes Verlassen des Hauses einem Himmelfahrtskommando gleichkäme.«

»Auf den Monitoren sind vor und hinter dem Haus Bewegungen zu sehen.«

»Was geht da vor?«

Es folgte eine weitere Explosion.

»Scheiße!«, fluchte Claire. »Das Zufahrtstor ist gesprengt worden. Und jetzt sehe ich gar nichts mehr. Die Monitore sind tot. Sie haben den Strom gekappt.«

»Dann ist auch der Zaun ohne Strom.«

»Ich glaube, hinterm Haus sind mindestens drei Leute. In Tarnkleidung und mit Gewehren.« Michelles Stimme überschlug sich.

»Entfernung?«, fragte David.

»Zweihundert Meter, schätze ich.«

»Unsere MPs haben leider nur eine Reichweite von hundertfünfzig Metern.«

»Sie schießen.«

Sekunden später sah Michelle nur noch eine graue Wand vor sich. »Rauchbomben«, rief sie mit lauter Stimme.

David schnaubte vor Wut. »Auch vor dem Haus. Sie werden versuchen, im Schutz des Rauchs hierher vorzudringen.« Er ging an das Fenster, zertrümmerte eine Scheibe und schoss in die graue Wand. »Wir müssen einfach drauflosballern, Michelle.«

Claire war aus dem Technikraum in die Küche gelaufen und hatte sich die letzte Maschinenpistole geschnappt. An einem Sprossenfenster schlug sie mit dem Gewehrlauf die untere Glasfüllung ein, als sie eine ängstliche Stimme hinter sich hörte.

»Claire, was ist hier los?«

Sie drehte sich um und sah ein kreidebleiches Gesicht. »Finn …«

Doch mehr bekam sie nicht heraus. Eine Granate durchschlug das Sprossenfenster, es gab einen ohrenbetäubenden Knall und gleichzeitig einen Blitz.

»Ich kann nichts mehr sehen«, schrie Finn und torkelte herum.

»Schmeiß dich auf den Boden, Finn.« Claire wurde übel, und sie sackte zusammen.

Im selben Moment wurde die Haustür aufgebrochen, und fünf maskierte Gestalten mit Schutzbrillen und Pistolen bewaffnet stürmten ins Haus. Zwei von ihnen rannten zur Treppe und warfen weitere Blendgranaten in das obere Stockwerk. Die Maschinengewehrsalven verstummten. Die anderen Gestalten liefen in die Küche. Einer von ihnen ging zu Finn, zog ihn grob hoch, tätschelte seine Wange, band seine Hände mit einem Kabelbinder fest und zog ihm eine schwarze Haube über den Kopf. »Lange nicht gesehen, *good boy*«, sagte er voller Genugtuung, dabei war sein englischer Akzent nicht zu überhören. Den beiden anderen gab er ein Zeichen, Claire auf einen Küchenstuhl zu setzen und zu fesseln.

Aus dem ersten Stock ertönten Schreie. Es hörte sich nach einem Gerangel an, das mit einem Aufstöhnen endete. Schließlich waren Schritte auf den Treppenstufen zu hören. Wenig später wurden David und Michelle sichtlich mitgenommen in die Küche gestoßen und ebenfalls jeweils an einen Küchenstuhl gefesselt. Der Mann mit dem englischen Akzent hob seinen Daumen, und die Angreifer verschwanden wieder und nahmen Finn mit. Der gesamte Angriff hatte höchstens fünfundvierzig Sekunden gedauert.

»Wieso haben wir nicht wenigstens einen von ihnen getroffen?«, fragte Michelle mit brüchiger Stimme.

»Die haben uns reingelegt.« David kniff die Augen zusammen und stöhnte. »Dieses Scheiß-Licht. Ich sehe alles doppelt.«

»Ich höre fast nichts mehr, außer einem Fiepen.« Claire atmete schwer. »Ihr müsst lauter reden.«

»Was meinst du mit reingelegt?«, fragte Michelle.

»Sie sind nicht, wie von uns erwartet, durch den Rauch gekommen, sondern seitlich am Haus entlanggeschlichen.« David hatte immer noch die Augen geschlossen. »An der Vorderseite haben sie sich dann eng an die Hauswand gedrückt, sodass ich von oben über sie hinweggeschossen habe.«

»Vielleicht haben sie uns deshalb am Leben gelassen.« Claire sackte in sich zusammen. »Mir ist kotzübel.«

2017 – Mittwoch, 16:30 Uhr

Ferdinand Peakock staunte nicht schlecht, als er die Rotunde nach der Pause wieder betrat. Broschüren und Bücher waren gegen Teetassen und kleine Teller ausgetauscht worden. Bis auf Bärbel, die sich zu ihm gesellte, ließen die anderen Teilnehmer noch auf sich warten.

172

»Sie verstehen Schwyzerdütsch?«, fragte sie.

»Ich habe drei Jahre in Bern am Center for Space and Habitability geforscht und mich an der spannenden Suche nach einem Leben in anderen Teilen des Universums beteiligt.«

»Und haben Sie welches gefunden?« Bärbel schaute Peakock amüsiert an.

»Nicht wirklich.« Peakock setzte sich an den Tisch. »Aber der Blick ins All lässt unsere Probleme hier auf der Erde eher unbedeutend erscheinen.«

»Wie meinen Sie das?«

»Ob wir unseren Planeten nun zerstören oder nicht, spielt für das Universum keine große Rolle.«

»Mag sein«, auch Bärbel nahm jetzt Platz, »doch ich kann Ihren Fatalismus nicht teilen.«

Peakock lächelte schwach. »Sonst wären Sie auch nicht hier.«

Bevor sie das Gespräch vertiefen konnten, brachten Bedienstete von Vahrenheide vier Etageren mit Sandwiches, süßen Brötchen sowie Scones mit Clotted Cream und Marmelade und verteilten diese auf dem Tisch. Anschließend stellten sie kleine Teekannen neben die Gedecke. Nur an Chris' Platz stand eine Kaffeekanne. Langsam vervollständigte sich die Runde.

Vahrenheide ergriff wieder das Wort. »Eine Afternoon-Tea-Mahlzeit schien mir angebracht. Bitte bedienen Sie sich. Und für Sie, Chris, habe ich exquisiten Hochlandkaffee aus Äthiopien zubereiten lassen.«

»Allein der Geruch ist schon ein Genuss«, sagte Chris, schenkte sich eine Tasse Kaffee ein, griff sich ein Sandwich und biss herzhaft in das Brot.

Nachdem sich alle anderen Tee eingeschenkt und an den Etageren bedient hatten, kam Chris gleich zur Sache. »Ferdinand, Sie haben zwei Probleme angesprochen. Zum einen die Frage nach den Auswahlkriterien für die Personen, die in den Survival-Bunker kommen sollen, und zum anderen die Frage nach der Streitschlichtung.«

»Bei einer Revolte lässt sich ja wohl kaum noch von Streitschlichtung sprechen«, wetterte Erich.

»Nun, zu einer Revolte sollte man es gar nicht erst kommen lassen«, mischte sich Peakock ein. »Grundsätzlich stellt sich erst einmal die Frage, wie überhaupt Entscheidungen getroffen werden.«

»Was gibt es denn für Möglichkeiten?«, fragte Dorothea.

»Diskutieren und Abstimmen.«

»Und sich dann der Mehrheitsmeinung beugen?«, fragte Vahrenheide spöttisch.

»Niemals«, sagte Erich energisch. »In meinem Unternehmen bin ich derjenige, der die Entscheidungen trifft.« Er blickte in die Runde. »Und der Erfolg gibt mir recht.«

»Für Verstöße gegen die Regeln muss vorher ein Sanktionskatalog aufgestellt werden. Und was ein Verstoß ist, bestimmen wir.« Bärbel schaute auffordernd in die Runde. »Das ist ja wohl klar, oder?«

Das einmütige Nicken genügte ihr als Antwort, weshalb sie gleich fortfuhr. »Bei technischen Problemen, die sich nicht vorhersehen lassen, müssen allerdings die Experten entscheiden.«

»Das sehe ich anders«, entgegnete Vahrenheide. »Sie sollten uns Vorschläge ausarbeiten, aber die Entscheidungen treffen wir.«

»Das halte ich für Unsinn«, widersprach Bärbel.

»Könnten wir das vielleicht konkret durchspielen?«, fragte Dorothea und blickte Peakock an. »Ferdinand, konstruieren Sie doch mal ein Beispiel.«

»Zunächst scheinen Sie ja schon eine Entscheidung getroffen zu haben.« Peakock griff sich einen Scone. »Sie fünf sind die Anführer.« Er biss von dem Gebäck ab und spülte den Bissen mit einem Schluck Tee hinunter. »Und da Sie ja zu fünft sind, wird es immer eine Mehrheit geben.«

»Und wenn sich jemand enthält?« Erich legte seine Stirn in Falten.

»Gibt es nicht.« Vahrenheides Ton ließ keinen Widerspruch zu.

»Ferdinand«, insistierte Dorothea mit strengem Blick. »Ein Beispiel bitte.«

»Gut, wenn Sie wollen.« Peakock holte tief Luft. »Eine Krankheit bricht aus, die Ärzte können sie nicht stoppen. In der Folge werden die Medikamente knapp. Es muss ausgewählt werden, wer mit den Medikamenten behandelt wird und wer nicht.«

»Und wer keins bekommt, stirbt«, ergänzte Chris.

»Genau.«

»Das entscheiden die Ärzte«, sagte Bärbel. »Denn dafür gibt es Regeln.

»Sicher.« Peakock nickte. »Doch dabei wird der Zustand des Patienten berücksichtigt –«

»Und nicht seine Wichtigkeit«, stellte Erich fest.

»Für die Gemeinschaft?«, fragte Dorothea. »Oder für einen von uns?«

»Wie meinst du das?«, fragte Vahrenheide stirnrunzelnd.

»Meine Tochter zum Beispiel«, hörte man Dorothea leise sagen.

Peakock hatte sich inzwischen zu den süßen Brötchen durchgearbeitet und um ein weiteres Kännchen Tee gebeten, das eine der Bediensteten ihm brachte. »Ähnlich problematisch wie diese Entscheidung sind die Auswahlkriterien, wer im Bunker leben soll.«

»Wer zahlt, ist drin«, polterte Erich.

Peakock ignorierte den Einwurf. »Bezogen auf die optimalen Bedingungen für einen langen Verbleib für die Gesamtheit der Bewohner im Survival-Bunker ist die Familienzugehörigkeit ein wenig geeignetes Kriterium.«

»Warum das?«, fragte Chris.

»Je weniger Familie, umso weniger Stress in Krisensituationen. Und die wird es geben. Außerdem sind auch alte und kranke Familienangehörige immer eine Belastung. Sie können nicht produktiv mitarbeiten.«

»Und brauchen irgendwann Pflege«, ergänzte Dorothea.

»Damit binden sie Arbeitskräfte, die woanders gebraucht werden.«

»Auch bei den Experten, die Ihnen das Überleben im Bunker

sichern, sollten Sie möglichst kerngesunde junge Menschen ohne Familie und ohne Bindungen auswählen.«

»Bei einem so zusammengewürfelten Haufen ist es auch ein wichtiger Aspekt, ob die Leute zusammenpassen«, gab Bärbel zu bedenken. »Also teamfähig sind.«

»Auf die Gruppendynamik Rücksicht zu nehmen ist ein echtes Luxusproblem«, hielt Peakock dagegen.

»Wieso?«

»Es gibt nicht so viele Experten, die sich zum Beispiel mit künstlicher Photosynthese oder alternativer Stromerzeugung auskennen. Auch bei den Ärzten benötigen Sie mehr Allgemeinmediziner als Spezialisten.« Peakock schlürfte seinen Tee. »Wobei es schon optimal wäre, wenn jeder Arzt zwei oder drei Disziplinen sehr gut beherrschen würde. Und die muss man finden.«

»Wir müssen eben eine Liste mit potenziellen Kandidaten erstellen«, sagte Vahrenheide, »eine Liste, die immer wieder aktualisiert wird.«

»Es gibt noch einen weiteren Aspekt, der von Bedeutung ist.« Peakock schob seinen Teller und die Teetasse zur Seite und stützte sich mit den Ellbogen auf den Tisch. »Haben Sie schon einmal längere Zeit, also ich spreche hier von mindestens zwei Wochen, unter der Erde verbracht?« Alle schüttelten den Kopf. »Wenn dem so wäre, wüssten Sie, dass das Fehlen von Tag- und Nachtwechsel für unsere Gesundheit mehr als ungünstig ist. Sie müssen also in einem Bunker, in dem Sie Jahre verbringen wollen, einen simulierten Tag- und Nachtwechsel sicherstellen, damit die innere Uhr funktioniert. Nur dann klappt es mit der Ausschüttung des Hormons Melatonin, mit der Steuerung der Körpertemperatur, des Blutdrucks und des Stoffwechsels. Die innere Uhr lässt nämlich physiologische und biochemische Prozesse in Zyklen ablaufen.«

»Ist das kompliziert?«, fragte Chris angespannt.

»Nein, es muss nur gut funktionieren und ständig kontrolliert werden. Wie überhaupt der Gesundheitszustand regelmäßig überwacht werden muss.«

»Um die Schwachen auszusortieren«, sagte Erich in eiskaltem Ton.

30

»Bernhard, es ist Jahre her, dass ich im Bett gefrühstückt habe.«
Pöppelmann köpfte sein Ei. »Ich kann mich auch nicht mehr daran erinnern, wann ich das letzte Mal dieses Vergnügen hatte.«

»Dafür mussten wir beide uns erst über den Weg laufen.« Freya trank ihren Orangensaft. »Wobei, über den Weg gelaufen sind wir uns ja schon vor ein paar Jahren.«

»Das war bei der Obduktion einer Wasserleiche, die wir aus der Süderelbe bei der Bunthäuser Spitze gefischt haben.«

»Die gehört doch zu Moorwerder, oder«?

»Deshalb erinnere ich mich noch so gut daran.« Pöppelmann kämpfte mit dem Eigelb. Immer wenn er es herauslöffelte, lief die Hälfte am Ei herunter. Schließlich gab er auf. »Es gab nämlich Streitereien darüber, wem die Leiche gehört.«

»Wieso das?«

»Möglicherweise schwammen die Füße der Leiche, als wir sie ins Boot hievten, in Niedersachsen.«

»Weil mitten in der Süderelbe die Grenze zwischen den beiden Bundesländern verläuft?«

»Genau.«

»Aber es war doch egal, wo die Leiche obduziert wurde.«

»Das vielleicht schon. Aber nicht, wer in dem Fall ermitteln sollte. Bei dem Toten handelte es sich nämlich um einen bekannten Drogenhändler, dem Beziehungen in die Politik nachgesagt wurden. Aber das ist Schnee von gestern.«

»Was mich allerdings sehr wundert«, Freya stellte ihr Frühstückstablett zur Seite, »dass du dich wegen dieses Falles an unsere erste Begegnung erinnerst und nicht wegen meiner Schönheit.«

Pöppelmann runzelte seine Stirn. »So habe ich das, äh, jetzt, äh …«, stammelte er, »nicht gemeint.«

»Wie sollte ich das sonst verstehen?« Freya ließ nicht locker.

»Wir waren doch noch beide verheiratet.«

Freya stellte jetzt auch Pöppelmanns Tablett neben das Bett und wandte sich ihm wieder zu. »Ich wusste gar nicht, dass du so traditionell eingestellt warst.« Sie kroch unter seine Bettdecke. »Ich hoffe, das bist du jetzt nicht mehr.« Sie küsste ihn. »Schließlich will ich sofort außerehelichen Sex mit dir haben.« Sie schob ihre Hand in Pöppelmanns Pyjamahose. »Ich glaube, du auch.«

Und dann verloren sich die beiden in Zeit und Raum.

»Wenn ich in Rente bin, machen wir das jeden Tag, Freya.«

»Und bis dahin?«

»Mindestens zweimal die Woche.«

Freya setzte sich auf Pöppelmann. »Ich nehme dich beim Wort.« Sie hüpfte aus dem Bett. »Hattest du nicht auch Champagner kalt gestellt?« Aber sie wartete nicht auf eine Antwort. Wenig später hörte Pöppelmann den Korken knallen, und dann kam Freya mit zwei sprudelnden Sektgläsern zurück ins Schlafzimmer, und sie tranken auf das schöne Leben. Pöppelmann leerte sein Glas und stellte es auf den Nachttisch. Er blickte auf sein Kryptohandy, das immer auf Stand-by war.

»Mist!«

»Was ist los?«

»Claires Meldung ist seit dreißig Minuten überfällig.«

»Vielleicht hat sie es vergessen.«

»Wäre das erste Mal.«

Pöppelmann nahm das Handy, setzte sich auf die Bettkante und schrieb Zille eine Nachricht. Er musste nicht lange auf eine Antwort warten. Er las sie laut vor: »»Habe vergeblich versucht, Claire zu kontaktieren. Da stimmt was nicht. Boris ist gekommen.‹«

»Wer ist Boris?«, fragte Freya verwirrt.

»Unser Gefahren-Code. Zille befürchtet, dass das Safehouse angegriffen wurde. Er hat einen befreundeten Gruppenleiter beim SEK Kiel benachrichtigt.«

Als Pöppelmann und sein Team beim Safehouse eintrafen, war eine Spezialeinsatzgruppe des SEK Kiel schon vor Ort. Ein circa fünfunddreißigjähriger Mann mit Vollbart kam auf sie zu. »Ich bin Sven Buntschuh, Leiter der Gruppe. Es besteht keine Gefahrenlage mehr.«

Pöppelmann stellte sich vor und begrüßte den Einsatzleiter. »Das ist gut zu hören, Kollege. Gibt es –?«

»Keine Toten, nur Leichtverletzte.«

»Wir haben eine Ärztin dabei.«

Pöppelmann, Laura Sentrup, seine Stellvertreterin, Anna und Freya folgten Buntschuh ins Haus.

Auf dem Weg sprach Pöppelmann Buntschuh an. »Zillinski sagte mir, dass sie sich gut kennen.«

»Ich habe an einer seiner Fortbildungen teilgenommen. In Gesprächsführung. War sehr unterhaltsam.«

»Kann ich mir gut vorstellen«, antwortete Pöppelmann. »Als er den jungen Wissenschaftler ins Safehouse gebracht hat –«

»Ich weiß Bescheid und stelle keine Fragen. Zumal es keine Toten gab.« Er nickte verständnisvoll. »Meine Jungs sind informiert.«

Nachdem sie das Safehouse betreten hatten, untersuchte Freya die Überfallenen, die alle in der Küche versammelt waren. Anna und Laura Sentrup inspizierten das restliche Haus, während Pöppelmann von Buntschuh über weitere Details des Anschlags informiert wurde.

»Es wurden Rauch- und Blendgranaten eingesetzt.« Buntschuh kratzte sich nachdenklich an seinem Bart. »Meiner Meinung nach haben wir es hier eindeutig mit Profis zu tun. Immerhin haben sie die Entführung ohne größere Personenschäden durchgeführt. Und das, obwohl sie bewaffneten Polizisten gegenüberstanden, die auf sie geschossen haben.«

»Ja, das war sehr gut vorbereitet«, sagte Pöppelmann. »Sie

hätten das Safehouse nie finden dürfen. Da ist irgendetwas ziemlich schiefgelaufen, oder wir haben ein Leck in unserer Gruppe.«

Anna und Laura kamen jetzt auch in die Küche. »Wir haben nichts Brauchbares gefunden«, berichtete Anna. »Und die offizielle Spurensicherung werden wir sicherlich nicht kommen lassen.«

»Besser ist es«, sagte Pöppelmann. »Wir werden hier alles clean machen, bevor wir fahren.« Er warf Freya einen fragenden Blick zu.

»Wird schon gehen. Niemand hat eine größere Verletzung erlitten«, sagte sie. »Vorsichtshalber sollten aber alle zum Ohrenarzt gehen, vor allem Claire.«

»Das Außengelände haben wir so weit wiederhergestellt.« Ein Polizist der Spezialeinsatzgruppe stand vor dem Küchenfenster. »Das Eingangstor und die Stromleitung müssen allerdings repariert werden.«

»Gut, dann ziehen wir wieder ab.« Buntschuh gab Pöppelmann die Hand und verabschiedete sich. »Grüßen Sie Zille von mir.«

»Mache ich. Und vielen Dank.« Gut, dass Zille seine Kontakte pflegt, dachte Pöppelmann und wandte sich an seine Kollegen. »Und jetzt erzählt mal, was hier passiert ist.« Er hörte aufmerksam bis zum Ende zu, ohne sie zu unterbrechen. Dann lief er nachdenklich in der Küche auf und ab und blieb schließlich vor Claire stehen.

»Du hast gesagt, der mutmaßliche Anführer hätte als Einziger etwas gesagt. Und zwar zu Finn. Erinnerst du dich, was er gesagt hat?«

Claire legte beide Hände auf ihren Kopf und massierte mit den Fingerspitzen ihre Kopfhaut. Es sah aus, als wollte sie ihr Gehirn in Bewegung setzen. »Ich hatte, nachdem die Granate explodiert war, dieses Fiepen im Ohr, und alles um mich herum klang so dumpf. Seine Worte habe ich auch nur gedämpft und undeutlich wahrgenommen.« Claire schloss die Augen, konzentrierte sich und sah Pöppelmann verzweifelt an. »Ich erinnere mich nicht richtig. Vielleicht waren die letzten Worte irgendetwas mit ›*good boy*‹.«

»Englisch?«, fragte Pöppelmann interessiert. »Das würde passen. Schon einmal wollte ein Engländer Finn entführen.«

Claire klatschte in die Hände. »Genau, Ben Taylor.«

Pöppelmann zückte sein Handy. »Jetzt habe ich auch endlich eine gute Nachricht für Zille und Elias.«

31

Finn Tiberius wurde nach dem Überfall in einen schwarzen SUV verfrachtet. Karl saß am Steuer und Ben neben Finn auf der Rückbank. Er nahm ihm die schwarze Haube ab. Finn blinzelte und rieb sich seine Ohren. Dann blickte er wütend zu Ben. »Was habt ihr mit Claire und den anderen angestellt?«

»Beruhig dich. Wir sind doch keine Unmenschen.« Ben lachte auf. »Im schlimmsten Falle haben sie ein wenig Ohrenschmerzen. Sie sitzen bequem alle gemeinsam am Küchentisch.«

»Und was macht ihr jetzt mit mir?«, fragte Finn mit schriller Stimme.

»Wir bringen dich an einen schönen und vor allem sicheren Ort.«

Finn hob seine Hände und begann, auf Ben einzuschlagen. »Ihr seid so ein paar Arschlöcher. Ich hasse euch.«

Ben griff schnell um Finns Handgelenke und unterband so seine Schlagattacken. »Ich kann dich auch fesseln«, sagte er scharf. »Oder dir eine verpassen.« Er hob seine Hand und machte sie zur Faust. »Du kannst dich aber auch ruhig verhalten. Du hast die Wahl.«

Als sie sich dem Ziel näherten, musste Finn sich wieder die schwarze Haube über den Kopf ziehen. Sicherheitshalber band Ben Finns Hände mit einem Kabelbinder zusammen. In zwanzig Minuten waren sie an ihrem Ziel. Sie bogen auf eine Auffahrt ab, kurz darauf hielten sie vor einem großen Landhaus.

Ben zückte sein Handy und verschickte eine Kurznachricht. »Paket ist da.« Wenig später öffnete eine Frau mit schwarzer Lockenpracht die Haustür. Ben stieg aus, holte Finn aus dem Wagen und führte ihn zur Treppe. Die Frau kam die Stufen herunter und nahm Finn die Haube vom Kopf. »Hallo, Finn. Schön, dich zu sehen.«

Finn schaute die Frau an und rümpfte die Nase. »Du bist ein verachtenswerter Mensch, Kiriaki Blumenfeld.«

32

Es war Montagmorgen, und Janne war auf dem Weg zur Zentrale der Personenschutzfirma ROCK. Sie hatte sich mit Melanie und Frank, den beiden dienstältesten Mitarbeitern der Firma, verabredet. Sie war mit Miros VW-Bus unterwegs, den sie noch am Samstag vom Trekkingplatz in Panker mitgenommen hatte.

Das Wochenende hatte sie bei Elias verbracht. Vordergründig, um die fehlenden Personenschützer zu ersetzen. In Wahrheit wollte sie nach den Ereignissen am Forsthaus nicht alleine sein. Sie musste erst einmal verarbeiten, was dort geschehen war, und das ging am besten, wenn sie mit jemandem darüber sprechen konnte, dem sie vertraute. Und das war gleichzeitig auch das Problem. Bis vorgestern hätte sie so ein Gespräch auch mit Miro führen können. Aber nach dessen Verrat war etwas in ihr zu Bruch gegangen, und sie wusste noch nicht genau, was alles.

Darüber hatte sie Samstagnacht die ganze Zeit gegrübelt – und sich gefragt, ob sie je wieder jemandem vertrauen könnte. Nach einem nächtlichen Totalzusammenbruch, den sie in Embryostellung verbracht hatte, war ihr nach und nach bewusst geworden, dass das Urvertrauen, das sich in ihrer Kindheit herausgebildet hatte, getragen von dem liebevollen Verhalten ihrer Eltern und Großeltern, keinen Knacks bekommen hatte. Im anschließenden Dämmerzustand tauchten die Personen auf, denen sie, abgesehen von ihren Eltern, nach wie vor vorbehaltlos vertraute: ihre Jugendfreundin Liv; Sonam Nawang, ihr Lehrer aus dem Kloster in Bhutan, der ihr den Weg zu ihrer inneren Sicherheit gezeigt hatte; auch Anna, Zille und Elias zeigten sich, wenn auch nicht ganz so deutlich.

Als sie dann am Sonntagmorgen von den ersten Sonnenstrahlen geweckt worden war, hatte sie sich zwar mangels fehlenden Schlafs wie gerädert gefühlt, aber auch wieder ein wenig geerdet. Sie hatte ihre Sportklamotten angezogen und war eine Runde laufen gegangen. Durch den Jenischpark an die Elbe bis zum Hirschpark und wieder zurück. Nach einer ausgiebigen Dusche hatte in der Küche ein Frühstück auf sie gewartet. Elias hatte die Sonntagszeitung beiseitegelegt, ihr einen Kaffee eingeschenkt und sich dann bei ihr für ihren Einsatz bedankt. Und dann hatte er gefragt, ob sie reden wolle. Janne hatte ihn lange nachdenklich angesehen und schließlich genickt.

Jetzt war sie so in Gedanken, dass sie fast auf ein vor ihr stehendes Auto gefahren wäre. Dank einer Vollbremsung kam sie noch rechtzeitig zum Halten. Bei dem Wagen vor ihr leuchtete stakkatohaft die Warnblinkanlage und markierte das Ende eines Staus. Janne schaltete den Motor aus. Es hatte nicht den Anschein, als würde der Stau sich bald auflösen.

Sie lehnte sich zurück und dachte an das Gespräch mit Elias. Er hatte ihr vor Augen geführt, dass Miro nicht nur Täter, sondern auch Opfer war. Durch eine perfide Erpressung in eine Situation getrieben, in der man nur versagen und zerbrechen konnte. Aus der es keinen Ausweg gab. Oder doch? Hätte sie in dieser Situation tatsächlich nach einem Plan gesucht, das Dilemma aufzulösen? Sie wusste es nicht. Miro hatte sich für seine Tochter entschieden, und das konnte Janne ihm nicht verübeln.

Sie hatte gespürt, wie im Laufe des Vormittags Wut in ihr aufgestiegen war. Nicht auf Miro, sondern auf die Menschen, die ihn erpresst hatten. Ihre Enttäuschung darüber, dass er sie nicht um Hilfe gebeten hatte, würde sie nicht davon abhalten, ihn zu rächen und seine Tochter Jasmina zu beschützen.

Als es hinter ihr hupte, sah sie, dass der Wagen vor ihr zehn Meter weitergefahren war. Warum man deshalb hupen musste, verstand Janne zwar nicht, aber sie tat ihrem Hintermann – natürlich war es ein Mann – den Gefallen, nachzurücken. Dann trank sie einen Schluck aus ihrer Wasserflasche und machte sich über die Brioche her, die sie sich vom Sonntagsbrunch im Witthüs, dem traditionsreichen Restaurant im Hirschpark, mitgenommen hatte. Elias und sie hatten beim Brunchen ihre weiteren Aktivitäten besprechen wollen, doch zunächst war es ihnen schwergefallen, sich auf die nötigen Aufgaben zu konzentrieren. Der Überfall im Forsthaus hatte einfach seine Spuren hinterlassen. Als Elias jedoch eine E-Mail von Pöppelmann erhalten hatte, in der stand, dass Finn Tiberius nun tatsächlich entführt worden war, war jede Müdigkeit und Leere verflogen. Beide wussten: Die Lage spitzte sich zu.

Elias hatte am Nachmittag mit Finns Eltern telefoniert und sie über die Entführung ihres Sohnes informiert. Er hatte ihnen zugesagt, sie auf dem Laufenden zu halten, und Zilles Besuch für Dienstag angekündigt. Den restlichen Sonntag hatten sowohl Janne als auch Elias bis spätabends mit Recherchen zugebracht. Elias war auf der Suche nach dem Kaffeeunternehmen, das den Anschlag in Äthiopien in Auftrag gegeben hatte, und nach Hintergrundinformationen über SPoF, die Stiftung »Spirit of Future«, Mitveranstalter des Zukunftskongresses. Er hatte wohl einiges herausgefunden, was sie vor ihrem Zubettgehen nicht mehr erfahren hatte. Aber heute Morgen hatte sie die Informationen auf einem Zettel, der auf dem Küchentisch lag, vorgefunden: »Habe Info über SPoF, du musst nicht mehr in die Uni. Habe Kaffeefirma gefunden, und Dachhuhn hat sich gemeldet.«

Janne selbst war weniger erfolgreich gewesen. Sie hatte im Internet nichts über Miro in Erfahrung gebracht, was sie nicht schon wusste. Und das war nicht viel. Also musste sie sich in seinem Büro und bei ihm zu Hause gründlich umsehen. Sie hoffte, dort etwas über seine Tochter Jasmina zu erfahren und

Hinweise zu finden, die zu Miros Erpressern führen könnten. Und vielleicht waren diese mit Elias' Widersachern identisch. Auch bei ihrer Suche nach Kiriaki Blumenfeld war sie nicht weitergekommen. Die Frau existierte weder im Internet, noch gab es eine Meldeadresse oder andere offizielle Hinweise auf sie. Nur auf der Facebook-Seite des Karlsruher Instituts für Technologie war Janne auf sie gestoßen. Auf einem einzigen alten Foto war sie interessanterweise neben Professor Santino zu sehen. Ein Besuch in Karlsruhe schien ihr nun unvermeidlich.

Im Rückspiegel nahm sie plötzlich wahr, dass im Auto hinter ihr die Fahrertür aufgerissen wurde und ein etwas fülliger Mann mit hochrotem Kopf ausstieg und sich auf den Weg zu ihr machte. Gleichzeitig fiel ihr auf, dass sich der Stau langsam auflöste und sich die Fahrzeuge vor ihr schon einige Meter von ihr entfernt hatten. Als der Mann mit dem roten Kopf neben ihrem Fenster stand, warf sie ihm einen Handkuss zu und gab Gas.

33

Die Pressekonferenz zu den Morden und Entführungen im Umfeld des Zukunftskongresses im Hamburger Kongresszentrum wurde für vierzehn Uhr angesetzt. Die gewagte Idee der Pressesprecherin des LKA, Dr. Elif Uslun, die Pressekonferenz an dem Ort abzuhalten, an dem der Zukunftskongress in wenigen Tagen stattfinden sollte, hatten Oberstaatsanwalt Dürkopp und LKA-Chef Schepanski begeistert aufgenommen. Beide waren überzeugt, dass man damit ganz deutlich zum Ausdruck brachte, dass es bezüglich des Kongresses kein Sicherheitsrisiko gab.

Langsam füllte sich Saal A, der sich im ersten Stock des Kongresszentrums befand. Die Pressevertreter mussten sich an den Countern in der beeindruckenden und großzügigen

Eingangshalle registrieren, bevor sie über die Treppe in den Sitzungssaal gelangten. Durch die parlamentarische Bestuhlung des Raums war die Teilnehmerzahl auf maximal hundertzwanzig beschränkt. Unter die Teilnehmer mischten sich auch einige Zivilpolizisten. Neben Dürkopp und Schepanski saßen Kriminalhauptkommissar Pöppelmann und die Pressesprecherin auf dem Podium. Da sich auch viele ausländische Pressevertreter angemeldet hatten, eröffnete Dr. Elif Uslun die Pressekonferenz auf Deutsch und Englisch. Sie stellte die Podiumsteilnehmer vor und bat dann um Verständnis, dass die Pressekonferenz selbst auf Deutsch abgehalten würde.

Pöppelmann fiel ein Stein vom Herzen. Es war ihm schon unangenehm genug, dass er auf Bitten von Elif Uslun in Uniform auf dem Podium saß. Nicht weil er die Uniform selbst nicht mochte, sondern weil sie einfach nicht mehr passte. Weder die Hose noch die Jacke. Es drückte und zwackte überall. Er wagte kaum zu atmen.

»Meine Damen und Herren«, begann Dürkopp, »ich freue mich, Sie so zahlreich begrüßen zu können. Dass wir diese Pressekonferenz im Kongresszentrum und nicht in den Räumen des Landeskriminalamtes abhalten, ist der Tatsache geschuldet, dass in der Öffentlichkeit gemutmaßt wird, die Morde an Professor Santino und Frau Dr. Schulz sowie die Entführung von Professor Gutowski könnten in Zusammenhang mit dem Zukunftskongress stehen, weshalb es ein erhöhtes Sicherheitsrisiko bei der Durchführung des Kongresses gebe.« Dürkopp atmete tief ein und aus. »Ich kann Ihnen versichern, dass uns diesbezüglich keine Hinweise vorliegen. Hamburg begrüßt mit Freude alle Doktoren und Professoren. Der Kongress ist sicher.«

An dieser Stelle hakte Schepanski ein. »Wenn dem nicht so wäre, säßen wir heute nicht hier.«

»Und warum läuft dann hier so viel Polizei und Sicherheitspersonal herum?«, rief ein junger Journalist aus einer der hinteren Reihen.

»Wir haben offensichtlich eine unterschiedliche Vorstellung

davon, was *viel* ist«, erwiderte Schepanski ruhig. »Das Sicherheitspersonal gehört zum Kongresszentrum und behält auch die parallel stattfindenden Veranstaltungen im Auge. Und die Zahl der Polizeibeamten entspricht dem Standard, wenn Pressekonferenzen außerhalb unserer eigenen Räume stattfinden.«

Schepanski räusperte sich und fuhr fort. »Wenn ich jetzt zum Anlass dieser Pressekonferenz kommen darf. Für die Aufklärung der Morde und der Entführung des Wissenschaftlers haben wir eine Sonderkommission eingesetzt, die von Kriminalhauptkommissar Pöppelmann geleitet wird. Sie ist personell zusätzlich mit einem Profiler und zwei weiteren externen Beratern ausgestattet und verfügt über weitreichende Ressourcen.«

»Warum ein Profiler?«, ertönte ein Zwischenruf.

»Herr Knobel, Sie sollten inzwischen die Gepflogenheiten auf unseren PKs kennen«, sagte Elif Uslun und zog die Augenbrauen hoch.

»Ja, sorry. Also ich –«

»Eine der Gepflogenheiten ist, dass ich das Wort erteile.« Die Pressesprecherin funkelte den Journalisten streng an. »Und das habe ich nicht. Herr Schepanski hat das Wort.«

Im Saal war leises Gekicher zu hören.

»Vielen Dank, Frau Dr. Uslun.« Schepanski wandte sich an den Journalisten und sprach ihn direkt an. »Sie haben Glück, Herr Knobel. Ich wollte gerade auf die Zusammensetzung der Sonderkommission eingehen, die sich in dieser Form in der Vergangenheit bewährt hat. Die Aufgabe des Profilers besteht darin, uns bei der Motivsuche der Verbrechen zu unterstützen, und die externen Berater bringen ihre Expertise vor allem bei der Recherche mit ein. Über die Arbeit der Sonderkommission wird Sie jetzt deren Leiter, Kriminalhauptkommissar Pöppelmann, unterrichten.«

»Wie Oberstaatsanwalt Dürkopp schon erwähnte, haben wir es mit zwei Morden und einer Entführung zu tun.« Pöppelmann sprach mit gepresster Stimme, weil er den Bauch einzog. Würde er dies nicht tun, so befürchtete er, würde der Knopf der Jacke aufspringen. »Es gibt«, fuhr er gequält fort, »erste

Hinweise, dass der Mord an Professor Santino in Billbrook und die Entführung von Professor Gutowski, bei der die Täter dessen Mitarbeiterin Dr. Mathilda Schulz ermordet haben, möglicherweise zusammenhängen.«

Pöppelmann griff nach seinem Wasserglas. In dem Moment schob ihm Elif Uslun einen Zettel zu. Er warf einen Blick darauf und las: »Öffne deinen Jackenknopf«. Gute Idee, dachte er, trank einen Schluck Wasser, folgte dem Rat der Pressesprecherin und fuhr mit befreiter Stimme fort. »Zum einen, weil sie beide Naturwissenschaftler waren beziehungsweise sind und an dem Zukunftskongress teilnehmen wollten, und zum anderen, weil den Herren Professoren Hassmails zugeschickt wurden.«

Pöppelmann gab ein verabredetes Zeichen an die Technik, und auf der Leinwand erschien ein Text, den er laut vorlas: »›Santino, deine Forschung ist Gotteslästerung. Du greifst in die Schöpfung ein, indem du künstliches Wachstum ermöglichen willst. Nicht mit dem, was Gottes Natur uns gibt, sollen wir leben, sondern mit Produkten, die Algorithmen und Maschinen uns vorsetzen. Du bist kein Wissenschaftler, du bist ein Teufel. Und Teufel muss man austreiben.‹«

Pöppelmann wischte sich den Schweiß von der Stirn und legte seinen Zettel beiseite. »Diese E-Mail konnten unsere Techniker in Santinos Mail-Account finden. Erhalten hat er sie am Tag seiner Entführung. Ob er sie gelesen und schon vorher Drohmails dieser Art erhalten hat, wissen wir nicht.«

Ein weiterer Text erschien auf der Leinwand. Und auch diesen las er aus seinen Unterlagen vor: »›Wir beobachten dein Treiben seit Langem. Und wir wissen, dass du, Gutowski, im Auftrag einer Elite an Dingen forschst, um die Menschen besser manipulieren zu können. Im Geheimen, in deinem eigenen Labor, wo du nur deine getreuen Anhänger hereinlässt. Aber vor Gott lässt sich nichts verbergen. Du wärst besser in Polen geblieben. Ab jetzt musst du gut aufpassen, wenn du abends auf dem Heimweg bist.‹«

Pöppelmann blickte auf. »Diese Mail habe ich heute Morgen von einem Mitarbeiter aus Gutowskis Institut erhalten. Sie war in einem Spam-Ordner auf einem Institutsrechner gelandet.« Er machte eine kleine Kunstpause. »Hier hat der liebe Gott wohl nicht den richtigen Rechner gefunden.«

Im selben Moment spürte er einen Schlag auf seinen rechten Oberschenkel, den Elif Uslun ihm verpasst hatte. Doch Pöppelmann ließ sich in seinen Ausführungen nicht beirren. »In beiden Mails werden unverhohlen Drohungen für Leib und Leben ausgesprochen, das ist offensichtlich. Ebenso wie die Hinweise auf Gott und die Schöpfung. Die Frage ist, wer schreibt so etwas? Sind es tatsächlich religiöse Fanatiker? Oder eher Wissenschaftsleugner, die uns in die Irre führen wollen?« Pöppelmann stützte sich mit den Ellbogen auf den Tisch. »Wir gehen jeder Spur nach, und eine mögliche Spur ist dieser Mann.«

Auf ein weiteres Zeichen an die Technik erschien auf der Leinwand ein Phantombild. »Ist er der Verfasser der E-Mails? Er nennt sich Ben Taylor und ist Engländer. Letzteres wissen wir definitiv. Aber er ist nicht unter diesem Namen registriert. Und es gibt Hinweise, dass er sich gerne verkleidet. Dieses Phantombild wurde nach seinem Aussehen bei einer Sichtung in Hamburg erstellt.« Als Nächstes war das Phantombild zu sehen, das Ben Taylor zeigte, wie er in Glasgow ausgesehen hatte. »Er könnte also auch so herumlaufen. Jedenfalls würden wir gerne mit ihm sprechen. Eine Anfrage bei Interpol läuft.«

Bevor es zu unruhig im Saal werden konnte, ließ Elif Uslun Fragen zu. Und es gingen auch prompt mindestens zehn Hände in die Luft.

»Sie werden verstehen, dass ich nicht alle Fragen zulassen kann, weil Kriminalhauptkommissar Pöppelmann noch mehr zu berichten hat. Beginnen wir mit der Dame in Rot in der vierten Reihe.«

»Mein Name ist Katinka Reimann von TV 6. In welchem Zusammenhang ist dieser Ben Taylor aufgefallen, und mit wessen Hilfe wurden die jeweiligen Phantombilder angefertigt?«

»Das waren jetzt zwei Fragen, aber ich denke, Herr Pöppelmann hat zwei kurze Antworten parat.«

»Nun, er ist einem Zeugen im Zusammenhang mit dem Mord an Professor Santino aufgefallen. Er könnte also der E-Mail-Schreiber sein. Deshalb wollen wir mit ihm reden. Zur zweiten Frage kann ich aus ermittlungstaktischen Gründen nichts sagen.«

Elif Uslun nickte Pöppelmann zufrieden zu. »Herr Wieland von der Hamburger Abendpost. Sie haben das Wort.«

»Wissen Sie, ob weitere Wissenschaftler Drohmails erhalten haben?«

Pöppelmann wühlte in seinen Unterlagen. »Wir haben mit allen Wissenschaftlern gesprochen, die sich schon in Hamburg aufhalten und am Kongress teilnehmen wollen. Das Problem besteht darin, dass die meisten Wissenschaftler heutzutage viele Drohmails erhalten. Auch die von uns befragten. Jedoch haben alle versichert, dass sie sich nicht bedroht fühlen. Sie informieren uns, sollten in den nächsten Tagen weitere Drohmails bei ihnen eingehen. Der Veranstalter des Zukunftskongresses, das Institut für Biochemie und Molekularbiologie der Universität Hamburg, hat auch eine Drohmail erhalten. Die Diktion dieser Mail ähnelte den beiden anderen E-Mails.«

»Die nächste Frage von der Dame mit der Brille, Reihe drei.«

»Mein Name ist Gretel Pichler. Ich bin freie Autorin und beliefere verschiedene österreichische Medien. Ich habe gehört, dass vor einigen Wochen in Süddeutschland ein Wissenschaftler aus München und eine Wissenschaftlerin, die aus Österreich stammt, ebenfalls entführt wurden. Haben Sie davon Kenntnis, und falls ja, gibt es einen Zusammenhang mit den Hamburger Fällen?«

Pöppelmann fuhr sich über seine Glatze. »Wir haben davon gehört und sicherheitshalber die Unterlagen von den Kollegen angefordert. Ich habe aber auch von einem verschwundenen Wissenschaftler in den Niederlanden gehört, und die Gründe dort liegen möglicherweise im persönlichen Bereich. Wissenschaftler sind ja auch nur Menschen. Ich glaube nicht, dass dieser und die Fälle aus Süddeutschland mit unseren zusammenhängen, aber die Hamburger Polizei arbeitet gewissenhaft und sorgfältig. Wie ich schon sagte: Wir gehen jeder möglichen Spur nach.«

»Eine letzte Frage von Herrn Knobel.« Elif Uslun gab sich generös. »Aber fassen Sie sich bitte kurz.«

»Haben Sie schon darüber nachgedacht, ob eventuell QAnon hinter den Mails steckt?«

»Wir schließen nichts aus, Herr Knobel.«

»So weit die erste Fragerunde. Die Phantombilder und weitere Informationen finden Sie übrigens in der Pressemappe und online auf unserer Presseseite. Am Ende der PK können Sie weitere Fragen stellen. Jetzt hat aber erst einmal wieder der Leiter der Sonderkommission das Wort.«

»Ich möchte Ihnen noch ein Foto zeigen, das jetzt gleich hinter mir erscheinen wird. Es besteht aus einem großen und vier kleinen Punkten, die um den großen herum angeordnet sind. Dabei handelt es sich um ein Tattoo, das besagter Ben Taylor, der mit der schwarzen Hornbrille und dem Stoppelhaarschnitt, am Handgelenk trägt. Wir denken, es soll eine stilisierte Wolfstatze symbolisieren.« Pöppelmann hob abwehrend die Hände. »Und nein, es handelt sich um keinen Mitarbeiter einer in Hamburg erscheinenden Tageszeitung. Das haben wir geklärt.«

»Vielleicht ein Anhänger von Leicester City«, rief jemand von den Pressevertretern.

»Wie kommen Sie darauf?«, fragte Elif Uslun.

»*My name is David River* von der BBC, und ich bin Fußballfan. Leicester City ist ein englischer Club aus der Premier League. Die haben einen Wolf als Vereinslogo. Und da Ihr Verdächtiger ein Engländer ist, könnte das doch eine Fährte sein.«

»Großartige Information, Mr. River, dem werden wir nachgehen«, bedankte sich Pöppelmann.

Anschließend stellte er noch einige Überlegungen zu Motiven und möglichen Verfassern der Drohmails dar, berichtete von der Textanalyse und antwortete geduldig auf anschließende Fragen. Dabei bemühte er sich, die wildesten Spekulationen zu entkräften, bat die Pressevertreter um Veröffentlichung der Phantombilder und verwies auf eine bald folgende neue Pressemitteilung. Schließlich beendete Dr. Elif Uslun die Veranstaltung. Eine Viertelstunde später hatte sich der Saal geleert, nur Dürkopp gab noch ein paar Interviews.

»Hoffentlich verrät er nicht zu viel«, sagte Elias Hopp, der der Pressekonferenz beigewohnt hatte und jetzt bei Pöppelmann stand.

»Da brauchen wir uns keine Sorgen zu machen«, erwiderte Pöppelmann grinsend. »Er weiß nicht viel.«

»Du siehst übrigens schick aus in deiner Uniform.« Elias' ironischer Ton war nicht zu überhören.

»Sehr komisch. Diese Uniform schnürt einfach alles bei mir ab.«

»Dann lockere doch den Gürtel«, schlug Elias vor.

»Dann geht die Hose flöten.«

»Das wollen wir nicht sehen.« Elif Uslun hatte sich zu den beiden Männern gesellt.

»Ich werde nie wieder in Kleidungsfragen auf dich hören, Elif.«

»Wie wäre es mit Abnehmen, Herr Kommissar?« Elif tätschelte seinen Bauch und hielt ihm dann einen Umschlag vor die Nase. »Den hat mir einer der hauseigenen Sicherheitskräfte gegeben. Und der hat ihn von einem der Besucher der PK bekommen.«

Pöppelmann nahm den Umschlag. »Vielleicht eine Briefbombe?«

»Ist safe.«

»Wenn du das sagst.« Pöppelmann öffnete den Umschlag, entnahm ihm einen Zettel und las ihn laut vor: »›Das mit den Drohmails ist eine falsche Fährte. Wir müssen reden. Ich melde mich wieder.‹«

Elias begutachtete den Zettel ebenfalls. »Eigentlich habe ich die Nase voll von kryptischen Mitteilungen. Die hier ist mit der linken Hand geschrieben worden.«

»Woran erkennst du das?«

»An den Querstrichen, zum Beispiel beim ›t‹ und ›F‹. Die sind gegen die Schreibrichtung gesetzt«, erklärte Elias.

»Das kann passen. Der Sicherheitsmann, der mir den Umschlag überreicht hat, erzählte mir, dass der Typ ihm den Brief mit der linken Hand gegeben hat und die rechte in der Manteltasche hatte.«

»Und wieso erinnert er sich so genau daran?«, fragte Pöppelmann.

»Weil ihm an der linken Hand Brandverletzungen aufgefallen sind.«

34

Nachdem Janne sich durch den normalen Hamburger Verkehrswahnsinn gekämpft hatte, bog sie von der Kollaustraße in die Papenreye ab und fuhr nach hundert Metern auf das Gelände der Sicherheitsfirma ROCK. Melanie und Frank, die sie am Morgen telefonisch über den Tod von Miro informiert hatte, erwarteten sie schon. Sie übergab ihnen den VW-Bus mit dem Hinweis auf die Waffen und Handgranaten. Im Besprechungszimmer berichtete Janne bei einem Kaffee vom Einsatz im Forsthaus und Miros Verstrickungen in die Bedrohungen von Elias. Nachdem Janne geendet hatte, saßen die drei ein paar Minuten schweigend zusammen.

»Auch wenn Miro ein sehr disziplinierter Mensch war«, sagte Melanie mit belegter Stimme, »so haben wir schon seit einigen Monaten eine untypische Anspannung und Gereiztheit bei ihm bemerkt.«

»Ich habe ihn einmal darauf angesprochen«, erklärte Frank. »Es wär nichts, hat er gesagt, er würde sich nur darüber ärgern, dass er nicht mehr so fit wär wie früher und seine gesundheitlichen Parameter trotz aller Bemühungen einfach nicht besser würden.«

»Und so haben wir seine häufigeren Abwesenheiten mit vermehrten Trainingseinheiten erklärt, aber nicht damit, dass er erpresst wurde.«

»Und von einer Tochter wussten wir bisher auch noch nichts«, fügte Frank hinzu.

»Von einer Frau?«, fragte Janne.

Melanie fuhr sich durch die Haare. »Nein, aber ich bin mir ziemlich sicher, dass es ein Foto gibt. Und zwar von ihm, seiner Frau und seiner Tochter.«

»Und wir können noch von etwas anderem ausgehen.« Frank knackte mit seinen Fingern. »Wenn Miro seit Monaten erpresst und seine Tochter bedroht wurde, dann hat er etwas hinterlassen: für seine Tochter und vielleicht auch für die Mutter seiner Tochter. Er hat noch nie etwas dem Zufall überlassen.«

»Deshalb gibt es auch Unterlagen über die Firma, sollte ihm etwas passieren«, sagte Melanie. »Die liegen bei einem Notar.«

»Möglicherweise hat er bei ihm auch ein Testament hinterlegt und dort seine Tochter erwähnt«, überlegte Janne.

»Ich rufe bei ihm an.«

»Dann stellen wir sein Büro auf den Kopf.« Frank stand auf. »Wenn wir dort nichts finden, suchen wir in seiner Wohnung weiter.«

»Und nicht zu vergessen sein Rückzugsort im Schwarzwald«, fügte Janne hinzu.

»Da war er, soweit ich weiß, schon lange nicht mehr.«

»Über den Hof wissen wir nicht viel«, ergänzte Melanie, »nur, dass er überhaupt existiert.«

»Er hat mir mal beim Bier einiges darüber erzählt«, sagte Janne. »Er ist dort auf einem abgelegenen Hof aufgewachsen. Die Eltern waren Bauern und lange Zeit Selbstversorger. Bei einem Brand sind beide ums Leben gekommen, weil sie alle Tiere retten wollten. Er selbst war während dieser Zeit bei der Bundeswehr. Der Tod ist ihm sehr nahegegangen, und zu Ehren seiner Eltern hat er den Hof wiederaufgebaut. Seitdem war dieser Ort sein Rückzugsort.«

In Miros Büro durchsuchten sie systematisch alle Schränke und Schubladen. Frank durchkämmte den Raum nach Verstecken wie losen Dielen oder Kommoden und Schränken mit doppeltem Boden. Zum Schluss blieben nur noch der Schreibtisch, der Safe und ein mit Panzerglas ausgestatteter und per Zahlenschloss gesicherter Waffenschrank.

»Die beiden Gewehre und die Pistole in dem Waffenschrank haben eine besondere Bedeutung für Miro«, erklärte Melanie, die das Büro betrat, auf den Schrank zuging und das Zahlenschloss betätigte. »Die alte Schrotflinte gehörte seinem Vater, das andere Gewehr hat ihn in Somalia begleitet.«

»Und der Revolver?«, fragte Janne neugierig.

»Der ist ein Geschenk von einem Kunden, dem er zweimal das Leben gerettet hat. Ist wohl einiges wert.«

Janne nahm den Revolver in die Hand. »Sind bestimmt die Originalholzgriffe. Kaliber 357 Magnum. Hier«, sie zeigte Frank die Waffe, »auf dem Lauf eingraviert.« Sie betrachtete den Revolver sichtlich beeindruckt. »Tolle Waffe.« Janne legte sie in den Schrank zurück.

»Hast du was von dem Notar erfahren?«

Melanie verschloss den Waffenschrank. »Es gibt tatsächlich Unterlagen über die Firma, aber kein Testament.«

»Weiß er etwas über eine Tochter?«, fragte Frank.

»Nein, ist ihm nicht bekannt. Wir sollen in den nächsten Tagen bei ihm vorbeischauen.«

Janne ging zu Miros antikem Schreibtisch aus Kirschholz und ruckelte an allen Schubladen. »Sind alle verschlossen.«

»Es gibt bestimmt irgendwo einen Schlüssel«, vermutete Melanie, »aber wir sollten ihn einfach aufbrechen.«

»Was ist mit dem Safe? Kennt jemand von euch den Code?«, fragte Janne.

Melanie winkte lässig ab. »Den finden wir mit Sicherheit im Schreibtisch, wie auch sein Passwort für den Computer.«

»Tatsächlich?«

»Miro konnte sich keine Zahlen- und Buchstabenkombinationen merken.«

»Mir geht die ganze Zeit noch etwas anderes durch den Kopf.« Janne fuhr sich mit beiden Händen durch die Haare. »Die Typen, die Miro erpresst haben, um ihn für eine solche Aufgabe zu rekrutieren, müssen ihn gut gekannt haben. Also auch gewusst haben, wie gut er in seinem Job ist.«

»Einmal das, aber sie müssen auch von seiner Tochter gewusst haben«, ergänzte Melanie. »Zumindest von der Möglichkeit, dass es eine geben könnte.«

»Vielleicht ein Kunde?«

»Die wissen auf jeden Fall, wie gut er ist.« Frank zeigte auf den Waffenschrank. »Wie zum Beispiel der Kunde, dem er zweimal das Leben gerettet hat.«

»Davon wird es noch ein paar mehr geben.« Melanie lehnte sich an den Schreibtisch und dachte nach. »Wir sollten alle Akten daraufhin sichten. Glücklicherweise war Miro etwas altmodisch, und wir haben eine Hängeregistratur.« Sie zeigte auf die Schränke. »Vorschlag. Arbeitsteilung: Wir brechen den Schreibtisch auf, den du, Janne, anschließend durchsuchst. Frank und ich durchwühlen die Akten.«

Viele Stunden später saßen Melanie, Frank und Janne in einem Café am Dalmannkai in der Hafencity. Sie bestellten etwas zu trinken und schauten nachdenklich auf den Grasbrookhafen.

Bei den Durchsuchungen von Miros Büro sowie seiner Wohnung waren sie endlich fündig geworden. Aus den Hängeregistern hatten sie zehn potenzielle Hintermänner für Miros Erpressung herausgefiltert. Nachdem sie jede einzelne Schreibtischschublade mit einem Stemmeisen aufgebrochen hatten, war Janne tatsächlich auf den Code für den Safe und das Passwort für den Computer gestoßen. Allerdings befand sich im Safe nur Bargeld, und im Computer konnte sie bei der ersten Durchsicht keine Hinweise auf die Tochter finden.

Interessant waren aber drei Briefe, die Janne in einer Geheimschublade des Schreibtisches fand. Der erste Brief war aus Goražde, datiert vom 6. Mai 1997. Er hatte weder einen Briefkopf noch eine Unterschrift. Er enthielt nur eine Information:

»Jasmina Popocic, born June 1994.« Die beiden anderen Briefe waren von einem Franco und auf Deutsch. Ein Brief von Januar 1996. Der Stempel war leider so unleserlich, dass der Herkunftsort nicht zu erkennen war. Der zweite Brief war im August 2006 und der Briefmarke nach zu urteilen in Spanien abgeschickt worden. Beide Briefe beschrieben Francos Gemütszustand.

Der Inhalt des Briefes von 1996 war deprimierend. Franco beklagte sich über viele Alpträume und Flashbacks, die von Bildern aus dem Krieg handelten. Er endete mit dem Satz: »Du hast damals alles richtig gemacht, mein Freund.« Im zweiten Brief erzählte Franco, dass es ihm inzwischen besser ging und es viele Momente gab, in denen er das Leben wieder genießen konnte. Doch auch dieser Brief endete ähnlich. »Gräm dich nicht, mein Freund, deine Entscheidung war richtig. Ich hatte nur nicht den Mut dazu.«

Als die Getränke gebracht wurden, stießen sie auf Miro an. Janne stellte ihre Apfelschorle ab und durchbrach als Erste das Schweigen. »Ist euch bei der Auswertung der Akten eine besonders ins Auge gefallen?«, fragte sie.

»Es handelt sich bei allen um Kunden, die bei öffentlichen Auftritten Schutz benötigten. Einige von ihnen haben auch über einen längeren Zeitraum Personenschutz in Anspruch genommen.« Melanie nippte an ihrem alkoholfreien Bier. »Zwei von ihnen kommen aus Hamburg. Die werde ich mir heute Abend als Erstes einmal genauer angucken.«

»Ich habe über die drei Briefe nachgedacht.« Janne räusperte sich. »Wir können wohl davon ausgehen, dass Miros Tochter aus Bosnien und Herzegowina kommt und heute fünfundzwanzig Jahre alt ist.«

»Und sie lebt jetzt in Deutschland«, bemerkte Frank.

»Was macht dich da so sicher?«, fragte Melanie.

»In erster Linie ist es mein Bauchgefühl. In zweiter Linie gibt es dafür ein paar Hinweise, finde ich.«

»Als da wären?«

»Miro war 1995 in Bosnien und Herzegowina. Er war bei der UN-Friedensmission UNPROFOR dabei, die die Schutzzonen sichern sollte. Goražde, das habe ich gegoogelt, war eine dieser Schutzzonen.«

»Und du meinst, dass Miro von dort die kleine Jasmina mit nach Deutschland gebracht hat?«, führte Janne den Gedanken fort.

»Bei meinem Einstellungsgespräch hat Miro mir von seinem Einsatz in Bosnien und Herzegowina erzählt.« Frank trank seine Cola aus. »Und eben beim Lesen der Briefe von diesem Franco hat bei mir etwas geklingelt. Es hat ein bisschen gedauert, aber jetzt weiß ich, warum. Während des Bewerbungsgesprächs bekam Miro einen Anruf. Er nahm ihn an und sagte nach ein paar Sekunden zu mir: ›Das ist Franco, mit dem ich in Bosnien und Herzegowina war. Er ruft selten an.‹ Ich bin dann gleich vor die Tür gegangen.«

»Und jetzt«, Melanie klopfte mit einem Finger auf die Tischplatte, »interpretierst du die letzten Sätze in Francos Briefen dahingehend, dass Miro dieses kleine Mädchen aus der Hölle dieses Kriegs gerettet hat?«

»Was mutig war, weil er es nicht durfte«, konstatierte Janne.

»Darüber hinaus war es bestimmt auch sehr gefährlich.«

»So viel zu meinem Bauchgefühl«, sagte Frank.

»Wir sollten sofort in den Schwarzwald fahren.« Janne holte einen Prospekt aus ihrer Jackentasche und legte ihn auf den Tisch. »Den habe ich in Miros Wohnung gefunden.«

»Immerhin etwas.« Melanie nahm den Prospekt in die Hand. »Schenkenzell, bezaubernder Luftkurort im Schwarzwald.« Melanie schlug den Prospekt auf. »Und hier steht handschriftlich Kaltbrunn. Ob da sein Hof in der Nähe liegt?«

»Wir sollten dort hinfahren. Dann erfahren wir es.« Janne hatte schon den Routenplaner im Handy aktiviert. »Acht Stunden mit dem Auto. Und die Strecke geht über Karlsruhe. Das passt.«

Melanie und Frank sahen fragend zu Janne.

»Ich habe in Karlsruhe noch etwas für den Fall zu erledigen, an dem wir aktuell arbeiten.« Sie schaute auf die Uhr. »Wenn ich Glück habe, erwische ich dort noch jemanden.«

Sie scrollte durch ihr Handy und fand die Nummer von Professor Senner, einem Kollegen von Santino. Sie stand auf, ging Richtung Wasserkante und lehnte sich an das Geländer. Als sie wieder an den Tisch zurückkehrte, war Melanie schon gegangen.

»Sie will die Akten bis morgen durcharbeiten«, klärte Frank Janne auf. »Wann hast du deinen Termin in Karlsruhe?«

»Zwölf Uhr.«

»Oh, dann musst du früh aufbrechen. Und wir treffen uns dann in Kaltbrunn. Am späten Nachmittag. Wir werden vorher schon einmal die Gegend erkunden.«

Janne leerte ihre Apfelschorle. »Sind dir die Bilder in Miros Wohnung aufgefallen?«

Frank nickte. »Das hat mich auch gewundert. Ich hatte Miro nicht als Kunstliebhaber kennengelernt.«

»Einige sehen auch eher aus wie Kinderzeichnungen«, bemerkte Janne.

»Meinst du, die könnten von seiner Tochter stammen?«, fragte Frank.

»Schon möglich.«

35

Ralf war stocksauer auf Kiki und Ben. Seit fast einer Woche musste er in diesem Scheiß-Bunker abwechselnd mit zwei weiteren Typen und einer Frau Wache schieben. Nur einmal durfte er dieses Gemäuer verlassen. Nachts bei Regen, und er hatte drei Stunden Ausgang. Er war in die nächste Kneipe und hatte sich volllaufen lassen. Die Stimmung im Bunker war zum Zerreißen angespannt. Denn auch die anderen Bewacher bekamen langsam einen Lagerkoller und ließen ihre schlechte Laune immer mal wieder an den Gefangenen aus. Schikanen beim Essen oder morgens bei der Körperpflege waren am beliebtesten. Allerdings hatte Ben das mitbekommen, und der Typ, der die Frau beim Duschen genervt hatte, war seither verschwunden. Mit dem Ergebnis, dass sie sich nun untereinander anpöbelten. Vor zwei Tagen war ein älterer Mann im Bunker aufgetaucht und hatte angekündigt, er würde nun regelmäßig zu Besuch kommen, um mit den Wissenschaftlern zu sprechen. Und er wolle keine Klagen über deren Behandlung hören.

Den ehemaligen Maschinenraum des Bunkers mussten sie zu einem Besprechungszimmer herrichten. Ralf fand allerdings, dass er eher wie ein Verhörraum aussah. Seit einer Stunde saßen alle Wissenschaftler bei Kaffee und Kuchen im großen Aufenthaltsraum. Der Holländer und die Österreicherin hatten sich am besten mit der Situation arrangiert und ließen es sich schmecken. Die beiden anderen, Gutowski und Meierhuber, verhielten sich nach wie vor störrisch und waren nur am Fluchen. Um Punkt fünfzehn Uhr brachte Ralf Professor Gutowski in den Besprechungsraum. Er platzierte ihn an den Tisch, der in der Mitte des Raumes stand. Ralf selbst verzog sich in eine Ecke. Wenig später trat Professor Köhler gebückt aus dem Verbindungstunnel zwischen der Villa in der Magdalenenstraße und dem Bunker in den Raum.

»Janusz, tut mir leid, dich unter diesen Umständen zu treffen«, begrüßte er Gutowski freundlich und setzte sich ihm gegenüber an den Tisch.

»Was machst du hier? Bist du auch entführt worden?«

Köhler schüttelte den Kopf. »Nein, das nicht. Doch wir können bald gemeinsam an einer großen Sache arbeiten und unsere Forschungen vorantreiben. Uns stehen unbegrenzte finanzielle Mittel zur Verfügung.«

»Was redest du da, Heinz? Ich wurde entführt, meine Mitarbeiterin ermordet und all die anderen Kolleginnen und Kollegen, die sich hier aufhalten, wurden ebenfalls gewaltsam in diesen abscheulichen Bunker verfrachtet. Ich will hier wieder raus.« Gutowski hatte sich in Rage geredet.

»Beruhig dich, Janusz. Das mit deiner Mitarbeiterin tut mir wirklich leid und war nicht vorgesehen. Aber alle anderen werden hier wieder rauskommen, auch du. Es dauert nicht mehr lange, dann stehen uns Labore und neue, komfortable Unterkünfte zur Verfügung. Für uns und unsere Familien. Wir gehören zu den Auserwählten.«

»Du bist echt irre. Hörst du überhaupt, was du da quatschst?« Professor Gutowski blickte Köhler konsterniert an.

»In diesen Räumlichkeiten –«

»Du kannst ruhig Bunker sagen.«

»– wird sich die Crème de la Crème der Wissenschaft versammeln. Es werden noch mehr dazukommen. Und wir sind von Anfang an dabei.«

»Wer steckt hinter diesem, wie soll ich sagen, ›Projekt‹?«

»Wenn du bereit bist, mit uns zu kooperieren, dein Wissen in den Dienst einer großen Sache zu stellen, um bei einem Super-GAU nicht nur zu überleben, sondern tatsächlich weiterzuleben, dann wirst auch du Teil dieser Familie.«

»Jetzt fange ich langsam an zu verstehen. Ihr wollt mein Wissen und das der anderen, also unsere Erkenntnisse und unsere Forschungen. Exklusiv, nur für euch, um eure Überlebenschancen zu erhöhen. Und dafür geht ihr sogar über Leichen. Ihr seid Abschaum für mich.«

»Wo bleibt deine wissenschaftliche Neugier?«

Janusz Gutowski stand auf und spuckte vor Köhler aus. »Macht euren Scheiß alleine.« Er wandte sich zum Gehen, wurde aber von Ralf aufgehalten.

»Janusz, überlege es dir. Du wirst so oder so kooperieren.«

»Ihr könnt mich alle mal!«

»Bring ihn in sein Zimmer. Und kein Kontakt mit den anderen.«

Heinz Köhler stand auf und schenkte sich ein Glas Wasser ein. Er hatte schon damit gerechnet, dass Janusz Gutowski ebenso gereizt reagieren würde wie Finn Tiberius. Er konnte es ihm auch nicht verübeln, der Tod seiner Mitarbeiterin ging ihm wirklich nahe und war kein guter Ausgangspunkt für eine mögliche Kooperation. Köhler hoffte, dass die ersten Gespräche mit den anderen Wissenschaftlern besser verlaufen würden.

»Mein Name ist –«

»Ich weiß, wer Sie sind, Professor«, wurde Köhler im Wiener Dialekt unterbrochen.

»Das freut mich, Frau Dr. Breitenmacher. Darf ich Ihnen etwas anbieten?«, fragte Köhler charmant.

»Wenn Sie mich so nett fragen, gerne eine Melange.«

»Tut mir leid, damit kann ich nicht dienen, aber Ralf kann Ihnen einen Milchkaffee bringen.«

»Schon gut, den hatte ich schon«, winkte Breitenmacher ab.

»Wie hat Ihnen denn der Apfelkuchen gemundet?«

»Besser als der 3-D-Drucker-Kuchen, den mir eine Praktikantin einmal vorgesetzt hat.« Breitenmacher betrachtete ihre Fingernägel. »Was wollen Sie von mir? Sie haben mich schließlich entführt.«

»Ich persönlich hätte einen anderen Weg bevorzugt, um ein Gespräch mit Ihnen zu arrangieren. Aber die Zeit läuft uns davon.«

»Net schmähtandeln, ja? Das nervt nämlich. Kommen Sie zur Sache.«

»Ich bin beauftragt, äh«, Köhler suchte nach den richtigen Worten, »Wissenschaftler zu finden, die bereit sind, ihre Forschungen in den Dienst einer großen Sache und für das langfristige Überleben in einem Bunker zur Verfügung zu stellen.«

Breitenmacher schaute ihn eine Weile an. »Für das Überleben in der Welt – jederzeit. Für irgendeinen Vollidioten, der einen Bunker will – sicher nicht.«

2017 – Mittwoch, 19:00 Uhr

Ferdinand Peakock hatte Bärbels Angebot, die Pause gemeinsam an der nahe an seinem Zimmer gelegenen Bar zu verbringen, dankend abgelehnt, mit dem Hinweis, dass er sich auf das nächste Gespräch vorbereiten wollte. Und so ganz falsch war die Begründung auch nicht. Im Laufe der bisherigen Gespräche hatte er verstanden, dass es sich bei den »chosen few« um keinen Thinktank handelte, sondern um Leute, die sich tatsächlich nur selbst vor einem apokalyptischen Ereignis schützen wollten. Was mit den anderen Menschen geschah, schien sie überhaupt nicht zu interessieren. Und das machte sie äußerst unsympathisch und dämpfte zunehmend seine Motivation, sie mit seinem Wissen bei ihrem Projekt zu unterstützen. Er brauchte etwas Zeit, um in Ruhe darüber nachzudenken, wie er damit umgehen wollte.

Jetzt saß er in seinem Zimmer. Wenn es darum gegangen wäre, dieses Treffen nur vor sich selbst zu rechtfertigen, könnte er einen Misserfolg damit begründen, dass er hintergangen worden und seiner Gutgläubigkeit aufgesessen war. Dummerweise hatte er vor dem Treffen einigen wenigen Kollegen entgegen der Abmachung von einem wahren Geldsegen vorgeschwärmt, den er bald akquirieren würde, ohne zu viel zu verraten. Käme er mit leeren Händen zurück, wäre das seiner Reputation abträglich.

Peakock stand auf und ging zur Minibar. Er konnte jetzt doch einen Schnaps gebrauchen. Nach dem ersten Grappa hatte er eine vage Idee, nach dem zweiten reifte sie, und nach dem dritten Glas stand sein Plan, wie er die »chosen few« dazu bringen würde, Forschungsgelder lockerzumachen. Er schaute auf die Uhr. Wenn er nicht erneut zu spät kommen wollte, musste er sich beeilen.

Er verließ sein Zimmer und hätte um ein Haar Bärbel umgerannt, die wohl gerade die Bar verlassen hatte.

»Ganz schön stürmisch, Ferdinand«, kicherte sie und hakte sich bei ihm unter. »Wie sind Ihre Vorbereitungen gelaufen?«

»Gut«, antwortete Peakock verunsichert. Ihr Duft war angenehm, doch ihre Nähe war gleichzeitig erregend und verstörend.

»Dann bin ich mal gespannt, was Sie uns noch alles zu sagen haben.« Sie zwickte ihn in den Arm. »Und jetzt bringen Sie mich sicher in die Rotunde.«

Vier Augenpaare waren auf Bärbel und Peakock gerichtet,

als sie die Rotunde betraten. Bis auf Dorothea schauten alle amüsiert. »Schön, dass ihr auch noch den Weg hierher gefunden habt«, sagte Vahrenheide lakonisch. »Dann können wir vielleicht vor dem Abendessen die letzten Fragen klären.«

Peakock nickte und vermied es dabei, Bärbel anzuschauen, die ihm zuzwinkerte. Gleichzeitig signalisierte ihm ein leichtes Stechen in der Stirn, dass der dritte Grappa möglicherweise einer zu viel gewesen war.

Er schenkte sich Wasser in sein Glas und räusperte sich. »Auf einen wichtigen Aspekt möchte ich noch näher eingehen.« Peakock strich sich mit den Fingerkuppen über die Stirn. »Wenn wir uns gezwungenermaßen über einen längeren Zeitraum nicht in unserer gewohnten Umgebung aufhalten, nicht den gewohnten und angenehmen Tätigkeiten nachgehen können, nicht mehr wissen, was wir tun könnten, weil wir eingesperrt sind, führt das bei den meisten Menschen allmählich zu einem Zustand des Unwohlseins.

»Es gibt ja genug zu tun im Bunker«, bemerkte Chris.

»Je länger der Aufenthalt im Bunker wird, desto mehr werden die Aufgaben als unbefriedigend empfunden, Wünsche nach Abwechslung können nicht ewig durch Tennis oder Tischkicker erfüllt werden.«

»Aber dafür überleben wir«, warf Dorothea ein.

»Und wer keinen Bock hat, kann ja gehen.« Erich lachte hämisch. »In den Tod.«

»Ich glaube, du machst dir das zu einfach, Erich.« Bärbel widersprach energisch. »Du vergisst, dass die meisten zukünftigen Bewohner des Bunkers einen Lebensstil hatten, bei dem sie sich jeden Wunsch erfüllen konnten. Shoppen gehen, Urlaub machen oder Immobilien kaufen.« Sie trommelte mit den Fingern auf den Tisch. »Irgendwann wird gähnende Langeweile einsetzen. Und die kann zu einer Menge Konflikten führen.«

»Schlechte Laune, Wut, Aggressionen, aber auch Apathie und Depressionen können die Folge sein«, ergänzte Peakock.

»Was kann man dagegen machen?«, fragte Vahrenheide.

»Wir brauchen eine große digitale Mediathek«, schlug Chris vor.

»Das reicht nicht.« Peakock wollte jetzt den ersten Pflock für seine Forschungsgelder einschlagen. »Es gibt vielversprechende Ansätze, Hirnaktivitäten in bewegte Bilder zu wandeln.«

»Wie das?«, fragte Vahrenheide.

»Mittels einer Gehirn-Computer-Schnittstelle.«

»Und wozu soll das gut sein?«, fragte Dorothea skeptisch.

»Mit diesem Verfahren, wenn es denn ausgereift ist, ließen sich mittels Gedanken, die an einen Computer geschickt werden, Erinnerungen oder Träume visualisieren.«

»Das heißt, wenn ich an einen Hubschrauberflug über den Himalaya denke und diese Gedanken an den Computer übertrage, schickt der mir diesen Flug in meinen Kopf?« Dorothea schüttelte ungläubig den Kopf.

»So in etwa.« Peakock nickte. »Was ich sagen will, ist, dass man für das Leben und Überleben in einem Survival-Bunker auch an die psychischen Herausforderungen für die Menschen denken muss. Je mehr man mit Hilfe der digitalen Technik gewohnte Umgebungen und Erinnerungen lebendig erscheinen lassen kann, umso weniger Langeweile und Unzufriedenheit werden aufkommen.«

»Sie sprechen von Virtual Reality?« Erich guckte neugierig.

Peakock nickte. »Auch, aber mehr von dem, was danach kommt. VR ist eigentlich schon eine veraltete Technik oder, besser gesagt, ein Ansatz der alten digitalen Welt.«

»Das verstehe ich nicht.«

»Es geht darum, dass Menschen und Maschinen miteinander interagieren, letztendlich eins werden. Und erste Ansätze versuchen, die Gehirnströme von Menschen auf Computer zu übertragen, damit eine intelligente Software diese lesen und verarbeiten kann.«

»Und was geschieht dann?«, fragte Dorothea.

»Der Computer setzt die erhaltenen Informationen in Handlungen um.«

»Das ist doch Science-Fiction«, sagte Chris.

»Noch«, erwiderte der Zukunftsforscher leicht amüsiert.

Die Ausführungen Peakocks führten zu einer lebhaften Diskussion über das Für und Wider und vor allem über den Nutzen von künstlicher Intelligenz für das Bunkerprojekt. Die Diskussion drehte sich aber letztendlich im Kreise.

Nach einer halben Stunde blickte Vahrenheide auf die Uhr. »Wir sitzen seit heute Morgen hier zusammen und reden darüber, wie die Apokalypse zu überleben ist. Wir wollen heute Abend noch eine gediegene Mahlzeit mit unserem Gast zu uns nehmen. Deshalb denke ich, dass wir langsam zum Schluss kommen sollten. Aber ich bitte Dr. Peacock noch um eine abschließende Zusammenfassung.« Vahrenheide schaute in die Runde. »Wenn niemand mehr eine Frage hat, haben Sie das Wort, Ferdinand.«

Peakock trank einen Schluck Wasser und überlegte sich sein persönliches Fazit. »Sie suchen eine sichere Zuflucht vor einem apokalyptischen Ereignis«, begann er schließlich. »Eine Zuflucht, in der Sie jahrelang überleben können. Einen Survival-Bunker, in dem Sie Atomkriege, Bio- und Chemiewaffen, Klimakatastrophen, Erdbeben, Hackerangriffe, Revolten und Revolutionen überstehen. Aus meiner Sicht gibt es zwei Punkte, die Grundvoraussetzungen dafür sind, dass so etwas gelingen kann: Zum einen ein geeigneter Standort und zum anderen sich selbst erhaltende Systeme. Sie müssen sich völlig autark versorgen können. Kein Sonnenlicht, keine Energie, keine natürliche Luft zum Atmen. Zurzeit verfügen wir noch nicht über solche ausgereiften Technologien, die ein Überleben in völliger Isolation über längere Zeit gewährleisten könnten. Aber sie sind in der Entwicklung. Wenn ›das Ereignis‹, vor dem Sie sich fürchten, nicht morgen über uns hereinbricht, besteht die Möglichkeit, ein solches Habitat zu schaffen.« Peakock schloss seine Zusammenfassung mit zufriedener Miene. »Haben Sie noch Fragen?«

Erich hob zögerlich seine Hand. Als Peakock nickte, fragte er: »Die Forscher, die sich mit selbsterhaltenden Technologien beschäftigen, wie kann man die kontaktieren?«

»Finanzieren Sie Competitions für junge Wissenschaftler und einen großen Zukunftskongress.«

Am nächsten Tag saßen die »chosen few« zufrieden im herrschaftlichen Salon von Philipp Vahrenheides Landhaus und stießen mit einem White Gold Jeroboam des Weinguts Dom Pérignon, Jahrgang 1995, auf das aus ihrer Sicht erfolgreiche gestrige Treffen an.

»Auf Dr. Peacock.« Vahrenheide hob das Glas. »Er sah heute Morgen übrigens etwas übernächtigt aus, als er aus Uschis Zimmer kam.«

»Die Schweizerinnen sind einfach zu emotional«, sagte die Dänin Stina Rasmussen abfällig.

»Sie hat ihm nur den letzten Wunsch erfüllt.«

»Ihr seid Dummbatzen und du besonders, Erich«, zischte Uschi Grünweg gehässig.

»Nenn mich nicht Erich«, fuhr Peter Schmitz Grünweg an. »Ich hasse diesen Namen«, und zu Vahrenheide gewandt sagte er: »Wie konntest du diesen bescheuerten Namen nur für mich aussuchen?«

»Ich fand ihn sehr passend.« Philipp Vahrenheide lachte. »Jedenfalls schwebt Ferdinand Peacock jetzt in der Luft und wird leider nicht mehr heil zu Hause ankommen.« Er trank den Champagner aus. »Und wir sollten jetzt die nötigen Schritte veranlassen.«

»Das sehe ich genauso«, sagte die Dänin Stina Rasmussen. »Wir dürfen keine Zeit verlieren.«

»Wobei Wettbewerbe und Kongresse sich ja nicht mal eben so organisieren lassen«, gab Rolf Matuschek, Hamburger Schwergewicht, der vor einem Tag noch Chris hieß, zu bedenken.

»Was schlägst du vor?«

»Die Gespräche sind aufgezeichnet worden?«

»Gewiss«, sagte Vahrenheide, »und sie liegen in wenigen Stunden auch transkribiert vor.«

»Sehr gut. Dann wissen wir ja, was zu tun ist. Ich habe Kontakt zu Leuten, die alles organisieren könnten. Mein Vater war auch schon gut in solchen Dingen.« Matuschek machte eine kurze Pause. »Soll ich mich darum kümmern?«

Niemand widersprach.

»Gut. Ich richte zunächst ein Konto in Singapur ein, auf das wir alle jeden Monat eine bestimmte Summe einzahlen. Und wir treffen uns ab sofort regelmäßig zu Besprechungen, immer an anderen Orten.«

»Wie wäre es mit Videokonferenzen?« Der Vorschlag kam von Schmitz.

»Auch gut«, sagte Vahrenheide. »Ich sorge für eine gesicherte Leitung.« Dann ließ er eine zweite Flasche Champagner öffnen, und die »chosen few« stießen ein weiteres Mal an. »Auf das Überleben.«

36

Janne hatte abends noch alle Sachen in den VW-Bus geladen, die sie für den Trip in den Süden benötigte. Dabei war ihr aufgefallen, dass Miros Handgranaten immer noch im Auto lagen. Wer weiß, wofür die gut sein könnten, dachte Janne. Am nächsten Morgen hatte sie sich um drei Uhr müde auf den Weg gemacht, nicht ohne vorher im Steinbock auf der Reeperbahn vorbeizuschauen, um sich einen Kaffee zu holen. Schwarz und stark. Schlaftrunken, wie sie war, wäre sie dabei fast von einem Auto überfahren worden. Sie konnte gerade noch zur Seite springen, fluchen und den roten Schlussleuchten hinterherschauen.

Jetzt saß sie zu dieser unchristlichen Zeit mit ihrem mandelbitteren türkischen Kaffee im Auto, um rechtzeitig bei ihrem Date im Botanischen Institut des KIT, dem Karlsruher Institut für Technologie, zu sein. Sieben bis acht lange Stunden lagen vor ihr, zunächst auf der längsten Autobahn Deutschlands, der A 7, und dann auf einer der meistbefahrenen Autobahnen, der A 5. Und nach dem Treffen bei Professor Senner würde sie sich per Facetime zur Besprechung bei Elias einloggen. Zumindest, um die neusten Infos loszuwerden. Und im Anschluss daran ging es weiter nach Kaltbrunn in den Schwarzwald. Sie war gespannt, was dort wohl auf sie wartete. Was für ein Programm.

Jedenfalls hatte sie genügend Energydrinks eingepackt, die sie wach halten würden. Sie drehte die Musik laut. Auf den nächsten noch ungefähr fünfhundert Kilometern würden sie The Clash, Billy Talent, Being as an Ocean und andere Punk- und Post-Hardcore-Bands begleiten. Langes Autofahren war nichts für meditative Musik.

Um zwölf Uhr fünfzehn hielt sie vor dem Botanischen Institut in Karlsruhe. Bis auf einen Stau bei Heidelberg war sie gut durchgekommen. Jetzt hoffte Janne auf eine gute Tasse Kaffee und einige verwertbare Informationen vor allem über Dr. Kiriaki Blumenfeld, aber auch über Professor Santino. Das Büro von Professor Senner, einem langjährigen Kollegen von Santino, lag im fünften Stock des Bioturms.

Sie wurde bereits erwartet, und auf dem kleinen Besprechungstisch standen tatsächlich Kaffee und Kekse bereit. Ein guter Beginn des Treffens, dachte Janne und begrüßte den Professor freundlich. Er bat sie, Platz zu nehmen, und goss Janne nach ihrem zustimmenden Nicken Kaffee ein.

»Zucker, Milch und Kekse, nehmen Sie sich bitte«, sagte er freundlich. Dann fuhr er mit ernster Miene fort. »Das plötzliche Verschwinden des Kollegen Santino hat uns nach einigen Tagen schon beunruhigt. Die Nachricht über seinen Tod, die wir erst gestern erhielten, kam dennoch völlig unvorbereitet. Wir sind alle erschüttert.« Professor Senner trank einen Schluck Kaffee. »Wissen Sie Näheres über die Umstände?«

»Das ist einer der Gründe, warum ich Sie um ein Gespräch gebeten habe. Professor Santino ist ermordet worden.«

»Um Gottes willen«, entfuhr es Professor Senner.

»Und wir wollen gerne wissen, warum. Wir …«, Janne überlegte, um die richtige Wortwahl zu finden, »… das sind das Hamburger LKA sowie mein Partner und ich, die als externe Berater an dem Fall mitermitteln. Wir vermuten, dass das Motiv des Mordes etwas mit seiner Arbeit zu tun hat.«

Professor Senner blickte skeptisch drein. »Santino ist, äh, war Wissenschaftler, genauso wie ich. Sicher, unsere Forschungsergebnisse gefallen nicht jedem. Aber dafür einen Mord zu begehen, das kann ich mir nicht vorstellen.«

Senner machte eine Pause, bevor er weitersprach. »Der Kollege Santino war als Wissenschaftler aktiv und erfolgreich und in Wissenschaftskreisen sehr anerkannt. Eine Koryphäe im Kontext der Erforschung der künstlichen Photosynthese, der viele Ehrungen und Preise erhalten hat. Vielleicht war er manchmal nur einen Wimpernschlag schneller als andere oder einfach geschickter in der Präsentation seiner Ergebnisse. Da kann man schon mal neidisch auf den Erfolg des Kollegen werden, zumal wenn das mehr als nur einmal geschieht.«

Janne schenkte sich eine weitere Tasse Kaffee ein. »Und er war auch Geschäftsmann, der sich viele Patente gesichert und zu Geld gemacht hat.«

»In letzter Zeit haben wir zu unterschiedlichen Dingen geforscht. Insofern habe ich, was seine aktuellen Projekte angeht, nur ganz allgemeine Kenntnisse.« Senner holte tief Luft. »Ich will versuchen, das kurz und knapp zusammenzufassen. Professor Santino war überzeugt davon, dass die Zukunft des Autos im Wasserstoffantrieb liegt.«

»Den gibt es doch schon«, bemerkte Janne.

»Aber die Herstellung des Wasserstoffs erfolgt gegenwärtig nicht auf nachhaltige Weise. Und daran forschte Santino.« Jetzt nahm sich auch Senner einen Keks. »Er experimentierte mit genmanipulierten Viren, die Wasser spalten können, einem Verfahren aus den USA. Aber er war mit den Ergebnissen nicht zufrieden. Jedenfalls war es sein erklärtes Ziel, Wasserstoff für Brennzellen direkt zu erzeugen, zum Beispiel aus Sonnenenergie mit Hilfe künstlicher Photosynthese.«

»Und wenn ihm das gelungen wäre?«

»Wäre das eine Sensation gewesen.«

»Und wer das Verfahren kennt –«

»– knackt den Jackpot.«

»Würden Sie dafür einen Mord begehen?«

Professor Senner blickte entsetzt zu Jane. »Nein, ich natürlich nicht.«

»Aber ein Motiv wäre das schon?«

»Ja, ich denke, das wäre möglich.« Senner räusperte sich. »Doch Santino hat ein solches Verfahren bisher noch nicht so weit entwickelt.« Er beugte sich zu Janne und sprach etwas leiser. »Mir ist zu Ohren gekommen, dass es seine Assistentin war, die maßgeblich an diesem Projekt beteiligt war. Und als er merkte, dass sie der Lösung näher kam als er, hat er sie von dem Projekt ausgeschlossen. Komplett. Obwohl er selber nicht weiterkam. Er soll ihr sogar den Zugang zu den Daten verwehrt haben, die er ihr zu verdanken hatte.«

Janne sah ihn fragend an.

»Sie ist übrigens auch vor einigen Monaten spurlos verschwunden.«

»Hat sie einen Namen?«

»Sie heißt Dr. Kiriaki Blumenfeld. Ich glaube, es hängt sogar noch ein Aushang mit einem Foto von ihr am Schwarzen Brett.«

Janne stand auf. »Herr Professor Senner. Vielen Dank, dass Sie sich Zeit für unser Gespräch genommen haben. Sie haben mir sehr weitergeholfen.«

»Gerne, immer wieder. Und nehmen Sie sich doch noch etwas Wegzehrung«, sagte Professor Senner und reichte ihr lächelnd zum Abschied noch einmal die Schüssel.

Janne griff zu und steckte sich einen Keks in den Mund. Bevor sie das Institut verließ, machte sie ein Foto von dem Aushang, auf dem Kiriaki Blumenfeld abgebildet war. Das hatte Kiki wohl beim Verwischen ihrer Spuren vergessen.

37

Zille war am Morgen aus Amsterdam kommend auf dem Hamburger Flughafen gelandet und anschließend in die Albertiweg zu Elias gefahren. Zu seiner Überraschung standen zwei Personenschützer vor dem Haus, die ihn, bevor er auch nur in die Nähe des Hauses kam, gründlich durchcheckten. In seine Einkaufstüte warfen sie allerdings nur einen flüchtigen Blick. Der Geruch, der ihnen entgegenschlug, war so penetrant, dass sie ihm die Tüte schnell wieder in die Hand drückten.

»Der Käse schmeckt hervorragend«, sagte er belustigt.

»Guten Appetit«, murmelte einer der Personenschützer, und sie entfernten sich schnell von Zille.

Elias hatte das Prozedere vom Küchenfenster aus beobachtet und öffnete die Haustür. »Was hast du denn mitgebracht?«

»Frühstück. Eine Käsespezialität aus Holland.«

Elias nahm die Tüte in die Hand, öffnete sie und wurde bleich im Gesicht. »Willst du uns vergiften?«

»Das ist ein echter Lutjewinkel-Kaas, zwölf Monate gereift.«

»Dass sie dich damit überhaupt ins Flugzeug gelassen haben, wundert mich.« Elias schüttelte den Kopf.

»Es handelt sich um ein delikates Beweisstück für grenzüberschreitende Kriminalität. Die unterliegt keiner Grenzkontrolle.«

Zille war inzwischen in Elias' Küche angelangt, holte den Käse sowie ein Roggenbrot aus der Tüte und richtete alles auf einem großen Holzbrett an. »Apropos Kontrollen. Wo kommen die neuen Personenschützer her?«

»Nach wie vor von ROCK. Melanie und Frank leiten die Firma übergangsweise und haben die beiden hergeschickt.«

»Also business as usual.«

»Genau. Im Besprechungsraum steht Kaffee.«

»Eigentlich trinkt man Bier zu dem Käse.«

»Bevor ich es vergesse.« Elias' Gesicht wurde ernst. »Finns Eltern würden sich freuen, wenn du heute Abend bei ihnen vorbeischaust.«

»Hatte ich sowieso vor. Aber viel Neues berichten kann ich ihnen nicht.«

»Aber gut zureden und davon überzeugen, dass die Besten an dem Fall arbeiten.«

Dann ging Elias Richtung Besprechungsraum, Zille mit dem Holzbrett in der Hand hinterher. Als sie dort ankamen, sahen sie Pöppelmann mit dem Handy in der Hand genervt hin und her laufen.

»Ich kann es nicht glauben«, hörten sie ihn entgeistert sagen, »die können uns doch ihre Unterlagen schicken.« Er hörte angestrengt zu, lief an Zilles Holzbrett vorbei, nahm sich ein Stück Käse und steckte es in den Mund. »Mmmh, ein Lutjewinkel«, sagte er und schloss für einen Moment genüsslich die Augen. »Nein, der Kollege heißt nicht Lutjewinkel, sondern der Käse«, brüllte er ins Handy. »Ich muss jetzt Schluss machen. Wir sehen uns später.«

Zille stellte das Brett auf den Tisch. »Ich hätte nie gedacht, dass du so ein Feinschmecker bist. Woher kennst du denn den Käse?«

»Von Freya, die bestellt den immer im Internet.« Pöppelmann nahm sich ein weiteres Stück. »Oskar isst den auch gerne. Ich muss unbedingt ein Stückchen für ihn mitnehmen.«

»Weißt du, wie teuer der ist?«

»Können wir mal zur Sache kommen?«, fragte Elias ungeduldig. »Je länger wir uns besprechen, umso mehr stinkt dieser Raum.«

»Du übertreibst«, erwiderte Zille.

»Außerdem werden wir den Käse in kürzester Zeit verspeisen«, versuchte Pöppelmann Elias zu beruhigen.

»Warum hast du dich eben so aufgeregt?«, fragte Zille.

»Es ging um die Berichte von den verschwundenen Wissenschaftlern aus Süddeutschland.«

»Haben wir die immer noch nicht?«

»Das ist es ja. Sie dürfen sie uns nicht schicken, weil die Fälle noch nicht abgeschlossen sind.«

»Die deutsche Bürokratie ist manchmal sehr hinderlich«,

formulierte Elias diplomatisch. »Aber sie könnten uns doch ihre Ergebnisse zumindest mündlich übermitteln.«

»Anna hat den Kollegen Honig ums Maul geschmiert und tatsächlich alles, was sie bisher wissen, erfahren. Ich hätte es nur gerne auch schriftlich.« Pöppelmann nahm sich eine Brotscheibe und belegte sie dick mit dem Käse. »Sie gehen hundertprozentig davon aus, dass die Wissenschaftler entführt wurden. Die Professorin aus Ulm wollte ein paar Tage nach Wien zu ihrer kranken Mutter, ist dort aber nie angekommen und hat sich auch nicht gemeldet.«

»Und an ihrer Arbeitsstelle ist sie auch nicht wiederaufgetaucht«, vermutete Zille.

»Genau.« Pöppelmann biss in sein Käsebrot. »In München haben sie einen Studenten gefunden, der beobachtet hat, wie Professor Meierhuber widerwillig in ein Auto gestiegen ist. Das hat er jedenfalls so interpretiert, als er erfahren hat, dass er verschwunden sein soll.«

»Konnte er Personen oder das Auto beschreiben?«, fasste Elias nach.

Pöppelmann schüttelte den Kopf. »*Nada.*« Nachdem er einen Schluck Kaffee getrunken hatte, sagte er: »Der Professor ist jedenfalls auch nicht wiederaufgetaucht.«

»Also können wir auch in diesem Fall von einer Entführung ausgehen.« Zille spießte ein Stück Käse auf seine Gabel. »Ich kann ebenfalls noch eine weitere Entführung melden. Der niederländische Virologe Ruben de Jong ist vor zwei Wochen verschwunden. Von einem auf den anderen Tag. Nach allem, was wir von der Institutsleiterin, seinen Mitarbeitern und der Kommissarin Tess Smit erfahren haben, kann es sich auch bei ihm nur um eine Entführung handeln. Er ist zuverlässig, glücklich verheiratet, hat zwei Kinder und keine Spielschulden. So einer verschwindet nicht einfach.«

»Ist er in Wissenschaftskreisen sehr bekannt?«, fragte Pöppelmann.

»Hat einige Auszeichnungen für seine Forschungen bekommen, auch internationale.«

»Zudem, und das ist für uns von Belang«, Elias blickte in seine Unterlagen, »steht er auf der Teilnehmerliste des Zukunftskongresses und hat neue Technologien entwickelt, um Wirkstoffe an den richtigen Ort im Körper zu transportieren.«

»Also auch ein Zukunftsforscher«, bemerkte Zille, während er sein Stück Käse verspeiste.

»Hast du außer dem Käse auch noch etwas anderes Interessantes in den Niederlanden entdeckt?«, fragte Elias spöttisch.

»Viel Zeit hat Britta mir nicht gelassen, aber immerhin waren wir einmal am Strand und einmal im Museum.«

»Also klassischer Bildungsurlaub.«

»Ja, der Direktor des Museums, Piet van der Velde, hat mir einen umfassenden und anschaulichen Einblick in die Wissenschaftsgeschichte gegeben.«

»Wie heißt der Mann?«, fragte Elias gespannt.

»Dr. Piet van der Velde.«

Elias tippte auf seinem Laptop herum, kurz darauf erschien ein Organigramm auf der Leinwand. »Das ist das Stiftungskonstrukt von ›Spirit of Future‹«, klärte Elias Zille und Pöppelmann auf.

»Das ist doch die Stiftung, die den Kongress mitveranstaltet, oder?«, fragte Pöppelmann.

»Nicht nur das. Sie sind auch Geldgeber für einige naturwissenschaftliche Institute, für das Mathematikum in Gießen, unterstützen zahlreiche Wettbewerbe für junge Wissenschaftler und Ähnliches.«

»Und van der Veldes Frau Julia ist im Vorstand der Stiftung.«

»Zusammen mit einem gewissen Herrn Knebel.« Elias nickte vielsagend. »Ich habe Profil und Lebenslauf der beiden gleich gecheckt. Knebel ist unverheiratet, Ingenieur und hat eine Maschinenbaufirma. Julia van der Velde ist nicht nur mit dem Direktor des naturwissenschaftlichen Museums in Leiden verheiratet, sondern heißt mit Mädchennamen Vahrenheide.«

»Und wie das Organigramm zeigt, ist Philipp Vahrenheide im Aufsichtsrat von ›Spirit of Future‹ und scheint seine Tochter in den Vorstand derselben gebracht zu haben.« Pöppelmann schlug mit der flachen Hand auf den Tisch. »Das nennt man wohl Vetternwirtschaft.«

»Der Aufsichtsratsvorsitzende ist übrigens von der Handelskammer in Hamburg, heißt Zirko und ist gleichzeitig Geschäftspartner von Vahrenheide. Die Stiftung wurde mit Vahrenheides Geld gegründet, und damit hat er auch den größten Einfluss in der Stiftung. Er ist ein bekannter, schwerreicher Hamburger Kaufmann, der sich als großzügiger Mäzen vor allem für Wissenschaftsprojekte geriert.«

»Wenn ich das also richtig sehe, dann wird mit seinem Geld der Zukunftskongress finanziert«, stellte Zille fest.

»Tritt er auch öffentlich auf?«, fragte Pöppelmann.

»Allerdings. Er tritt praktisch auf jedem bedeutenden Event in der Hansestadt in Erscheinung. Dem Neujahrsempfang des Ersten Bürgermeisters, beim Empfang anlässlich des Geburtstages des Kaisers von Japan, der Matthiae-Mahlzeit, dem ältesten begangenen Festmahl der Welt –«

»Gibt es dort auch diesen leckeren Käse?«, fragte Pöppelmann und steckte sich ein weiteres Stück Lutjewinkel in den Mund.

»Keine Ahnung«, erwiderte Zille, »mich hat man noch nicht eingeladen.«

»Und es gibt von den Events sehr viele schöne Shakehands-Fotos«, sagte Elias.

»Solche Leute stehen gerne in der Öffentlichkeit.« Zille lehnte sich im Stuhl zurück. »Sie wollen sich zeigen und deutlich machen, dass sie mit ihrem Geld auch die Allgemeinheit unterstützen. Und je beliebter sie sind, umso schwieriger wird es, ihnen genauer auf die Finger zu schauen.«

»Was man aber besser tun sollte«, bemerkte Elias schelmisch, »denn, wenn ich einmal Cicero zitieren darf: ›Zum Reichtum führen viele Wege, und die meisten von ihnen sind schmutzig‹.«

»Was bringen uns jetzt diese Informationen über die etwas unübersichtlichen Verstrickungen?«, fragte Pöppelmann.

»Ich denke, dass wir die Stiftung und deren Lenker im Auge behalten sollten.«

»Meinst du, dass sie etwas mit den Morden und Entführungen zu tun haben?« Zille fasste sich an die Nase. »Es gibt keine echten Hinweise.«

»Das stimmt. Doch wir sollten es auch nicht ausschließen«, befand Pöppelmann. »Um so viele Entführungen und auch Morde durchzuführen, braucht man Geld. Und davon scheinen Vahrenheide und die Stiftung eine Menge zu haben.«

»Ein Generalverdacht gegen Reiche ist nicht justiziabel.«

»Ich betrachte es als Anfangsverdacht«, erwiderte Pöppelmann. »Jetzt zu einem anderen Thema.« Und dann berichtete er von der gestrigen Pressekonferenz und hob insbesondere den Hinweis auf die Herkunft des Tattoos von Ben Taylor hervor und den Zettel, der für ihn von einem unbekannten Besucher der PK abgegeben worden war. »Dass die Drohmails eventuell ein Ablenkungsmanöver sind und uns auf eine falsche Spur bringen sollen, haben wir auch schon in Betracht gezogen. Dennoch nehmen wir die Bedrohungen ernst. Anna hat versucht, deren Herkunft zu ermitteln, ist aber nicht weitergekommen. Sie wurden von einem oder auch mehreren anonymen E-Mail-Anbietern als Wegwerfmails versendet. Die verschwinden nach einer Stunde. Also habe ich veranlasst, den Schutz der Wissenschaftler zu erhöhen.«

»Dürkopp war einverstanden?«, fragte Zille überrascht.

»Er gibt lieber mehr Geld aus, als sich schlechte Presse anzulachen.«

»Dieser Unbekannte«, sagte Elias, »scheint ja noch weitere brisante Informationen zu besitzen.«

»Oder er ist ein Wichtigtuer«, gab Zille zu bedenken.

»Kann sein«, sagte Pöppelmann. »Ich hoffe einfach, dass er Kontakt mit uns aufnimmt, dann wissen wir mehr.« Pöppelmann strich sich über seine Glatze. »Ich hoffe auch, dass das Tattoo des Engländers uns seine Identität verrät. Die Kollegen von Interpol und aus England sind informiert.« Pöppelmann räusperte sich. »Und wir wissen seit heute Morgen, wer an der Entführung von Gutowski und der Ermordung von Mathilda Schulz beteiligt war. Wir hatten einen Treffer beim Abgleich der DNA in unserer Datenbank. Es ist Karl Bussard, ein alter Bekannter. Fahndung wurde ausgeschrieben.«

»Haben wir auch Ben Taylor und Kiriaki Blumenfeld zur Fahndung ausgeschrieben?«, fragte Zille.

»Nach Taylor wird mit beiden Phantombildern gefahndet, für eine Fahndung nach Blumenfeld liegen laut Oberstaatsanwalt Dürkopp nicht genügend Hinweise für eine Tatbeteiligung vor«, klärte Pöppelmann Zille auf.

Elias schaute auf seinen Laptop. »Ah, Janne meldet sich. Ich bringe sie mal zu uns auf die Leinwand.«

Wenige Sekunden später war Janne überlebensgroß im Besprechungsraum zu sehen. Sie saß in Miros VW-Bus und trug eine Sonnenbrille.

»Bei dir scheint gutes Wetter zu sein. Schön, dich zu sehen«, begrüßte Elias sie.

»Bin ja auch im Süden unterwegs. Wenn ihr ein bisschen dichter zusammenrückt, kann ich euch alle sehen.«

Zille und Pöppelmann rückten mit ihren Stühlen Elias auf die Pelle und winkten Janne zu. Zille hielt ihr ein Stück Käse hoch. »Du verpasst eine kulinarische Köstlichkeit aus den Niederlanden.«

»Was ist das?«, fragte Janne neugierig.

»Leckerer Käse –«

»Stinkender Käse«, korrigierte Elias. »Das ganze Zimmer ist schon kontaminiert.«

»Wir haben ihn doch fast aufgegessen«, beschwichtigte Pöppelmann. »Bis auf ein Stück. Das bringe ich Oskar mit.«

»Ich verstehe zwar nur die Hälfte, weil die Verbindung ziemlich instabil ist«, erwiderte Janne lachend, »aber es scheint euch gut zu gehen.«

»Du hingegen siehst müde aus«, sagte Zille.

»Nach unserem Videotelefonat werde ich einen Powernap machen und dann in den Südschwarzwald weiterfahren. Ich bin dort mit Melanie und Frank verabredet. Wir sind auf der Suche nach Miros Bauernhof, weil wir vermuten, dass sich dort seine Tochter aufhält.«

»Gute Idee mit dem Ausruhen.« Elias' Stimme wurde eindringlich. »Aber seid bitte vorsichtig, denn Miros Tochter wird dort sicher bewacht.«

»Davon ist auszugehen. Wir passen schon gut auf uns auf.«

»Hast du über diese Kiki etwas herausgefunden?«, fragte Zille.

»Habe ich«, erwiderte Janne. »Dr. Kiriaki Blumenfeld war bis vor einem halben Jahr Assistentin von Professor Santino. Sie war eine sehr gute Forscherin und hatte wesentlichen Anteil an Santinos Ergebnissen. Das hat er aber nicht gewürdigt, im Gegenteil, er hat sie ausgebootet. Sie hat dann vor Monaten von heute auf morgen gekündigt und war plötzlich spurlos verschwunden.«

»Dann ist sie sicher nicht gut auf ihn zu sprechen gewesen«, vermutete Elias.

»Und hätte ein Motiv gehabt, ihm zu schaden«, stellte Pöppelmann fest.

»Aber dass das für einen Mord ausreicht, wage ich zu bezweifeln«, gab Zille zu bedenken.

»Grundsätzlich hast du recht, Zille, aber«, Janne wühlte in ein paar Notizen, »er forschte an einem Verfahren, um Wasserstoff für Brennzellen direkt aus der Sonnenenergie mit Hilfe künstlicher Photosynthese zu erzeugen. Ein diesbezüglicher Erfolg wäre eine wissenschaftliche Sensation und finanziell der Jackpot, wie Santinos Kollege Professor Senner es ausgedrückt hat.«

»Und Dr. Blumenfeld hatte eine Lösung gefunden?«, fragte Zille.

»Das vermutet Senner.«

»Wenn Santino sie dann aus der weiteren Arbeit ausgeschlossen hat –«, begann Pöppelmann seine Überlegungen.

»Und sie nicht mehr auf die gewonnenen Daten zugreifen durfte –«, ergänzte Janne.

»Dann hätte sie ein handfestes Motiv gehabt, sich zu rächen«, schloss Pöppelmann den Gedanken ab.

»Ein toter Santino hätte ihr aber nichts genutzt. Im Gegenteil. Es sei denn«, Zille fuhr sich durchs Haar, »er sollte wie alle anderen Wissenschaftler, die revolutionäre Forschungen betrieben haben, nur entführt werden und wurde aus Versehen getötet.«

»Wie dem auch sei«, sagte Janne, »diese Kiriaki ist auf jeden Fall in diese ganzen Entführungen involviert.« Janne atmete tief ein und aus. »Wir haben jetzt auch ein Foto von ihr. Hing noch am Schwarzen Brett in der Uni. Das Phantombild sieht ihr recht ähnlich. Ich habe es Elias zugemailt.«

»Mail ist angekommen.«

»Was wir nicht haben, ist eine aktuelle Adresse.«

»Vielleicht reichen Dürkopp diese neuen Informationen diesmal, damit er doch noch nach Blumenfeld fahnden lässt.« Zille schaute fragend zu Pöppelmann.

»Ich versuche es«, sagte dieser.

»Ich habe noch etwas, vor allem für Elias.«

»Was hast du gesagt?«, fragte Zille.

»Ich sagte ja, die Verbindung ist schlecht«, fluchte Janne und wechselte ihre Position im Bus. »Jetzt besser?«

»Ein wenig.«

»Für Elias. Der Auftraggeber hinter den Schikanen und Anschlägen auf dich könnte ein Kunde von ROCK gewesen sein. Es kommen dafür zwei Kunden in Frage, die Melanie, Miros rechte Hand, aus einigen potenziellen Kunden herausgefiltert hat. Beide sind Hamburger. Und für beide hat Miros Firma jeweils zwei Jahre lang den Personenschutz übernommen. Bei allen größeren Veranstaltungen war Miro persönlich anwesend, und er hat ihnen wohl mehrere Male das Leben gerettet. Sie wissen also beide, was er kann.«

»Und aufgrund der langen Zusammenarbeit kannten sie sein Privatleben mit Sicherheit auch gut«, bemerkte Zille.

»Davon ist auszugehen. Der eine heißt Vahrenheide und der andere Matuschek. Die wichtigsten Infos aus der Akte hat Melanie digitalisiert. Ich schicke sie dir zu, Elias.«

»Beide Namen hauen mich um, aber dazu mehr, wenn du wieder vor Ort bist. Gute Arbeit, Janne«, sagte Elias zufrieden.

»Und viel Erfolg bei Jasminas Befreiung.« Pöppelmann und Zille hoben die Daumen. Dann war Jannes Bild verschwunden.

Elias hatte seine Ellbogen auf den Tisch gestützt, die Hände wie zum Gebet gefaltet, sein Kinn auf die beiden abgespreizten Daumen gelegt und rieb mit den Zeigefingern an seiner Nase.

»Elias, so hast du früher in der Schule immer gesessen, wenn du einem völlig irren Gedanken nachhingst«, bemerkte Zille. »Muss ich mir Sorgen machen?«

»Dass der Name Vahrenheide jetzt direkt im Zusammenhang mit unseren Ermittlungen auftaucht, ist schon verrückt«, nuschelte Elias undeutlich.

»Na ja, er ist ein steinreicher, bekannter Unternehmer«, entgegnete Pöppelmann. »Dass er sich einen der besten Personenschützer aussucht, wenn er unterwegs ist, wundert mich nicht.«

Elias legte die Hände auf den Tisch und sah Zille und Pöppelmann an. »Das mag so sein, und wir sollten ihn nicht aus den Augen verlieren. Aber Matuscheks Name ist ein Volltreffer.«

»Erklärst du uns das?«

»Er ist Inhaber des größten Kaffeekonzerns im deutschsprachigen Raum. Dieser Konzern ist deshalb so groß und mächtig geworden, weil sein Vater als Vertreter der Kaffeefirma 1983 einen bombensicheren Deal mit der äthiopischen Regierung über den Verkauf von Kaffeebohnen ausgehandelt hat.«

»Nachdem er dafür gesorgt hatte, dass deren Verhandlungen mit der DDR gescheitert sind«, sagte Zille mit leiser Stimme.

»Genau, weil er den Auftrag gegeben hat, beide Verhandlungsdelegationen im Hotel in Mek'ele in die Luft zu jagen. Von meinem Informanten im Forsthaus hatte ich bereits den Hinweis erhalten, dass eine Kaffeefirma dahintergesteckt haben soll. Deren Vertreter, dessen Namen er bis heute nicht kennt, war an meinen Stiefvater, der damals in Äthiopien als Diplomat tätig war, und den BND-Agenten Dachhuhn herangetreten, damit sie den Anschlag organisieren. Bei dem Vertreter handelt es sich um den Vater des jetzigen Inhabers der Kaffeefirma. Mein Vater hat abgelehnt, Dachhuhn nicht. Für meinen Vater war es das Todesurteil.«

»Weil er zu viel wusste.« Pöppelmann nickte.

»Und weil du, Elias, Nachforschungen über den Tod deines Vaters angestellt hast und diese Schweinerei möglicherweise aufgedeckt hättest, bist du für diese Firma ebenfalls gefährlich geworden«, bemerkte Zille.

»Wieso das?«, wollte Pöppelmann wissen.

»Weil dadurch ans Licht kommen könnte, dass die Grundlage des Reichtums und des Erfolgs der Firma Blutbohnen waren, schließlich sind bei dem Attentat nicht nur die Delegationsmitglieder umgekommen, sondern auch noch viele weitere Hotelgäste.« Elias stand auf und ging zum Sideboard. »Ist schlecht fürs Marketing.«

»Und woher weißt du das jetzt alles so genau?«, fragte Zille.

Elias kam mit einer Flasche Cognac und drei Gläsern zurück. Er lachte auf. »Du wirst es nicht glauben. Von Dachhuhn persönlich.« Elias schenkte die Gläser voll.

»Dem BND-Mann, der den Anschlag organisiert hat?«

»Er hat mich angerufen, als er von dem Desaster am Hessenstein erfahren hat.«

»Woher –?«

»Weiß ich nicht. Jedenfalls hat er zugegeben, dass die Einschüchterungen zu Beginn von ihm in Auftrag gegeben wurden. Als mich das aber nicht abschreckte, hat er den Sohn des damaligen Auftraggebers informiert, dass ich die Nachforschungen nicht einstellen würde. Daraufhin hätte dieser die Angelegenheit selbst in die Hand genommen, mit dem Ziel, mich und den Informanten aus dem Weg zu räumen. Und das wollte er nicht zulassen. Nicht noch ein Blutbad.«

»Wie pathetisch«, sagte Pöppelmann sarkastisch.

Elias hob das Glas. »Und dann hat er mir einen Deal angeboten. Wenn ich ihn bei der Aufklärung des Todes meines Stiefvaters nicht erwähne, nennt er mir den Namen des Mannes, der mir jetzt an den Kragen will. Ich habe zugestimmt und ihm Quellenschutz zugesagt.«

»Und?«, fragte Zille.

»Rolf Matuschek. Er ist der Sohn von Raimund Matuschek,

der 1983 den Auftrag für das Attentat gab und vor zehn Jahren verstorben ist.«

»Na dann prost!«

38

Janne schlug die Augen auf. Ihr Handy hatte sie nach fünfzehn Minuten aus dem Tiefschlaf geholt. Sie verließ den Bus und suchte auf dem einsamen Parkplatz eine Stelle zum Pinkeln. Anschließend machte sie ein paar Dehnübungen. Ein Müsliriegel und ein Energydrink waren ihr Mittagessen, danach setzte sie ihre Autofahrt zum verabredeten Treffpunkt mit Melanie und Frank fort. Laut Navi brauchte sie für die Strecke bis Kaltbrunn noch sechzig Minuten. Die Landstraße führte sie teilweise durch ein dichtes und dunkles Waldgebiet, und sie verstand, warum man diese Gegend Schwarzwald nannte. Jetzt fuhr sie schon einige Minuten hinter einem Traktor her und konnte ihn nicht überholen. Die Straße war sehr kurvig, und wenn auch der Gegenverkehr nicht besonders zahlreich war, schien Janne ein Überholmanöver zu gefährlich. So zuckelte Janne gemütlich, aber auch etwas unter Druck durch den Schwarzwald. Sie hoffte, dass die Informationen, die sie in dem Videocall nach Hamburg übermittelt hatte, sowohl Elias' Recherchen weiterbrachten als auch zur Aufklärung der Entführungs- und Mordfälle beitrugen. Elias' Andeutungen ließen darauf schließen.

Inzwischen war der Traktor abgebogen, und Janne kam nun zügiger voran. Das Navi zeigte ihr an, dass sie in einem Kilometer abbiegen müsste. Die Abzweigung lag hinter einem Feuerwehrhaus, und die Straße führte sie in ein enges Tal. Melanie und Frank sollten in einem Gasthaus auf Janne warten, das sie nach weiteren zwanzig Minuten erreichte. Es war sechzehn Uhr dreißig, in circa drei Stunden würde die Sonne untergehen. Janne nahm an, dass Melanie und Frank die Gegend schon erkundet hatten. Trotzdem wollte sie auch selbst gerne noch einen Blick auf die örtlichen Gegebenheiten werfen.

Als Janne den »Gasthof zu den Hirschen« betrat, saßen Melanie und Frank schon an einem Tisch in der Gaststube und winkten sie zu sich.

»Gut, dass du da bist«, begrüßte Melanie Janne.

»Habt ihr was rausgefunden?«, fragte Janne sogleich.

»Wir haben als Erstes die Höfe hier in der Gegend abgeklappert«, berichtete Melanie. »Entweder werden sie von einer jüngeren Bauerngeneration bewirtschaftet oder von ganz neuen Besitzern als Zweitwohnsitz genutzt. Gemeinsam war ihnen, dass sie uns nicht weiterhelfen konnten.«

»Die Wirtsleute haben den Gasthof erst vor einem Dreivierteljahr gekauft und Miro nie gesehen«, erklärte Frank. »Und der Hof von Miro liegt ganz am Ende des Tals, sodass er seine Besorgungen wahrscheinlich immer in einem Dorf im Norden gemacht hat, das man nur über Forstwege erreichen kann.«

»Aber es muss sich doch irgendjemand an Miro erinnern. Er hat den Hof seiner Eltern doch wiederaufgebaut und ist zumindest bis vor einem Jahr hier auch regelmäßig gewesen«, sagte Janne mit einem gewissen Unverständnis.

»Wir haben uns nicht entmutigen lassen und sind immer weiter ins Tal hineingefahren. Schließlich sind wir beim Mosenbachhof gelandet«, sagte Melanie, »und dort hatten wir endlich Glück. Der Sohn des alten Mosenbach erzählte uns, dass sein Vater sowohl die Eltern von Miro als auch Miro selbst und seine Tochter kannte. Wir haben in einer Stunde einen Termin auf dem Mosenbachhof.«

»Und Miros Hof?«, fragte Janne.

»Liegt ganz in der Nähe des Mosenbachhofs.« Frank runzelte die Stirn. »Sehr einsam. Wir haben uns vorsichtig genähert. Dort scheint niemand zu sein.«

»Und seid ihr auch reingegangen?«, fragte Janne.

»Nein, das machen wir lieber gemeinsam.«

Melanie blickte auf die Uhr. »Wir müssen los, wenn wir pünktlich ankommen wollen.« Sie stand auf. »Wir fahren mit unserem Wagen, der hat Allradantrieb.«

»Das heißt, wir kommen auch wieder hierher zurück?« Janne gähnte.

»Wir haben die beiden letzten freien Zimmer gebucht. Wir müssen uns eins teilen«, sagte Melanie.

Der Mosenbachhof war ein typisches Schwarzwaldhaus mit einem an beiden Seiten weit herabgezogenem Walmdach und Holzschindeln, die allerdings neueren Datums waren. Das Innere des Hauses war ebenfalls traditionell eingerichtet, viele schwere Holzmöbel und in der Stube ein Kachelofen.

Für das Gespräch mit dem alten Mosenbach brauchten Janne, Melanie und Frank einen Dolmetscher, weil sie den Dialekt des Alten nicht verstanden. Diese Rolle übernahm sein Sohn, der aber auch hin und wieder bei seinem Vater nachfragen musste.

Die Nachricht von Miros Tod nahm der alte Mosenbach mit einem knappen Nicken zur Kenntnis, bei dem er gleichzeitig etwas in seinen langen Bart murmelte. Sein Sohn fragte nach, erhielt aber keine Antwort. Mit einem Achselzucken bat er dann seine Besucher um ihre Fragen.

Sie erfuhren, dass Miros Eltern den Pichlerhof, wie er ursprünglich hieß, von der Schwester des alten Mosenbach gekauft hatten, als diese mit ihrem Mann nach Kanada ausgewandert war. Wegen dieser alten familiären Bande war der Kontakt zwischen beiden Höfen bis zum Brand des Pichlerhofs sehr eng. Als Miro den Hof wiederaufbaute, unterstützten die Mosenbachs das Vorhaben, der Kontakt flaute aber zunehmend ab, weil Miro als Soldat viel unterwegs war. Nur 1995 hätte er noch einmal für eine längere Zeit auf dem Hof gelebt zusammen mit einer Frau und einem kleinen Mädchen. Dieses Mädchen, so erinnerte sich der alte Mosenbach, habe unter einer Krankheit gelitten. Sie habe nicht gesprochen, sei sehr scheu gewesen und habe immer einen abwesenden Eindruck gemacht.

Was das Mädchen genau hatte, wusste der Alte nicht. Nach einem halben Jahr verstarb die Frau, die wohl die Mutter des Kindes war, und dann verschwand Miro mit dem Kind. Allerdings kam er seit dieser Zeit regelmäßig für ein paar Tage zum Pichlerhof. Einmal, so erzählte der alte Mosenbach, sei er ihn besuchen gekommen. Als er wieder gegangen sei, habe er gesagt, er müsse seine Tochter im Sanatorium besuchen.

Der alte Mosenbach putzte seine Nase und holte eine Pfeife aus seiner Tasche. Sein Sohn gab ihm Feuer und wandte sich lachend an seine Besucher. »Das war die Audienz. Mehr hat er nicht zu sagen.«

»Und wo ist das Sanatorium?«, fragte Janne.

»Nicht weit entfernt von hier. Die Fachklinik für Psychiatrie Kinzigtal.«

»Sagen Sie Ihrem Vater vielen Dank für die Audienz«, verabschiedete sich Melanie. »Er hat uns sehr geholfen mit seinen Informationen.«

Der junge Mosenbach brachte Janne, Melanie und Frank zur Tür. »Vor einem Jahr waren auch fremde Leute hier, die sich nach Miros Tochter erkundigt haben«, sagte er plötzlich.

Janne blieb stehen und schaute ihn fragend an. »Und?«

»Ich habe das Gleiche geantwortet wie Ihnen, dass ich sie nicht kenne.«

»Erinnern Sie sich noch an mehr?«, fragte Frank.

»Es waren zwei Männer. Der eine hatte einen englischen Akzent.«

Nach dem Besuch auf dem Mosenbachhof fuhr Janne gemeinsam mit Melanie und Frank weiter zu Miros Hof. Der junge Mosenbach hatte ihnen noch den Tipp gegeben, den Schlüssel auf der Rückseite des Hofs zu suchen. Und tatsächlich fand Frank den Schlüssel für den Hintereingang dort in einem Brennholzunterstand.

Im Haus teilten sie sich auf und konzentrierten ihre Suche auf Unterlagen über Jasmina und ein Testament. Diesmal gab es keine verschlossenen Schränke oder Schreibtische, aber leider gab es auch nichts zu finden. Frustriert trafen sie sich nach einer halben Stunde in der Küche.

»Hier muss doch irgendwo irgendwas sein. Wir haben ja auch in Hamburg keine Unterlagen über Jasmina, den Hof oder gar ein Testament gefunden«, sagte Janne trotzig.

»Dann müssen wir in den Räumen nach losen Brettern und Steinen suchen«, schlug Frank vor.

»Das ist eine Option.« Melanie schaute sich um. »Wir sollten aber auch nach einem versteckten Raum suchen.«

»Du meinst ein gefangenes Zimmer oder Kniestöcke im Obergeschoss?«, fragte Janne.

»Zumindest Kniestöcke gibt es bestimmt einige in diesem Haus«, sagte Frank. »Packen wir es an.«

Diesmal benötigten sie fast eine Stunde für die Suche, doch auch diesmal waren sie erfolglos. Unentschlossen standen sie wieder in der Küche.

»Mist!«, fluchte Janne. »Ich habe sogar im Kamin gesucht. Nichts.«

»Wir könnten noch das Grundstück absuchen«, schlug Melanie vor.

»Es wird aber langsam dunkel«, bemerkte Frank.

»Ich habe zwei Taschenlampen gefunden«, sagte Janne, ging in den Flur und holte beide aus einer Truhe. Melanie und Frank schauten sich gemeinsam auf der Rückseite des Hauses um und Janne auf der Vorderseite. Sie wollte schon aufgeben, als ihr der gemauerte Brunnen ins Auge fiel. Sie untersuchte ihn zunächst von außen, anschließend leuchtete sie mit dem Lichtkegel das Innere des Brunnens ab. Sie musste zweimal hingucken, aber dann sah sie den herausgekratzten Mörtel bei einem der Backsteine. Sie holte Melanie und Frank zu Hilfe, die den losen Stein anstrahlten. Janne zog ihn heraus, legte ihn auf den Brunnenrand und griff vorsichtig mit einer Hand in den Hohlraum.

»Fühlst du etwas?«, fragte Melanie gespannt.

»Eine Dose, rund. Wahrscheinlich metallisch.«

»Ich komme zu dir und bin dir behilflich, während du die Dose herausziehst.«

»Wäre gut, wenn sie nicht ins Wasser fallen würde«, sagte Frank trocken und erntete zweifaches schiefes Grinsen.

Nach einer Minute hielt Janne eine Art Flaschendose in der Hand, ungefähr dreißig Zentimeter lang und mit einem Durchmesser von vielleicht zehn Zentimetern.

»Bingo«, sagte sie triumphierend.

Auf der Rückfahrt zum »Gasthaus zu den Hirschen« inspizierten Janne und Melanie den Inhalt der Dose. Sie enthielt Auszüge aus der Krankenakte von Jasmina, den Kaufvertrag des Hofs sowie ein paar handschriftliche Aufzeichnungen von Miro. Die beiden vertieften sich in die Unterlagen.

»Wir hatten recht mit unserer Vermutung«, murmelte Melanie. »Er hat Jasmina 1995 aus Bosnien und Herzegowina nach Deutschland geschmuggelt. Dabei hat ihm ein Däne geholfen. Er war Militärarzt und in der gleichen UNPROFOR-Einheit wie Miro.«

»Ich blättere gerade in den Krankenakten. Bei Jasmina wurde früh eine dissoziative Störung, mit großer Wahrscheinlichkeit hervorgerufen durch die frühe Kriegserfahrung, diagnostiziert«, las Janne vor. »Mein Gott, das Kind hat das alles im ersten Lebensjahr erlebt.«

»Wie äußert sich das?«, fragte Frank.

»Erinnerungsstörungen, Lähmungen, Abschottung von der Außenwelt.«

»Scheiße.«

»Kannst du laut sagen.« Janne blätterte weiter. »Besonders auffällig war bei Jasmina, dass sie nie zu sprechen begann. Womöglich bis heute nicht.«

»Kann sie nicht sprechen?«, fragte Melanie entsetzt.

»Wahrscheinlich schon, aber sie will es nicht.«

»Der Däne heißt übrigens Poul Lund, ist Psychiater, mit Miro befreundet –«

»– und arbeitet in der Fachklinik Kinzigtal. Auf einigen Diagnosebögen steht sein Name.« Janne ballte die Faust. »Das ist unsere Eintrittskarte.«

Frank bremste abrupt. »Wir sind da«, rief er und sprang aus

dem Auto. »Mir ist ganz flau im Magen. Ich gehe sofort in den Speisesaal und bestelle mir Hirschgulasch.«

39

Professor Köhler stand unter Druck. Vahrenheide hatte ihm deutlich gemacht, dass er Ergebnisse sehen wollte. Der Transport der Wissenschaftler in den ausgewählten Survival-Bunker stehe bevor. Es würde nur noch die junge Wissenschaftlerin Greta Villinger fehlen. Und Vahrenheide wollte die Verträge, die er mit den Wissenschaftlern abzuschließen gedenke, unbedingt vor der Überführung unter Dach und Fach haben.

Also hatte Köhler sich an den Vorstand der Stiftung gewandt und um Unterstützung gebeten. Der war zum einen zuständig für die Organisation von Veranstaltungen und die Vergabe von Fördergeldern, zum anderen aber auch für das operative Geschäft in Bezug auf Vahrenheides Bunker-Projekt. Das hatte er erfahren, als Julia van der Velde, eine der CEOs der Stiftung, vor einem Jahr an ihn herangetreten war, mit der Idee, einen Zukunftskongress in Hamburg zu veranstalten. Sie wollte sein Institut als Mitveranstalter gewinnen und ihn als Mitstreiter beim Bunker-Projekt. Neugierig, wie er war, hatte er um weitere Informationen gebeten. Und die hatte er auch bekommen. Damit gab es kein Zurück mehr. Und damit diesbezüglich keine Missverständnisse aufkommen konnten, hatte van der Velde ihn eindringlich darauf hingewiesen, dass nur so das Wohlbefinden seiner Familie gesichert sei. Immerhin wurde ihm für seine Familie ein Platz im Survival-Bunker zugesagt, wenn er seinen Job erfolgreich erledigte.

Damit war er der Rattenfänger hinsichtlich der Wissenschaftler, an denen die Stiftung interessiert war. In dieser Funktion führte er auch die Gespräche, die bislang nicht gerade erfolgreich verlaufen waren.

Köhler betrat den Verhörraum des Bunkers. Dort wartete

schon Ben Taylor auf ihn. »Haben Sie die Vorgespräche mit allen geführt?«, fragte Köhler und setzte sich an den Tisch.

»Ich musste sie nicht mehr mit allen führen«, erwiderte Ben grinsend. »Die anderen haben einige Sprachfetzen und Laute von den Besprechungen mit Gutowski und Breitenmacher mitbekommen.«

»Was meinen Sie damit?« Köhler befürchtete Schlimmeres.

Ben hob unschuldig die Hände. »Na ja, einige Passagen der Besprechung waren sehr intensiv.«

»Haben Sie Gutowski und Breitenmacher etwa gefoltert?«, fragte Köhler entsetzt.

»Nein, so würde ich das nicht sagen.«

»Bringen Sie mir Gutowski«, befahl Köhler genervt.

Ein paar Minuten später führte Ben den Wissenschaftler ins Verhörzimmer. Köhler sah Blessuren in seinem Gesicht und seine Angst. Jedes Mal, wenn Ben ihn berührte, zuckte er zusammen.

Ben schob Gutowski unsanft auf den Stuhl. Jetzt konnte Köhler genauer sehen, was Ben ihm angetan hatte. Es waren kleine Schnitte, die seine Stirn und Wange zeichneten. Und an der rechten Hand konnte er deutlich eine Brandwunde sehen. »Das tut mir leid, Janusz«, stammelte Köhler. »D... Das war nicht meine Absicht. Wenn ich das geahnt hätte ...«

Gutowski wirkte müde. »Was dann?« Er zeigte auf Ben. »Du hast ihn doch geholt, oder nicht?«

Die beiden Männer schwiegen sich an. Köhler überlegte fieberhaft, wie er das Gespräch fortführen sollte. Dann entschied er sich für die Wahrheit und erzählte Gutowski, wie er in diese Situation geraten war. »Ich wollte meine wissenschaftliche Karriere noch einmal pushen. Finn Tiberius hat mich einfach nicht an seiner Forschung teilhaben lassen, obwohl er in meinem Institut angesiedelt war.«

»Du warst eben seiner Forschung nicht gewachsen«, sagte Gutowski ungerührt.

»Dafür hat sein verdammter Großvater gesorgt. Ich dachte, dieser Kongress und dieses Bunker-Projekt, das ich wissenschaftlich leiten würde, wären meine letzte Chance. Gemeinsam mit den Besten zu forschen und sich gegenseitig zu befruchten. Und dann wusste ich zu viel und konnte nicht mehr aussteigen.«

»Mir kommen die Tränen.« Gutowski schaute ihn verächtlich an. »Dafür bist du ganz allein verantwortlich. Sie haben dich nicht gezwungen mitzumachen. Aber mich und alle anderen hier schon.«

»Sie haben gedroht, meiner Familie etwas anzutun, wenn ich nicht mitmache.«

»Wer sich mit dem Teufel einlässt, geht daran zugrunde, oder?« Gutowski schaute Köhler ins Gesicht. »Ich bin kein Held. Also was willst du von mir?«

Köhler umriss ein weiteres Mal das Projekt und die Aufgabe, die Gutowski zugedacht war. Zum Schluss legte er den Vertrag auf den Tisch. »Dir wird ein regelmäßiges Gehalt auf ein sicheres Konto überwiesen. Gleichzeitig erhältst du die Zusicherung für einen Platz im Bunker.«

»Weil ihr mich braucht.«

»Also unterschreibe, es ist deine Lebensversicherung.«

»Dieses Zitat mit dem Teufel lautet doch etwas anders. ›Wer sich mit dem Teufel einlässt, verändert nicht den Teufel. Der Teufel verändert ihn.‹«

Köhler musste sich vor den nächsten Gesprächen erst einmal sammeln. Einen Moment hatte Gutowski ihn so weit gehabt, dass er sich tatsächlich schämte, sich schlecht vorkam. Aber das Gefühl hatte er zum Glück abschütteln können und das Gespräch zum erwünschten Abschluss gebracht. Er hatte sich entschieden, zunächst mit Meierhuber und dann mit de Jong zu reden. Beide hatten kein »Vorgespräch« mit Ben gehabt, waren also nicht gefoltert worden. Deshalb würden diese Gespräche hoffentlich einfacher werden.

Professor Meierhuber war sehr einsilbig. Er unterbrach Köhler nicht ein einziges Mal bei seinen Ausführungen. Am Ende der Projekterläuterungen fragte er lediglich, ob seine Familie auch einen Platz im Bunker bekommen würde. Als Köhler das bejahte und darauf hinwies, dass dieser Punkt auch Bestandteil des Vertrages sei, unterschrieb Meierhuber sofort. Dabei zitterte seine Hand. Er war völlig eingeschüchtert.

Der Niederländer war ein anderes Kaliber. Er war wütend und sauer. Er empfand die Folter an den beiden Kollegen als üble Schikane, weil er davon ausging, dass sie sowieso keine Wahl hätten. Jedenfalls nicht, wenn sie lebend aus diesem Bunker herauskommen wollten. Er hörte sich Köhlers Ausführungen über den Bau des Survival-Bunkers aufmerksam an. Grundsätzlich fand er die Idee interessant, ob es jedoch sinnvoll sei, in einer zerstörten Welt zu überleben, um für eine lange und unbestimmte Zeit unter der Erde weiterzuexistieren, stellte er in Frage. Aber diese Frage könne man erst wirklich beantworten, wenn es so weit wäre. Zudem habe er ja wohl keine Wahl. Er war ein gnadenloser Fatalist. Als Köhler ihm sein medizinisches Aufgabenfeld umriss, stellte de Jong sofort Forderungen auf, was er alles benötigen würde, um zielführend arbeiten zu können. Er unterschrieb den Vertrag, stand auf und ging.

Vor dem nächsten Gespräch graute es Köhler. Professorin Breitenmacher hatte ihn schon beim letzten Mal abserviert. Und wenn Ben sie gefoltert hatte, gab es seinen Überlegungen nach zwei Möglichkeiten, wie sie auf die Situation reagieren würde. Entweder war sie gebrochen oder in Rage. Er befürchtete, dass Letzteres zutreffen würde.

Als Ben sie in den Verhörraum brachte, blickte Köhler in ein Gesicht voller Hass und Verachtung, aber ohne sichtbare Verletzungen. Was immer das auch zu bedeuten schien, Köhler hatte sich vorgenommen, von Anfang an den Bad Boy zu spielen.

Breitenmacher stürmte sofort auf ihn zu und schrie ihn an. »Du dreckiges Arschloch, du grindige Drecksau.« Sie riss sich ihren Pullover vom Leib und stand nur noch mit einem BH bekleidet vor ihm. Ihr Oberkörper war mit Hämatomen übersät. Anschließend drehte sie sich um, zog ihre Hose herunter und zeigte Köhler ihren nackten Hintern, auf dem zahlreiche Striemen sichtbar wurden.

Köhler musste schlucken, besann sich dann aber auf seinen Vorsatz. »Ziehen Sie sich wieder an«, sagte er kalt.

»Das mag der liebe Herr Professor nicht sehen, gell?«, fauchte Breitenmacher zurück, zog sich die Hose aber wieder hoch.

»Setzen Sie sich und unterschreiben den Vertrag. Dann vergessen wir Ihre Aufsässigkeit und bieten Ihnen ein langfristiges Überleben an.« Köhler knallte den Vertrag auf den Tisch.

Professorin Breitenmacher nahm ihn in die Hand, zerriss ihn mehrfach und spuckte Köhler ins Gesicht. »Fick dich!« Dann stand sie auf und verließ den Raum.

Ben konnte sich nur mit Mühe ein Grinsen verkneifen. »*Shit happens.*«

»Du bist einfach ein Idiot«, erwiderte Köhler. »Und hast auch noch Glück. Sie ist nicht so wichtig. In-vitro-Fleisch schmeckt sowieso nicht.«

»Soll ich –?«

»Vielleicht überlegt sie es sich ja noch, bis wir in ein paar Tagen aufbrechen.«

40

Melanie und Frank waren in den frühen Morgenstunden nach Hamburg aufgebrochen und wollten sich mit Miros Notar treffen, um die Zukunft von ROCK zu besprechen. Janne war im Schwarzwald geblieben und hatte nach einigen Umwegen die Fachklinik Kinzigtal gefunden. »Sanatorium« war schon das richtige Wort, dachte Janne, als sie die Klinik betrat. Das Gebäude erinnerte sie an ein Grand Hotel aus den Anfängen des letzten Jahrhunderts. Jetzt saß sie im Vorzimmer von Dr. Poul Lund und wartete auf den Psychiater. Dass sie so schnell einen Termin bekommen hatte, verdankte sie den handschriftlichen Informationen von Miro, der auch die private Handynummer von Poul Lund vermerkt hatte. Als sie ihn über Miros Tod und ihr Anliegen informiert hatte, war er sofort zu einem Treffen bereit gewesen.

Janne durchforstete ihr Handy nach neuen E-Mails von Elias und sah, dass er ihr ein Foto von Ben Taylor, der tatsächlich Charles Beastly hieß, geschickt hatte. Das Foto kam von Scotland Yard und zeigte ihn diesmal mit roten Haaren. Sie betrachtete das Foto eingehend, als ein Mann Anfang sechzig das Zimmer betrat.

»Sie sind bestimmt Frau Bakken?«, sprach er sie mit tiefer Stimme an. »Mein Name ist Poul Lund.

Janne stand auf und nahm seine Hand. »*Hej, jeg hedder* Janne.«

»*Du er dansk?*«

»Ich bin in Norwegen geboren.«

Poul Lund hielt ihr die Tür zu seinem Büro auf. »Dann können wir uns duzen?«

Janne nickte.

»Ich lebe jetzt schon so lange in Deutschland, aber an das Siezen habe ich mich nie gewöhnen können. Setz dich.«

Sie nahmen in einer kleinen Sitzecke Platz. Poul Lund schenkte ihnen beiden Kaffee ein und bot Janne Kekse an. »Ich kann gar nicht glauben, dass Miro tot ist. Obwohl«, er trank einen Schluck Kaffee, »ich habe mir schon gedacht, dass er in eine blöde Sache verwickelt ist.«

»Wie kommst du darauf?«

»Vor gut einem halben Jahr tauchten hier zwei Typen auf, um mir zu sagen, dass Miro seine Tochter eine Weile nicht mehr besuchen käme. Er hätte einen Job übernommen, der seine ganze Zeit beanspruchen würde. Einer von ihnen hatte einen starken Akzent.«

»Englisch?«

Lund nickte und fuhr fort. »Und Jasmina wäre eine Garantie dafür, dass er den Job vernünftig machen würde.«

»Und in dem Moment wusstest du, dass Miro erpresst wird.«

»Wie sollte ich das anders verstehen?«, fragte Poul Lund. »Zumal die Typen auch erzählten, dass sie Miros Tochter jederzeit aus der Klinik entführen könnten und sie ihm genau das sehr deutlich gemacht hätten.« Lund schüttelte den Kopf. »Sie muss aber ständig unter ärztlicher Kontrolle stehen, um überleben zu können.«

Janne tunkte ihren Keks in den Kaffee und schob ihn dann in den Mund. »Wieso das?«

»Sie hat leider immer wieder Anfälle und benötigt dann möglichst sofort lebenswichtige Medikamente.«

»Damit hatten sie auch dich in der Hand, da du dich in besonderer Weise für Jasmina verantwortlich fühlst«, bemerkte Janne.

»So ist es. Sie ist die Tochter meines Freundes, und er hat sie in meine Obhut gegeben.«

»Ihr kennt euch schon lange?«, fragte Janne.

»Seit 1994.« Poul Lund warf einen Blick auf ein Bild, das bei ihm an der Wand hing. »Genauso lange kenne ich Jasmina.«

»Du hast ihm geholfen, sie nach Deutschland zu bringen?«

»Ja.«

Dann erzählte Poul Lund Janne, wie er gemeinsam mit Miro Jasmina und ihre Mutter auf den Hof im Schwarzwald gebracht hatte, von Jasminas Krankheit und vom frühen Tod der Mutter. »Das war der Grund, warum ich in Deutschland geblieben bin. Ich wollte die Behandlung von Jasmina fortführen. Ich war ja nicht nur Militärarzt, sondern auch Psychiater und spezialisiert auf Kriegstraumata.«

»Wirst du Jasmina von Miros Tod berichten?«

Poul Lund stand auf, ging ans Fenster und winkte Janne zu sich. »Die junge Frau auf der Bank mit den schwarzen Haaren, das ist Jasmina. Sie scheint sich hier wohlzufühlen, hier ist ihr Zuhause«, sagte Lund versonnen, »soweit sie so etwas überhaupt realisieren kann.«

»Wie meinst du das?«, fragte Janne.

»Sie lebt in ihrer eigenen Welt, hat sich von der Außenwelt abgekapselt.«

»Sie hat keinen Kontakt zu anderen?«

»Nein, sie redet auch mit niemandem. Auch mit Miro hat sie

nie geredet. Ich habe in den Monaten, in denen Miro nicht zu Besuch kam, keine Veränderungen in ihrem Verhalten wahrgenommen. Deshalb werde ich ihr auch nichts von seinem Tod erzählen. Sie wird ihn nicht vermissen.«

»Sie würde dich aber verstehen?«

»Ja, die Worte schon. Vermutlich aber nicht ihre Bedeutung.«

»Du bist dir aber nicht sicher?«

»Ich will kein Risiko eingehen. Ganz selten zeigt sie eine Reaktion, wenn man etwas zu ihr sagt. Ihre Gefühle, die drückt sie in ihrer Malerei aus.«

»Ich sehe, du hast auch ein Bild von ihr hier hängen. Genau wie bei Miro im Büro.« Janne schaute zu Jasmina und beobachtete, wie sie von der Bank aufstand und zum nahe gelegenen Wäldchen schlenderte. »Ist nach Miros Tod die Finanzierung ihres Aufenthaltes gesichert?«

»Miro hat alles geregelt. Er hat in seinem Testament, das in unserer Rechtsabteilung vorliegt, verfügt, dass bis auf die Firma sein gesamtes Vermögen und Besitztum an Jasmina übergeht. Und ich soll es für sie verwalten.«

Poul Lund und Janne setzten sich wieder in der Sitzecke. »Außerdem geht jeden Monat eine beträchtliche Summe für Jasmina auf das Klinikkonto. Anonym«, kam Lund Jannes Frage zuvor.

Janne holte ihr Handy hervor und zeigte Poul Lund die Fotos von Ben. »Erkennst du jemanden wieder?«

»Der hier«, er zeigte auf ein Foto, »war einer der Typen, die vor ungefähr einem halben Jahr hier waren.« Er nahm Jannes Handy in die Hand und betrachtete die anderen Männerbilder nochmals eingehend. »Die haben alle eine gewisse Ähnlichkeit.«

Janne lächelte. »Die beiden Phantombilder und das Foto zeigen ein und dieselbe Person. Er heißt Charles Beastly, nennt sich aber auch Ben Taylor und verkleidet sich gerne. Kamen die beiden Typen häufiger in die Klinik?«

Poul Lund gab Janne das Handy zurück. »Nachdem sie das erste Mal hier aufgetaucht waren, haben wir die Sicherheitsmaßnahmen verschärft. Das Eingangstor wird seitdem auch nachts bewacht und abgeschlossen. Zudem habe ich einen Sicherheitsdienst beauftragt, das Gelände regelmäßig zu kontrollieren. Zweimal haben sie unbefugte Personen gemeldet, die ums Gelände geschlichen sind. Die wollten aber offenbar gesehen werden.«

»Ich frage mich die ganze Zeit, wie diese Typen von Jasmina erfahren konnten?«

Lund zuckte mit den Achseln. »Ich weiß es nicht genau. Aber ich denke, Miro muss jemandem von ihr erzählt haben. Jasmina hat einen anderen Familiennamen als Miro. Selbst wenn man unsere Akten hacken würde, gäbe es keine Verbindung.«

Lund nahm sich einen Keks. »Ich habe Miro einige Jahre als Patienten behandelt –«

»PTBS?«

Lund nickte. »– und er hatte immer wieder, nicht oft, depressive Schübe. Auch in den letzten Jahren. In solchen Phasen hat es ihm geholfen, wenn er von seinen traumatischen Erlebnissen und Ängsten erzählen konnte.«

»Egal, wer ihm gegenübersaß?«, fragte Janne verwundert.

»Es muss schon eine vertraute Situation gewesen sein.«

»Mir hat er davon jedenfalls nichts erzählt. Nur ein bisschen von seinen Auslandseinsätzen und seinem Schwarzwaldhof.«

»Das hat er auch nicht bei jedem gemacht.« Lund dachte nach. »Aber du warst ja auch nicht irgendjemand.«

Janne schaute ihn überrascht an.

»Er hat mir von dir erzählt. Du bist nicht viel älter als Jasmina. Ich glaube, er hat sich gewünscht, sie hätte die Chance gehabt, so zu werden wie du.«

Janne schluckte. Sofort kamen ihr die Bilder vom Showdown am Hessenstein in den Sinn, wie sie sich gegenseitig mit scharfen Waffen bedroht hatten. Er hätte nie auf sie schießen können, das wusste sie jetzt, genauso wie sie nie auf ihn hätte schießen können.

Lund reichte Janne ein Papiertaschentuch. »Ich wollte dir nicht zu nahetreten.«

Janne wischte sich die Tränen ab. »Schon okay.«

»Ich habe auch noch eine Frage. Ist die Gefahr für Jasmina durch Miros Tod vorüber?«

»Ich denke schon, aber behaltet die Sicherheitsvorkehrungen noch einige Zeit weiter aufrecht. Ich hoffe, dass ich dir bald Entwarnung geben kann.« Bevor Janne ging, überreichte sie Poul Lund die Auszüge aus Jasminas Krankenakte.

2018 – Mittwoch, 12:00 Uhr

Uschi Grünweg erwartete die restlichen vier Mitglieder der »chosen few« vor dem Eingang des Bunkers, den sie von der Schweizer Regierung erworben hatte. Er lag auf zweitausendeinhundert Metern Höhe und gehörte zu den Festungen des Reduits, einem System von militärischen Verteidigungsanlagen in den Schweizer Alpen, das die Schweizer als Schutz vor einem Angriff Hitler-Deutschlands und seiner Verbündeten errichtet hatten. Damit wollten sie sich bei ihrer Verteidigung auf die Hochalpen konzentrieren. Die meisten dieser Anlagen wurden Ende der neunziger Jahre aus der Geheimhaltung entlassen und im Jahr 2000 zum Teil privatisiert. Uschi Grünweg hatte ihren Bunker von einem durchgeknallten Privatmann erworben, der die langen Gänge des Bunkers gerne als Rennstrecke für seinen Maserati genutzt hatte.

Es war kalt, und sie hatte sich ihren warmen Daunenmantel angezogen. Zum Glück regnete es nicht, und die Sicht auf die Zufahrtsstraße war gut. So konnte sie schon von Weitem den Kleinbus erkennen, mit dem ihre Gäste vom Flughafen abgeholt worden waren. Er schlängelte sich durch die kurvenreiche Straße bergauf und würde in etwa zehn Minuten ankommen.

Einige Zimmer und Besprechungsräume waren rechtzeitig fertiggestellt worden, sodass ihr Treffen in einem angenehmen Ambiente stattfinden konnte, aber auch schon einen kleinen Eindruck vom Leben im Bunker vermitteln würde. Grünweg zog sich in den Bunkereingang zurück, um sich nicht dem jetzt doch beginnenden Regen auszusetzen. Die Einfahrt in den Bunker ließ sie offen, so konnte der Kleinbus direkt in die Halle fahren, die zurzeit als Lagerraum für Baumaschinen und Material genutzt wurde.

Sie hieß ihre Gäste mit einem Glas Champagner in ihrem zukünftigen Domizil willkommen.

»Ich hoffe, der Fahrer hat euer Wohlbefinden stets im Blick gehabt und ist vorsichtig durch die Kurven gefahren«, sagte sie mit leichter Ironie in der Stimme. Zumindest Peter Schmitz, der Kölner Pharmaunternehmer, und die Dänin Stina Rasmussen sahen etwas bleich aus. »Der Champagner wird euch guttun. Viva.« Und dann stieß Uschi Grünweg mit jedem einzeln an und nannte jeden beim Namen.

Anschließend bezogen alle ihre Zimmer und kamen, nachdem sie sich frisch gemacht und umgezogen hatten, in einen großen Besprechungsraum, wo schon ein Büfett auf sie wartete.

Peter Schmitz hatte ausschließlich Fleisch auf seinem Teller geladen. »Wer weiß, wie lange ich noch so aus dem Vollen schöpfen kann.«

»Vielleicht wäre es sinnvoller, wenn du dich langsam schon mal auf andere, vegetarische Nahrungsmittel einstellst«, schlug Stina Rasmussen spöttisch vor.

»Dieses Grünzeug ist einfach nichts für mich«, sagte er mit vollem Mund. »Und ich hoffe, dass wir hier auch solche Wissenschaftler haben werden, die dieses Problem lösen können.«

»Die Vorbereitungen für den Zukunftskongress laufen«, sagte Matuschek. »Philipp hat die organisatorischen Voraussetzungen mit der Stiftung geschaffen, und ich habe mich um das operative Geschäft gekümmert.«

»Die Stiftung ist sowohl im Aufsichtsrat als auch im Vorstand gut aufgestellt und hat die Arbeit aufgenommen«, ergriff Philipp Vahrenheide das Wort. »Mögliche Wissenschaftler werden sondiert. Ich möchte das Projekt auf ein möglichst stabiles Fundament stellen. Da die wenigsten Wissenschaftler uns ihre Mitarbeit freiwillig zur Verfügung stellen werden, müssen wir ein wenig nachhelfen.« Vahrenheide griff zu seinem Weißweinglas. »Ich werde Verträge mit ihnen abschließen, die ihnen ein gutes Gehalt auf einem gesicherten Konto versprechen und die Zusage, dass sie und ihre Familien einen Platz im Bunker bekommen. Stimmt ihr dem zu?«

»Papier ist geduldig«, sagte Matuschek. »Meinen Segen hast du.« Dann wandte er sich an die anderen. »Seht ihr das auch so?«

Ein allgemeines Nicken war die Antwort, und damit war die Frage geklärt.

»Sehr schön«, sagte Vahrenheide. »Und jetzt möchte ich einen Toast auf unsere Gastgeberin aussprechen. Uschi, du hast einen wirklich idealen Ort für unseren Survival-Bunker gefunden.« Vahrenheide nickte ihr anerkennend zu. »Wir waren zwar alle mit deinem Vorschlag einverstanden, aber unsere Entscheidung basierte ja nur auf Fotos und schriftlichen Informationen. Mein erster realer Eindruck ist überwältigend.« Er hob das Glas. »Auf Uschi und das Leben.«

»Nach dem Essen«, sagte Grünweg erfreut, »werde ich euch eine Präsentation mit den Umbauvorschlägen der Architekten zeigen, und dann können wir anschließend einen kleinen Rundgang machen.« Uschi Grünweg bearbeitete ihre Garnele professionell mit Messer und Gabel. Am Ende hatte sie das Garnelenfleisch mit der Gabel aufgespießt und schob es genussvoll in ihren Mund.

Stina Rasmussen hatte das Prozedere bewundernd beobachtet. »Wo hat eine Schweizerin diesen stilvollen Umgang beim Schälen einer Garnele gelernt?«

»Ich war auf einem Internat auf Sylt.«

Peter Schmitz schüttelte den Kopf. »Wenn mein Steak einen Panzer hätte, müsste ich wohl oder übel zum Vegetarier werden.«

Die »chosen few« genossen noch eine Weile das abwechslungsreiche Büfett, dann begann Uschi Grünweg mit der Präsentation. »Das ist der Gesamtgrundriss. Wir sitzen *hier*.« Sie zeigte mit einem Pointer auf einen rot eingefärbten Bereich. »Dabei handelt es sich um unseren privaten Bereich. Er wird selbstredend noch ausgebaut. Die anderen Farben zeigen die Wohnbereiche für die Wissenschaftler, Ingenieure und das Sicherheitspersonal. Im Anschluss daran folgen Küchen, Mensen, der Technikbereich, Wellness- und Freizeitbereiche.«

Uschi strich sich eine Haarsträhne aus dem Gesicht und stellte dann die Bereiche für die Angestellten, die Anbauflächen sowie den Krankenhausbereich vor. Das alles befand sich im oberen Stockwerk des Bunkers, wie auch die Labore, Werkstätten und Büros für die Wissenschaftler und Ingenieure. »Hier werden wir *work in progress* machen müssen, weil die Wissenschaftler die Experten für ihre Arbeitsbereiche sind.« Von einigen Bereichen gab es auch schon animierte Einrichtungsideen.

»Wie viele Meter liegt das obere Geschoss über unserem?«, fragte Vahrenheide.

»Zwischen den Stockwerken befinden sich fünfzehn Meter Felsen. Und insgesamt befinden sich noch vierhundert Meter über der Anlage. Mehr Sicherheit geht nicht«, versicherte Grünfeld.

»Wo befindet sich das Gefängnis?«, fragte Peter Schmitz.

»Ist bisher nicht eingeplant.«

»Wird aber notwendig sein.«

»Ich befürchte, da hat Peter recht«, sagte Matuschek.

»Ich denke, Arresträume reichen, meine Herren«, erwiderte Uschi Grünweg spitz und schaute auffordernd in die Runde. Da keiner widersprach, beendete sie die Präsentation.

»Können wir den Zeitplan bis September nächsten Jahres einhalten?«, fragte Vahrenheide.

»Davon gehe ich aus. Wir haben genügend finanzielle Ressourcen, was auch notwendig ist, weil das Material und das Personal immer teurer werden.«

»Dann könnten wir ja im September die Wissenschaftler hierher überführen«, stellte Vahrenheide fest.

Alle blickten zufrieden drein, einige nickten.

»Eine Anmerkung habe ich noch.« Stina Rasmussen machte ein ernstes Gesicht. »Hier arbeiten so viele Leute an dem Projekt, das spricht sich doch bestimmt bald in der ganzen Schweiz rum.«

Uschi Grünweg lachte laut auf. »Ich bin nicht die Einzige in der Schweiz, die einen solchen Bunker erworben hat. Die neuen Besitzer lassen sie zu unterirdischen Rennstrecken ausbauen, spielen hier James Bond, und wieder andere benutzen sie als große Tresore. Und jeder Schweizer hält diese reichen Schnösel für verrückt. So auch mich. Ich bin ein exzentrischer Prepper. Es interessiert keinen.«

»Und offiziell arbeiten nach Abschluss der Bauarbeiten alle mit einem Vertrag weiter«, ergänzte Vahrenheide.

Uschi Grünweg erhob sich und bat alle zu dem Rundgang. »Ich hoffe, ihr habt euch, wie besprochen, warme Kleidung mitgebracht. Denn außerhalb der bisher fertiggestellten Räume gibt es noch keine Heizung.« Sie zögerte einen Moment. »Grundsätzlich müssen wir uns hier unten auf ein Leben in kühleren Gefilden einstellen. Wir können nicht im gesamten Bunker eine Durchschnittstemperatur von achtzehn Grad halten. Aber dafür gibt es ja warme Kleidung.«

»Der Preis des Überlebens.« Diese Bemerkung kam von Schmitz. »Ich bin gespannt auf den Rundgang.«

Mit warmen Mänteln, Mützen und Schals begaben sich alle auf die Besichtigungstour. Ihr erster Weg führte durch einen langen Gang über eine Treppe in das obere Stockwerk. Es war feucht und roch modrig.

»Diese Treppe gab es schon vorher, und die Architekten hielten es für sinnvoll, sie auch weiterhin zu nutzen. Schächte für Aufzüge einzubauen wäre bei dem harten Gestein äußerst aufwendig«, erklärte Uschi Grünweg.

»Wir müssen ja dieses Stockwerk auch nicht so häufig betreten«, sagte Peter Schmitz.

»Nur im Krankheitsfalle«, bemerkte Stina Rasmussen. »Dafür wäre eine Transportmöglichkeit schon hilfreich.«

»Die ist in Planung«, erwiderte Grünweg. »An den Seiten des Gangs wird ein Lasten-Paternoster installiert. Rechts geht es hoch und links abwärts. Das geschieht alles in den nächsten

Monaten bei dem Ausbau und der Modernisierung der vorhandenen Gegebenheiten.«

Nach etwa hundert Stufen kamen die »chosen few« abgekämpft im oberen Stockwerk an und betraten durch eine dicke Stahltür einen gefliesten Raum, in dem weitere Baugeräte und Materialien gelagert waren.

»Von hier aus geht es in die anderen Bereiche. Alle sind über eine separate Tür zu erreichen. Das ist schon von den Schweizer Soldaten so angelegt worden.«

»Beeindruckend, was die Eidgenossen für ihre Verteidigung aufgebracht haben.« Matuschek nickte anerkennend.

»Du wirst staunen, wenn du in den nächsten Raum kommst.« Uschi ging auf eine der massiven Türen zu, öffnete sie mit Hilfe von Peter Schmitz, und sie betraten eine noch halbwegs eingerichtete Krankenstation. »Nicht mehr auf dem neusten Stand, aber Krankenzimmer und OP-Räume sind vorhanden.«

Matuschek ging auf ein Waschbecken zu und öffnete den schwergängigen Wasserhahn. Bereits nach wenigen Sekunden sprudelte Wasser.

»Auch wenn es nicht danach aussieht, weil die Leitungen verrostet sind: Es handelt sich um klares Gebirgswasser«, sagte Uschi.

»Ich denke, wir werden gleich in der warmen Stube unsere Uschi hochleben lassen«, sagte Vahrenheide. Man sah ihm seine Begeisterung an.

41

Der Frühstückstisch bei Elias war gedeckt, und er freute sich auf das Wiener Milchbrot, das Maja aus Wien mitgebracht hatte. Maja und ihre wissenschaftliche Assistentin Greta Villinger waren heute Morgen mit dem Nachtzug angereist, und Elias hatte sie in Hamburg-Altona abgeholt. Jetzt machten sich die beiden frisch, und dann konnte endlich das Frühstück beginnen. Zille saß schon hungrig am Tisch und trank einen starken Mokka.

»Es geht nichts über deine Braukunst dieses schwarzen Getränks, mein Lieber.« Zille schlürfte genussvoll. »Und ich kann es gar nicht erwarten, dieses köstliche Hefebrot mit Butter und Marmelade zu verspeisen. Ich hoffe, Maja hat nicht nur eins mitgebracht.«

»Du musst dir keine Sorgen machen, Zille.« Maja und Greta Villinger betraten die Küche. »Ich weiß doch, wie verfressen du bist.« Sie ging auf Zille zu und gab ihm einen Kuss auf die Wange.

»Ich hoffe, du hast deiner Doktorandin keine weiteren intimen Details über mich verraten.«

»Keine Sorge, Herr Zillinski –«

»Zille, bitte.«

»Maja hat ansonsten nur Gutes über dich erzählt.« Sie gab ihm die Hand. »Ich bin Greta.«

»Dann hat sie wahrscheinlich die ganze Nacht nur geredet.«

»Für Wissenschaftlerinnen gibt es auch wirklich nichts Spannenderes, als sich über dein Leben zu unterhalten«, sagte Elias spöttisch.

»Da wir jetzt vollständig sind, schneide ich das Milchbrot an, und Greta kann uns mal erzählen, was es mit dieser VR-Technologie für Hirnströme auf sich hat.«

»Ich würde gerne erst etwas über die entführten Wissenschaftler erfahren«, intervenierte Maja.

»Wenn es sein muss.« Elias schien mit dem Thema nicht einverstanden zu sein. »Wir sollten Greta aber nicht verunsichern.«

»Ist sie denn in Gefahr?«, fragte Maja und beschmierte sich eine Milchbrotschnitte dick mit Butter.

»Nein, ist sie nicht«, erwiderte Zille. »Die Wissenschaftler werden bestimmt nicht vor Ort auf dem Kongress entführt, außerdem wimmelt es überall im Kongresszentrum nur so von Polizisten und Sicherheitspersonal.«

»Ich habe keine Angst«, schaltete sich jetzt Greta ein, »mein Vater ist bei der Armee und meine große Schwester Kommissarin. Er hat mich schon früh mit auf den Schießstand genommen, und meine Schwester hat darauf bestanden, dass ich boxen lerne. Ich kann also auf mich aufpassen«, sagte sie selbstsicher und schwang ihre Fäuste. »Ich sollte immerhin ins Vorbereitungsteam des Österreichischen Boxverbandes für die Olympischen Spiele in Tokyo.«

»Bist du aber nicht?«, fragte Elias und schaute bewundernd auf ihre muskulösen Arme.

Greta nahm ihre Brille in die Hand und putzte ihre Gläser. »Ich habe mich für die akademische Karriere entschieden.«

»Da braucht man auch Durchsetzungsvermögen«, bemerkte Zille. »Haben mir einige Wissenschaftler erzählt.«

»Ich habe gehört, du willst auf jeden Fall im Kongresshotel übernachten?«, fragte Elias.

»Ja, auf jeden Fall. Bei solchen Veranstaltungen sind die informellen Treffen beim Essen und an der Bar am wichtigsten.«

»Ich habe versucht, es ihr auszureden.« Maja zuckte mit den Achseln. »Keine Chance.«

»Wie gesagt, es wimmelt dort von Zivilpolizisten«, beschwichtigte Zille.

Und dann berichtete Elias über den Stand der Ermittlungen.

Mittags traf sich die Soko in einem Besprechungsraum im Kongresszentrum. Bis auf Laura Sentrup, Pöppelmanns Stellvertreterin, die im Präsidium die Stellung hielt, um mögliche Fahndungsmeldungen zu überprüfen und gegebenenfalls einen Zugriff anzuordnen, waren alle anwesend. Janne hatte nach ihrem Gespräch mit dem dänischen Arzt in der Fachklinik Kinzigtal, Dr. Poul Lund, alle Informationen sofort an Elias weitergeleitet und war dann zurück nach Hamburg gefahren.

»Durch Jannes Suche nach Jasmina, Miroslav Eschenbroschs Tochter, konnten wir einige neue Erkenntnisse gewinnen«, eröffnete Elias das Treffen. »Und das Erstaunlichste ist, dass es einen direkten Zusammenhang zwischen den Entführungen und den Morden an den Wissenschaftlern und den Attacken auf mich gibt.«

»Das kann ich kaum glauben«, sagte Pöppelmann.

»Das ging mir auch so«, erwiderte Elias. »Dass Rolf Matuschek, Besitzer eines der größten Kaffee- und Delikatessenunternehmen in Europa, für die Schikanen gegen mich verantwortlich ist und meine Ermordung und die meines Informanten in Auftrag gegeben hat, wissen wir ja schon. Aber jetzt haben wir auch entscheidende Hinweise, dass die Attacken auf mich auch mit den Verbrechen im Umfeld des Wissenschaftskongresses zusammenhängen.«

Jetzt schaltete sich Janne ein. »Matuschek hat Miroslav Eschenbroschs Tochter bedroht und ihn damit gezwungen, gegen Elias vorzugehen. Das haben wir den Unterlagen entnommen, die wir bei Miros Firma ROCK im Büro gefunden haben. ROCK war jahrelang für den Personenschutz von Matuschek zuständig. Oft übernahm Miro den Job selbst und hat ihm mindestens zweimal das Leben gerettet. Matuschek hatte also am eigenen Leib erfahren, wie gut Miro in dieser Branche war.«

»Woher wusste er von seiner Tochter?«, fragte Zille.

»Ich vermute, von Miro selbst. Sie haben ja viel Zeit miteinander verbracht. Da plaudert man schon mal.« Janne strich sich übers Kinn. »Jedenfalls tauchten in dem Sanatorium, in dem Jasmina lebt, plötzlich zwei Typen auf und haben dem behandelnden Arzt mitgeteilt, dass Miro Jasmina in der nächsten Zeit nicht mehr besuchen würde, was er bis dahin regelmäßig gemacht hatte. Sollte er es dennoch versuchen, so die Typen, würden sie das mit Gewalt zu verhindern wissen und Jasmina aus der Klinik entführen. Da der Arzt mit Miro befreundet war, wusste er, dass Miro in Schwierigkeiten steckte. Interessant ist, dass einer der Typen einen englischen Akzent hatte. Daraufhin habe ich ihm die Phantombilder von Ben Taylor und das Foto von Charles Beastly gezeigt. Und auf Letzterem hat er ihn wiedererkannt.«

»Matuschek hat also Ben Taylor alias Charles Beastly beauftragt, Jasmina zu bedrohen, gleichzeitig ist Taylor aber auch an den Entführungen in Hamburg beteiligt.« Elias hob beschwörend die Hände. »Damit liegt für mich auf der Hand, dass Matuschek von den Entführungen weiß, sie möglicherweise selbst beauftragt hat.«

»Das ist aber alles noch sehr spekulativ«, gab Pöppelmann zu bedenken.

»Zugegeben. Aber es gibt noch weitere Zusammenhänge. Dass die Stiftung ›Spirit of Future‹ nicht nur Kongresse veranstaltet und finanziert, sondern auch in die Verbrechen involviert ist, scheint mir ziemlich sicher. Und damit kommt Philipp Vahrenheide ins Spiel.« Elias drückte ein paar Tasten auf seinem Laptop, und auf der Leinwand erschien ein Foto von ihm mit einem weiteren Mann auf einem Empfang. »Vahrenheide ist im Stiftungsrat. Links neben ihm steht Matuschek.« Es folgten zwei weitere Fotos. »Sie scheinen sich gut zu kennen und angeregt zu unterhalten. Hier steht ein dritter Mann bei ihnen, jünger. Das ist Bernd Knebel, Neffe von Matuschek und im Vorstand der Stiftung.«

»Das klingt alles sehr plausibel und bestätigt meinen Anfangsverdacht«, sagte Pöppelmann. »Wir müssen nur noch beweisen, dass Matuschek und Vahrenheide tatsächlich die Entführungen und Morde in Auftrag gegeben haben.«

»Jetzt wissen wir also, wo wir bohren müssen«, sagte Janne energisch.

Pöppelmann zog seine Augenbraue hoch. »Was bei zwei steinreichen Hamburgern nicht einfach werden wird.«

»Wat mutt, dat mutt.«

»Dein Optimismus in Ehren, Zille.«

Maja Gruber und Greta Villinger waren inzwischen auch im Kongresszentrum angelangt. Dr. Paula Rudowski, die neue Kongressleiterin, begrüßte die beiden überschwänglich. »Schön, dass Sie rechtzeitig zur Eröffnung anreisen konnten.« Sie machte ein ernstes Gesicht. »Wie Sie ja vielleicht wissen, ist dem armen Professor Santino etwas Schreckliches passiert, sodass ich die Leitung des Kongresses übernehmen musste.« Rudowski begleitete die beiden Wissenschaftlerinnen zum

Counter. »Hier können Sie einchecken, bekommen alle Kongressunterlagen und auch Ihren Zimmerschlüssel. In einer Stunde beginnt die offizielle Eröffnung, und heute Abend sehe ich Sie hoffentlich in Hamburgs höchstgelegener Bar.«

»Auf jeden Fall«, antwortete Greta Villinger.« Als Rudowski verschwunden war, sagte sie zu Maja: »Das meinte ich mit den informellen Treffen. Ich bin so aufgeregt.«

»Aber du musst mir versprechen, vorsichtig zu sein«, sagte Maja.

»Mach ich. Vergiss nicht.« Greta stellte sich in Kampfposition. »Ich kann boxen.«

42

Vahrenheide saß an seinem Schreibtisch und nahm gerade letzte Korrekturen für sein Grußwort auf dem Zukunftskongress vor, als es an der Tür seines Arbeitszimmers klopfte und Kiriaki Blumenfeld eintrat.

»Du hast mich rufen lassen?«

»Wie läuft es mit dem jungen Mann?«

»Er ist weiter störrisch, aber das wird sich schon geben«, antwortete sie selbstsicher und setzte sich auf einen Stuhl.

»Wahrscheinlich hast du ihn zu sehr mit Samthandschuhen angefasst«, sagte Vahrenheide streng und legte seinen Stift zur Seite.

»Ich wollte eben alles dafür tun, dass er sich wohlfühlt und Vertrauen entwickelt«, entgegnete Kiki trotzig.

»Der Versuch ist wohl gescheitert. Finn hat sich weder mir noch Professor Köhler, in dessen Institut er an der Uni geforscht hatte, geöffnet.« Vahrenheide schaute Kiki fragend an. »Wir können ja Ben zu ihm schicken.«

»Das ist nicht dein Ernst.«

»Du magst Ben nicht.«

»Er ist nicht mein Typ, aber darum geht es hier nicht. Ben

ist einfach ein Idiot und ein Sadist.« Kiki schenkte sich ein Glas Wasser ein. »Und er zieht eine Blutspur hinter sich her, die auch uns gefährlich werden kann.«

Vahrenheide nickte. »Das sehe ich auch so. Deshalb habe ich ja auch darauf bestanden, dass du das Kommando übernimmst. Ben ist nicht mein Mann.«

»Dass er Santino umgebracht hat, nehme ich ihm wirklich übel.«

»Er hat behauptet, es war keine Absicht.«

»Das macht für mich keinen Unterschied. Ben ist ein Arsch«, sagte Kiki.

»Manchmal braucht man Arschlöcher, um bestimmte Dinge erledigen zu lassen.«

»Das sehe ich anders. Menschen zu entführen, um ihre Dienste in Anspruch zu nehmen, und im Gegenzug ihnen und ihren Familien ein Überleben im Worst Case zuzusichern ist eine Sache.« Kiki stockte. »Moralisch nicht korrekt –«

»Du hast ja selbst versucht, bei Professor Santino auf legale und ehrliche Weise zukunftssichernde Forschung zu betreiben, bist aber gescheitert.«

»Das stimmt, er hat mich gnadenlos ausgenutzt und dann abserviert. Aber deshalb hat er noch lange nicht den Tod verdient.«

»Bei einigen Projekten entstehen nun mal Kollateralschäden.« Vahrenheide nahm seine Brille ab, putzte die Gläser und sagte dann ernst: »Du weißt, dass du und deine beste Freundin, meine Tochter Julia, nach eurer Entführung auf der Klassenfahrt in Berlin wahrscheinlich bei irgendeinem Scheich gelandet wäret, wenn ich nicht eure Befreiung veranlasst hätte. Auch das ging damals nur mit brachialer Gewalt.«

»Dafür werde ich dir auch mein Leben lang dankbar sein«, sagte Kiki mit weicher Stimme. »Wie auch dafür, dass du und Julia mich in eure Familie aufgenommen habt.«

Vahrenheide wandte sich wieder seinem Manuskript zu.

»Ich weiß, dass du gleich zum Kongress musst, aber ich muss noch etwas mit dir besprechen, Philipp«, sagte Kiki entschuldigend.

»Na gut, aber ich habe wenig Zeit.«

Kiki berichtete ihm von einem Telefonat mit Paula Rudowski. »Villinger und Gruber sind jetzt im Hotel, aber es wimmelt dort nur so von Polizei und Sicherheitspersonal. Hinzu kommt, dass nach Ben alias Charles Beastly, Karl Bussard sowie inzwischen auch nach mir gefahndet wird. Können wir nicht auf die Villinger verzichten?«

Vahrenheide blickte wieder zu Kiki. »Auf keinen Fall. Bisher ist es doch gut gelaufen, abgesehen von ein paar unnötigen Zwischenfällen. Und bis auf die Breitenmacher haben alle die Verträge unterschrieben. Auf sie könnten wir zur Not noch verzichten, aber nicht auf die Forschungen von Villinger. Sie ist enorm wichtig«, sagte Vahrenheide mit Nachdruck. »Ihre VR-Technologie wird uns die Möglichkeit geben, Erinnerungen, Träume und andere Bilder zu visualisieren. Das ist, und darauf hat uns der Zukunftsforscher Peakock ausdrücklich hingewiesen, von enormer Bedeutung, um ein abgeschiedenes Leben auf unbestimmte Zeit erträglich zu gestalten.«

»Wenn Villinger dabei ist.«

»Das wird sie. Sie erhält alle notwendigen Ressourcen. Ebenso Finn Tiberius. Die jungen Leute wollen doch Weltbewegendes leisten. Und das können sie nur, wenn sie die notwendigen finanziellen Mittel haben. Die beiden werden schon unterschreiben.« Vahrenheide schien sich seiner Sache sehr sicher.

»Und wenn nicht?«

»Nehmen wir sie ohne Vertrag mit.«

»Dafür müssen wir Villinger erst einmal haben«, sagte Kiki mit einem unzufriedenen Unterton. »Im Hotel können wir sie nicht entführen. Das wäre zu gefährlich.«

»Dann soll Paula Rudowski sie morgen zu einem Treffen in der Stadt einladen, an einem für die Entführung günstigeren Ort«, schlug Vahrenheide vor. »Ein informelles Gespräch mit der Kongressleiterin ist für eine junge Wissenschaftlerin sehr verlockend. Das Ganze musst du schnellstens organisieren.« Dann wandte er sich wieder seinem Vortrag zu und sagte beiläufig: »Das ist dein Job, Kiriaki.«

Genervt verließ Kiki das Arbeitszimmer. Eine heikle Aufgabe, dachte sie. Die Planung und Entführung von Villinger würden ihre ganze Aufmerksamkeit in Anspruch nehmen. Sie würde drei Kreuze machen, wenn die Entführung erfolgreich über die Bühne gebracht war. Und die Fahndungsaufrufe bereiteten ihr ebenfalls Sorgen.

Sie telefonierte zunächst mit Ben und setzte ihn von der aktuellen Situation in Kenntnis. »Die Entführung der jungen Wissenschaftlerin hat jetzt absolute Priorität und soll morgen stattfinden. Wo und wann, teile ich dir noch mit. Gib Karl und Ralf Bescheid.

»Diese ständigen Planänderungen bringen unseren ganzen Tagesablauf durcheinander«, nörgelte Ben herum.

»Red nicht so einen Mist. Außer Saufen und Huren macht ihr doch sowieso nichts. Aber damit ist jetzt Schluss. Nach Karl, mir und dir, und zwar auch mit deinem echten Gesicht und Namen, wird gefahndet.«

»Scheiße, woher haben die Bullen die Fotos?«

»Spielt keine Rolle. Deshalb müsst ihr alle euer Aussehen verändern. Dicke Backen, wulstige Lippen, Glatze. Lasst euch gefälligst was Gutes einfallen.«

»Und schneidest du dir auch deine Haare ab?«

»Keine schlechte Idee. Haltet euch bereit.« Kiki beendete das Telefonat und setzte sich an ihren Rechner. Sie musste als Erstes einen geeigneten Platz finden, an dem der Überfall stattfinden konnte. Ein unauffälliger, scheinbar sicherer Ort, wo sich Paula Rudowski mit der jungen Wissenschaftlerin treffen könnte, um mit ihr in aller Ruhe über ihre Karrieremöglichkeiten nach der Promotion zu sprechen. Viel Zeit hatte sie nicht mehr.

43

Langsam füllte sich der Saal. Es waren über hundertfünfzig Wissenschaftlerinnen und Wissenschaftler angereist. Nicht alle forschten an innovativen und zukunftsweisenden Technologien, und nur die wenigsten waren im Bereich sich selbst erhaltender Systeme tätig. Das Interesse war nicht nur in der Wissenschaftswelt überaus groß, der Themenkomplex zog auch viele weitere neugierige Besucher an. Und die Pressevertreter waren ebenso zahlreich vor Ort erschienen. Die Hauptreferenten sollten ihre Vorträge im großen Saal halten. Zudem waren vertiefende Workshops geplant.

Aber die dunkle Wolke, die über dem Zukunftskongress hing, konnte nicht so einfach ignoriert werden. Auch wenn sich sowohl das Leitungsteam des Kongresses als auch die Polizei mit Details über die Verbrechen im Umfeld der Veranstaltung, die sich nicht verheimlichen ließen, zurückhielten. Gerade die Polizei betonte immer wieder, dass es keine Anhaltspunkte für einen konkreten Zusammenhang mit dem Kongress gebe und der sichere Ablauf des Kongresses gewährleistet sei. Diese Kommunikationsstrategie ging zum Glück auf.

Der Kongress begann dann auch pünktlich um siebzehn Uhr. Dr. Paula Rudowski, die kurzfristig als Kongressleiterin eingesprungen war, hielt eine knappe Begrüßungsrede. Zunächst bedauerte sie die Umstände für das Fehlen einiger Wissenschaftler und bat alle Anwesenden um eine Schweigeminute für die verstorbenen Kollegen. Im Anschluss daran erläuterte sie in wenigen Sätzen die Chancen, mit Hilfe der zukunftsorientierten wissenschaftlichen Forschung für eine bessere Welt zu sorgen, und die Bedeutung dieses Kongresses für den Austausch unter den Besten. Sie dankte allen für ihr Kommen und ihre Mitarbeit. Dann hob sie die großzügige Unterstützung der Stiftung »Spirit of Future« hervor und bat den Zweiten Vorsitzenden des Stiftungsrates Philipp Vahrenheide ans Rednerpult.

Mit jovialen und geschliffenen Worten umriss er die Arbeit der Stiftung und betonte, dass es ihm ein besonderes Anliegen sei, einen Teil seines Geldes in die naturwissenschaftliche Forschung zu investieren. Es folgte ein Grußwort der grünen Wissenschaftssenatorin, die es nicht lassen konnte, die Leistungen der jetzigen Regierung für die Wissenschaft und Forschung hervorzuheben. Glücklicherweise hielt auch sie sich an die vorgegebene Redezeit, dennoch war Dr. Maja Gruber, die die erste Keynote vortragen wollte, die aufkommende Müdigkeit beim Publikum aufgefallen.

»Ich vermute, dass bei einigen von Ihnen gerade ein spannender Prozess im Körper stattfindet«, begann sie ihren Vortrag mit einem Schmunzeln, »Ihr Körper hat bestimmte Botenstoffe abgesondert und will diese zu Ihrem Gehirn schicken.«

Lachen erklang im Saal, die meisten Wissenschaftler wussten, dass Maja auf ihre Müdigkeit anspielte. »Wir sollten verhindern, dass das Melatonin dort ankommt. Die Techniker werden den Saal auf mein Zeichen hin hell erleuchten. Und Sie müssen dann Ihre Augen ganz weit aufreißen und einmal schnell aufstehen.« Maja Gruber klatschte in die Hände, und der Saal erstrahlte in gleißendem Licht. Nach einer Minute wurde es wieder gedimmt. Maja begann ihren Vortrag unter Applaus und erntete nach dessen Ende Standing Ovations.

Zu den Applaudierenden gehörte auch ein Mann, der sich bewusst im Hintergrund hielt. Unter seiner Schiebermütze ragten ein paar blonde Strähnen hervor. Er trug eine getönte Brille und hatte einen Stoppelbart. Maja Gruber kannte er von einigen anderen Kongressen, die jedoch schon längere Zeit zurücklagen. Sie hatten sich bei allen Begegnungen immer gut verstanden und sich auch zwischen den Kongressen über ihre Forschungen ausgetauscht. Mit der Zeit hatten sie ein vertrauensvolles Verhältnis zueinander entwickelt.

Doch in den letzten zwei Jahren hatte er jeglichen Kontakt abgebrochen und lebte sehr zurückgezogen. Er brauchte Zeit, um sich von seinen körperlichen und seelischen Verletzungen zu erholen, die er bei einem schweren Hubschrauberunglück davongetragen hatte. Fit war er nach wie vor nicht, aber er hatte im letzten Jahr große Unterstützung von einer Freundin erhalten. Und als er dann von den verschwundenen und ermordeten Wissenschaftlern erfuhr, wollte er unbedingt zu diesem Kongress nach Hamburg reisen. Maja hier zu sehen erfüllte ihn mit großer Freude, und er musste unbedingt mit ihr sprechen.

Im Foyer beobachtete der Mann, dass Maja Gruber sich zunächst mit einer jungen Wissenschaftlerin und zwei Männern an der Bar aufhielt. Sie stießen mit einem Glas Sekt an, wahrscheinlich auf ihren grandiosen Vortrag. Nach einer Weile ließ sie sich einen Zimmerschlüssel geben, nahm ihre Tasche und verließ die Gruppe. Er folgte ihr und stieg, verdeckt von einigen anderen Hotelgästen, unerkannt ebenfalls in den Fahrstuhl ein, mit dem Maja nach oben fuhr. Im vierzehnten Stock verließ Maja als Erste die Kabine und eilte in den Flur, außer ihm selbst folgten noch zwei weitere Personen. Er sah, dass sie nach zwanzig Metern auf der rechten Seite eine Zimmertür aufschloss und im Zimmer verschwand, ohne sich nochmals umzusehen. So konnte er in aller Ruhe zu ihrem Zimmer mit der Nummer 1350 schlendern. Im Jahr 1350 wurde Trinity Hall als College in Cambridge gegründet, schoss es ihm durch den Kopf. Dort hatte Stephen Hawking dreißig Jahre einen der renommiertesten Lehrstühle innegehabt. Er wäre ihm gerne einmal begegnet. Nachdem er einige Zeit auf dem Flur auf und ab gelaufen war, klopfte er an die Zimmertür 1350.

»Ja bitte?«, hörte er Majas gedämpfte Stimme.

»Ich bin es, Ferdinand Peakock.« Er überlegte einen Moment. »Das letzte Mal haben wir uns 2016 in Amsterdam auf dem europäischen Mikrobiologiekongress getroffen.«

Die Tür öffnete sich einen Spalt, sie war mit einer Kette gesichert. »Aber du bist doch …«

»Tot?« Peakock lachte verbittert. »Das dachte ich eine Zeit lang auch. Ich muss dich dringend sprechen, Maja.«

Maja bat Peakock ins Zimmer und schloss die Tür gleich hinter ihm zu. Dann schaute sie sich ihn genauer an und bekam einen Schreck, als sie die Narben in seinem Gesicht sah. Sie nahm ihn spontan in die Arme. »Du lebst. Was ist mit dir geschehen, Ferdinand?«

Peakock löste sich aus ihrer Umarmung, nahm seine Brille

ab, seine Mütze ließ er auf dem Kopf. »Das ist jetzt nicht so wichtig. Ich sehe aus wie Frankenstein, aber ich habe überlebt.«

Die beiden setzten sich auf zwei Cocktailsessel. »Ich kenne hier niemanden so richtig, vor allem vertraue ich niemandem außer dir. Deshalb erzähle ich dir jetzt meine Geschichte. In aller Kürze.«

44

Nachdem Peakock seiner Kollegin Maja Gruber von seinem Treffen mit dem angeblichen Thinktank »chosen few« und deren Vorhaben berichtet hatte, wurde ihr bewusst, dass Ferdinand Peakock ein weiteres Mal in großer Gefahr war. Schließlich hatte er Philipp Vahrenheide als einen der Drahtzieher der »chosen few« identifiziert. Sie rief bei Zille an, der wenig später das Hotelzimmer betrat.

»Es war sehr mutig von Ihnen, auf diesen Kongress zu kommen«, begrüßte er Peakock. »Quasi in die Höhle des Löwen.«

»Ich musste«, entgegnete er. »Als ich von dem Kongress hörte und las, welche Wissenschaftler dabei sein würden, ahnte ich den Zusammenhang mit dem Treffen von vor zwei Jahren, das ich eigentlich nicht überleben sollte.«

»Was zum Glück anders gekommen ist.« Maja drückte seine Hand.

»Wir bringen Sie sofort in Sicherheit, und dann unterhalten wir uns eingehend.« Zille war seine Anspannung anzumerken. »Die Andeutungen, die Maja am Telefon gemacht hat, lassen die Verbrechen im Umfeld des Kongresses in einem neuen Licht erscheinen und könnten dazu führen, dass wir auch die Hintermänner belangen können.« Zille schaute auf die Uhr. »Wir bringen Sie jetzt aus dem Hotel in eine sichere Unterkunft.«

»Wird er dort auch gut beschützt werden?«, fragte Maja besorgt.

»Von der Besten.«

»Janne?«

Zille nickte. »Morgen früh lösen Pöppelmann und ich sie ab.« Und zu Peakock gewandt: »Dann reden wir.«

Nachdem Zille mit Peakock verschwunden war, hatte Maja Elias angerufen, ihn zu einem kleinen Beruhigungsspaziergang überredet und ihn über das Gespräch mit Peakock informiert. Das musste sie loswerden, nur so konnte sie ihre emotionale Aufgewühltheit und ihre körperliche Unruhe in den Griff bekommen. Zurück im Hotel, waren sie im Foyer auf Greta gestoßen. Elias und Greta fuhren dann direkt hinauf in den sechsundzwanzigsten Stock des Hotels zum Empfang in der Bar. Sie selbst wollte noch einen Moment für sich allein sein.

Als Maja etwas später auch oben ankam, war die Bar schon gut gefüllt. Elias stand mit Greta auf der Dachterrasse und schien ihr einige von Hamburgs Sehenswürdigkeiten zu zeigen. Maja wusste, dass dieser Kongress eine große Chance für ihre junge, talentierte Assistentin war, doch sie machte sich Sorgen. Vielleicht wäre es besser gewesen, die Teilnahme an diesem Kongress abzusagen und Greta Villinger nicht einer solchen potenziellen Gefahr auszusetzen. Andererseits machte sie nicht den Eindruck, als fühlte sie sich unwohl, und Zille hatte versichert, dass genügend Sicherheitspersonal vor Ort war.

»Maja Gruber!« Lachend kam Professorin Hammerberg auf sie zu, Pöppelmann im Schlepptau. »Was für eine wundervolle, spöttische Keynote«, sagte sie begeistert und gab ihr ein Küsschen links und rechts auf die Wange. »Ganz nach meinem Geschmack.«

»Ilse, wie immer gut gelaunt.«

»Bernhard«, sprach sie Pöppelmann an, »hol uns doch mal zwei Chardonnay. Wir alten Freundinnen müssen doch das Wiedersehen feiern.«

Maja schaute Pöppelmann mit großen Augen an, doch der grinste nur schief und lief los. »Ihr kennt euch?«

»Ein sehr netter Kommissar, wir hatten vor ein paar Tagen schon mal das Vergnügen bei einem Weintasting. Da war noch ein weiterer Kollege dabei mit so einem süßen kleinen Zopf«, kicherte sie.

»Wusste gar nicht, dass die Hamburger Polizei so gesellig ist«, erwiderte Maja amüsiert. »Aber sag mal, hältst du auch einen Vortrag?«

»Ja schon«, antwortete sie zögerlich. »Ich weiß nur noch nicht, worüber. Am einfachsten, aber auch am langweiligsten wäre es, über neue Entwicklungen beim MRT-Scanner zu sprechen.«

»Die Alternative?«

»Wir suchen nach bildgebenden Verfahren bei der Entschlüsselung des menschlichen Erbgutes.«

»So, die Damen«, tönte Pöppelmann, balancierte auf einem Tablett drei Gläser Weißwein und stellte es auf dem Bistrotisch ab. »Zum Wohl.«

Sie stießen an, und Pöppelmann verabschiedete sich mit den Worten: »Euer Fachchinesisch verstehe ich sowieso nicht.« Unter diesem Vorwand mischte er sich unter die zahlreichen Besucher und ging zu Elias, der inzwischen an einem Tisch mit Blick auf die Außenalster saß.

»Hast du die junge Wissenschaftlerin jetzt ins Haifischbecken entlassen?« Pöppelmann setzte sich und stieß mit Elias an.

»Sie muss schon ihre eigenen Erfahrungen machen. Jetzt steht sie gerade bei Paula Rudowski, der Kongressleiterin.«

»Vielleicht macht die ihr ein Angebot.«

»Kann sein, aber solange sie noch bei Maja promoviert, wird sie sicher nicht gehen.«

»Sieh mal, wer da ist.« Pöppelmann blickte zu dem Mann, der neben Vahrenheide stand.

»Ein Matuschek lässt sich diesen Empfang nicht entgehen.«

»Ich wette, demnächst werden die obligatorischen Fotos gemacht.« Pöppelmann trank einen Schluck Wein. »Du hast gehört, wer sich bei Maja gemeldet hat?«

Elias nickte. »Sie hat mich informiert. Ist er schon in Sicherheit?«

»Ja, er müsste in der Wohnung sein. Janne bleibt über Nacht bei ihm und bekommt Unterstützung von zwei Beamten.«

»Mit Peakocks Aussagen erleben wir vielleicht einen wirklichen Durchbruch.«

»Er war derjenige, der mir die Nachricht auf der Pressekonferenz hat zukommen lassen.«

»Dass die Drohmails unwichtig wären?«

»Und uns auf die falsche Fährte locken sollten, damit wir das Motiv bei irren Verschwörungstheoretikern oder religiösen Fanatikern suchen.«

»Das haben wir zwar nicht ganz ausgeschlossen, aber mit den Hinweisen, die wir bislang hatten, erschienen uns die Drohmails auch schon reichlich suspekt«, sagte Elias.

»Möglicherweise haben wir jetzt auch eine Spur, wer wirklich hinter den Mails steckt. Anna konnte die letzte Drohmail an Professor Dahlgrün zu einem Rechner in der Fakultät für Mathematik, Informatik und Naturwissenschaften zurückverfolgen. Dazu gehört auch das Institut für Mikrobiologie.«

»Ein Schelm, der Böses dabei denkt.«

45

Janne hatte eine ruhige Nacht in einem Hinterhof im Karolinenviertel verbracht. Hier befand sich eines der gut getarnten Häuser des LKA mit sicheren Wohnungen. Die beiden zusätzlichen Beamten hatten netterweise die meiste Zeit Wache geschoben. Als Zille und Pöppelmann auftauchten, um mit Peakock zu sprechen, war sie ins Kongresshotel gefahren. Dort war sie mit Anna zum Frühstück verabredet. Sie hatten beide schon den gestrigen Empfang am Abend verpasst, da wollte sie sich das üppige Frühstücksbüfett nicht auch noch entgehen lassen.

Den letzten Milchkaffee genossen sie in der Eier-Sitzgruppe in der Lobby des Hotels. Die Sessel sahen schräg aus, waren aber sehr bequem.

»Lange nicht mehr so ausgiebig gefrühstückt«, sagte Anna und schwärmte von dem Krabbensalat.

»Ich hatte sogar überlegt, mir ein Doggybag mit einigen Köstlichkeiten zu packen und damit meinen Kühlschrank aufzufüllen.«

»Was hindert dich daran?«

Janne griff in ihre Jackentasche und holte eine Serviette mit drei eingewickelten kleinen Croissants heraus. »Ich habe mich dafür entschieden. Die kann ich nämlich jetzt in meinen Milchkaffee tunken.«

»Diese Marotte habe ich noch nie verstanden«, entgegnete Anna. »Die Brötchen weichen auf, und der Kaffee ist voller Krümel.

»Genau deshalb mache ich es.« Janne tunkte ein Croissant in ihren Milchkaffee, beugte sich über die Schale und schlürfte das süße Etwas in den Mund. »Himmlisch.«

Anna schüttelte lachend den Kopf und lehnte sich entspannt im Sessel zurück.

»Schau mal.« Janne stieß Anna gegen das Bein. »Dr. Paula Rudowski und Greta Villinger verlassen gut gelaunt das Hotel.«

»Und entziehen sich so dem Sicherheitspersonal.«

»Du bist ganz schön misstrauisch.«

»Ich traue ihr nicht.« Anna saß jetzt kerzengerade im Sessel und band sich ihre Haare zum Zopf. »Sie könnte die Drohmailschreiberin sein.«

»Wie kommst du darauf?«

»Die letzte kam aus ihrer Fakultät.«

»Dann nichts wie hinterher.«

Janne und Anna sahen gerade noch, wie Rudowski und Villinger den Dammtor-Bahnhof betraten, und beschleunigten ihre Schritte. Sollten die beiden ohne sie in eine Bahn steigen, wäre die Verfolgung schon gleich zu Beginn gescheitert. Zu ihrer Erleichterung schlenderten sie durch die Eingangshalle und verließen den Bahnhof Richtung Theodor-Heuss-Platz.

»Wo wollen die nur hin?«, überlegte Janne.

»Zum Shoppen ist es die falsche Richtung.«

»Sie könnten in einen Bus steigen.«

»Scheiße.«

Die beiden rannten los, denn die Busse fuhren im Drei-Minuten-Takt. Abgehetzt ließen sie ihren Blick über den Platz schweifen. An den Haltestellen waren Rudowski und Villinger nicht.

»Sie überqueren das Alsterglacis und gehen in den Mittelweg.« Janne hatte sie gesichtet.

»Da ist ein Uni-Gebäude.«

»Vielleicht will Rudowski ihr auch die Skulpturen von Henry Moore auf der Moorweide zeigen.«

»Dafür müssten sie aber die Straßenseite wechseln.«

»Wir werden sehen.«

Die Autos stauten sich auf dem Theodor-Heuss-Platz, daher warteten Anna und Janne nicht auf die nächste Grünphase, sondern schlängelten sich unter lautem Gehupe durch die Autos und kamen unversehrt bei der Tankstelle auf der anderen Seite an. Dort wurden sie mit vorwurfsvollen Blicken von zwei Männern empfangen, die sich am Tankstellenkiosk ein Eis gegönnt hatten. Janne und Anna lächelten ihnen charmant zu und folgten weiter Rudowski und Villinger, jetzt mit deutlich geringerer Gefahr aufzufallen. Sie beobachteten, wie die beiden sich auf der gegenüberliegenden Straßenseite angeregt unterhielten. Greta Villinger gestikulierte wild mit den Armen und schien in ihrem Redefluss nicht zu stoppen zu sein.

Plötzlich blieben die beiden Frauen stehen, und Rudowski schaute auf ihre Uhr. Es dauerte nicht lange, dann ertönte eine Schulglocke. Paula Rudowski ging in die Knie, um sich ihre Schuhe zu binden.

»Hatte sie nicht Stiefel an?«, fragte Anna verwundert.

Im nächsten Moment kam ein schwarzer Kleinbus mit hoher Geschwindigkeit angefahren und hielt neben den beiden. Alarmiert wechselten Janne und Anna die Straßenseite. Sie sahen, wie sich eine Schiebetür öffnete und zwei maskierte Männer heraussprangen. Der eine stülpte Greta Villinger eine Haube über den Kopf, die zweite Person stieß Paula Rudowski brutal zur Seite.

Anna und Janne sprinteten auf den Kleinbus zu, und Anna zog im Laufen ihre Pistole. Doch genau in diesem Moment verließ eine Gruppe von Schülerinnen das Schulgebäude. Sie konnte nicht schießen. Greta wurde in den Bus gezerrt, der sofort danach mit quietschenden Reifen wegfuhr. Janne konnte nur noch einen Blick auf das Nummernschild werfen, wohl wissend, dass es gefälscht war. Wieder stoppte ein Auto, diesmal sprangen die zwei von der Tankstelle heraus.

»Brauchen Sie Hilfe?«

Anna reagierte sofort und zückte ihren LKA-Ausweis. »Ihr Auto und«, sie zeigte auf Rudowski, »nehmen Sie die Bitch fest.« Unter den perplexen Blicken der Männer sprangen Janne und Anna in den Wagen und nahmen die Verfolgung auf.

»Das ging ja reibungslos«, sagte Janne erleichtert.

Anna zeigte auf die lange Funkantenne. »Das waren Zivilpolizisten, wahrscheinlich vom Kongress.«

Greta saß zusammengequetscht zwischen ihren Entführern auf der Rückbank des Busses. Die anderen Sitze waren ausgebaut. Dem Geruch nach zu urteilen handelte es sich um zwei Männer. Sie roch es. Hirschhoden bei dem einen und ein ranzig-fettiger Geruchscocktail bei dem anderen. Beides widerlich.

»Ihr hättet euch wenigstens waschen können, bevor ihr diese Rambo-Aktion gestartet habt.« Greta nahm ihren ganzen Mut zusammen, sie wollte keine Angst zeigen.

»Halts Maul«, blaffte Karl sie an.

»Gerne, sobald ihr mir die Haube vom Gesicht nehmt.« Sie schluckte. »Ihr tragt doch eh Masken, und ich würde euch nicht erkennen.«

Ralf, der links neben ihr saß, versetzte Greta einen Stoß in die Rippen.

»Aua«, schrie sie auf. »Du bist ja ein echter Held, dass du eine wehrlose Frau schlägst.«

»Ich habe gesagt, du sollst dein Maul halten.«

»Und ich habe gesagt, mach ich, wenn ihr mir die Haube abnehmt.«

»Das kannst du haben, du blöde Kuh.« Wütend stellte Karl sich vor sie und riss ihr die Haube herunter. »Dann kann ich dir nämlich dein Maul stopfen.«

Greta schubste ihn wütend mit beiden Händen, und Karl fiel gegen die Rückenlehne des Beifahrersitzes.

»Was ist dahinten los?«, brüllte Ben Taylor, der am Steuer saß. Er hatte Probleme, den Bus in der Spur zu halten.

Karl rappelte sich auf, fasste sich an die Stirn und wischte sich Blut ab. »Die Tussi dreht durch«, keuchte er. »Na warte!«

Ralf packte Greta mit seinen Armen, und obwohl sie sich wand wie ein Aal, konnte sie sich nicht aus dem Griff befreien. Sie trat mit den Füßen nach Karl, doch der war gewarnt. Es dauerte nicht lange, und die beiden Entführer hatten Greta wie ein Paket verschnürt. Füße und Hände waren mit Gaffa-Tape gefesselt.

Währenddessen zeterte Greta und fluchte unentwegt in einer seltsamen Mischung aus Wienerisch und einem anderen österreichischen Dialekt: »Lassts den Scheiß, ihr vertrottelten Mistviecher. Lass mi sofort aus, du Drecksau –«, bis auch ihr Mund mit dem Tape verschlossen wurde.

Erschöpft ließ sich Karl auf die Rückbank fallen. Er nahm sich die Maske vom Gesicht, um den Schweiß abzuwischen. »Die hat ja echt Feuer im Arsch«, sagte er mit einer gewissen Hochachtung.

Janne und Anna hatten den schwarzen Bus zunächst aus den Augen verloren. Als sie am Ägyptischen Konsulat vorbeifuhren, schrie Anna auf. Sie erblickte ihn auf der anderen Seite. »Wir müssen um die Moorweide herumfahren.«

»Das dauert zu lange.« Janne bremste den Wagen, setzte ein paar Meter zurück und quetschte sich durch eine Parklücke auf dem Seitenstreifen. »Ist zwar keine Straße, aber immerhin ein Sandweg.« Dann gab sie Gas und fuhr quer über die Grünfläche Richtung Tesdorpfstraße. »Blaulicht wäre jetzt hilfreich.«

»Dann würden sie aber schnell merken, dass sie verfolgt werden.«

Als Janne die Grünfläche überquert hatte, musste sie erneut um ein paar parkende Autos herumkurven und konnte gerade noch sehen, wie der Bus in die Heimhuder Straße einbog.

Sie ließen sich wieder etwas zurückfallen und achteten darauf, dass mindestens zwei Fahrzeuge zwischen ihnen und den Entführern fuhren.

»Hast du einen Plan?«, fragte Anna.

»Noch nicht.«

»Das Auto zu stoppen ist zu gefährlich. Die zwei Entführer sitzen mit Villinger im Fahrgastraum und bewachen sie. Der Fahrer wird vermutlich auch bewaffnet sein«, dachte Anna laut nach. »Ein Zugriff wird also nicht einfach –«

»Sie brauchen die Wissenschaftlerin lebend«, fiel Janne Anna ins Wort.

»Ist trotzdem gefährlich.«

»Wenn ich in meinem Leben jeder Gefahr ausgewichen wäre, würde ich hier nicht neben dir sitzen.«

»An der nächsten Kreuzung solltest du links abbiegen und dann am ethnologischen Museum wieder rechts.« Anna überging Jannes Bemerkung.

»Der Bus ist aber geradeaus weitergefahren.«

»Am Ende der Straße muss auch er links abbiegen und kommt zwangsläufig auf die Rothenbaumchaussee. Wir werden dann sehen, welche Richtung er dort einschlägt.«

»Und wir machen uns mit diesem Manöver unauffälliger«, sagte Janne anerkennend und beschleunigte.

Anna sah sich im Wagen der Zivilbeamten um und fand im Handschuhfach eine Pistole. »Du hast wahrscheinlich keine Waffe dabei?«, fragte sie Janne.

»Zu gefährlich«, antwortete Janne grinsend. »Welches Modell?«

»Heckler und Koch, P2000.« Anna ließ die Seitenscheibe an der Beifahrertür herunter. Es war ungewöhnlich warm für die Jahreszeit, und die Klimaanlage funktionierte nicht.

»Besser als nichts.« Janne reduzierte ihre Geschwindigkeit. »Der schwarze Bus biegt auf die Rothenbaumchaussee ab. Richtung Klosterstern.«

»Schließ mal ein bisschen auf.«

Auf Höhe des NDR-Funkhauses waren sie dicht hinter dem Bus. Es ging nur noch stockend voran.

»Das Verkehrsaufkommen in Hamburg ist wirklich unsäglich«, fluchte Anna. »Und das an einem Vormittag.«

»So kann uns der Bus aber wenigstens nicht davonfahren.«

»Nützt uns nur nichts.«

»Abwarten.«

Für die nächsten vierhundert Meter bis zum Klosterstern benötigten sie zwanzig Minuten. Der Kleinbus hatte sich in den Kreisverkehr gedrängelt und war auf der inneren Fahrspur gelandet. Janne trommelte ungeduldig mit den Fingern auf dem Lenkrad herum. Der Verkehr war zum Erliegen gekommen. »Wir müssen auch in den Kreisverkehr«, murmelte sie. »Nur freiwillig lässt mich dort keiner rein.«

»Soll ich dir den Weg freischießen?« Anna nahm die Heckler und Koch in die Hand. »Ist ja nicht meine Pistole«, witzelte sie.

»Ich sage Bescheid, wenn ich deine Hilfe benötige.« Janne legte den ersten Gang ein. Sie stand jetzt in Poleposition, um in den Kreisverkehr zu gelangen. In dem Moment, wo sich eine kleine Lücke zwischen zwei Autos auftat, gab sie Gas. Wütendes Hupen und schwingende Fäuste begleiteten die Aktion, doch Janne ließ sich nicht beirren. Sie zeigte allen den Stinkefinger und setzte den Wagen hinter einen weißen Porsche 911 Cabriolet.

»Nicht schlecht«, schwärmte Janne.

»Das Auto oder der Typ?«

»Das Auto natürlich. Der Typ ist mir zu alt.«

»Ich könnte ihn mit Waffengewalt zum Autotausch zwingen.«

»Du bist echt auf Krawall gebürstet.« Anna schaute eine Weile nachdenklich zu dem schwarzen Bus, der etwa zwanzig

Meter entfernt von ihnen stand. »Wie sich Greta Villinger wohl fühlt?«

»Wie hast du dich gefühlt, als du mit deiner Schwester gefangen und verletzt im Keller lagst?«

»Ich hatte eine Scheiß-Angst.« Anna legte ihre Hand auf Jannes Arm. »Aber du hast uns gerettet.«

»Genau.« Janne stellte den Motor aus. »Und wir retten jetzt Greta.«

»Hast du einen Plan?«

»Habe ich. Gib mir die P2000. Du bist Lara Croft und ich Furiosa ...«

Anna blickte Janne ungläubig an.

»Na, die aus ›Mad Max: Fury Road‹.«

»Ich weiß. Und dein Plan?«

»Alle Autos stehen gerade still. Wir steigen aus. Du gehst auf die Fahrerseite, schlägst die Scheibe ein und bedrohst den Fahrer. Ich reiße die Schiebetür auf, erledige die beiden Entführer, hole Greta aus dem Auto, und wir verschwinden in der U-Bahn-Station.«

»Und du meinst, das könnte funktionieren?«

»Weiß nicht, ich setze auf den Überraschungseffekt.«

Ben Taylor drehte sich zu seinen Komplizen um und reichte Karl eine Wasserflasche. »Gib der Kleinen mal was zu trinken.«

»Dann schreit sie uns wieder die Ohren voll.«

»Lass dir doch von der putzigen Bitch nicht den Schneid abkaufen.«

»Auf deine Verantwortung.« Karl wandte sich genervt an Greta. »Pass mal auf. Ich gebe dir jetzt was zu trinken. Dafür entferne ich dir das Klebeband vom Mund. Wenn du einen Mucks machst, werde ich dir wehtun. Verstanden?«

Greta nickte ängstlich.

Karl löste das Klebeband und hielt Greta die Flasche vor den Mund. Nach dem ersten Schluck bekam sie einen Hustenanfall und einen Würgereiz.

»Mann, kotz jetzt nicht alles voll.«

»Lass mich doch selbst trinken«, sagte Greta keuchend und hielt ihm die gefesselten Hände hin.

»Ich halte deinen linken Arm fest. Wenn du rumzickst, breche ich ihn dir«, drohte ihr Ralf.

»Was für ein Umstand.«

Doch dann schnitt Karl die Fesseln mit seinem Messer durch. Greta nahm die Wasserflasche und trank sie gierig aus.

Ben hatte das Schauspiel kopfschüttelnd verfolgt und drehte sich wieder um. Die Autos vor ihm waren ein paar Meter vorangekommen, aber es lohnte nicht aufzuschließen. Er öffnete sein Seitenfenster, lehnte sich in seinen Sitz zurück und schloss für einen Moment die Augen.

Sekunden später spürte er kaltes Metall an seiner Schläfe.

Janne hatte sich vorsichtig auf den Kleinbus zubewegt und sah, wie Anna hinter ihm verschwand. Sie stand jetzt neben dem Cabrio und beugte sich zu dem braun gebrannten Fahrer hinunter, der sie mit offenem Mund anstarrte. »Wir kommen vom Film und drehen mit versteckter Kamera«, sagte sie verschwörerisch. »Also Ruhe bitte, wir haben nur einen Versuch.«

Er nickte verständnisvoll. »Anschließend können wir ja was trinken gehen.«

»Auf jeden Fall, Süßer«, flötete sie.

Janne blickte sich um und bemerkte, dass sich die Fahrzeuge langsam wieder in Bewegung setzten. Sie zog die Pistole, sprintete zum Bus, riss die Schiebetür auf und blickte in drei aufgerissene Augenpaare. Karl wollte sein Messer auf Janne werfen, bekam aber einen Tritt von Greta und stürzte. Janne zog ihn aus dem Fahrzeug, er knallte auf den Asphalt und blieb benommen liegen. Janne wollte sofort in den Innenraum springen, als der VW-Bus plötzlich losbrauste. Sie wurde ein Stück mitgeschleift und blieb dann auch auf der Straße liegen. Sie meinte, noch einen Schrei von Greta zu hören. Unter Schmerzen stand sie auf und blickte fluchend dem davonfahrenden Bus hinterher, der in der St. Benedictstraße verschwand. Sie sammelte ihre Pistole ein und humpelte zu Anna, die sich über den Typen beugte, den sie aus dem Transporter geworfen hatte.

Anna hatte ihm die Maske abgenommen und mit einem Kabelbinder die Hände auf dem Rücken gefesselt. »Das ist Karl Bussard, der erste Fahndungserfolg«, sagte sie sarkastisch. »Und am Steuer saß Ben Taylor oder Charles –«

»– Manson?«

»So ähnlich. Diesmal mit Glatze.«

»So ein Mist, dass sich der Stau ausgerechnet in dem Moment aufgelöst hat, als wir den Zugriff gestartet haben.« Janne stützte sich auf Annas Schulter.

»Dafür haben wir für den nächsten Stau gesorgt.« Anna zeigte auf die hinter ihnen stehenden Fahrzeuge und die wütenden Autofahrer, die ein ohrenbetäubendes Hupkonzert veranstalteten. »Hätten die nicht so viel Schiss vor unseren Pistolen, würden sie uns glatt lynchen.«

»Den Stau können wir selbst auflösen, indem wir den Kreisverkehr frei machen.«

Anna überlegte. »Ich denke, wir sollten warten, bis die Kollegen kommen.«

»Und ihnen Karl überlassen?«

»Meine Damen, das war ganz großes Kino.« Der Cabrio-Fahrer kam mit einem begeisterten Gesichtsausdruck auf Janne und Anna zu.

»Ich befürchte, wir müssen den Take wiederholen«, sagte Janne.

»Nein, das war phantastisch. Es sah so echt aus.«

»Habe ich was verpasst, Janne?«

»Das ist unser, äh, Testseher …«

»Per Erik Maier.«

»Ah, hallo. Ich bin, äh, Lara.« Im Hintergrund waren Martinshörner zu hören. »Vielleicht könnte Per Erik uns behilflich sein und dich, Furiosa, und unseren Statisten ins Hotel bringen.«

»Gerne, da könnten wir dann den verabredeten Drink zu uns nehmen, Furiosa.«

»Sehr gut.« Anna nickt zufrieden. »Ich warte dann hier auf den Rest der Crew.«

46

Janne hatte sich, sehr zum Bedauern von Per Erik, nicht ins Hotel, sondern ins LKA zum Bruno-Georges-Platz fahren lassen. Kriminaloberkommissarin Laura Sentrup hatte Karl Bussard in Empfang genommen und, nachdem er verarztet worden war, in eine Arrestzelle gesteckt. Dort sollte er noch eine Weile schmoren, bevor eine erste Befragung stattfinden würde. Zille und Pöppelmann wollten zunächst noch die Informationen, die Peakock ihnen geliefert hatte, verarbeiten und ordnen.

Janne saß jetzt bei Pöppelmann im Büro und berichtete den beiden von der Verfolgungsjagd mit dem aus ihrer Sicht mehr als unbefriedigenden Ergebnis.

»Das kann man so oder so sehen«, sagte Zille. »Ohne Annas und dein Eingreifen hätten wir nur eine weitere Entführung ohne jeglichen Hinweis gehabt. Nun haben wir sogar einen Entführer geschnappt und Ben Taylor als einen der weiteren Entführer eindeutig identifiziert.« Zille blickte zufrieden in die Runde. »Zudem können wir Paula Rudowski, die von den überrumpelten Kollegen zu uns gebracht worden ist, der Komplizenschaft beschuldigen.«

»Ob wir es beweisen können, ist eine andere Frage. Wahrscheinlich wird Dürkopp sie nach Hause schicken«, schränkte Pöppelmann ein. »Aber im Zusammenhang mit der Drohmail, die aus ihrer Fakultät verschickt worden ist, wird er uns eine Durchsuchung der Fakultätscomputer genehmigen.«

Janne runzelte die Stirn. »Ihr habt recht. Doch all das führt uns nicht unbedingt zu Greta Villinger oder zu den anderen entführten Wissenschaftlern.«

»Vielleicht helfen uns die Hinweise, die Peakock uns gegeben hat.« Pöppelmann ging zum Sideboard und setzte einen

Kaffee auf. »Bei seinem Gespräch mit den Superreichen ging es um die Überlebensbedingungen in einem Survival-Bunker. Um so ein Szenario realisieren zu können, braucht man vor allem innovative Technologien.«

»An denen die entführten Wissenschaftler geforscht haben. Das haben sie alle gemeinsam, auch wenn sie auf unterschiedliche Bereiche spezialisiert sind. Erst die einzelnen Teile ergeben das gesamte Puzzle«, ergänzte Janne.

»Damit haben wir das Motiv und die Hintermänner für die Verbrechen«, stellte Pöppelmann fest.

»Zu denen übrigens zwei Hinterfrauen gehören«, betonte Zille. »Eine Dänin und eine Schweizerin, Namen unbekannt. Allerdings scheint Peakock die Schweizerin etwas näher kennengelernt zu haben.« Zille räusperte sich. »Sie hat ihm verraten, dass er den Rückweg nicht überleben sollte.«

»Als Belohnung für seine Leistungen im Bett?«, fragte Janne süffisant.

Pöppelmann grinste. »So genau hat er das nicht ausgeführt. Jedenfalls hat er bei der Landung des Hubschraubers so viel Randale im Cockpit veranstaltet, dass der Pilot die Kontrolle verlor und mit der Maschine eine Bruchlandung hingelegt hat.«

»Und in dem Chaos konnte er dann fliehen?«

»Genau.« Pöppelmann kam mit drei Tassen Kaffee an den Tisch. »Wir haben Peakock ein Foto von Matuschek gezeigt, und er hat ihn neben Vahrenheide als einen weiteren Teilnehmer der Gesprächsrunde wiedererkannt. Der dritte Mann im Bunde soll einen rheinischen Tonfall gehabt haben.«

»Er gab uns auch einen Hinweis zu einem möglichen Aufenthaltsort der Entführten.« Zille schlug die Beine übereinander. »Vahrenheide und Matuschek leben beide in Hamburg. Peakock ist sich sicher, dass das Gespräch in einem Haus von Vahrenheide stattgefunden hat und er der Initiator der Gesprächsrunde war.«

»Woraus hat er das geschlossen?«, fragte Janne.

»Aus Vahrenheides gesamtem Auftreten«, erläuterte Pöppelmann. »Er hat ihn in der Runde vorgestellt, bei Streitigkeiten schlichtend eingegriffen, die Bediensteten herumkommandiert und sich sehr vertraut in den unterirdischen Räumen bewegt.«

»Unterirdisch?«

»Ja.« Zille holte ein Blatt Papier aus seiner Tasche und legte es auf den Tisch. »Peakock hat uns eine Skizze angefertigt, mit allen Vorbehalten einer Gedächtnistrübung aufgrund seines Hubschrauberabsturzes.«

Janne betrachtete die Skizze. »Was ist das für ein Raum, der den Mittelpunkt der Anlage zu bilden scheint?«

»Eine Rotunde mit einem Kuppeldach.« Zille hob seinen Zeigefinger. »Und jetzt kommt's. Peakock ist zu dem Treffen von Oslo aus angereist. Ab dem Moment, als er dort das Flugzeug bestieg, flog er sechsunddreißig Stunden im Blindflug, die letzte Strecke ungefähr zwanzig Minuten mit einem Hubschrauber. In einem fensterlosen Zimmer konnte er dann das erste Mal wieder auf die Uhr blicken. Es war zweiundzwanzig Uhr. Als er am nächsten Morgen aufwachte, hatte er keinen Jetlag, er war also offensichtlich in Europa hin und her geflogen.« Zille trank einen Schluck Kaffee und hätte ihn fast wieder ausgespuckt. »Ist der vom letzten Jahr?«

»Vielleicht auch noch älter«, entgegnete Pöppelmann bierernst.

»Wie ging es dann weiter?«, fragte Janne ungeduldig.

Zille stellte angewidert die Kaffeetasse ab. »Nach einem Frühstück auf seinem Zimmer wurde Peakock dann in die Rotunde gebracht, wo die anderen Gesprächsteilnehmer schon auf ihn warteten. Es war neun Uhr. Durch die Kuppel fielen Lichtstrahlen in den Raum, die diesen etwas sakral wirken ließen. So beschreibt es zumindest Peakock. Durch den Lichteinfall konnte er erkennen, dass er in Mitteleuropa sein musste, und zwar im nördlichen Teil.«

»In Hamburg, an Vahrenheides Wohnort«, schlussfolgerte Janne.

»Den Gedanken hatte Peakock auch«, ergriff Pöppelmann das Wort. »Und er war sich sicher, dass sie in einem privaten Bunker saßen, wie ihn viele reiche Leute inzwischen haben.«

»Er berichtete weiter«, fuhr Zille fort, »dass die anwesenden Gesprächspartner alle eine diffuse Angst vor ›dem Ereignis‹ einte: Atomkrieg, Klima-GAU, Hackerangriffe und Ähnliches.«

»Sind die irre?«, fragte Janne entgeistert.

»In gewisser Weise ja.« Zille griff aus Gewohnheit zur Kaffeetasse, stellte sie aber im letzten Moment wieder ab. »Wer viel zu verlieren hat, gerät schnell in paranoide Angstzustände. Sie befürchten das Schlimmste, haben ein ihr gesamtes Leben bestimmendes Misstrauen gegenüber allem und allen und überhaupt kein Bewusstsein dafür, dass sie selbst Teil des Problems sein könnten.«

»Weil sie sich für die Elite, also etwas Besseres halten und glauben, mit ihrem Reichtum alles regeln zu können«, brachte Pöppelmann es auf den Punkt.

»Und meistens funktioniert das ja auch.« Janne raufte sich ernüchtert die Haare.

»Das werden wir verhindern«, sagte Pöppelmann entschlossen. »Diese illustre Runde packen wir an den Eiern.«

»Oh.« Janne schaute auf ihr Handy. »Anna braucht unsere Hilfe.«

»Hat sie etwa Probleme mit den Kollegen?«, fragte Zille amüsiert.

»Sie wird im PK 17 festgehalten.«

»Das ist an der Uni, in der Sedanstraße.« Pöppelmann stand auf. »Ich kläre das mal.«

Auch Zille griff zum Handy. »Ich werde Elias über den Stand der Dinge informieren. Er soll zu Vahrenheide recherchieren.«

»Und wie geht es dann weiter?« Janne war aufgestanden und hielt sich das rechte Bein.

»Du ruhst dich aus. Und wenn Pöppelmann und ich gegessen haben, kümmern wir uns um Paula Rudowski und Karl Bussard. Den können wir mächtig unter Druck setzen«, schmunzelte Zille listig.

47

Nachdem Ben die junge Wissenschaftlerin Greta Villinger gestern Nachmittag verletzt bei Vahrenheide abgeliefert hatte, musste Kiki erst einmal Krankenschwester spielen. Sie hatte sie sofort in ein kleines Apartment neben dem von Finn Tiberius in den Bunker gebracht und sich um Gretas Verletzung gekümmert.

Zum Glück hatte Ralf ihr nur die Schulter ausgekugelt, gebrochen war nichts. Kiki verabreichte ihr ein starkes Schmerzmittel, und nachdem die Wirkung des Medikaments eingetreten war, hatte sie die Schulter wieder eingerenkt und anschließend mit Hilfe einer Schlinge den Arm ruhiggestellt.

Bens und Ralfs Schilderung der Entführung hatte Kiki beunruhigt. Sie hatte heute Morgen die Situation mit Philipp Vahrenheide diskutiert. Er sah aber in der holprigen Entführung keinen Anlass, etwas am geplanten Ablauf zu verändern. Auch die Festnahme von Karl konnte ihn nicht davon abbringen, zumal, so Vahrenheide, ja nicht sicher sei, ob er den Sturz aus dem Wagen überlebt hatte. Außerdem habe er nur an den Entführungen teilgenommen und sei weder im Kaufmann-Bunker noch in seinem Privatbunker gewesen.

Vahrenheide hatte wie üblich abgewiegelt. Er hielt sich als Milliardär und ein mit der Hamburgischen Ehrengedenkmünze in Gold ausgezeichneter Bürger der Hansestadt für unantastbar. Er sei ein Segen für diese Stadt, und wenn Karl Kaufmann, so erklärte er Kiki, der ehemalige Reichsstatthalter der Nazis, Hitlers Stellvertreter in Hamburg, bis 1969 unbescholten in der Hansestadt habe leben können, dann könne ihm ja wohl kein Ungemach drohen. Er berief sich gerne auf den NSDAP-Gauleiter, der alle wesentlichen Positionen der Nazizeit in Hamburg auf sich vereint hatte, schließlich konnte Vahrenheide dessen Führer-Bunker in Hamburg-Pöseldorf käuflich erwerben. Keiner würde es wagen, ihn mit den Entführungen und Kollateralschäden in Verbindung zu bringen. Er hatte Kiki dennoch versprochen, über einen beschleunigten Abtransport der Wissenschaftler nachzudenken. Er würde eine Videokonferenz der »chosen few« einberufen.

Kiki stieg die Treppen in den untersten Bereich des Bunkers hinunter. Sie war auf dem Weg zu Greta Villinger, um ihr einige neue Kleidungsstücke zu bringen. Die vorab besorgten würden der Frau nicht passen. Kiki hatte ihren kräftigen Körperbau unterschätzt. Und dann wollte sie sich nach ihrem Befinden erkundigen. Bei Finn würde sie später vorbeischauen. Er hatte, trotz der für ihn sicher bedrückenden und bedrohlichen Situation, einen guten Schlaf. Sie klopfte an die Apartmenttür der jungen Wissenschaftlerin, und nach einem leisen »Ja bitte« trat sie ein.

Greta Villinger saß auf dem Bett und hielt sich den Arm.

»Wie geht es dir?«, fragte Kiki mitfühlend.

»Blendend in diesem Fünf-Sterne-Hotel«, antwortete Greta sarkastisch.

»Ich hätte dir die Schulter nicht einrenken müssen.«

»Tu nicht so, als ob du mich aus Mitgefühl verarztet hast«, sagte Greta. »Eine einarmige Wissenschaftlerin ist für euch bestimmt nicht zu gebrauchen.«

»Das stimmt«, erwiderte Kiki freundlich. »Aber du hast mir schon leidgetan.«

»Wenn dir so viel an mir liegt«, sagte Greta spöttisch, »dann könntest du mir vielleicht das Frühstück zubereiten.« Sie zeigte auf ihren linken Arm. »Ist in diesem Zustand etwas mühsam für mich.«

Kiki nickte und legte die neue Kleidung aufs Bett. »Soll ich dir auch beim Waschen und Umziehen behilflich sein?«

Greta sah Kiki überrascht an. Sie wusste nicht, ob sie das ernst gemeint hatte.

Ein paar Minuten später saß Greta geduscht und neu eingekleidet am Frühstückstisch.

»Die fünf Sterne wurden diesem Etablissement aufgrund des persönlichen Service vergeben.« Kiki brachte Greta einen Cappuccino aus der Kaffeepad-Maschine.

»Was willst du von mir?« Greta hatte keine Lust auf Small Talk.

»Wir brauchen deine wissenschaftliche Expertise bei einem Projekt«, sagte Kiki und setzte sich zu ihr an den Tisch.

»Es gibt auch andere Möglichkeiten der Kontaktaufnahme als eine Entführung.«

»Das war bei diesem Projekt keine Option.« Kiki aß ein Stück Käse. »Nach dem Frühstück gehen wir in das Nachbarapartment und statten einem Kollegen von dir einen Besuch ab. Dort treffen wir auch den Leiter des Projektes, und du erfährst alles Weitere.«

»Ihr habt tatsächlich noch weitere Wissenschaftler entführt?« Greta Villinger schaute ungläubig zu Kiki. »Ich konnte es einfach nicht glauben, als ich davon erfuhr.«

»Manchmal geschehen Dinge zwischen Himmel und Erde, die kann man nicht vorhersehen.«

»Ich glaube nicht an Zufälle.«

Ungefähr zehn Kilometer weiter nordöstlich verspeisten Pöppelmann und Zille ihre letzten Franzbrötchen. Nachdem Karl Bussard am Tag zuvor noch dem Haftrichter vorgeführt und U-Haft angeordnet worden war, hatte Pöppelmann ihm schon einmal auf den Zahn gefühlt, doch viel war dabei nicht herausgekommen.

»Das erste Gespräch mit Bussard war nicht sehr ergiebig.« Pöppelmann brach sich ein kleines Stück vom Franzbrötchen ab.

»Was hast du herausbekommen?«

»Seinen Namen hat er gesagt.«

»Aber den wussten wir doch schon«, sagte Zille mit vollem Mund.

»Sag ich doch, wenig ergiebig.« Pöppelmann versuchte, von dem abgebrochenen Stück des Brötchens ein noch kleineres abzubeißen.

»Wie isst du eigentlich dein Franzbrötchen?«, wollte Zille wissen.

»In kleinen Portionen.«

»Ist das eine neue Diät?«

»Slow Food, hat Freya gesagt.«

»Es gibt eine Geschichte vom Meister des ungesunden Essens.«

»Von dir?«

»Das Krümelmonster betrachtet eine Kekspackung und bewundert die grandiose runde Form des Kekses«, schwärmte Zille. »Dann öffnet es die Packung, schnuppert an dem Keks und ist überwältigt von seinem Duft. Das Wasser läuft ihm im Mund zusammen, und schließlich kann er sich nicht mehr beherrschen. Es reißt die Packung in Stücke, wirft sie hinter sich und stopft den Keks mit beiden Händen in den Mund, bis nicht mal mehr Krümel von ihm übrig bleiben.« Zille stieß einen wohligen Laut aus. »Und es ist glücklich.«

»Wird das Krümelmonster nicht schon lange von einer singenden Karotte und einer sprechenden Aubergine in die Zange genommen?«, fragte Pöppelmann.

»Ein Drama. Aber die Wahrheit lässt sich nicht unterdrücken.«

Pöppelmann schaute von Zille zu seinem Franzbrötchen. »Für das Krümelmonster.« Dann nahm er einen großen Biss. »Und jetzt nehmen wir Karl Bussard auseinander.«

Auf dem Weg zum Verhörraum berichtete Pöppelmann, dass Paula Rudowski tatsächlich nach der Personenfeststellung wieder entlassen worden war. Eine Beteiligung an der Entführung ließ sich nicht beweisen, im Gegenteil, sie verstand sich als Opfer. »Aber wir werden sie noch überführen. Die Durchsuchung der Computer in der Fakultät läuft.«

Zille und Pöppelmann betraten den Verhörraum. Bussard saß in Handschellen am Tisch, ein junger Kollege stand in der Ecke. Pöppelmann schickte ihn raus und setzte sich an den Tisch. Zille stellte sich hinter Bussard an die Wand.

Bussard drehte sich irritiert um.

»Keine Angst, der Kollege jagt Ihnen kein Messer in den Rücken«, beruhigte ihn Pöppelmann und stellte sich vor.

»Wo bleibt mein Anwalt?«

»Wir haben noch keinen erreicht.«

»Ich habe aber ein Recht auf einen Anwalt«, erwiderte Karl Bussard trotzig.

»Das spreche ich Ihnen auch nicht ab«, sagte Pöppelmann freundlich.

»Solange ich keinen Anwalt habe, sage ich kein Wort.«

»Auch das ist Ihr gutes Recht.«

»Nur ob es immer klug ist, auf seinem Recht zu bestehen, ist eine andere Frage«, warf Zille lapidar ein.

Bussard drehte sich um. »Wer ist das überhaupt?«

»Entschuldigung, ich habe mich nicht vorgestellt. Heiner Zillinski, Profiler.«

»Seelenklempner?«

»Weit verbreiteter Irrtum aufgrund von ›Tatort‹ und Co.«, klärte Pöppelmann den Befragten auf. »Profiler sind Fallanalytiker, keine Psychologen. Herr Zillinski hört nur zu. Und das sollten Sie jetzt auch tun. Da Sie uns ja nichts sagen wollen, erzähle ich Ihnen mal was. Dass Sie an der Entführung einer jungen Wissenschaftlerin beteiligt waren, können selbst Sie nicht abstreiten. Es gibt zwei Zeuginnen. Eine davon haben Sie sogar mit dem Tod bedroht. Darauf stehen wie viele Jahre Haft?« Pöppelmann schaute zu Zille.

»Mindestens fünf Jahre«, sagte dieser und fügte an: »Möglicherweise sollte die Zeugin auch als Geisel genommen und vielleicht auch gefoltert werden. Die andere Zeugin hat gesehen, wie Sie mit dem Messer vor ihr standen.«

»Aber dann werden das weit mehr als fünf Jahre, Herr Zillinski.« Pöppelmann blätterte in seinen Unterlagen.

Karl Bussard spielte nervös mit seinen Fingern, seine Augen bewegten sich hektisch hin und her. Erste Schweißperlen bildeten sich auf seiner Stirn.

»Das habe ich gesucht.« Pöppelmann blickte Bussard an. »Sagt Ihnen der Name Gutowski etwas?«

Bussard schwieg.

»Ich vergaß. Sie reden ja nicht. Gutowski ist auch ein Wissenschaftler, an dessen Entführung Sie beteiligt waren.«

»Herr Pöppelmann, Sie sind aber auch vergesslich heute.«

Wieder erklang Zilles Stimme aus dem Hintergrund. »Das war nicht nur eine Entführung, das war Mord.«

»Tatsächlich.« Pöppelmann blätterte wieder in den Unterlagen. »Gutowskis Assistentin Mathilda Schulz wurde getötet.«

»Und vorher gefoltert.« Zille setzte sich neben Pöppelmann und nahm das Foto in die Hand, das der ihm hinhielt. Er betrachtete es schweigend. »Sie hatte noch ihr ganzes Leben vor sich. Und dann wird ihr die Kehle durchgeschnitten. Einfach so.« Zille legte das Foto vor Bussard.

Pöppelmann fügte noch weitere Fotos mit Detailaufnahmen von den Folterungen hinzu. »Wir lassen die Fotos hier, damit Sie sie sich in Ruhe anschauen können. Wir machen derweil eine Pause.«

Pöppelmann und Zille standen auf, verließen den Raum und schickten den jungen Kollegen wieder hinein.

48

Vahrenheide hatte vor dem Frühstück einen seiner Läufe an der Elbe absolviert und fühlte sich gut. Durch den Baurs Park zum Blankeneser Leuchtturm, vorbei am Falkensteiner Ufer bis zum Leuchtturm Rissen und wieder zurück. Eine großartige Strecke. Nach dem Duschen hatte er gefrühstückt und sich anschließend ins Arbeitszimmer zurückgezogen, um sich auf die Videokonferenz vorzubereiten. Allerdings wurde er durch Kikis Gesprächswunsch unterbrochen. Jetzt blieben ihm nur noch wenige Minuten, bis sich die übrigen »chosen few« in die Videokonferenz einwählten.

Er hatte die Zeit ernsthaft genutzt und über Kikis Bedenken und Befürchtungen nachgedacht. Sein persönlicher Sicherheitsstatus war wohl doch keine Gewähr für die Sicherheit des Projektes. Zu viele Personen waren daran beteiligt. Und leider waren bei den Entführungen tatsächlich einige unnötige Zwischenfälle geschehen, die die Polizei möglicherweise auf seine

Fährte bringen könnten. Er würde das bei der gleich folgenden Besprechung thematisieren.

Punkt elf Uhr dreißig waren die »chosen few« wieder beisammen, wenn auch nur virtuell.

»Da wir über eine sichere Leitung kommunizieren, müssen wir uns nicht mit unseren Fake-Namen ansprechen«, begrüßte Philipp Vahrenheide die vier anderen Teilnehmer.

»Ich hätte auch nicht mehr auf den Namen ›Erich‹ reagiert«, erwiderte Peter Schmitz.

»Als ob ›Peter‹ die bessere Alternative wäre«, stichelte Stina Rasmussen.

»Ich bitte euch. Wir haben Wichtigeres zu besprechen«, fuhr Vahrenheide den beiden in die Parade.

»Dann erzähle uns mal, Philipp, warum du diesen außerplanmäßigen Termin anberaumt hast«, bat die Schweizerin Uschi Grünweg um eine Erklärung.

»Zunächst die gute Nachricht, dass die letzte Aktion erfolgreich verlaufen ist.«

»Das heißt, die Ladung ist vollständig?«, fragte Matuschek.

»So ist es. Leider hat es einen kleinen Zwischenfall gegeben.« Vahrenheide stockte einen Moment und berichtete dann vom Verlauf der Entführung.

»Weißt du, wer die Verfolger waren?«, fragte Stina Rasmussen.

»Wir vermuten, von der Polizei.«

»Wie haben die denn von der Aktion erfahren?«, bohrte Schmitz nach.

»Das ist unklar«, gab Vahrenheide zu. »Allerdings wimmelte es im Kongresszentrum von Polizisten und Sicherheitspersonal –«

»Fand die Aktion etwa dort statt?«, fuhr Matuschek dazwischen.

»Nein«, versicherte Vahrenheide.

»Du solltest den festgenommenen Mitarbeiter schleunigst aus dem Verkehr ziehen lassen«, knurrte Matuschek. »Er stellt ein Sicherheitsrisiko dar.«

»Deshalb sollten wir auch den Zeitplan für den Transport der Wissenschaftler ändern«, forderte Peter Schmitz mit Nachdruck. »Wir dürfen unser Projekt auf keinen Fall gefährden.«

»Dem stimme ich zu«, sagte Stina Rasmussen. »Die Ladung ist vollständig, wir könnten sie also sofort verpacken und losschicken.«

»Wir sollten die Pferde nicht noch scheuer machen, indem wir übereilt handeln.« Vahrenheide versuchte, der Situation die Dramatik zu nehmen. »Es führt keine Spur zu uns.«

»Wie siehst du das, Uschi?«, fragte Matuschek.

»Wir sollten kein Risiko eingehen. Grundsätzlich stünde einem vorzeitigen Transport nichts im Wege. Die Bauarbeiten sind weit fortgeschritten. Die Labore sind so weit vorbereitet, dass die Feinjustierungen in Absprache mit den jeweiligen Experten vorgenommen werden können, und die Unterkünfte der Wissenschaftler sind fast fertig, wenn auch noch nicht komplett eingerichtet.«

»Wie sieht es mit den Verträgen aus?«, wollte Rasmussen wissen.

»Alle haben unterschrieben«, log Vahrenheide. »Abgemacht ist auch, dass die Familien später nachkommen können.«

»Dann wäre also alles geregelt«, stellte Matuschek fest.

»Was wir nicht im Griff haben«, dämpfte Uschi Grünweg die Hoffnung, »ist das Wetter.« Sie hielt ein Foto hoch. »Wie ihr vielleicht seht, hat es hier einen Wintereinbruch gegeben.«

»Das ist der Scheiß-Klimawandel«, schimpfte Schmitz.

»Vielleicht.« Grünweg legte sich einen Schal um den Hals. »Doch so ungewöhnlich ist das nicht in den Hochalpen. Wir haben Ende September und befinden uns auf über zweitausend Metern Höhe.«

»Und was bedeutet das jetzt?«, fragte Philipp Vahrenheide.

»Unser Bunker ist zurzeit nicht erreichbar, weil die Straßen nicht passierbar sind. Und es ist nicht abzusehen, wann sich die Wetterlage wieder zu unseren Gunsten ändert.«

»Das Wetter können wir leider nicht mit unserem Geld bestechen«, schnaufte Matuschek.

»Uschi wird uns, sobald eine Anreise, auch unter schwierigen Bedingungen, möglich ist, davon in Kenntnis setzen«, sagte Vahrenheide. »Und bis dahin werde ich alles vorbereiten, damit die Ladung jederzeit transportbereit ist.«

49

Pöppelmann und Zille liefen, beide in Gedanken versunken, um das Gebäude des Polizeipräsidiums. Auf der anderen Straßenseite bellte ein Hund.

»Was hältst du eigentlich von einem Hund als Haustier?«, fragte Zille.

»Kommt darauf an, wie groß er ist.«

»Stimmt, sollte man mitbedenken.«

»Willst du dir einen anschaffen?«

»Man kommt viel an die frische Luft.«

»Egal wie groß.«

Das Gespräch verstummte. Die beiden Männer setzten zur zweiten Runde um den sternförmigen Bau des Präsidiums an und sprachen sich über die weitere Vorgehensweise beim Verhör ab. Am Ende mussten die Aufenthaltsorte der entführten Wissenschaftler stehen. Koste es, was es wolle. Und zwar auf beiden Seiten.

Sie kamen mit einem Pappbecher Wasser zurück in den Verhörraum. Alle Fotos lagen auf dem Boden, einige waren zerrissen.

»Sie hatten mir gesagt, ich soll nur eingreifen, wenn er mit dem Kopf gegen die Wand rennt«, sagte der junge Kollege entschuldigend.

»Du hast alles richtig gemacht, Kollege«, erwiderte Zille aufmunternd. »Im Übrigen duzen wir uns hier.«

»Das sehen nicht alle so im Präsidium.«

»Den Chef würde ich auch nicht duzen. Du kannst jetzt wieder draußen vor der Tür warten.«

Pöppelmann hatte sich schon an den Tisch gesetzt und Bussard den Wasserbecher vor die Nase gestellt. Der trank ihn in einem Zug gierig aus. »Stress verursacht vieles, unter anderem auch Durst«, sagte Pöppelmann beiläufig. »Wussten Sie das?«

Zille hob die Fotos auf und legte sie wieder vor Bussard auf den Tisch. »Sieht nicht schön aus, nicht wahr?« Er zeigte auf den Schnitt am Hals. »Waren Sie das? Sind Sie ein Mörder?«

Pöppelmann zeigte auf ein Bild mit Folterspuren. »Oder sind Sie eher der Foltertyp?«

»Vielleicht auch beides«, sagte Zille. »Nach den Resultaten der Obduktion zu urteilen würde ich sagen, wir haben es mit einem Sadisten zu tun.«

»Sind Sie ein Sadist, Karl?« Pöppelmann schlug mit der Faust auf den Tisch. »Reden Sie endlich!«

»Haben wir Ihnen schon gesagt, dass Mord mit lebenslänglicher Haft geahndet wird?« Zille taxierte Bussard. Bald würde er kollabieren.

»Und in diesem Fall wird es definitiv keine Begnadigung geben.« Pöppelmann zog eine Beweismitteltüte aus seiner Jackentasche. »Erkennen Sie das? Das Stück Stoff stammt von Ihrer Maske, die Sie bei der Entführung von Gutowski trugen. Dort sind nicht nur Spuren von Pfefferspray zu finden, sondern auch Ihre DNA.«

»Sie waren am Tatort, also sind Sie für uns der Mörder.«

»Karl Bussard, ich −«

»Das war ich nicht«, schrie Bussard plötzlich voller Panik.

»Oh.« Pöppelmann tat überrascht. »Er spricht.«

»Wenn Sie es nicht waren, müssen noch andere am Tatort gewesen sein«, schlussfolgerte Zille. »Wer und wer?«

Bussard schaute Zille verwirrt an.

»Wer war außer Ihnen am Tatort, und wer ist der Mörder?« Zille wurde langsam ungeduldig.

»Was springt für mich dabei raus, wenn ich rede?« Bussard wischte sich mit beiden Händen den Schweiß von der Stirn.

»Das kommt darauf an, wie viel Sie uns erzählen können«, sagte Pöppelmann. »Uns interessiert vor allem der Mörder, aber wir gehen davon aus, dass Sie noch viel mehr wissen und nicht nur an einer Entführung beteiligt waren.«

»Um es deutlich zu machen«, Zille atmete tief durch, »wenn Sie als Kronzeuge aussagen, uns den Aufenthaltsort der Entführten nennen und uns Hinweise geben, wer als Drahtzieher hinter allem steckt, dann kommen Sie vielleicht mit ein paar Jahren Knast und der Chance auf vorzeitige Entlassung, natürlich nur bei guter Führung, davon.«

»Und ich will eine neue Identität«, forderte Bussard.

»Unser Oberstaatsanwalt ist ganz offen«, sagte Pöppelmann mit einer einladenden Geste.

»Wenn die Informationen es hergeben.« Zille stand auf und klopfte an die Tür. Der junge Kollege öffnete und steckte den Kopf herein. »Sag Oberstaatsanwalt Dürkopp Bescheid und besorge uns ein Aufnahmegerät.«

Der Kollege nickte. Bevor er loslief, hielt Zille ihn am Ärmel fest. »Dürkopp bitte auch nicht duzen.«

Nach einer Stunde saßen die beiden Kriminalhauptkommissare in Dürkopps Büro, das als das genaue Gegenteil von Pöppelmanns durchging. Alles hatte seinen Platz, lag oder stand akkurat sortiert in den Regalen. Selbst auf dem Schreibtisch herrschte Ordnung.

»Haben Sie einen Bürogehilfen, Herr Oberstaatsanwalt?«, fragte Pöppelmann perplex.

»Wie meinen Sie das?«

»Es ist so aufgeräumt in Ihrem Büro.«

»Ordnung ist das halbe Leben.«

»Und wo ist die andere Hälfte?«

Dürkopp runzelte die Stirn und zog sich seine Krawatte zurecht. »Meine Herren, sehr gute Arbeit. Wir haben vielversprechende Anhaltspunkte über den Aufenthaltsort der Entführten. Wir haben die Entführer identifiziert und verfügen über Zeugen, die unter Eid aussagen werden.«

»Und wir kennen das Motiv sowie mindestens zwei der Hintermänner«, ergänzte Zille.

»Dort ist die Beweislage leider dünner. Bisher gibt es nur Indizien.« Dürkopp rümpfte die Nase. »Und gerade bei angesehenen Bürgern muss die Anklage hieb- und stichfest sein.«

»Nur bei denen?«, fragte Pöppelmann und tat empört.

»Sie wissen schon, was ich meine.«

»Wir werden jetzt versuchen, die genauen Standorte der Entführten zu lokalisieren und brauchbare Beweismittel gegen die Hintermänner zu sammeln«, fasste Zille die weitere Vorgehensweise zusammen.

»Wenn Sie einen Zugriff planen, meine Herren, stehen Ihnen alle Ressourcen zur Verfügung. Und dann verhaften Sie die üblichen Verdächtigen.« Dürkopp kicherte. »›Casablanca‹, Herr Zillinski.«

Pöppelmann und Zille verließen das Büro des Oberstaatsanwaltes.

»Dass Dürkopp Humor hat, hätte ich jetzt nicht erwartet«, sagte Pöppelmann gut gelaunt.

»Was mich mehr überrascht hat, war, dass er offensichtlich den Film kannte.«

»Oder er hat den Spruch gegoogelt.«

»Was nicht weniger überraschend wäre.«

»Stimmt.«

»Ich habe da mal eine Frage.« Zille blieb stehen. »Der Beweismittelbeutel mit dem Stück schwarzem Stoff, den du Bussard vor die Nase gehalten hast –?«

»War nicht das Original.«

»Okay.«

»Ich habe immer einige unbenutzte Beutel in meinem Büro gelagert, das Stück Stoff habe ich mir von einer Reinigungskraft geben lassen.«

»Wir sollten Elias umgehend die Informationen von Bussard zukommen lassen, damit er die Aufenthaltsorte der Entführten lokalisieren kann.«

50

Die Veranstalter des Zukunftskongresses hatten für die Abschlussveranstaltung einen der Eventsäle im Kongresszentrum angemietet und viel Prominenz aus Wissenschaft, Kultur, Wirtschaft und Politik eingeladen. Es war eine gute Gelegenheit zum Netzwerken, die man sich nicht entgehen lassen sollte.

Maja wollte zunächst nicht an diesem Event teilnehmen, ihr sei einfach nicht nach Feiern zumute. Elias konnte sie dennoch überreden, schließlich war sie als Doktormutter für die erkrankte Greta Villinger, so die offizielle Begründung, eingesprungen. Sie hatte Gretas Verfahren, Hirnaktivitäten in bewegten Bildern darzustellen, vorgestellt und als Zukunftsvision die Möglichkeit skizziert, mit dieser Methode eines Tages Erinnerungen und Träume visualisieren zu können. Mit ihrem Vortrag hatte sie großes Interesse geweckt, und auf der Veranstaltung am heutigen Abend würde sie bestimmt viele Weichen für Gretas zukünftige Karriere stellen können. Auch wenn Maja nicht ganz so optimistisch war wie Elias, dass Greta unbeschadet freikommen würde, war sie ins Taxi gestiegen und zum Kongresszentrum gefahren. Elias hatte ihr noch ein Goethe-Zitat mit auf den Weg gegeben: »Wir hoffen immer, und in allen Dingen ist besser hoffen als verzweifeln.«

Elias saß in seinem Büro und blickte auf das Whiteboard. Dort standen die wichtigsten Stichworte, die Pöppelmann und Zille bei ihren Gesprächen über mögliche Aufenthaltsorte der Entführten hatten in Erfahrung bringen können. Bei Vahrenheide stand: »Hamburg, Bunker, unterirdisch, Rotunde, Hubschrauberlandemöglichkeit, Vahrenheides Wohnort.« Das waren Hinweise von Peakock. »Bunker, unterirdisch, Innenstadt, Alster, Villen, Landhaus, Parkanlage« waren Stichworte aus dem Verhör mit Karl Bussard.

Zunächst hatte Elias zu Philipp Vahrenheide recherchiert. Der wohnte, das war stadtbekannt, in einem klassizistischen Landhaus mit großem, parkähnlichem Grundstück an der Elbchaussee in der Nähe des Hirschparks. Hier gab es genügend

Platz, um mit einem Hubschrauber zu landen und einen unterirdischen Bunker anlegen zu lassen. Elias' Recherchen hatten ergeben, dass seit 2016 größere Bauarbeiten auf dem Gelände und am Haus stattgefunden hatten. Hinweise auf einen Bunkerbau waren nicht dabei. Er hatte weder Bauanträge noch Skizzen gefunden. Aber das hatte bei einem so einflussreichen Mann wie Vahrenheide nichts zu sagen. Und so sprach einiges dafür, dass hier das Treffen zwischen den Superreichen und Peakock stattgefunden hatte.

Karl Bussard hatte ausgeplaudert, sie hätten Finn Tiberius nach der Entführung aus dem Safehouse in ein Landhaus mit einer Parkanlage gebracht. Und auf dem Weg dorthin seien sie an anderen vornehmen Villen sowie einem großen Park vorbeigefahren. Bussard ging davon aus, dass auch die junge Wissenschaftlerin dorthin gebracht worden war. In dem Bunker in der Innenstadt, in unmittelbarer Nähe zu einer Hochschule, gebe es nämlich keinen Platz mehr. Elias zählte eins und eins zusammen. Das Landhaus stand in Blankenese. Und Vahrenheide besaß ein solches Anwesen mit Parkanlage an der Elbchaussee. Dort wurden Finn und wahrscheinlich auch Greta gefangen gehalten. Was sich besonders gut anbieten würde, wenn auf dem Grundstück auch noch ein Bunker zu finden wäre.

Elias schenkte sich einen Mokka ein, den er mit drei Löffeln Zucker süßte, und ließ sich seine Gedanken durch den Kopf gehen. Peakock hatte von einer Rotunde mit Kuppeldach erzählt, durch die Licht fiel und die den Mittelpunkt der Bunkeranlage bildete. Das Licht konnte nur hereinfallen, wenn ein Teil der Kuppel oberirdisch war. Vielleicht gab es Luftaufnahmen, die eine solche Kuppel auf dem Grundstück zeigten. Dann hätte er die Bestätigung für den Bunker. Er ging an einen seiner Rechercherechner und startete eine Luftbildersuche von Dockenhuden, so hieß dieser Teil von Blankenese offiziell. Es gab verschiedene Datenbanken, angefangen vom Staatsarchiv über Geo-Online bis hin zu weiteren privaten Anbietern. Die Suche könnte eine Weile dauern.

In der Zwischenzeit würde er sich etwas zu essen machen

und dann den zweiten Bunker ins Visier nehmen, von dem er annahm, dass es sich um den Aufenthaltsort der anderen entführten Wissenschaftler handelte. Elias hatte schon so eine Ahnung, wo dieser sein könnte.

51

Janne hatte auf Zilles Rat gehört und sich nach der Verfolgungsjagd zu Hause ausgeruht. Abends war Anna gekommen, nachdem sie die Kollegen vom PK 17 endlich hatten gehen lassen. Sie brachte vom Vietnamesen in der Silbersackstraße gebratene Nudeln mit Hähnchen und Garnelen mit. Nach dem Essen waren sie erschöpft ins Bett gegangen und eng umschlungen eingeschlafen. Als Janne am nächsten Morgen aufgewacht war, lag sie allein im Bett.

Anna hatte ihr einen Zettel aufs Kopfkissen gelegt. »Du bist das Beste, was mir passieren konnte. Wir sehen uns.«

Janne kamen vor Rührung die Tränen. Anna war mehr als eine Freundin. Sie empfand eine starke Zuneigung zu ihr, genoss ihre Nähe, liebte ihre sanften Berührungen. Sie spürte eine tiefe Verbundenheit und die anziehende Energie, die von Anna ausging. Sie waren Seelenverwandte, das hatte sie schon bei der ersten Begegnung mit Anna gespürt. Doch sie hatten noch nie Sex gehabt. Janne hüpfte aus dem Bett. Seelenliebe löste wohl kein Begehren aus, dachte sie und musste im selben Moment an Liv denken, ihre Freundin in Norwegen. Janne begehrte sie. Schon immer.

Den Rest des Tages hatte sie mit Aufräumen, Einkaufen, Work-out-Übungen und Yoga verbracht. Und sie hatte über Matuschek nachgedacht. Für Janne war er ein ganz übler Bursche, der alles Widerwärtige der Welt in sich vereinte. Er war raffgierig, rücksichtslos, hinterhältig, böswillig und charakterlos. Wahrscheinlich war die Liste seiner üblen Eigenschaften noch viel länger. Und dann deckte er auch noch seinen Vater, der den Anschlag auf das Hotel in Äthiopien und den Mord an Elias' Stiefvater in Auftrag gegeben hatte. Er hatte Miro damit erpresst, dass er seiner kranken Tochter etwas antun würde, wenn er Elias nicht umbrachte. Und er gehörte zu den Hintermännern, die die Entführungen der Wissenschaftler veranlasst hatten und auch Morde dabei in Kauf nahmen. Was für ein Abschaum. Er durfte auf keinen Fall seiner gerechten Strafe entgehen. Sie beschloss, heute Abend auf die Abschlussveranstaltung des Zukunftskongresses zu gehen. Dort würde sie bestimmt auch Matuschek begegnen. Und dieser Gedanke brachte sie auf eine Idee für ihr abendliches Outfit.

Janne stand vor dem Spiegel in ihrem Schlafzimmer und betrachtete sich zufrieden. Die Make-up-Transformation, die Annika im Kosmetiksalon auf dem Kiez vorgenommen hatte, war großartig. Janne hatte jetzt androgyne Züge. Stirn-, Nasen- und Wangenpartien sahen ein wenig markanter aus, die Augenbrauen waren stärker nachgezogen, die Lippen blasser. Der hellgraue Blazer war etwas länger und gerade geschnitten und die dunkelgraue Wollkrepphose am Bein ausgestellt, sodass sie ihr Messerholster am rechten Unterschenkel unbemerkt tragen konnte. Sie ging ungerne blank auf solche Veranstaltungen. Die dunklen Sneaker bildeten einen gelungenen Kontrast zur eleganten Kleidung. Sie hatte überlegt, noch eine Krawatte umzubinden, hielt das aber dann doch für übertrieben. Sie hängte sich eine kleine Tasche um, in der sie ein paar einsatzbereite Utensilien verstaut hatte. Dann bestellte sie ein Taxi und ließ sich zum Kongresszentrum bringen.

Die Veranstaltung hatte schon begonnen, aber Janne hatte gar nicht die Absicht, sich die Vorträge anzuhören. Sie schaute sich im Foyer um, das für den anschließenden Empfang hergerichtet war. Glücklicherweise war die Bar schon besetzt. Sie orderte einen Gin Tonic und unterhielt sich mit einem italienischen Barkeeper.

Die Unterhaltung wurde durch lautes Absatzgeklapper unterbrochen; als Janne sich umwandte, sah sie eine wunder-

schöne Frau mit einer raffinierten Hochsteckfrisur und haut-
engem Kleid mit vorderseitigem Reißverschluss die Treppen
heraufkommen. Sie blieb stehen und erblickte Janne an der
Bar. Hüftschwingend und geradezu lasziv kam sie mit einem
kleinen Täschchen am rechten Handgelenk auf sie zu. »Sie an
der Bar zu treffen überrascht mich überhaupt nicht.« Kurzes
Zögern. »Ihr Outfit schon.«

Dann brachen Anna und Janne in schallendes Gelächter aus
und nahmen sich in den Arm.

»Du hast dich aber in Schale geschmissen«, staunte Janne.

»Du siehst auch nicht schlecht aus.«

»Gefällt es dir?«

»Nein.«

»Du mir schon.«

»Das Feminine ist eben interessanter.«

»Hast du einen Plan?«

»Ist schon aufgegangen«, freute sich Anna. Dann musterte
sie Janne von Kopf bis Fuß. »Und was hast du vor?«

Bevor Janne antworten konnte, brandete Applaus auf, und
die Saaltüren öffneten sich. Die herausströmenden Frauen und
Männer bevölkerten Bar und Büfett gleichermaßen. Janne und
Anna hatten sich an einen Stehtisch verzogen. Von dort ließ
sich das Foyer gut überblicken.

»Paula Rudowski sieht etwas gestresst aus.« Janne nippte an
ihrem Gin Tonic.

»Wundert mich nicht. Auch wenn sie das Präsidium wieder
verlassen konnte, weiß sie, dass sie unter Beobachtung steht.«

»Nicht zuletzt durch uns.« Janne schaute in ihre Richtung.
»Sie hat uns gesehen und kommt direkt auf uns zu.«

»Bin gespannt, was sie von uns will«, sagte Anna.

»Darf ich –?«

»Sicher, Frau Rudowski«, flötete Janne. »Ich hoffe, Sie haben
sich von dem Schock erholt.«

»Es war furchtbar. Ich hoffe, dass Frau Villinger bald wieder
bei uns sein kann.«

»Wie geht es Ihnen?« Anna gab sich weniger freundlich.

»Nur ein paar Blessuren«, sagte Rudowski gequält. »Haben Sie schon etwas wegen der Drohmails herausgefunden?«

»Wir suchen noch. Aber ich bin mir sicher, dass wir bald etwas finden werden.« Anna trank den Rest von Jannes Gin Tonic.

»Spätestens, wenn wir die Netzwerke in Ihrer Fakultät durchforstet haben.«

Rudowski bekam einen starren Gesichtsausdruck und verabschiedete sich schnell.

»Netzwerke durchsuchen?« Janne schaute Anna fragend an.

»Lass sie es ruhig glauben. Komm, wir trinken noch was.«

Die beiden Frauen drängelten sich zur Bar, vor der sich lange Schlangen gebildet hatten. Janne nahm Blickkontakt mit dem italienischen Barkeeper auf und machte das Victory-Zeichen.

»Ist das ein Geheimcode?«

Janne nickte. »Das ist das internationale Zeichen für zwei Gin Tonic.«

»Man lernt nie aus.«

Der Barkeeper winkte Anna und Janne seitlich zur Bar und brachte ihnen die bestellten Getränke. »Immer wieder«, sagte er cool und zwinkerte ihnen zu.

»Den hast du aber schnell um den Finger gewickelt.« Anna hob das Glas. »Salute.«

»Der hatte doch nur Augen für dich. Salute.«

Janne behielt unruhig das Foyer im Auge.

»Nach was oder wem hältst du Ausschau?«, fragte Anna.

»Nach Matuschek.«

»Willst du mit ihm reden?«

Janne verdrehte die Augen.

»Ihm ins Gesicht schlagen?«

Janne schüttelte den Kopf.

»Ihn umbringen?«

Janne zuckte unentschlossen mit den Schultern.

»Ich könnte dir behilflich sein.« Anna hob ihr Täschchen.

Janne zeigte auf ihr Hosenbein.

»Ah, mit dem Messer. Macht weniger Lärm.«

»Da vorne ist er. Zusammen mit Vahrenheide und der Wissenschaftssenatorin.«

Die beiden Frauen bewegten sich langsam auf die Gruppe zu. »Was hast du vor, Janne?« Anna klang besorgt.

»Ich weiß es noch nicht. Aber wenn ich dieses selbstsichere Arschloch sehe, könnte ich kotzen.«

»Das wäre eine Möglichkeit.«

Janne sah fragend zu Anna.

»Ihn vollkotzen.«

Sie waren noch ungefähr zwanzig Meter von Matuschek entfernt, als sich dieser aus der Gruppe löste. Janne wollte ihm folgen, doch Anna hielt sie fest.

»Warte. Die zwei Typen folgen ihm.«

»Seine Personenschützer.«

Janne schaute Matuschek hinterher. »Er geht Richtung Toiletten. Jetzt brauche ich deine Hilfe. Ich folge ihm, und du lenkst die Personenschützer ab, während sie vor der Tür auf ihn warten.« Janne öffnete Annas Reißverschluss ein paar Zentimeter am Dekolleté. »Sollte funktionieren.«

»Und dann?«

»Geh ich auch pinkeln. Der Rest wird sich ergeben.«

»Du kannst ihn nicht –«

»Tu ich nicht.« Janne griff in ihre Umhängetasche und holte einen kleinen Gegenstand heraus, den sie in ihre Blazertasche schob.

Matuschek steuerte die Toiletten an, bedeutete seinen Männern zu warten und verschwand hinter der Tür. Anna stolzierte auf die Männer zu und drehte unmittelbar vor ihnen ab. Dabei knickte sie um, fiel hin und schrie auf. Sofort kamen die beiden auf sie zu und halfen ihr hoch. Janne nutzte die Gelegenheit und huschte ins Männerklo.

Sie ging den Geräuschen nach und sah Matuschek vor einem Pissoir stehen. Sie bückte sich, zog ihr Messer aus dem Holster, stellte sich hinter ihn und legte ihm das Messer an die Kehle. »Keine Angst, ich will nicht an Ihren Schwanz. Wenn Sie mir nicht auf der Stelle verraten, wo Sie die entführten Wissenschaftler versteckt halten, könnte ich mir die Sache allerdings noch mal überlegen.«

»I… I… ich«, stotterte er angsterfüllt, »w… w… weiß nicht, wovon Sie reden.«

Janne erhöhte den Druck mit dem Messer. »Immer noch nicht?«

»Sie können Geld haben, so viel Sie wollen.« Er atmete schwer und hatte aufgehört zu pinkeln.

»Das eine schließt das andere nicht aus, Matuschek.«

»Lassen Sie uns gemeinsam die Toiletten verlassen und dann alles in Ruhe regeln.«

»Red keinen Scheiß«, sagte Janne wütend. Sie griff in ihre Blazertasche und holte einen winzigen GPS-Ortungschip heraus, den sie ihm unter den Hemdkragen klebte. Anschließend bugsierte sie ihn in eine Toilettenkabine und schloss die Tür. »Ich melde mich wieder. In fünf Minuten kannst du herauskommen. Und vergiss nicht, dir die Hände zu waschen.« Dann verließ Janne die Herrentoilette.

Draußen verabschiedeten sich die Personenschützer gerade von Anna. Sie gab beiden einen Kuss auf die Wange und trippelte davon. Janne huschte ungesehen auf die Damentoilette und schminkte sich ab.

52

Anna war inzwischen wieder an der Bar gelandet und hatte sich neben Maja auf einen Barhocker gesetzt.

»Ganz schön schwierig mit dem Kleid«, sagte Janne amüsiert, als sie sich zu den beiden gesellte.

»Und wie war es auf dem Herrenklo?«, war Annas Retourkutsche.

»Ihr beide mögt euch aber noch, oder?«, fragte Maja irritiert.

»Und wie.« Anna rutschte vom Barhocker und gab Janne einen Kuss.

»Warst du wirklich bei den Herren auf der Toilette?« Maja blickte ungläubig drein.

»Ich wollte Matuschek Gesellschaft leisten.«

»Dem Typ, der Elias umbringen lassen wollte?«

»Er hat jetzt einen GPS-Chip unterm Kragen. Wenn er geht, folge ich ihm.«

»Dann komme ich mit«, sagte Anna mit fester Stimme.

Janne schaute ihre Freundin mit hochgezogener Augenbraue an. »In den Klamotten und Schuhen?«

»Gerade deshalb. Seine beiden Personenschützer waren wirklich sehr zuvorkommend und hätten sicher nichts gegen ein Wiedersehen.« Anna klimperte mit ihren Wimpern. »Der größere von beiden hat mir erzählt, Matuschek bleibe nie lange auf solchen Empfängen. Sie würden ihn zu zweit in die Tiefgarage begleiten, und sein Kollege würde ihn dann allein nach Hause fahren.«

»Und der Große mit den spitzen Schuhen hat frei?«

Maja hatte das Gespräch mit besorgter Miene verfolgt und intervenierte. »Ich halte das für viel zu gefährlich, ihr seid nicht bewaffnet und habt keinen guten Plan.«

»Das kann man so nicht sagen.« Anna hob ihre kleine Tasche. »Hier drin verbergen sich ein Elektroschocker, Pfefferspray und eine Taschenpistole. Und Janne hat ein Messer.«

»Matuschek hat Angst. Er ist ein echtes Weichei. Vielleicht redet er. Wenn wir nachhelfen.« Janne nahm Majas Hände. »Wir können jede Information brauchen, die uns zu Greta, Finn und den anderen Entführten bringt.«

Maja war noch immer nicht begeistert. »Passt auf euch auf.« Sie wandte sich zum Barkeeper und bestellte sich noch einen Drink.

Janne holte ihr Handy aus der Tasche und aktivierte die Ortungs-App. Dann schlenderte sie mit Anna im Foyer umher.

»Das heißt, wir müssen in die Tiefgarage«, überlegte Janne. »Und sie am besten dort überrumpeln.«

»Und wenn sie fliehen können, hast du die Ortungs-App.«

»Aber kein Auto.«

»War Autoknacken nicht Bestandteil deiner Eliteausbildung?«, fragte Anna.

»Wir haben nur an Schneemobilen geübt.«

»Einen wirklichen Plan haben wir also nicht.«

»Macht dir das Sorgen, Anna?«

»Ja.«

»Ich kann dich beruhigen. Spontane Entscheidungen zu treffen und flexibel zu reagieren waren Bestandteile meiner Ausbildung.«

Anna ließ ihren Blick durchs Foyer schweifen. »Siehst du Matuschek irgendwo?«

»Nein«, Janne warf einen Blick auf ihr Handy, »aber ich krieg's mit, sobald er sich bewegt. Hat der Große dir erzählt, was für ein Auto Matuschek fährt?«

»Einen Maybach.«

»Davon gibt es bestimmt nicht so viele. Du solltest schon mal in die Tiefgarage gehen. Wenn Matuschek mit seinen Bodyguards dort auftaucht, machst du dich bemerkbar. Da dein Verehrer sowieso nicht mitfährt, kannst du ihn bestimmt weglocken, bevor sie den Schlitten erreichen.« Janne machte ein abschätziges Gesicht. »Der denkt bestimmt auch nur mit dem Schwanz.«

»Gut, das hört sich nach einem Plan an.« Anna öffnete ihre Hochsteckfrisur und schüttelte ihre langen schwarzen Haare.

»Und wenn er auf dich zukommt, lauf langsam vor ihm weg. Mach einfach ein neckisches Spiel daraus.«

»Und wann darf ich ihn kaltmachen?« Anna wartete die Antwort nicht ab, drehte sich um und lief Richtung Tiefgarage. Auf dem Weg durch das Foyer erspähte sie ihren Verehrer und warf ihm einen verführerischen Blick zu.

Janne lehnte lässig an einem der Pfeiler im Foyer. Sie nahm sich ein Lachsschnittchen von einem Tablett der umherlaufenden Kellner, da sie seit Stunden nichts gegessen hatte, und dachte über das Risiko nach, das sie mit dieser Aktion einging und dem sie auch Anna aussetzte. War es das wert? Wusste Matuschek überhaupt, wo die entführten Wissenschaftler versteckt waren? Da er aber Ben Taylor beauftragt hatte, Miros Tochter zu bedrohen, und sein Neffe im Vorstand der Stiftung war, ging sie fest davon aus. Im besten Falle würden sie die Aufenthaltsorte von Finn, Greta und den anderen aus Matuschek herauspressen können.

Janne biss in das Lachsschnittchen. Im schlechtesten Fall, ging es ihr durch den Kopf, würde Matuschek mit seinen Personenschützern ins Auto steigen und unbehelligt davonfahren. Den allerschlimmsten Fall weigerte sie sich zu denken. Janne aß den Rest der Lachsschnitte, und als wieder ein Kellner bei ihr vorbeikam, griff sie zur nächsten. Sie wollte gerade genussvoll hineinbeißen, als die Ortungs-App auf ihrem Handy aktiviert wurde.

Um von Matuschek nicht entdeckt zu werden, ließ sie eine Minute verstreichen, verschlang derweil ihr Schnittchen und machte sich dann erst auf den Weg. Sie ging zum Treppenhaus und lief die drei Stockwerke hinunter in die Tiefgarage. Glücklicherweise gab es nur ein Parkdeck. Dort suchte sie Schutz hinter einem fetten SUV mit Blick auf den Fahrstuhl. Von Anna war nichts zu sehen, doch Janne vermutete, dass auch sie den Fahrstuhl beobachtete. Ansonsten hielt sich zum Glück niemand in der Tiefgarage auf.

Es ertönte ein »Pling«, im nächsten Moment öffnete sich die Fahrstuhltür. Die zwei Personenschützer traten heraus, scannten die Umgebung und gaben Matuschek ein Zeichen, dass er heraustreten könne. Die Personenschützer nahmen ihn in die Mitte und marschierten so hintereinander an den Frauenparkplätzen vorbei. Der größere der beiden bildete die Nachhut und schaute sich immer wieder um. Hinter den Frauenparkplätzen bogen sie rechts ab.

Janne verließ ihr Versteck, achtete darauf, den Überwachungskameras auszuweichen, und folgte ihnen vorsichtig. Sie hatte inzwischen ihr Messer in der Hand und lief von Pfeiler zu Pfeiler. Beim letzten angekommen, konnte sie sehen, wie die drei Männer links in die nächste Spur einbogen. Als sie nicht mehr zu sehen waren, hörte Janne Absatzgeklapper. Anna war offensichtlich aktiv geworden. Jetzt musste es schnell gehen. Janne schlängelte sich an den parkenden Autos vorbei und kam gerade noch rechtzeitig zur Fahrbahn, in die die drei Männer abgebogen waren. Sie huschte auf die andere Seite, kniete sich hinter einen Wagen und beobachtete, dass die Männer einige Meter vom Maybach entfernt stehen geblieben waren und miteinander sprachen. Dann tauchte Anna auf, trippelte über die Fahrbahn, warf einen Blick zu den Männern und verschwand wieder. Wenig später ließ Annas Verehrer seinen Kollegen und Matuschek zurück und folgte Anna.

Anna fror ein bisschen in der Tiefgarage und ärgerte sich, dass sie dieses Kleid trug. Andererseits, Anna lachte in sich hinein, spielte es eine wichtige Rolle bei ihrem Verführungsdrama. Sie hatte sich strategisch geschickt zwischen Fahrstuhl und Maybach positioniert. Ein »Pling« riss sie aus ihren Gedanken. Sie sah, wie drei Männer aus dem Fahrstuhl traten und im Gänsemarsch an fünf Fahrzeugen vorbeitrabten. Matuschek in der Mitte, ihr Zielobjekt dahinter. Sie hatte ihre Pumps ausgezogen, damit sie sich lautlos bewegen konnte. Die drei kamen auf sie zu, bogen jedoch dann rechts ab. Die nächste Bewegung, die sie wahrnahm, war eine gebückt huschende Janne, die den Männern folgte.

Anna schlich durch die Tiefgarage und hielt immer so viel Abstand, dass sie selbst nahezu unsichtbar blieb, den Weg der Männer aber gut verfolgen konnte. Als diese ein weiteres Mal abbogen, konnte sie sehen, wie der kleinere der Personenschützer, der die Vorhut bildete, seinen Arm ausstreckte und die Fernbedienung für die Nobelkarre betätigte. Dreißig Meter entfernt blinkten die Rücklichter des Maybach auf. Anna zog ihre Pumps an, holte das Pfefferspray aus der Handtasche und trippelte los. Nach ein paar Metern überquerte sie die Spur, auf der die Männer standen. Der große Personenschützer drehte sich um, sah sie und redete dann auf Matuschek und den Kollegen ein. Anna lief weiter in eine entfernte Ecke der Tiefgarage.

Nachdem der große Personenschützer an ihr vorbeigehastet und Anna hinterhergeeilt war, trat Janne in Aktion. Sie bewegte sich geschmeidig wie eine Katze parallel zur Fahrbahn und nutzte die parkenden Autos als Deckung. Sie war ganz in ihrem Element. Schon während ihrer Ausbildung bei den Jegertroppen war es eine ihrer liebsten Übungen, sich lautlos an die Feinde anzuschleichen und wie aus dem Nichts zuzuschlagen. Genauso würde sie jetzt vorgehen. Sie hatte es nur noch mit einem Gegner zu tun, Matuschek zählte nicht. Sie war jetzt fast auf Höhe des Maybach, noch ungefähr zehn Meter entfernt. Der Personenschützer hielt die hintere Tür auf, und Matuschek ließ sich in den Sitz fallen. In dem Moment, als er die Autotür zuschlug, sprang Janne aus der Deckung und verpasste dem Personenschützer von hinten einen Schlag mit dem Messerknauf an die Schläfe. Er sackte auf der Stelle zusammen und fiel zu Boden. Janne zerrte ihn ein Stück beiseite und öffnete die Wagentür.

»Erkennen Sie mich wieder?«

Matuschek starrte sie mit angstverzerrtem Gesicht an und nickte.

»Dann muss ich mich ja nicht mehr vorstellen und auch meine Frage nicht wiederholen.«

Matuschek war immer noch paralysiert.

»Aussteigen und Klappe halten.« Sie zeigte ihm das Messer. »Sie wissen ja, wie es sich an der Kehle anfühlt.«

Matuschek stieg aus, lehnte sich zitternd an den Wagen, als ein ohrenbetäubender Schrei ertönte. Janne blickte sich automatisch um, und diese Gelegenheit nutzte Matuschek und rannte los.

»Verdammt«, fluchte Janne und nahm die Verfolgung auf. Trotz seiner Körperfülle war Matuschek erstaunlich flink. Er blickte sich nach Janne um, die ihm dicht auf den Fersen war.

Plötzlich hörte Janne ein Auto surren. »Vorsicht!«, versuchte sie Matuschek noch zu warnen. Doch der hatte zu viel Angst, um auf sie zu hören. Als er seinen Blick wieder nach vorne richten wollte, nahm er vielleicht noch einen Schatten wahr, bevor er im hohen Bogen durch die Luft flog und gegen einen Pfeiler geschleudert wurde. Er war von dem heranfahrenden Auto frontal erwischt worden. Janne sah noch die stetig wachsende Blutlache um Matuscheks Kopf. Dann verschwand sie lautlos zwischen den parkenden Autos.

Anna wandte den Kopf und sah den großen Personenschützer näher kommen. Sie verlangsamte ihre Schritte, lief aber scheinbar immer noch vor ihm weg. Tatsächlich fiel er auf das Spiel herein.

»Gleich habe ich dich«, hörte sie ihn schnaufend rufen.

»Vielleicht«, rief sie kokett und beschleunigte wieder.

Am Ende des Gangs blieb sie stehen und lehnte sich an die Wand. »Okay, du hast gewonnen«, sagte sie und schürzte ihre Lippen.

Der große Mann näherte sich ihr mit schmachtendem Blick. Dann stand er vor ihr, seine Erregung war ihm anzusehen. Er griff ihr in die langen Haare und ließ sie durch seine Finger gleiten. »Dass du so geil bist, hätte ich nicht gedacht.«

Anna blickte ihn verächtlich an. »Du solltest nicht nur mit deinem Schwanz denken«, sagte sie. Dann hob sie ihre rechte Hand und sprühte ihm eine Ladung Pfefferspray ins Gesicht. Ein schmerzerfüllter Schrei hallte durch die Tiefgarage.

Janne und Anna trafen sich am Fahrstuhl und fuhren gemeinsam zum Empfang hinauf.

»Hat dein Verehrer so gebrüllt?«, fragte Janne.

»Das Pfefferspray kann wirklich ganz unangenehm sein. Hast du von Matuschek etwas erfahren?«

»Leider nein. Er ist tot. Ein Scheiß-Elektro-SUV hat ihn zu Matsch gefahren.«

Die beiden Frauen machten sich auf der Toilette frisch.

»Um ihn tut es mir wirklich nicht leid.« Janne wusch sich das Gesicht. »Nur um die nicht erhaltenen Informationen.«

»Ich hoffe, dass uns in der Tiefgarage keine Kamera aufgezeichnet hat«, erwiderte Anna und puderte sich ab.

»Darauf habe ich geachtet.«

»Es waren auch nicht viele installiert.« Anna hielt Janne den
Puder hin. »Willst du auch?«

»Danke, nein. Wir gehen an die Bar und lassen uns von Maja
ein Alibi geben. Zur Sicherheit.«

»Vielleicht könntest du deinen italienischen Barkeeper auch
zu einem Alibi überreden.«

»Dann müsstest du mir dein Kleid leihen.«

53

Elias ließ sich Zeit, sowohl beim Zubereiten als auch beim
Verzehr seines Essens. Frühestens in zwei Stunden musste er
wieder vor dem Rechner sitzen. Er ging davon aus, dass die
Suchparameter auf viele Fotos zutrafen und die Suche entsprechend lange dauern würde.

Er bereitete sich ein Fenchel-Risotto mit Ricotta und Chili
zu. Er liebte Fenchel, in seinen Augen ein stark unterschätztes
Gemüse. Bei diesem Gericht entwickelte es eine wunderbare
Süße und harmonierte aufs Feinste mit dem Ricotta. Nach dem
Essen ging er noch einmal alle Unterlagen von den Gesprächen
mit Bussard und Peakock durch. Auch die Skizze, die nach
dessen Beschreibungen vom Bunker angefertigt worden war,
studierte er aufmerksam. Leider gab es keinen Hinweis darauf,
in welche Richtung ein möglicher Bunker auf Vahrenheides
Grundstück verlaufen könnte. Er packte die Unterlagen zusammen, ging wieder ins Büro und setzte sich vor den Rechercherechner.

Hundertvierundfünfzig Fotos hatte die Suche ergeben. Elias
schenkte sich ein Glas Rotwein ein und begann, die Fotos
durchzuklicken. Auch hierbei ließ er sich Zeit, sortierte aber
die Fotos aus, die er für unbrauchbar hielt. Am Ende hatte er

zehn Fotos in die engere Auswahl genommen. Da er wusste, aus welcher Datenbank sie stammten, konnte er sich diese Fotos in der höchsten Auflösung herunterladen.

Auch das dauerte wieder eine Weile, aber es sollte sich lohnen. Beim dritten Foto wurde er fündig. Es war 2017 im Mai aufgenommen worden. Er hatte es auf über zweihundert Prozent vergrößert und tatsächlich die Kuppel auf Vahrenheides Grundstück entdeckt, von der Peakock gesprochen hatte. Sie lag knapp fünfzig Meter in direkter Linie vom Haupteingang des Hauses entfernt. Also quasi in seinem Vorgarten. Elias vermutete, dass es von dort einen unterirdischen Zugang zu dem Bunker gab. Doch was noch viel wichtiger war – er hatte jetzt den Beweis. Vahrenheide hatte einen Bunker im Garten, und dort befanden sich mit sehr hoher Wahrscheinlichkeit die beiden jungen entführten Wissenschaftler Finn und Greta.

Er druckte das Foto aus und schenkte sich ein weiteres Glas Wein ein. Zufrieden hielt er das Beweisstück in den Händen. Er war so vertieft in das Foto, dass er Maja erst bemerkte, als sie zu sprechen begann.

»Das muss ja ein sehr interessantes Foto sein«, sagte Maja, die direkt hinter ihm stand, und küsste ihn auf den Nacken. Dann holte sie sich einen Stuhl heran und nahm das Foto in die Hand. »Ein wenig unscharf.«

»Ist die Vergrößerung. Es zeigt die Kuppel von Vahrenheides Bunker.« Elias wies mit dem Finger auf die Stelle.

»Jetzt sehe ich es auch. Das heißt, du hast wahrscheinlich den Aufenthaltsort von Finn und Greta gefunden.«

Elias schenkte Maja auch ein Glas Wein ein und stieß mit ihr an. »Jetzt müssen wir sie nur noch befreien.«

Maja nippte am Glas. »Da kann ich dir zwei Spezialistinnen empfehlen.« Und dann erzählte sie von der Aktion in der Tiefgarage und Matuscheks Tod.

Am Ende der Erzählung wusste Elias nicht, ob bei ihm mehr die Genugtuung über den Tod eines rücksichtslosen Mannes oder das Entsetzen über Jannes leichtsinniges Vorgehen überwog. Maja sah Elias die Zweifel an. Sie wusste, dass er kein rachsüchtiger Mensch war. Aber sie wusste auch, dass er es nicht ertragen hätte, wieder einen ihm nahestehenden Menschen, wie es Janne war, zu verlieren. Sie setzte sich auf seinen Schoß und schlang die Arme um ihn. So saßen sie eine Weile schweigend.

»Ich bin müde und muss ins Bett«, sagte Maja schließlich.

Elias schaute ihr voller Zärtlichkeit hinterher und hoffte, dass die Informationen über den Aufenthaltsort von Finn und Greta in Kombination mit einem Schlaftrunk ihr eine ruhige Nacht bescheren würden.

Um vier Uhr morgens hatte er auch den zweiten Bunker lokalisiert. Er verschickte eine Rundmail mit dem Text: »*Mission accomplished*, Treffen um zehn Uhr bei mir.«

54

Ab neun Uhr dreißig trudelten nacheinander die Mitglieder der Sonderkommission bei Elias ein. Zille war als Erster vor Ort und half Maja beim Kaffeekochen. Wie üblich hatte er massenweise Franzbrötchen mitgebracht. Wenig später kam Pöppelmann mit seiner Stellvertreterin Laura Sentrup. Janne und Anna fuhren mit dem Taxi vor. Sie sahen aus, als seien sie direkt aus einer Kiezbar in den Wagen gestiegen. Allerdings trug Anna nicht mehr ihr enges Abendkleid, was darauf hindeutete, dass sie zumindest zum Umziehen zu Hause oder bei Janne gewesen sein musste.

Um zehn Uhr saßen alle am Konferenztisch in Elias' Besprechungszimmer. Es duftete nach Kaffee, und Zille hatte sich schon über sein erstes Franzbrötchen hergemacht. Nur Elias selbst fehlte.

»Anna, wie schade, dass du dich umgezogen hast«, sagte Zille beiläufig. »Habe gehört, dass das Kleid für einiges Aufsehen auf dem Empfang gesorgt hat.«

»Ich habe es leider nur von hinten gesehen, muss ich gestehen.« Pöppelmann schenkte sich Milch in den Kaffee. »Leider waren die Aufnahmen der Überwachungskameras sehr körnig.«

»Wobei du nicht weißt, ob du auf den Bildern wirklich Anna gesehen hast«, merkte Laura an.

»Ich werde dieses Kleid nie wieder anziehen.« Anna klang etwas kleinlaut. »Verbrennen werde ich es.«

Janne rieb sich die Augen. »Wir haben den ganzen Abend an der Bar verbracht. Das kann Maja bestätigen.«

»Und der italienische Barkeeper«, ergänzte Anna.

»Und deshalb können weder Anna noch Janne in der Tiefgarage gewesen sein.« Elias stand mit noch nassen Haaren in der Tür. »Freut mich, dass ihr alle da seid.« Er setzte sich auf seinen Stuhl an der Stirnseite des Tisches und schaltete den Laptop ein. »Ich schlage vor, dass wir über Matuschek später sprechen.«

Alle signalisierten ihre Zustimmung und sahen gespannt auf das Bild, das Elias auf die Leinwand projiziert hatte.

»Ihr seht hier eine Luftaufnahme von Vahrenheides Grundstück. Dort steht sein bescheidenes Heim auf einem mehrere Hektar großen Grundstück, das er einem Reeder abgekauft hat. Wir haben vermutet, dass sich unter dem Grundstück ein Bunker befindet.« Ein zweites Foto erschien. »Hier ist der Beweis, dass dem so ist.« Elias zeigte mit einem Pointer auf eine Stelle vor dem Haupteingang. »Hier sieht man die Kuppel der Rotunde.«

»Brauche ich eine Brille, um das zu erkennen?«, fragte Zille schmatzend.

»Die würde dir in diesem Falle nichts nützen, es sei denn, du erkennst auch bei dem nächsten Bild keine Kuppel.«

Als das vergrößerte Foto erschien, ging ein allgemeines »Aaah« durch den Raum.

»Vahrenheide hat tatsächlich einen Bunker bauen lassen.« Elias klang zufrieden. »Und dort hält er mit einiger Sicherheit Finn und Greta versteckt.«

»Davon ist auszugehen.« Zille starrte auf das Bild.

»Wie weit ist die Kuppel vom Eingang entfernt?«, fragte Laura Sentrup.

»Ich würde sagen, etwa fünfzig Meter.« Elias biss sich auf die Lippen. »Aber nagelt mich nicht auf den Zentimeter genau fest.«

»Vermutlich geht vom Haus in direkter Linie ein Zugang zum Bunker«, spekulierte Pöppelmann.

»Das sehe ich auch so. Dennoch ist es schwer, allein anhand der Skizze von Peakock eine Ausrichtung des Bunkers festzulegen.«

»Und es ist fraglich«, fügte Zille hinzu, »ob Peakock alle Räumlichkeiten im Bunker gesehen hat.«

»Eher nicht.« Pöppelmann holte einen Kaugummi aus seiner Jackentasche und steckte ihn sich in den Mund.

»Möglicherweise hat der Bunker auch noch einen zweiten Ausgang.« Alle Blicke richteten sich auf Janne.

»Wie kommst du darauf?«, fragte Anna.

»Würde ich so machen. In Gefahrensituationen immer einen zusätzlichen Fluchtweg bereithalten.«

»Guter Gedanke.« Zille nickte anerkennend.

»Wie sollen wir den denn finden?«, murmelte Elias.

»Ich könnte mir das heute Nacht mal angucken«, schlug Janne vor.

»Zu gefährlich«, entschied Pöppelmann. »Über die Möglichkeit eines Zugriffs entscheiden wir morgen, gemeinsam mit den Kollegen vom SEK.«

»Wenn wir nur durch den Haupteingang hineingehen, gleicht das einem Himmelfahrtskommando.«

»Morgen, Janne«, sagte Pöppelmann leise, aber bestimmt. Dann nahm er seinen Kaugummi wieder aus dem Mund, wickelte ihn in ein Papier und nahm sich ein Franzbrötchen.

»Ich besorge uns neuen Kaffee«, sagte Zille und verließ den Raum.

»Dann nutzen wir doch die kleine Unterbrechung und sprechen über den Tod von Matuschek«, schlug Elias vor.

Laura Sentrup holte eine Mappe aus ihrer Aktentasche. »Viel haben die Kollegen von der Spurensicherung noch nicht feststellen können, aber da Carmen Rodriguez offensichtlich nachts nicht schläft, hat sie mir heute Morgen schon einen vorläufigen Bericht zugemailt.«

»Matuschek ist von einem SUV überfahren worden«, ergriff Pöppelmann das Wort. »Oder genauer gesagt, wurde er von diesem Monsterauto mit der Motorhaube erwischt und gegen einen Betonpfeiler geschleudert. Er war sofort tot.«

»Nach den Aussagen des Fahrers ist Matuschek ihm direkt vors Auto gelaufen«, präzisierte Sentrup den Ablauf.

»So weit, so richtig, Janne?«, fragte Pöppelmann vorsichtig.

»Ja«, sagte sie zögernd. »Anna und ich waren in der Tiefgarage. Ich wollte Matuschek ein paar Fragen stellen.«

»Und dazu musstet ihr seinen Personenschützer ausschalten?«

»Und was war mit dem zweiten?«, fragte Anna überrascht.

»Es gab keinen zweiten«, erwiderte Laura.

»Dann habe ich das wohl nur geträumt.«

Pöppelmann schüttelte vorwurfsvoll den Kopf. »Wieso musstet ihr euch in solche Gefahr bringen? Zum einen hätten euch die Personenschützer leicht überwältigen können. Sie waren schließlich bewaffnet. Zumindest der eine. Zum anderen könnt ihr von Glück sprechen, dass euch die Überwachungskameras nur von hinten aufgezeichnet haben.«

»Anna hätte eine interne Untersuchung am Hals und Janne eine Anzeige«, erläuterte Laura.

»Ich war die treibende Kraft und habe den Personenschützer niedergeschlagen«, nahm Janne Anna in Schutz. »Matuschek ist dann vor lauter Angst weggelaufen. Ich habe ihn sogar noch vor dem heranfahrenden Auto gewarnt, das er in seiner Panik überhört hat.«

»Gut«, sagte Pöppelmann mit einer wegwerfenden Handbewegung. »Die Kollegen, die den Fall untersuchen, gehen von einem versuchten Raub aus. In dem Glauben werden wir sie lassen.«

»Was mich doch noch interessiert«, fasste Elias nach, »was wolltest du von Matuschek, Janne?«

»Ich wollte ein Geständnis von ihm, für die Beteiligung an

den Morden und Entführungen sowie der Erpressung an Miro«, antwortete Janne trotzig. »Und er sollte mir die Aufenthaltsorte der Entführten verraten.«

Elias rieb sich die Augen und atmete tief aus. »Die Aufenthaltsorte kennen wir jetzt, und die Beteiligungen an den Verbrechen hätten wir ihm auch nachweisen können.« Er machte eine Pause. »Aber diese Superreichen finden häufig Wege, sich ihrer Verantwortung zu entziehen. Das kann Matuschek nun nicht mehr.«

»Er hat sich den Tod redlich verdient«, sagte Janne, stand auf und verließ den Raum.

55

Ben und Ralf hatten in einem Gästehaus auf Vahrenheides Grundstück eine neue Bleibe gefunden. Kiki war davon nicht begeistert. Aber aufgrund der veröffentlichten Fahndungsfotos war es besser, wenn Ben und Ralf nicht in Hamburg herumliefen. Sie hatten zwar ihr Äußeres nochmals verändert, doch bei genauem Hinsehen war eine Ähnlichkeit nicht zu leugnen.

Philipp Vahrenheide hatte auch bei Kiki darauf bestanden, dass sie ihr Aussehen ändern sollte. Also hatte sie sich tatsächlich die Haare kurz geschnitten und mittelblond gefärbt. Um ihr Gesicht zu verändern, hatte sie sich von Vahrenheides Personal allerlei Make-up bringen lassen und mehrere Stunden am Schminktisch verbracht. Ihr Gesicht sah jetzt schmaler aus. Sie hatte längere Wimpern, die Wangenknochen wirkten höher, und die volleren Lippen trugen auch einiges zur Veränderung bei. Entscheidend aber war die neue Frisur. Und eine schwarze Hornbrille mit Fensterglas.

Sie ging zu Vahrenheide ins Arbeitszimmer und präsentierte ihren neuen Look.

»Vorher hast du mir besser gefallen, aber darum geht es ja

nicht. Dich wird so niemand erkennen«, sagte er anerkennend und bat Kiki, Platz zu nehmen. »Wie sieht es mit Ben und diesem ...«

»Ralf.«

»Ja, wie sieht es mit Ralf aus?«

»Ben hat sich die Haare und Augenbrauen abrasiert, Ralf den Bart und die Haare gefärbt.« Kiki fuhr sich mit beiden Händen durch ihre jetzt blonden Haare. »Wenn sie noch eine Schirmmütze tragen, wird es gehen.«

Vahrenheide nickte zufrieden. »Wir müssen jederzeit mit dem Aufbruch rechnen. Sobald sich das Unwetter in den Bergen verzogen hat –«

»Wo genau?«

»– brechen wir auf.«

»Du vertraust mir nicht«, sagte Kiki genervt.

»Du erfährst es rechtzeitig. Bereite also schon mal alles für den Aufbruch vor.« Philipp Vahrenheide erhob sich, ging zum Fenster und blickte hinaus. »Es wird auch Zeit. Matuschek ist tot.«

»Was?«, rief Kiki überrascht aus.

»Er wurde in der Tiefgarage des Kongresszentrums überfallen.«

»Woher weißt du das?«

»Einer seiner Leibwächter hat mir Bescheid gegeben. Ich habe daraufhin den Innensenator angerufen.« Vahrenheide öffnete das Fenster und sog die frische Luft ein. »Die Polizei geht von einem Raubüberfall aus.«

»Wurde er ermordet?«

»Nein. Matuschek konnte entkommen und ist dann vor ein Auto gelaufen.«

»Und die Leibwächter?«

»Versager.« Vahrenheide schloss das Fenster wieder. »Ich habe mich beim Innensenator über die zunehmende Gewalt gegen unbescholtene und wohlhabende Bürger in Hamburg beschwert. Er hat mir zugesagt, dass die Polizei alles tun würde, um uns zu schützen.«

»Kannst du dir auch vorstellen, dass sein Tod etwas mit dem Projekt zu tun hat?«, fragte Kiki vorsichtig.

»Dummes Zeug«, erwiderte er abweisend und setzte sich wieder an seinen Schreibtisch. »Das sind die Vorboten einer unkontrollierbaren Gewaltwelle. Und selbst die bekommt die Polizei nicht in den Griff. Und wenn die Welle erst einmal den Mob erfasst, dann gnade uns Gott. Das ist eines der Ereignisse, vor denen wir uns schützen müssen.« Vahrenheide senkte seine Stimme. »Wie gut, dass wir das Projekt geplant und in Angriff genommen haben.«

In dem Moment klopfte es an der Tür, und Professor Köhler betrat freudestrahlend das Arbeitszimmer. Er wedelte mit Papieren. »Sie haben beide unterschrieben.«

Kiki nahm ihm die Verträge aus der Hand und schlug die letzte Seite auf. »Ich kann es kaum glauben.«

»Am Ende siegt eben doch die Einsicht«, sagte Vahrenheide.

»Eher meine Überzeugungskraft«, intervenierte Köhler.

»Es war mit Sicherheit die weibliche Schläue.« Kiki legte Vahrenheide die Verträge auf den Tisch. »Greta Villinger wird Finn Tiberius klargemacht haben, dass eine Unterschrift rechtlich völlig belanglos ist. Solange sie jedoch in unserer Gewalt sind, bringt sie Ihnen nur Vorteile.« Kiki lächelte. »Sie musste Finn nur deutlich machen, dass sein Stolz an dieser Stelle unangebracht ist.«

»Damit könnten Sie recht haben, Frau Blumenfeld«, gab Köhler zu. »Nach der Unterschrift ist Finn aufgesprungen und wütend in sein Apartment gelaufen.«

»Das verstehe ich nicht«, sagte Vahrenheide verblüfft.

»Ich habe den beiden erlaubt, tagsüber ihre Zeit gemeinsam zu verbringen. Meistens haben sie sich bei Greta aufgehalten«, erklärte Kiki.

»Schlaues Mädchen.« Vahrenheide legte die Verträge erfreut in einen Ordner.

56

Nachdem Janne das Besprechungszimmer verlassen hatte, hastete sie die Treppe hinauf und lief in die Küche. Zille goss gerade frisch gebrühten Kaffee in die zweite Thermoskanne. Sie stellte sich an die Arbeitsplatte und schaute aus dem Fenster. Zille verschloss die Thermoskanne und stellte sich neben sie. Sie schwiegen, bis Janne das Wort ergriff.

»Warum komme ich bloß auf solche Ideen, Zille?«

»Matuschek?«

Janne nickte.

»Weil du ihn umbringen wolltest.«

»Habe ich aber nicht.«

»Genau, hast du nicht.«

»Obwohl ich es gekonnt hätte.«

»Eben.« Zille drehte sich um und lehnte jetzt mit dem Rücken an der Arbeitsplatte. »Zwischen Plan und Ausführung besteht ein großer Unterschied.«

»Ich hatte keinen Plan.«

»Doch, zweifellos. In dem Moment, in dem du dich entschieden hast, auf dem Kongress aufzutauchen, war deine Absicht, Matuschek zu töten. Du hattest noch keinen durchdachten Plan im Kopf, eher eine Ideenskizze, einen Entwurf.«

»Und warum habe ich die Idee dann verworfen?«

»Weil dir mit jedem Schritt in der Tiefgarage immer bewusster geworden ist, dass Rache ein niederes Motiv ist. Hingegen Informationen zu erhalten, um möglicherweise Leben zu retten, ein lohnendes Ziel.«

»Ich bin also kein schlechter Mensch? Unberechenbar? Gefährlich?«, fragte Janne mit leiser Stimme und Tränen in den Augen.

Zille nahm sie in den Arm. »Nein, du bist feinfühlig, verwundbar und vor allem verletzlich. Dein Beschützerinstinkt ist deine große Stärke und Schwäche zugleich.«

»Du meinst, ich hätte Miros Dilemma erkennen müssen?«

»Nein, nicht ich, sondern du denkst das. Es ist wie bei dem

Anschlag auf Elias oder damals bei dem Drama mit deiner Freundin in Norwegen, die bei der Flucht vor ihren Vergewaltigern ins Eis eingebrochen und ertrunken ist.«

»Ich fühle mich einfach für alles verantwortlich«, flüsterte Janne verzweifelt, drückte Zille noch einmal und löste sich aus der Umarmung. »Kannst du mir helfen?«

»Dein Trauma zu überwinden?« Zille nickte. »Ja. Wenn wir diesen Fall gelöst haben, bringe ich dich zum Flughafen, und du fliegst zu deinem Lehrer ins Kloster nach Bhutan.«

Gemeinsam gingen Zille und Janne mit dem frisch gebrühten Kaffee in den Besprechungsraum zurück. Zu seinem Bedauern musste Zille feststellen, dass kein Franzbrötchen mehr übrig geblieben war.

»Pöppelmann, du hättest deinen Kaugummi im Mund behalten sollen.« Zille zeigte auf den leeren Teller. »Und wenn du schon Franzbrötchen essen musst, hättest du bei deiner Slow-Food-Diät bleiben sollen.«

Pöppelmann griff in seine Jackentasche und bot Zille einen Kaugummi an. »Das hilft.«

Zille lehnte dankend ab.

»Die Geschichte mit Matuschek haben wir schon abgearbeitet, Zille«, sagte Elias.

»Und die mit den anderen Bunkern?«

»Das machen wir jetzt.« Elias öffnete eine PowerPoint-Präsentation. Zunächst erschien eine Tabelle. »Karl Bussard hatte erwähnt, dass sich einige der entführten Wissenschaftler in einem Bunker in der Innenstadt aufhalten. Die Tabelle, die ihr vor euch seht, zeigt eine unvollständige Liste von Bunkern, die es bis heute noch in Hamburg gibt. Insgesamt sind das immer noch circa siebenhundert von ehemals über tausend Bunkern. Hamburg war Bunkerhauptstadt Nummer 1. In keiner deutschen Stadt gab es annähernd so viele.« Elias zeigte jetzt auf den nächsten Folien verschiedene Bunkertypen. »Es gibt Hochbunker, Tiefbunker, Röhrenbunker, Rundtürme –«

»So einer steht auf der Moorweide«, warf Anna ein.

»Nicht nur dort, es gibt noch weitere Rundbunker in der

Stadt, von denen viele unter Denkmalschutz stehen. Aber die meisten Bunker sind Hochbunker, die uns überall in der Stadt begegnen, sowie auch noch andere Schutzräume. Die Bunker sind oft an die einzelnen Bezirksregierungen übergeben worden, werden gewerblich genutzt, zum Beispiel als Cafés oder Musikbunker, andere sind an Privatpersonen verkauft worden oder gammeln vor sich hin.«

»Könnte Vahrenheide so einen Bunker besitzen?«, fragte Laura Sentrup.

»Davon gehe ich aus. Ich habe zwar keinen Kaufvertrag gefunden, in dem er selbst als Käufer auftaucht, aber das bedeutet nicht, dass er keinen besitzt.«

»Er wird einen Strohmann eingesetzt haben«, bemerkte Pöppelmann.

»Aufgrund der Hinweise, die Bussard uns über den möglichen Standort gegeben hat«, fuhr Elias fort, »Stichworte wie Innenstadt, Villen, vielleicht eine Schule oder Hochschule in der Umgebung, unterirdisch, kommen nur wenige tatsächlich in Frage.« Elias zeigte die Lage der möglichen Bunker auf den dazugehörigen Stadtplanausschnitten. »Für die Innenstadt habe ich fünf herausgesucht. Am Ernst-Thälmann-Platz gibt es einen Röhrenbunker, aber keine Villen in der Nähe, ebenso wenig wie bei dem Tiefbunker zwischen Kennedy- und Lombardsbrücke. Der liegt allerdings im Alsterpark. Die beiden Bunker am Hauptbahnhof sind auch Tiefbunker, kommen aber definitiv nicht in Frage. Unter anderem deshalb, weil sie nie verkauft wurden und viel zu groß sind. Der am Hachmannplatz steht leer und hat auf zwei Stockwerken insgesamt tausendfünfhundert Menschen Schutz geboten, maximal zwei Wochen konnte man dort überleben, zumal er bei Bombenangriffen von drei- bis viermal so vielen Menschen aufgesucht wurde.«

»War es nicht kalt in diesen Gemäuern?« Janne schlang fröstelnd ihre Arme um sich.

»Nein, im Gegenteil«, erläuterte Elias. »Bei den vielen Menschen wurde es durch die Körperwärme schnell über dreißig Grad warm. Es musste also eher gekühlt werden. Wenn der

Strom ausfiel, musste man die Lüfter mit der Handkurbel betätigen.« Elias räusperte sich und kam zum nächsten Bunker. »Das ist der sogenannte Atombunker am Steintorwall, auf der Westseite des Hauptbahnhofs. Er wurde für den Schutz von zweitausendsiebenhundert Menschen konzipiert. Während des Zweiten Weltkriegs suchten jedoch oft bis zu sechstausend Menschen Schutz in ihm.«

»Ziemliches Gedränge«, bemerkte Zille lakonisch.

»Vor allem bei der Essensausgabe. Es stand nur ein Elektrokocher mit zwei Platten zur Verfügung, um Speisen warm zu machen.« Elias schüttelte den Kopf und fügte mit bitterer Ironie hinzu: »Spätestens am Abend des ersten Aufenthaltstages war der Kocher hinüber.«

»Und dann?«, fragte Laura.

»Wurden die Suppen kalt gegessen.« Elias rümpfte die Nase. »Der Bunker«, fuhr er fort, »der übrigens aus zwei spiegelgleichen Anlagen besteht, wurde in den Zeiten des Kalten Kriegs –«

»Des was?«, fragte Anna.

»Nach dem Zweiten Weltkrieg bis ungefähr 1991 –«

»Da bin ich geboren«, sagte Janne entgeistert.

»– standen sich der kapitalistische Westen«, so Zille, »angeführt von den USA, und der kommunistische Ostblock, angeführt von den Russen, unversöhnlich gegenüber. Beide Blöcke rüsteten wie die Irren auf und führten die Welt mehrere Male an den Rand eines Atomkriegs.«

»Und weil die Gefahr tatsächlich real war«, nahm Elias den Faden wieder auf, »wurde der Bunker am Steintorwall zum Atombunker umgebaut und modernisiert. Die Wasserversorgung wurde, wie in vielen anderen Bunkern, über einen eigenen Brunnen gewährleistet. 1969 wurde der Bunker als Zivilschutzanlage abgenommen.«

»Und wie lange könnte man dort bei einem Atomschlag überleben?«, fragte Pöppelmann.

»Wenn die Leute sich im Bunker nicht gegenseitig massakrieren, auch hier maximal zwei Wochen.«

»Und wieso sollten die sich gegenseitig an die Gurgel gehen?«, fragte Laura Sentrup.

»Entweder weil sie einen Lagerkoller kriegen oder keinen Schlafplatz.«

»Was ist das Problem?«

»Es gibt nicht genug Schlafplätze für alle. Schon im Zweiten Weltkrieg mussten die Menschen in mehreren Schichten abwechselnd schlafen.«

»Das ist doch alles völlig absurd«, sagte Janne. »Nach zwei Wochen würde sich doch die Radioaktivität an der Oberfläche nicht verziehen.«

»So ist es«, sagte Zille. »Es geht bei diesem Konzept nur darum, die Bevölkerung zu beruhigen. Reine Psychologie. Und heute käme man gar nicht mehr rechtzeitig in die Bunker, weil die Vorwarnzeit bei einem Raketenangriff auf ein Minimum gesunken ist.«

»Das heißt?«

»Man sollte in Krisenzeiten immer eine Flasche Champagner im Kühlschrank und ein Franzbrötchen im Brotkorb haben. Kommt die Warnung, köpfst du den Champagner, isst das Franzbrötchen und genießt die letzten Minuten deines Lebens.«

»So viel Fatalismus auf einmal ertrage ich nicht«, entgegnete Pöppelmann. »Ich finde, wir sollten uns dem letzten Bunker in Elias' Auswahl zuwenden, zumal die Entführten sich sicher nicht im Atombunker aufhalten.«

Elias nickte, und auf der Leinwand erschien ein Foto, auf dem ein Teil einer Bunkerdecke zu sehen war. Man konnte gut erkennen, dass diese Decke mit einer auf Betonpfeilern aufliegenden Platte überbaut worden war. »Das ist der Kaufmann-Bunker. In diese zweieinhalb Meter dicke Platte ist Stahl eingelassen worden, um die Widerstandsfähigkeit gegen Bombentreffer zu erhöhen.«

»Ganz schön flach«, bemerkte Anna.

»Das scheint nur so«, entgegnete Elias. »Das, was man sieht, ist ungefähr drei Meter hoch. Der Boden des Bunkers liegt über vier Meter tief unter der Erde.«

Auf dem nächsten Foto war das komplette Areal zu sehen, auf dem sich der Bunker befand.

»Das könnte Bussard wohl mit den Villen, die ihm aufgefallen sind, gemeint haben.« Janne bestaunte die protzigen Bauten, die den Bunker umgaben.

»Das schöne Pöseldorf gehört zu den feinsten Adressen in Hamburg.« Pöppelmann nickte anerkennend. »Und mittendrin ein unscheinbarer Bunker.«

»Das war auch Absicht. Er sollte nicht auffallen.« Elias zeigte mit dem Pointer auf eine große Villa. »Das hier ist das Budge-Palais, in dem heute die Musikhochschule sitzt. Gehörte ehemals dem jüdischen Geschäftsmann Henry Budge, der 1928 starb. Nach dem Tod seiner Frau 1937 wurde die Villa von der Stadt Hamburg erworben.«

»Wahrscheinlich weit unter Wert«, vermutete Zille.

»Nach Umbauarbeiten wurde die Villa 1938 dem NSDAP-Gauleiter und Reichsstatthalter Karl Kaufmann als Verwaltungssitz zur Verfügung gestellt. Zusätzlich zu dem Nachbargebäude, das die Nazis schon vorher belegt hatten. Damit hatte Kaufmann einen repräsentativen Regierungssitz. Von hier hat er sein Unwesen in der Stadt und der angrenzenden Region getrieben.«

Elias atmete tief ein und aus. »Besonders hat er sich bei der Deportation der Juden hervorgetan. Nach einem schweren Luftangriff 1941 auf Hamburg, bei dem viele Wohnungen zerstört wurden, hat er sich persönlich an Hitler gewandt und dafür geworben, dass die noch in Hamburg lebenden Juden abtransportiert werden sollten, um Wohnraum für ausgebombte deutsche ›Volksgenossen‹ zu schaffen. Diese Initiative hat nicht nur den Ausschlag für die Deportation der Juden aus Hamburg, sondern aus dem gesamten Deutschen Reich gegeben. Kaufmann war ein überzeugter und ganz übler Nazi.«

»Dennoch wurde er nie vor Gericht gestellt und hat bis 1969 unbescholten in Hamburg gelebt.« Zilles Stimme schwankte zwischen Entsetzen und Abscheu. »Wann hat er den Bunker bauen lassen?«

»Fertiggestellt wurde er 1940, und er erhielt auf Kaufmanns Wunsch hin den Namen ›Befehlsstelle des Reichsverteidigungskommissars im Wehrkreis X‹.«

»Und du meinst, in dieser Anlage könnten sich die entführten Wissenschaftler befinden?«, fragte Laura Sentrup.

»Ich bin zu neunundneunzig Prozent sicher«, entgegnete Elias. »Auf diese Bunkeranlage treffen die meisten Hinweise von Karl Bussard zu. Wobei ich auch erst beim zweiten Hinsehen erkannt habe, dass die Bunkerräume unter der Erde liegen. Hinzu kommt, dass dieser Bunker sich in Privatbesitz befindet. Offizieller Besitzer ist eine Investmentfirma aus Liechtenstein.«

»Hast du Hinweise, dass Vahrenheide was mit denen zu tun hat?«

»Diese Investmentfirma besitzt über ganz Europa verteilt Immobilien, unter anderem Lagerräume. Zwei von Vahrenheides Subunternehmen nutzen einige von ihnen, um dort Waren zwischenzulagern. Nur welche genau, ist mir noch nicht bekannt.«

»Das könnte für einen Durchsuchungsbeschluss reichen«, sagte Pöppelmann zufrieden. »Ich werde gleich nach unserer Besprechung mit Oberstaatsanwalt Dürkopp Kontakt aufnehmen.«

»Ich habe noch mehr gefunden«, verkündete Elias erfreut. Er klickte eine Datei an, und wenige Sekunden später konnten sich die Mitglieder der Sonderkommission anhand eines Grundrisses ein Bild vom Aufbau der vierzehn Meter breiten und zweiundzwanzig Meter langen Bunkeranlage machen. »Selbst wenn der Bunker technisch modernisiert wurde, wird die ursprüngliche Aufteilung der Räume und Gänge geblieben sein. Die teilweise einen Meter zwanzig dicken Mauern sind zwar nicht mit Betonstahl verstärkt, es wäre dennoch ein wahnsinniger Aufwand, sie zu versetzen.«

»Offensichtlich gibt es zwei Eingänge und insgesamt neun Räume«, merkte Pöppelmann an. »Die beiden Gasschleusen nicht mitgezählt.«

»Das ist fast richtig, doch es gibt noch einen dritten Zugang«, korrigierte Elias. »Der ist auf dem Grundriss nicht zu sehen, weil er nachträglich angelegt wurde.«

»Woher weißt du das?«, fragte Janne.

»Karl Bussard hat während der Vernehmungen ausgesagt, dass sie Professor Gutowski durch einen Tunnel in den Bunker gebracht haben.«

»Ich erinnere mich«, sagte Zille. »Und zwar sind sie zunächst in ein Privathaus und von dort durch den Keller in einen Tunnel gegangen.«

»Der Zugang des Tunnels soll mit einem Zahlenschloss gesichert sein, der Ausgang mit einem einfachen Riegel«, ergänzte Pöppelmann.

»Es gibt nur eine praktikable Möglichkeit für den Bau eines Tunnels.« Elias ließ den roten Pointerpunkt über den Grundriss wandern und zeigte auf den ursprünglichen Maschinenraum. »Von diesem Raum ging ein Kabelschacht zu einer weißen Villa in die Magdalenenstraße. Diesen Schacht hätte man vergrößern und für den Bau eines Tunnels nutzen können. Und die weiße Villa gehört übrigens auch dieser Investmentfirma aus Liechtenstein –«

»– die sie an eine von Vahrenheides Subfirmen vermietet hat«, beendete Anna den Satz.

»Du triffst den Nagel auf den Kopf. Und diese Firma nutzt die Wohnungen im Haus für Kunden oder Mitarbeiter, die in Hamburg temporär zu tun haben. Sie sind also nicht dauerhaft vermietet.«

»Das heißt, das Haus könnte zurzeit auch leer stehen«, orakelte Pöppelmann.

»Das lässt sich herausfinden«, sagte Zille. »Ich kümmere mich darum.«

Pöppelmann trommelte mit den Fingern auf die Tischplatte, er schien nachzudenken. Nach einer Weile beendete er seine Trommeleinlage und schaute in die Runde. »Ein Zugriff wird nicht einfach werden, vor allem deshalb, weil wir es mit zwei Einsatzorten, also zwei Bunkern, zu tun haben, aus denen wir die Entführten befreien müssen.« Pöppelmann machte eine Pause. »Um maximalen Erfolg zu verzeichnen, werden wir parallel zugreifen müssen. Das muss sorgsam geplant und koordiniert werden. Wir sehen uns morgen um zehn Uhr im Präsidium.«

»Ich gebe dir völlig recht«, sagte Janne, »dass die Zugriffe sehr gut geplant und aufeinander abgestimmt werden müssen. Dafür ist es aber absolut notwendig, mehr über die Umgebung der Bunker zu wissen. Wie ist das Gelände beschaffen? Wie wird es gesichert? Welche Zufahrtswege können wir nehmen? Gibt es Baustellen, die stören könnten?«

Zille blickte zu Pöppelmann. »Eine Vor-Ort-Erkundung macht schon Sinn, oder?«

»Wie stellst du dir das vor, Janne?«, fragte Pöppelmann.

»Ich würde heute Nacht Vahrenheides Grundstück und die Umgebung inspizieren. Die Nachbarschaft des Kaufmann-Bunkers ist uns bekannt, vielleicht könnte Anna dem Gelände und der Musikhochschule dennoch einen Besuch abstatten, getarnt als Musikstudentin.«

»Welches Instrument?«, fragte Anna belustigt.

»Kontrabass«, schlug Zille vor.

»Sehr komisch, größer geht's nicht?«

»Eine Geige tut es auch«, beschwichtigte Janne.

»Und auf was soll ich im Besonderen achten?«

»Vielleicht kannst du dich den äußeren Zugängen des Bunkers nähern und herausfinden, wie sie gesichert sind. Darüber hinaus ist die unmittelbare Umgebung wichtig.«

»Grundsätzlich ist es kein Problem, nahe an den Bunker heranzukommen. Beim Verkauf gab es die Auflage, dass der Bunker nicht eingezäunt werden darf«, sagte Elias.

Pöppelmann überlegte und schaute Janne nachdenklich an.

»Ich halte das für einen guten Plan«, kam Laura Sentrup ihm zuvor.

»Okay, wenn meine Stellvertreterin das sagt. Dann treffen wir uns morgen um vierzehn Uhr. Und ich werde versuchen, Informationen über die Baustellensituation in Blankenese und Pöseldorf zu bekommen.«

Bevor er ging, wandte Pöppelmann sich an Janne. »Aber diesmal gehst du keinerlei Risiko ein!«

57

Janne war ganz in Schwarz gekleidet, auch ihr Gesicht hatte sie mit Theaterschminke geschwärzt. Auf dem Rücken trug sie einen kleinen Rucksack. Es war ein Uhr fünfzehn, der Himmel war bewölkt, nur manchmal riss die Wolkendecke auf und ließ für ein paar Minuten den Halbmond sehen. Janne würde also die Wolken im Blick haben müssen.

Sie hatte das Grundstück von Vahrenheide, das im Norden an die Elbchaussee grenzte, abgeschritten. Es gab jeweils eine Zufahrt nahe den Grundstücksgrenzen, die vor dem Haupteingang des Landhauses, das weiter im Süden des Grundstücks lag, zusammentrafen. Unmittelbar neben der westlich liegenden Zufahrt befand sich ein Grundstück mit einem kleinen Haus. Es verfügte über einen auffällig großen Parkplatz, dessen Ausfahrt direkt, nur getrennt von einem Eisentor, auf der Elbchaussee mündete. Dort waren zwei SUVs in Fahrtrichtung geparkt. Als Janne dort ein zweites Mal vorbeilief, schloss sich das Tor gerade wieder automatisch, und Janne nutzte die Gelegenheit, um auf das Grundstück zu schleichen. Dabei stellte sie fest, dass das Grundstück zum weitläufigen Areal von Vahrenheides Landhaus gehörte. Auf den Fotos von Elias war das nicht zu erkennen gewesen.

Vielleicht wurden in dem kleinen Haus, das einem Gästehaus ähnelte, Gäste untergebracht, die in der Einfahrt davor ihre Autos parken konnten. Allerdings konnte Janne sich nicht vorstellen, dass Vahrenheide zurzeit Gäste empfing. Außerdem lagen auf den Autos viele Blätter, die der große Tulpenbaum vor dem Haus abgeworfen hatte. Es schien, als wären die Fahrzeuge längere Zeit nicht bewegt worden. Dennoch wäre es interessant zu erfahren, ob in dem Haus möglicherweise Sicherheitsper-

sonal untergebracht wurde, überlegte Janne. Sie wollte jedoch
erst einmal das Grundstück, das Vahrenheides Landhaus um-
gab, in Augenschein nehmen, um die genaue Lage des Bunkers
und seiner Fluchtausgänge herauszufinden. Auf dem Rückweg
könnte sie sich immer noch um das Gästehaus kümmern.

Vom Grundstück des Gästehauses aus musste sie durch ein
kleines Wäldchen gehen, um unerkannt in die Nähe des Landhauses zu gelangen. Am Rand des Waldes suchte sie hinter einer
mächtigen Buche Schutz. Die Wolken rissen auf, und der Mond
erhellte, wenn auch nur schwach, die große Grünflache vor
dem Landhaus. Das Licht reichte Janne, um sich zu orientie-
ren. Sie wusste, dass sich die Rotunde, deren gläserne Kuppel
etwas aus der Erde herausragen musste, circa fünfzig Meter
vom Haupteingang des Hauses entfernt befand und man von
ihr eine gerade Linie in nördlicher Richtung zur Elbchaussee
ziehen konnte.

Sie durchdachte zwei Varianten, wie ein Bunker in Bezug
zur Rotunde verlaufen könnte. In der einen Variante könnte
die Hauptachse parallel von West nach Ost zum Landhaus verlaufen, in der zweiten in gerader Linie von Süd nach Nord
vom Haus Richtung Elbchaussee. Sie war überzeugt, dass es
mindestens einen Fluchtausgang gab, der sinnvollerweise an
einem der entgegengesetzten Enden der Bunkeranlage liegen
musste.

Bevor sie mit ihren Erkundungen starten konnte, musste sie
noch abwarten, bis der Mond wieder hinter der Wolkendecke
verschwand. Janne warf einen Blick auf das Landhaus. Der
Eingang war dezent beleuchtet, und an den jeweiligen Ecken
des Hauses spendeten kleine Lampen ebenfalls ein wenig Licht.
Im Haus selbst waren alle Fenster dunkel.

Das Mondlicht wurde zunehmend schwächer, und als die
Wolkendecke wieder zugezogen war, lag der Park bis auf die
Lichter am Haus in völliger Dunkelheit. Janne beobachtete
die dichte Wolkendecke. Die Wahrscheinlichkeit, dass sie in
nächster Zeit wieder aufreißen würde, schätzte sie als eher ge-
ring ein. Sie holte ihre Nachtsichtbrille heraus, mit der sie im-

merhin sieben Meter weit sehen konnte, und überquerte einen geteerten Zufahrtsweg. Die Kuppel war schnell gefunden. Von dort aus ging sie mit schnellem Schritt die gedachte Hauptachse ab, die in gerader Linie vom Haus weg in Richtung Norden zur Elbchaussee führte. Als sie das Grundstücksende erreichte, suchte sie dort die nähere Umgebung nach Auffälligkeiten ab, konnte aber nichts entdecken.

Janne blickte erneut zur Wolkendecke. *Immer noch dicht, gut!* Sie sprintete wieder zurück zur Kuppel und lief direkt auf den Haupteingang zu. Sie wollte gerade links auf die parallel zum Haus verlaufende Querachse einbiegen, als sie einen schwachen Lichtschimmer in einem der Fenster über dem Eingang wahrnahm. Sofort warf sie sich flach auf den Boden. Nach einigen Minuten hob sie leicht den Kopf und spähte Richtung Haus. Das Licht war wieder erloschen. Sie zählte bis zehn und lief dann über die gedachte Querachse, bis sie dort das östliche Grundstücksende erreichte. Auch auf diesem Weg war ihr nichts Verdächtiges aufgefallen, nur, dass die zweite Zufahrt nicht geteert, sondern mit Kies bedeckt war. Autospuren waren keine zu sehen. An diesem Ende des Grundstücks standen einige Holzunterstände, in denen Holzscheite gestapelt waren, aber einen möglichen Bunkerausgang konnte Janne dort nicht finden.

Sie spürte eine gewisse Unruhe. Das Licht im Haus musste zwar nichts bedeuten, vielleicht war nur jemand zur Toilette gegangen. Vielleicht konnte dieser Jemand jedoch nicht schlafen und wollte sich gleich ein wenig die Füße im Park vertreten. Janne atmete tief ein und aus. Das wiederholte sie einige Male, beruhigte sich wieder und machte sich auf den Rückweg. Als sie sich der Kuppel näherte, blieb sie abrupt stehen. Aus der Kuppel drang Licht, wenn auch nur schwach.

Sie legte sich auf den Boden und robbte sich an das Kuppeldach heran. Dort angekommen, nahm sie die Nachtsichtbrille ab, warf einen vorsichtigen Blick in die Kuppel und sah einen älteren Mann. Vahrenheide, vermutete Janne. Sie sah, wie er zu einem Wandschrank ging, diesen öffnete und einen Knopf betätigte. Dann hörte sie ein Surren. Sie zog schnell ihren Kopf zurück und konnte im letzten Moment noch sehen, wie der Mann seinen Blick in die Höhe richtete. Er schien sich vergewissern zu wollen, dass sich das Kuppeldach schloss. Leider wusste Janne nicht, ob er sie dabei gesehen hatte.

Sie drehte sich vorsichtig auf den Rücken und blickte in den Himmel. Noch war die Wolkendecke verschlossen, doch in einiger Entfernung gab es erste Lücken, durch die das Mondlicht fiel. Sie musste sich beeilen. So oder so. Sie setzte ihre Nachtsichtbrille wieder auf und lief das noch fehlende Stück der gedachten Querachse ab. Sie überquerte den geteerten Zufahrtsweg und kam nach zwanzig Metern am Waldrand an. Die Wolkendecke riss auf, und der Mond kam hervor. Ein Lichtstrahl fiel auf eine kleine Lichtung hinter der ersten Baumreihe. Janne traute ihren Augen kaum. Im matten Mondschein schimmerte unter einigen wie zufällig hingeworfenen kleineren Ästen eine rostbraune Stahlplatte hervor. Sie jubilierte innerlich. Das war der Fluchtausgang. Da war sie sich sicher. Sie schlich sich leise näher, um die Platte genauer zu inspizieren, als ein Außenlicht am Gästehaus aufleuchtete.

»*Fuck!*«, hörte sie jemanden fluchen. »*Damn motion detectors.*«

»Siehst du was?«

»Nee, nur Bäume. Der Alte spinnt.«

»Ich gehe trotzdem mal nachschauen.«

Janne hatte ganz still dagestanden und die Luft angehalten. Sie bückte sich, löste ihr Messer aus dem Beinholster und kroch langsam zurück zu einem Baum, hinter dem sie sich verstecken konnte. Zum Glück wurde der Mond wieder von einigen Wolken verdeckt, und plötzlich wurde es stockdunkel. Mit Hilfe ihres Nachtsichtgerätes konnte Janne sehen, wie ein Mann auf der Lichtung auftauchte. Den hatte sie schon einmal gesehen. Es war der zweite Typ, der Greta entführt hatte. Er blieb eine Weile stehen, schaute sich um und kehrte unverrichteter Dinge wieder zum Gästehaus zurück.

Janne hatte genug gesehen und erfahren. Sie wollte das

Grundstück diesmal auf der Rückseite des Landhauses verlassen. Schemenhaft konnte sie am östlichen Ende des Parks eine Skulpturengruppe ausmachen. Als sie sich ihr näherte, erkannte sie, dass es sich bei den fünf Skulpturen um antike Torsi handelte. Sie standen auf einem Kiesplatz und waren kreisförmig um eine mindestens drei Meter hohe moderne Blockskulptur angeordnet. Sie schüttelte verständnislos den Kopf, aber sie musste ja nicht alles verstehen. Der Platz selbst reichte bis zur Grundstücksgrenze am Mühlenberg. Dort stand ein schmiedeeisernes Tor, das schon bessere Tage gesehen hatte und kein Hindernis für Jannes Kletterkünste darstellte. Janne verstaute ihre Nachtsichtbrille und wischte sich mit einem Tuch die schwarze Farbe aus dem Gesicht. So konnte sie in den Nachtbus steigen, ohne dass der Fahrer einen Herzinfarkt bekam.

58

Vahrenheide saß in der Rotunde. Er konnte einfach nicht schlafen. Es war zwar noch keine Wolfsstunde, aber zu viele Gedanken kreisten in seinem Kopf. Er fand keine Ruhe. Einerseits war er sehr zufrieden mit den gelungenen Fortschritten bei seinem »chosen few«-Projekt. Der Bau des Survival-Bunkers verlief mehr oder weniger planmäßig, und sie hatten alle Wissenschaftler gefunden, die sie unbedingt für ein Gelingen des Projektes brauchten. Andererseits beunruhigten ihn die Kollateralschäden bei den Entführungen ebenso wie der Tod von Matuschek. Er hatte Kiriaki gegenüber zwar das Gegenteil behauptet, doch in seinem Innersten rumorte es. Und heute Abend besonders. Die Polizei hatte eine Spur, das sagte ihm sein Instinkt. Und auf den konnte er sich verlassen, nur so war er ein erfolgreicher Geschäftsmann geworden. Und dann dieser Schatten am Kuppeldach. Ben und Ralf hatten zwar Entwarnung gegeben, und er wollte auch nicht ganz ausschließen, dass seine Beobachtung einer Paranoia entsprang. Dennoch, die

Wissenschaftler mussten schnellstens in Sicherheit gebracht und verlegt werden. Vor allem die beiden jungen Wissenschaftler in seinem Haus. Sie stellten für ihn das größte Risiko dar. Sollten sie, aus welchem Grund auch immer, entdeckt werden, käme er in Erklärungsnot. Alle anderen möglichen Hinweise, die ihn in Verbindung mit den Entführungen bringen könnten, würden seine Anwälte ad absurdum führen.

Leider kam das Unwetter in der Schweiz absolut zur Unzeit. Er hatte nie über einen Plan B nachgedacht. Aber auf dem Weg in den Süden besaß er Lagerhallen, die einige seiner Subunternehmen angemietet hatten. Die würden sich für einen provisorischen Zwischenaufenthalt eignen. Er würde morgen früh einige Telefonate tätigen und Gespräche führen müssen.

Vahrenheide hatte für zehn Uhr Kiki, Ben und Ralf zusammengerufen. »Wie ihr wisst, verzögert sich der Abtransport der Wissenschaftler wegen des Unwetters in den Bergen. Ich habe heute Morgen die Informationen erhalten, dass auch für die nächsten Tage keine Wetterberuhigung in Sicht ist. Außerdem hat es einen Erdrutsch gegeben, deshalb ist die Zufahrt zum Bunker erst einmal blockiert.«

»Kann man abschätzen, wie lange die Verzögerung sein wird?«, fragte Kiki.

»Eine Prognose abzugeben wäre Kaffeesatzleserei.«

»Was hat Kaffee damit zu tun?« Ben schaute verwirrt in die Runde.

»Nichts. Ist nur so eine Redensart«, erklärte Kiki ihm. »Ich glaube, im Englischen sagt man ›pure reading of tea leaves‹.«

»Okay, verstehe. Ihr habt keine Ahnung, wann es weitergeht.«

»Selbstverständlich gibt es einen Plan B«, sagte Vahrenheide mit gespielter Selbstsicherheit.

Alle Augen richteten sich auf ihn.

»Wir werden die Wissenschaftler in ein Zwischenlager, das schon auf dem Weg Richtung Süden liegt, bringen. Eine meiner Firmen hat die Lagerräume angemietet, ist über die Unterbringung informiert und bereitet mit Unterstützung der Stiftung alles Nötige vor. Sie werden zwei bis drei Tage zur Vorbereitung brauchen.«

»Das bedeutet, wir brechen spätestens in drei Tagen auf«, stellte Kiki fest.

»So ist es. Ralf, Sie begeben sich heute Nacht in den Bunker in Pöseldorf. Mein Gärtner wird Sie hinfahren, er verdient sich gerne etwas dazu. Sie haben ab sofort die Leitung über den Transport der Wissenschaftler und bekommen von mir noch genauere Instruktionen. Professor Köhler wird ebenfalls dort sein.«

»Mit welchem Fahrzeug –?«, setzte Ralf zu einer Frage an.

»Für den Transport wird ein Bus vor dem Haus in der Magdalenenstraße stehen. Die Koordinaten für die Lagerhalle werden im Navi eingegeben sein. Richten Sie sich auf eine Nachtfahrt ein.«

»Und was mache ich?«, fragte Ben.

»Sie checken heute am frühen Abend die beiden SUVs, die vor dem Gästehaus stehen, und machen sie startklar. Die Koordinaten bekommen Sie zu gegebener Zeit. Es darf diesmal keine Pannen geben.« Vahrenheide warf Ben einen abschätzigen Blick zu. »Bis zur Abreise werden Sie hier im Haus ein Zimmer beziehen.«

»Das verlässt du aber bitte erst am Abend der Abfahrt wieder«, sagte Kiki genervt.

»Nein«, widersprach Vahrenheide. »Du zeigst Ben den Bunker. Ich will, dass er den Aufbau kennt, die verschiedenen Räumlichkeiten, Tunnel und Ausgänge. Ich will auf alle Situationen vorbereitet sein.«

»Du meinst, falls wir durch einen der Tunnel fliehen müssten?«

»Zum Beispiel.«

»Wirst du den Transport begleiten?«

»Erst muss ich geschäftlich noch einige wichtige Dinge regeln.«

59

Gegen vierzehn Uhr betrat Pöppelmann mit LKA-Chef Schepanski den Besprechungsraum. Die Mitglieder seiner Sonderkommission waren vollständig versammelt. Vom Spezialeinsatzkommando waren neben dem Dienststellenleiter Leif Brand noch Kriminaloberkommissar Bernd Breuer und seine Kollegin Waltraut Tampe anwesend, beide aus der Führungsgruppe des SEK. Nur Dürkopp fehlte noch.

»Meine Damen, meine Herren«, begann Schepanski förmlich, »ich begrüße Sie zu diesem außerordentlichen Treffen, das aufgrund einer besonderen Gefahrenlage für mindestens sechs entführte Wissenschaftler, die an zwei unterschiedlichen Orten festgehalten werden, notwendig geworden ist. Kriminalhauptkommissar Pöppelmann, Leiter der Sonderkommission, wird Sie jetzt auf den neusten Stand bringen.«

Pöppelmann räusperte sich und erläuterte zunächst die Hintergründe der Entführungen und die damit in Zusammenhang stehenden Morde. »Es sollte deutlich geworden sein, dass wir es hier mit äußerst brutalen und skrupellosen Verbrechern zu tun haben«, schloss er seine Ausführungen. »Wir konnten dank erster Fahndungserfolge und intensiver Recherchen die beiden Aufenthaltsorte der Entführten ausfindig machen.« Nach diesem Fazit übergab Pöppelmann das Wort an Elias Hopp.

»Beide Verstecke befinden sich unter der Erde«, teilte er den verblüfften SEK-Beamten mit. Auf der Leinwand erschien ein Foto des Kaufmann-Bunkers.

»Wie sollen wir denn dort hineinkommen?«, fragte Breuer, einer der beiden Kriminaloberkommissare. »Das SEK hat keine bunkerbrechenden Waffen.«

»Die werden auch nicht nötig sein. Dieser Bunker liegt auf dem Gelände der Musikhochschule, befindet sich aber in Privatbesitz …«

»… und wir benötigen nur einen Durchsuchungsbeschluss«, ergänzte Schepanski.

»Den der Oberstaatsanwalt uns hoffentlich gleich mitbringen wird«, sagte Pöppelmann.

Elias zeigte mit einem Pointer auf die von außen sichtbaren Eingänge. »Die Kollegin Anna Radke war heute Morgen vor Ort und hat die Lage gecheckt.«

»Das wäre ja wohl unsere Aufgabe gewesen«, warf Waltraut Tampe ein.

»Dazu war die Zeit zu knapp«, erklärte Zille.

»Von außen sind keine Schlösser erkennbar«, ergriff Anna das Wort. »Das heißt, die Türen werden von innen verriegelt sein. Über den Türen und an den Seiten des Bunkers befinden sich einfache Überwachungskameras.« Anna schmunzelte. »Ich habe mit ein paar Studentinnen gesprochen. Die Kameras werden regelmäßig, wahrscheinlich von Studierenden der Musikhochschule, mit schwarzer Farbe besprüht. Zurzeit sind die Kameras an den Seitenwänden blind.«

»Man könnte also die anderen Kameras auch auf diese Weise ausschalten, ohne dass es weiter auffällt?«, fragte Tampe.

Anna nickte verschmitzt. »Könnte ich heute Nacht erledigen.«

Als Nächstes erschien auf der Leinwand ein Bild vom Grundriss des Bunkers. »Wie Sie hier sehen können, wissen wir, wie das Innere des Bunkers aufgebaut ist. Er besteht inklusive der beiden Gasschleusen aus neun unterschiedlich großen Räumen. In der Mitte des Bunkers befindet sich ein langer Flur, von dem links und rechts die Räume abgehen. Bis auf einen«, Elias zeigte auf den ehemaligen Adjutantenraum, »sind also alle vom Flur aus direkt erreichbar.«

»Wenn ich den Grundriss richtig deute, sind einige Räume auch miteinander verbunden«, stellte Tampe fest.

»Das ist zutreffend«, sagte Elias, dann umkreiste er den alten Maschinenraum. »Dieser Raum hat eine besondere Bedeutung. Er ist mit einem Haus in der Magdalenenstraße über einen unterirdischen Tunnel verbunden –«

»Das Haus ist zurzeit unbewohnt«, informierte Zille. »Ein begabter Einbrecher hat sich dort in der Nacht umgeschaut und keine Hinweise gefunden, dass sich dort in der letzten Zeit jemand aufgehalten hat.«

»Dann verlassen wir uns mal auf Ihren Einbrecher.« Breuers Gesichtsausdruck verriet, was er von dieser Aktion hielt. »Was mich mehr interessiert – gab es den Tunnel schon immer?«

»Nein«, antwortete Elias, »der ist nachträglich gebaut worden. Wie auch die übrigen Räume laut unseres Informanten neu hergerichtet, also modernisiert wurden.«

»Dabei wurden aber keine substanziellen Veränderungen am Grundriss vorgenommen«, beruhigte Pöppelmann die Anwesenden. »Wäre bei den dicken Mauern auch ziemlich aufwendig gewesen.«

»Ist Ihr Informant zuverlässig?« Schepanski runzelte sorgenvoll die Stirn.

»Er kooperiert vollumfänglich mit uns. Nur so kann er seinen Kopf aus der Schlinge ziehen. Er beteuert zwar, dass er den Bunker nie selbst betreten hat, seine Informationen aber aus erster Hand von seinem Komplizen stammen, der im Bunker eingesetzt wurde. Von ihm hat er auch erfahren, dass jeder der vier Entführten in einem eigenen Raum festgehalten wird, den sie nur zum gemeinsamen Essen mit den anderen im großen Aufenthaltsraum verlassen dürfen.«

»Wo halten sich die Bewacher auf?«, fragte Bernd Breuer.

Pöppelmann zögerte mit der Antwort. »Wir gehen von zwei Bewachern aus. Wenn sich alle Wissenschaftler in ihren eigenen Räumen befinden, und das ist auf jeden Fall auch abends und nachts der Fall, sitzt einer der Bewacher im Technikraum in unmittelbarer Nähe zum Haupteingang. Von dort kann er alle Zimmer und sicher auch das Außengelände überwachen.«

»Wenn die Kameras funktionieren«, bemerkte Anna grinsend.

»Der zweite Bewacher, und hier wird die Information schwammig, hält sich entweder im großen Aufenthaltsraum auf oder in einem kleinen Raum, der auf der gegenüberliegenden Seite des Flures liegt. Und zwar zwischen zwei größeren Räumen, in denen jeweils ein Wissenschaftler eingesperrt ist.«

»Der Zugriff könnte also über den Tunnel erfolgen«, schaltete Dienststellenleiter Brand sich jetzt ein.

»Das wäre die einfachste Variante, um in den Bunker zu gelangen, zumal wir den Zugangscode für die Eingangstür besitzen.«

»Birgt aber viele Gefahren«, gab Waltraut Tampe zu bedenken. »Sollten wir von den Bewachern bemerkt werden und sie drinnen schon auf uns warten, ist es ein Leichtes für die, uns auszuschalten.«

Janne verdrehte die Augen. »Es gibt ja verschiedene Möglichkeiten, dieses Risiko zu minimieren.«

»Sagt wer?«, ätzte Breuer.

»Ich«, erwiderte Janne gelassen. »Man könnte eine kleine Kamera unter der Tunneltür in den Raum einführen und schauen, ob das Willkommenskommando angetreten ist. Man könnte aber auch beim Betreten des Raums eine Tränengasbombe werfen.« Janne blickte die SEK-Beamten freundlich an. »Und ich habe noch eine Idee. Greifen Sie gleichzeitig mit einer zweiten Einheit vom Haupteingang aus an.«

Bevor Janne ihre Idee weiter ausführen konnte, stürmte Dürkopp in den Raum und ließ sich abgekämpft in einen Stuhl fallen. »Tut mir leid, dass ich erst jetzt kommen konnte«, keuchte er. »Den Innensenator von dem Zugriff auf Vahrenheides Haus zu überzeugen war nicht leicht. Und der Generalstaatsanwalt war mir keine große Hilfe.«

»Was hat ihn schließlich überzeugt?«, fragte Schepanski neugierig.

»Bei diesem Treffen wurde doch bestimmt eine Geheimhaltungspflicht vereinbart?«

»Auf jeden Fall«, beteuerte Zille.

Dürkopp richtete seinen Oberkörper auf. »Ich habe ihm sehr deutlich gemacht, welche Konsequenzen es für seine berufliche Zukunft hätte, falls er sein ›Go‹ für den Zugriff verweigern würde und wir den Fall deshalb nicht lösen könnten. Das würde ihn seine Karriere kosten. Nachdem er einverstanden war, bin ich dann zum Richter.« Dürkopp griff in seine

Aktentasche und warf die Durchsuchungsbeschlüsse auf den Tisch.

»Das nennt man funktionierende Gewaltenteilung«, bemerkte Elias spöttisch.

Dürkopp warf Elias einen entrüsteten Blick zu. »Sollten wir allerdings trotz der Durchsuchungen keinen Erfolg haben …«

»… wäre Ihre eigene Karriere gefährdet«, beendete Zille den Satz. »Keine Sorge, Herr Oberstaatsanwalt, Sie wissen ja, wir verhaften –«

»– die üblichen Verdächtigen, ich weiß, Zillinski.«

Nach einer kurzen Pause ergriff Elias Hopp wieder das Wort und projizierte ein Foto von Vahrenheides Anwesen an der Elbchaussee auf die Leinwand. »Dieses mehrere Hektar große Gelände gehört Philipp Vahrenheide, Hamburger Milliardär und einer der Hintermänner der brutalen Entführungen.«

»Ihm gehört übrigens auch, getarnt über Strohmänner, der Kaufmann-Bunker«, sagte Dürkopp.

»Je mehr Geld«, fuhr Elias fort, »umso größer die Angst, es wieder zu verlieren. So könnte man das Motiv für seine Taten umschreiben. Neben diesem Landhaus befindet sich ein Gästehaus am westlichen Rand des Grundstücks. Unter dem Teil des Grundstücks, der hier vor dem Landhaus zu sehen ist, hat Vahrenheide einen Bunker bauen lassen, von dem wir leider nur eine unvollständige Skizze haben.«

Elias legte die Skizze über das Foto. »Janne Bakken haben wir es zu verdanken, dass wir zumindest davon ausgehen können, dass es in westlicher Richtung einen Gang gibt, an dessen Ende sich ein zweiter Ausgang befindet.«

»Gibt es vom Bunker eine Verbindung zum Landhaus?«, fragte Waltraut Tampe.

»Die gibt es.« Elias zeigte mit dem Pointer auf die Stelle, wo ein Kuppeldach die Oberfläche des Bodens ein paar Zentimeter durchstieß. »Unter diesem Dach befindet sich eine Rotunde, die mit hoher Wahrscheinlichkeit das Zentrum des Bunkers bildet.« Er bewegte den roten Pointerpunkt in gerader Linie von der Kuppel zum Haus und hielt am Eingang inne. »Unter dem Hauseingang liegt auch der Eingang zum Bunker.

»Wie sieht es im Haus aus?«, fragte Dienststellenleiter Brand.

»Wissen wir nicht«, musste Pöppelmann zugeben.

»Wo befinden sich die Wissenschaftler genau, und wie viele werden dort festgehalten?«, erkundigte sich Brand.

»Wir gehen davon aus, dass sich zwei Entführte im Bunker aufhalten.« Zille hob entschuldigend die Hände. »Wo genau, entzieht sich unserer Kenntnis.«

»Das ist nicht viel.« Breuer kratzte sich am Kopf. »Wenn wir da reingehen, kommt das einem Himmelfahrtskommando gleich.«

»Wir wissen, dass sich dort neben den Gefangenen maximal vier weitere Personen aufhalten. Jedenfalls nachts. Das übrige Personal verschwindet spätestens um siebzehn Uhr«, sagte Janne energisch, weil sie die Zweifel der SEK-Leute bemerkte. »Einer von den vieren ist Vahrenheide. Ein alter Mann. Auch Kiriaki Blumenfeld ist keine ernst zu nehmende Gegnerin. Sie ist promovierte Biologin und keine ausgebildete Killerin. Die beiden anderen Typen sind ein anderes Kaliber. Allerdings nicht die Cleversten. Halten sich vorwiegend im Gästehaus auf.«

Janne wusste, dass sie sich mit ihrer Einschätzung auf dünnem Eis bewegte. Für sie gab es aber keine Alternative zu einem zugegebenermaßen riskanten Zugriff. »Und wenn ich auch hier noch einmal einen Vorschlag machen dürfte«, fuhr sie frech fort, »der Zugriff sollte von zwei Seiten erfolgen. Durch die Haustür und über den zweiten Zugang zum Bunker.«

»Ich stelle noch einmal die Frage.« Breuer konnte sich kaum noch beherrschen. »Sagt wer?«

»Herr Breuer.« Schepanski sah ihn eindringlich an. »In dieser Situation dürfen wir uns nicht von Eitelkeiten leiten lassen. Frau Bakken ist eine für den Häuser- und Nahkampf ausgebildete Elitesoldatin, und eine Zusammenarbeit auf Augenhöhe täte unserer Aufgabe, nämlich die entführten Wissenschaftler möglichst schnell und unversehrt zu befreien, gut. Haben wir uns verstanden?«

Breuer nickte genervt, brummte dann aber ein leises »Ja«.

»Selbstverständlich werden wir die Expertise von Frau Bakken in Anspruch nehmen«, griff Dienststellenleiter Brand beschwichtigend ein. »Ich weise nur darauf hin, dass wir unsere Kapazitätsgrenzen erreichen, wenn wir an beiden Einsatzorten mit jeweils zwei Spezialeinsatzgruppen agieren sollen.«

»Dann schlage ich vor, dass Sie dieses Problem, aber bitte erst nach dem Einsatz, dem Innensenator erläutern«, sagte Dürkopp.

»Außerdem haben wir ja auch noch das MEK«, wiegelte Schepanski ab. »Wann soll der Zugriff erfolgen?«

»Morgen Nacht und zeitgleich«, antwortete Pöppelmann.

»Gut«, sagte Schepanski. »Die Details klären Breuer, Tampe und Frau Bakken in Absprache mit Pöppelmann und Brand.«

60

Der Gärtner hatte Ralf nur bis zum Klosterstern gefahren, er sollte das genaue Ziel von Ralf nicht kennen. Den Rest des Weges musste Ralf zu Fuß zurücklegen. Er hatte sich ein paarmal verlaufen, war dann aber nach vierzig Minuten Fußweg in der Magdalenenstraße angekommen. Bevor er die weiße Villa betrat, achtete er darauf, dass er nicht beobachtet wurde. Im Hausflur angekommen, wollte er gerade die Treppe in den Keller hinabsteigen, als er ein lautes Schnarchen aus einem der Zimmer hörte. Mit gezogener Pistole näherte er sich vorsichtig dem Geräusch, stieß mit dem Fuß eine angelehnte Tür auf, machte einen schnellen Schritt ins Zimmer und stolperte über einen Koffer. Ralf konnte gerade noch verhindern, dass er zu Boden stürzte, und hielt sich an einer Stuhllehne fest. Sekunden später blendete ihn eine kleine Tischlampe, und er blickte in die weit aufgerissenen Augen von Professor Köhler, der von einem Sofa hochgeschreckt war.

»Was machen Sie denn hier?«, fragte Köhler mit müder Stimme.

»Das Gleiche könnte ich Sie fragen.«

»Ich bin hierherbestellt worden und habe nicht vor, in diesem Bunker zu nächtigen.«

»Ist vielleicht auch besser für alle, so wie Sie schnarchen.« Ralf sah erst jetzt, dass noch ein weiterer Koffer und eine große Reisetasche im Raum standen. »Was wollen Sie denn mit dem ganzen Gepäck?«

»Na ja, wir werden wohl eine Weile unterwegs sein. Da benötige ich doch Wechselzeug.«

Ralf fuhr sich mit der Hand über den Mund und steckte seine Pistole wieder in das Holster. »Eine Hose, zwei Unterhosen, zwei Paar Socken und ein Hemd. Mehr können Sie nicht mitnehmen.«

»Und womit soll ich meine Zähne putzen?«

Ralf gähnte, drehte sich um und ging zurück zur Kellertreppe.

Anna hatte ihr Fahrrad am Mittelweg abgestellt. Die letzten Meter bis zur Musikhochschule ging sie mit wiegendem Schritt durch die menschenleere Milchstraße. In ihrem kleinen Rucksack hatte sie zwei Spraydosen mit schwarzem Lack. Die sollten reichen, um auch die Kameras über den beiden Eingängen des Kaufmann-Bunkers auszuschalten. Sie überquerte langsam die Magdalenenstraße, schaute nach links, nach rechts und sah einen dunkel gekleideten Mann, der in ungefähr dreißig Metern Entfernung vor einer weißen Villa stand und sich auffällig umblickte.

Anna versteckte sich schnell hinter einem Auto. Wenig später sah sie, wie der Mann einen Schlüssel zückte, ein paar Stufen emporging und die Haustür öffnete. Sie atmete fünfmal ein und aus, dann näherte sie sich dem Haus vorsichtig. Ihre Vermutung war richtig. Das war die weiße Villa, in der sich der Eingang zum Tunnel befand. Auf der anderen Seite des Hauses lag der Kaufmann-Bunker.

Sie schlich wieder zurück und betrat von der Milchstraße das Grundstück der Musikhochschule. Sie griff in ihren Rucksack, zog sich eine schwarze Maske über den Kopf und nahm eine Spraydose heraus. Gebückt pirschte sie durch die Sträucher, die den seitlichen Randstreifen säumten, und erreichte so die Bunkerwand. Mit dem Rücken zur Wand näherte sie sich dem Eingang. Sie riss den Arm hoch und besprühte die über der Tür angebrachte Kamera mit schwarzem Lack. Nach zehn Sekunden war die Kamera vollständig blind, und Anna konnte sich der Kamera über der zweiten Tür zuwenden, die sich auf der gegenüberliegenden Seite des Bunkers befand.

Nachdem Ralf durch den Tunnel gelaufen war, betrat er den Bunker. Dabei überkam ihn wie bei allen vorhergehenden Malen ein unheimliches Gefühl. Er wollte auf keinen Fall seine letzten Tage und Stunden in solch einem Gebäude unter der Erde verbringen. Diese Vorstellung löste mehr als ein großes Unbehagen bei ihm aus. Er bevorzugte ein schnelles Ende. Deshalb würde er auch die Truppe nach Freiburg bringen und dann die Biege machen. Die Hälfte des zugesagten Geldes war schon auf seinem Konto eingegangen, das reichte ihm. Aber diese Idee behielt er für sich.

Er durchquerte den Verhörraum und gelangte durch die Gasschleuse in den Aufenthaltsraum. Überall brannte nur die Notbeleuchtung, und es war unnatürlich still. Ralf ging in den Flur und warf von dort einen Blick in den kleinen Schlafraum. Dort lag Rudi, einer der zwei ständigen Bewacher, und schlief. Im Nachbarraum war die Wiener Professorin einquartiert. Ralf legte sein Ohr an die Tür. Er hatte sich nicht getäuscht. Ein leises Wimmern war zu hören. Er verzog das Gesicht. Ben hatte ihr wirklich übel mitgespielt. Dann ging er zum Überwachungsraum, wo Sepp, der zweite Bewacher, sitzen musste. Die Tür war geschlossen. Wahrscheinlich guckte er wieder irgendeinen Scheiß auf seinem Laptop, dachte Ralf und riss die Tür auf. »Buh, erwischt!«

Sepp sprang erschrocken auf und ging in Kampfstellung. »Du Arschloch, ich hätte dir das Genick brechen können.«

»Träum weiter.« Ralf ging auf ihn zu und klopfte ihm

freundschaftlich auf die Schultern. »Ein kleiner Spaß bringt Abwechslung in die eintönige Arbeit.« Er schaute auf die Überwachungsmonitore. »Gibt es was Besonderes?«

»Bis auf Breitenmacher schlafen alle. Ihr geht es echt beschissen. Habe ihr schon zwei Schmerztabletten gegeben.«

»Bist ja ein Menschenfreund.«

»Ich bin jedenfalls kein Sadist.« Sepp blickte wieder auf die Monitore und schrie im selben Moment auf. »Nicht schon wieder.«

»Was ist los? Wieso wird der Bildschirm schwarz?«

»Weil wieder irgend so ein blöder Student, wobei es meistens Studentinnen sind, die Kamera besprüht hat. Das ist schon das dritte Mal in dieser Woche.«

»Vielleicht ist gerade Weltfrauenwoche.«

»Red keinen Unsinn. Diesmal war sie aber gut. Hat sich unsichtbar angeschlichen.« Sepp schlug mit der Faust auf den Schreibtisch. »Wenn gleich der letzte Monitor auch noch schwarz wird, stürme ich raus und schnapp sie mir.«

»Das lässt du schön bleiben«, entgegnete Ralf. »In zwei Tagen hauen wir hier ab. Bis dahin werden wir uns ganz ruhig verhalten.«

61

Der Tag im Präsidium startete mit einem Briefing von Dienststellenleiter Brand sowie Kriminalhauptkommissar Pöppelmann. Sie wurden von den SEK-Beamten Tampe und Breuer von dem geplanten Ablauf des Zugriffs in Kenntnis gesetzt. Dabei hatten sie anerkennend den konstruktiven Austausch mit Janne Bakken hervorgehoben und sich für die letzten Informationen von Anna Radke bedankt. Um ein Uhr dreißig sollte gleichzeitig an beiden Bunkern der Einsatz mit jeweils zwei Gruppen starten. Pöppelmann und Anna würden sich während des Zugriffs beim Bunker in Pöseldorf, Zille und Janne beim

Bunker in Blankenese im Hintergrund aufhalten. Da in beiden Fällen »Gefahr im Verzug« war, sollten die Bunker gestürmt werden. Seit den frühen Morgenstunden beobachteten Zivilbeamte die Zugriffsorte und deren Umgebung. In der Nacht würden sie diese weiträumig absperren.

Am Nachmittag kam Oberstaatsanwalt Dürkopp aufgeregt in Pöppelmanns Büro. »Es ist unfassbar, aber wahr.« Mit diesen Worten ließ er sich auf einen Stuhl fallen.

»Hat der Innensenator wegen des Zugriffs interveniert?«, fragte Pöppelmann besorgt.

»Schlimmer, Pöppelmann, schlimmer«, sagte Dürkopp theatralisch. »Karl Bussard ist tot in seiner Zelle aufgefunden worden.«

»Mist!«, entfuhr es Pöppelmann. »Wie konnte das passieren?«

Dürkopp zuckte mit den Achseln. »Der Arzt hat als vorläufige Todesursache einen Herzinfarkt diagnostiziert. Mir kommt der Todeszeitpunkt allerdings sehr verdächtig vor. Wir hatten ihn gerade erst festgenommen, er hat sich als Kronzeuge angeboten, eine Aussage gemacht, und dann stirbt er plötzlich.«

»In der Tat äußerst merkwürdig. Lassen Sie seine Leiche doch in die Rechtsmedizin bringen.«

»Schon veranlasst.«

»Ist seine Aussage noch etwas wert?«

»Er hatte sie zwar noch nicht unterschrieben, aber das ist auch nicht zwingend notwendig, damit sie auch nach seinem Ableben noch Gültigkeit besitzt.«

»Und wir waren mit Ihnen zu dritt bei der Vernehmung dabei und können seine Aussagen bezeugen.«

»Nicht nur das. Es war eine offizielle Beschuldigtenvernehmung, bei der wir Bussard erklärt haben, dass er als Beschuldigter nicht aussagen muss. Insofern kann das, was er gesagt hat, auf jeden Fall vor Gericht verwendet werden.« Dürkopp atmete schwer aus. »Ich hätte ihn dennoch gerne als lebenden Zeugen im Gerichtssaal gehabt, gerade auch für mögliche Gegenüberstellungen.«

»Für uns ist es erst einmal wichtig, dass wir aufgrund seiner Informationen die anstehenden Zugriffe besser planen konnten.«

»Und dass er weitere Mittäter identifizieren und damit beschuldigen konnte.«

»Vor allem die Identifizierung von Ben Taylor oder besser Charles Beastly war von entscheidender Bedeutung. Karl Bussard hat ihm die Morde an Professor Santino und Mathilda Schulz zugeordnet.«

Dürkopp erhob sich. »Wollte ich Ihnen nur mitteilen. Deshalb ist ein Erfolg heute Abend so wichtig.

»Wir geben uns alle Mühe, schließlich geht es auch um *Ihre* Karriere.«

62

Die Nacht war über Hamburg hereingebrochen. Leichter Nieselregen fiel aus einem wolkenverhangenen Himmel, und wenn in zehn Minuten die Straßenlaternen ausgingen, würde es stockdunkel in Pöseldorf sein. Es war ein Uhr. Pöppelmann und Anna saßen gemeinsam mit Waltraut Tampe und fünf weiteren SEK-Polizisten in einem Van, der in einer Parallelstraße der Magdalenenstraße parkte. Sie würden zum verabredeten Zeitpunkt in die weiße Villa eindringen und von dort durch den Tunnel zum Bunker vorstoßen.

Der Van mit der zweiten Einsatzgruppe parkte nicht weit entfernt im Pöseldorfer Weg. Zwei der sechs Einsatzkräfte waren Sprengstoffexperten. Ihre Aufgabe war es, die Tür am Haupteingang des Bunkers aufzusprengen und so den Weg frei zu machen, damit sie in den Bunker eindringen konnten. Was sie dort dann erwarten würde, wussten sie nicht. Im schlechtesten Fall eine verschlossene Gasschleusentür. Dann wäre ihr Einsatz an dieser Stelle bereits beendet.

Tjark, der Kommandoleiter dieser Gruppe, wollte sich ein

solches Worst-Case-Szenario aber erst gar nicht vorstellen. Es war sein erster Einsatz in dieser Position, geschuldet der überraschenden Krankmeldung eines Kollegen. Der Mensch erlebt immer wieder Premieren in seinem Leben, hörte er seine Mutter sagen. Doch diese Weisheit vertrieb seine Nervosität auch nicht. Er wollte gerade zum wiederholten Male den Grundriss des Bunkers studieren, als es in seinem Kopfhörer knackte. Waltraut Tampe ordnete eine letzte Überprüfung der Helmkommunikation an.

Bernd Breuer hatte Janne in seinen und Zille in den Van der zweiten Einsatzgruppe abkommandiert. Auch sie standen wie die Kollegen in Pöseldorf nicht unmittelbar vor Vahrenheides Grundstück, sondern in zwei Nebenstraßen, die auf die Elbchaussee führten. Da Janne berichtet hatte, dass einer der Zufahrtswege zum Haus in schlechtem Zustand war, hatte Breuer mit dem Kollegen Chris, Kommandoführer der zweiten Einsatzgruppe, beschlossen, sich zu Fuß zu ihren Einsatzorten zu begeben. Das verringerte auch die Gefahr, frühzeitig bemerkt zu werden.

Bernd Breuer schaute auf seine Armbanduhr. In zehn Minuten würde die Umgebung weitläufig abgesperrt werden. Dann blieben noch dreißig Minuten bis zum Start zu einem der größten SEK-Einsätze in Hamburg. Breuer würde versuchen, mit seiner Gruppe über den Fluchtausgang in den Bunker einzudringen. Er hatte ebenfalls einen Sprengstoffexperten in seiner Gruppe, der in der Lage war, ihnen den Weg freizusprengen, wenn die Hindernisse nicht allzu groß und widerstandsfähig waren. Zum Glück hatte Breuer schon eine Sorge weniger. Zwei Zivilbeamte hatten seit gestern Abend das Gästehaus observiert und waren überzeugt, dass sich dort niemand mehr aufhielt. Sicherheitshalber hatten die Kollegen das Haus weiter im Blick, um doch noch eingreifen zu können.

Janne hatte Breuer leider nicht davon überzeugen können, sie am Einsatz teilnehmen zu lassen. Sie sei nicht in die internen Abläufe der Einsatzgruppe eingeweiht, so seine Begründung.

Immerhin war er bereit, sie bis zum Fluchtausgang mitlaufen zu lassen.

Die zweite und größere Einsatzgruppe in Blankenese bestand aus neun SEK-Beamten. Sie sollte in Vahrenheides Haus eindringen, das Ober- und Erdgeschoss sichern und nach dem Eingang des Bunkers suchen. Um möglichst effektiv arbeiten zu können, musste sich die Gruppe teilen. Und sie hatte eine weitere entscheidende Aufgabe. Das neunte Mitglied der Gruppe, eine Kollegin, die nicht im Van saß, sollte in zwei Minuten von Osten auf das Grundstück vordringen und versuchen, die Stromzufuhr der Lampen im Eingangsbereich und möglicher Kameras zu kappen. Die Beamtin besaß die herausragende Gabe, sich lautlos zu bewegen. Mit entsprechender Kleidung und in der Dunkelheit war sie fast unsichtbar. Ihr blieben fünfzehn Minuten.

Zille, der auf dem Beifahrersitz des Vans saß, durfte die ganze Aktion über Funk mitverfolgen. Nach seinem letzten Feldeinsatz Anfang des Jahres bei der Jagd auf Sandvik, den Chef einer skrupellosen Verbrecherorganisation und Jannes Erzfeind, war ihm das auch ganz recht.

63

In Pöseldorf waren die Lichter ausgegangen, die HHVA, die Hamburg Verkehrsanlagen GmbH, hatte um Punkt ein Uhr zehn die Straßenlaternen in den umliegenden Straßen ausgeschaltet, zivile Einsatzkräfte waren in ihren Fahrzeugen über die anliegenden Straßen verteilt, um mögliche Passanten abzufangen, damit diese den Einsatz nicht gefährdeten. Alle SEK-Beamten waren ausgestattet mit Maschinenpistolen, Helm und Schutzwesten. Pünktlich um ein Uhr dreißig begann der Einsatz.

Der Van von Waltraut Tampe fuhr mit hoher Geschwindigkeit über die Milchstraße und bog rechts in die Magdalenenstraße ein. Pöppelmann und Anna konnten aus den Augenwinkeln einige Schatten auf das Gelände der Musikhochschule stürmen sehen, bevor der Van vor Haus Nummer 50 abbremste. Die SEK-Beamten sprangen aus dem Wagen, zwei von ihnen liefen mit einer Zweimannramme zum Hauseingang. Pöppelmann und Anna konnten beobachten, wie sie mit Schwung die Scharniere und das Schloss malträtierten. Nach einer Minute fiel das Türblatt krachend in den Flur.

Die SEK-Beamten stürmten unter Führung von Waltraut Tampe mit ihren Maschinenpistolen im Anschlag das Haus und verteilten sich auf die Zimmer. Als Tampe mit einem Kollegen das Wohnzimmer betrat, sah sie, wie ein älterer Mann hinter einem Sofa, das ihm offensichtlich als Bett diente, hektisch Deckung suchte. Sie gab dem Kollegen ein Zeichen. Er sprang mit einem Satz auf das Sofa, während sie zeitgleich um das Sofa herumlief. Beide Maschinenpistolen zeigten auf Professor Köhler, der zusammengekauert auf dem Boden saß.

»Aufstehen!«, befahl Tampe ihm. Köhler stand verängstigt auf und ließ sich widerstandslos von dem SEK-Mann mit einem Kabelbinder die Hände fesseln.

»Ist noch jemand im Haus?«, fragte Tampe.

Köhler schüttelte den Kopf.

»Wie viele Wachen sind im Bunker?«

»Ich weiß es nicht«, sagte Köhler, klang dabei aber nicht überzeugend.

Tampe zielte mit ihrer Waffe auf Köhlers Knie. »Das tut weh.«

»I… I… ich sagte doch –«, stotterte er.

Er bekam einen Schlag in die Nieren und zuckte mit schmerzverzerrtem Gesicht zusammen.

»Gegen den Schmerz eines kaputten Knies ist das gar nichts«, sagte Tampe drohend.

»Drei«, brach es mit stöhnender Stimme aus Köhler heraus.

»Geht doch.« Tampe klang zufrieden, und zu ihrem Kollegen gewandt sagte sie: »Bring ihn in den Van. Wenn er anfängt zu schreien, gib ihm eins über die Rübe.«

Währenddessen hatten die Kollegen aus der zweiten Einsatzgruppe den Bunker erreicht. Die beiden Sprengstoffexperten begutachteten die Stahltür. Sie nahmen Blickkontakt auf, nickten einander zu und waren sich einig, wo die Sprengladungen anzubringen seien. Sie holten eine Sprengschnur aus ihrer Tasche und befestigten sie auf beiden Seiten des Eingangs zwischen Tür und Zarge. Das dauerte einige Minuten. Dann entfernten sie sich und zündeten den Sprengstoff. Nach einem lautstarken Rums hing die Tür nur noch in einer Türangel. Die SEK-Beamten, Tjark vorweg, stürmten die Treppen hinunter Richtung Gasschleuse. Deren Türen waren glücklicherweise nicht verschlossen.

Doch sie wurden erwartet.

»Die Studentinnen habe ich mir aber ganz anders vorgestellt«, schallte es ihnen schrill entgegen, im nächsten Augenblick wurden sie von zwei Männern mit Pistolen beschossen, die dann hinter einer der Gasschleusentüren in Deckung gingen. Dort saßen sie zwar in der Falle, aber die massive Eisentür schützte sie vor den Kugeln der Maschinenpistolen. Die SEK-Einheit zog sich zu den Treppen zurück, die Schleuse immer im Blick. Auf Tjarks Befehl hin nahmen zwei der Polizisten ihre Rauchgranaten, betätigten den Abreißzünder und warfen sie in die Gasschleuse, wo sich sofort ätzender Rauch bildete. Es dauerte nicht lange, und die Bewacher kamen hustend und wild um sich schießend hinter der Tür hervor. Zwei Polizisten verloren die Nerven und erwiderten das Feuer. Keine Minute später war der Spuk vorbei. Der Rauch verzog sich langsam und gab den Blick auf die zwei am Boden liegenden Bewacher frei. Vorsichtig näherten sich die Polizisten den Männern und kickten deren Pistolen außer Reichweite. Einer war tot, der andere schwer verletzt.

Tjark starrte fassungslos auf das Szenario. »Habe ich etwa den Befehl zum Schießen gegeben?«, brüllte er.

64

Eine schwarz gekleidete Gestalt bewegte sich leichtfüßig und lautlos durch den Park. Manchmal konnte man zwischen einzelnen Büschen einen leichten Schatten sehen, der aber so schnell, wie er aufgetaucht war, auch wieder verschwand. So näherte sich unbemerkt eine junge SEK-Beamtin, die von den Kollegen nur Ninja genannt wurde, Vahrenheides Landhaus. In ihrem Rucksack hatte sie das nötige Werkzeug, mit dem sie ihren Job erledigen würde.

Am Landhaus angekommen, stellte sie fest, dass die Stromkabel der Außenlampen über Putz auf der Häuserwand verlegt waren und zu einem Verteilerkasten führten. Überwachungskameras hatte sie zwei auf der Rückseite, je eine auf den seitlichen Häuserwänden und eine weitere über dem Haupteingang entdeckt. Leider erschloss sich ihr nicht, wie die Kameras mit Strom versorgt wurden. Das hatte sie befürchtet und dementsprechend vorgesorgt. Aus ihrem Rucksack holte sie eine Paintballmarker-Pistole heraus, mit der sie versuchen musste, die Linsen der Kameras mit den Farbbällen zu schwärzen.

Ninja schaute auf die Uhr. Ihr blieben noch fünf Minuten. Die Zeit wurde langsam knapp, daher entschied sie sich, nur die Seitenkamera, die den westlichen Teil des Grundstücks überwachte, wo sie den Ausgang vermuteten, und die Eingangskamera zu schwärzen. Zum Zielen brauchte sie ein wenig Licht und könnte deshalb die Stromzufuhr der Lampen erst anschließend kappen. Das war ein Risiko, weil sie zum Schießen in die Lichtkegel der Außenlampen treten musste. Die Lichtkegel waren zwar schwach, doch sollte gerade in diesem Augenblick jemand aus dem Fenster schauen, würde man sie entdecken. Aber ihr blieb keine Wahl. Für jede Kamera hatte sie nur einen Schuss.

Sie schlich zum Eingang und blieb in fünfzehn Metern Entfernung stehen, atmete ein und aus, hielt die Luft an und schoss. Ein leichtes Klacken. Treffer. Dann huschte sie auf die Westseite des Hauses und wiederholte die Prozedur. Leider ging der erste

Versuch daneben. Also doch ein zweiter Versuch. Ninja zählte bis drei, legte an, betätigte den Abzug, und diesmal traf sie. Sie verstaute die Pistole im Rucksack und lief schnell zum Verteilerkasten. Sie löste die vier Schrauben des Deckels, holte eine Kneifzange hervor und durchtrennte die Stromzufuhr. Ninja lachte lautlos und sagte ein einziges Wort, bevor sie wieder mit der Dunkelheit eins wurde.

Bernd Breuer saß mit seinen Leuten im Van. Sie konnten Vahrenheides Grundstück nicht einsehen. Er sah auf seine Uhr. Die Anspannung war ihm ins Gesicht geschrieben. Sie löste sich erst in dem Augenblick, als er das Zauberwort hörte: »Blackout.«
»Ja. Ninja ist eben die Beste.« Zufrieden ballte er seine Faust und gab für alle den Einsatzbefehl. »Auf geht's. Und kein unnötiges Risiko.« In den Nebenstraßen der Elbchaussee öffneten sich die Schiebetüren von zwei schwarzen Vans. Vermummte und bewaffnete Männer sowie eine Frau traten ins Freie.

65

Philipp Vahrenheide saß auch in dieser Nacht in seiner Rotunde. Nachdem er sich zwei Stunden in seinem Bett gewälzt hatte und im Halbschlaf die Welt untergehen sah, war er aufgestanden und in den Schutzraum gegangen. Dort hatte er sich an seinen Lieblingsort zurückgezogen. Die letzten Tage hatten ihn offensichtlich psychisch doch mehr mitgenommen, als er es wahrhaben wollte. Anders konnte er sich seine Unruhe und die damit verbundene Schlaflosigkeit nicht erklären. Er hatte sich in den Schlafsessel gesetzt und nippte an seinem Cognac. Dann fuhr er die Rückenlehne zurück und schloss die Augen.
Doch es dauerte nicht lange, bis er hochschreckte. Sein Handy gab einen Alarmton von sich. Vahrenheide quälte sich aus dem Sessel und wurde vom Handyton zum Sideboard geführt. Er blickte auf das Display, öffnete die App, mit der er

die Bilder der Überwachungskameras kontrollieren konnte, und bekam einen Schreck. Zwei Kameras zeigten schwarze Bilder. Besonders beunruhigte ihn die ausgefallene Kamera am Hauseingang. Er benachrichtigte Kiki und bat sie, gemeinsam mit Ben alles zu kontrollieren.

Nach Vahrenheides Anruf sprang Kiki sofort aus dem Bett, zog sich an und benachrichtigte Ben, der im oberen Stockwerk ein Zimmer bezogen hatte. Sie kontrollierte die Westseite des Hauses, Ben lief zu den Fenstern, die den Blick auf das Gelände vor dem Haupteingang ermöglichten. Er spähte vorsichtig hinaus, konnte aber nichts Ungewöhnliches entdecken. Er machte sich auf den Weg zum Treppenhaus, als Kiki ihm entgegenkam.

»Ich habe nichts gesehen«, sagte sie.

»Ich auch nicht«, erwiderte Ben. »Vielleicht ein Fehlalarm, aber –«

»– alle Außenlichter sind aus. Schon merkwürdig, wenn nicht nur zwei Kameras, sondern auch die Lampen ausfallen.«

»Ich gehe mal nach draußen und schau mich genauer um.«

»Gute Idee.« Während Ben die Treppe hinunterlief, schaute Kiki aus den Fenstern. »Oh nein!«, schrie sie. Dann lief sie Ben hinterher, um ihn zu warnen. Sie erreichte Ben gerade noch, bevor er die Haustür aufmachen konnte.

»Ben, mehrere vermummte Gestalten stürmen auf das Haus zu. Wir müssen sofort weg.«

»Und wohin?«

»In den Schutzraum. Wir schnappen uns Greta und Finn und verschwinden mit Vahrenheide über die Fluchtgänge.«

Ben und Kiki rannten los.

66

Breuer lief mit seiner Truppe zur Elbchaussee, überquerte die Straße und betrat Vahrenheides Grundstück. Sie passierten das

Gästehaus und arbeiteten sich leise zur kleinen Lichtung vor, wo sich der Fluchtausgang, ihr Eingang in den Bunker, befand. Janne hatte im Vorbeilaufen bemerkt, dass in der Einfahrt des Gästehauses nur noch ein SUV stand. Das machte sie nachdenklich, sie sagte aber nichts. An der Lichtung angekommen, befreiten zwei SEK-Männer die verrostete Metallplatte von Ästen und Zweigen. Erst jetzt konnten sie sehen, dass die Platte in ein Streifenfundament plan eingelassen war und keinen Griff oder eine Mulde besaß, um sie anzuheben.

»Sie wird von innen zu öffnen sein«, vermutete einer der SEK-Männer. »Wahrscheinlich ist sie auch verschlossen.«

»Können wir sie aufsprengen?«, fragte Breuer.

»Schwierig«, antwortete Walter, der Sprengstoffexperte der Einsatzgruppe.

»Und es wäre ziemlich laut«, bemerkte Janne.

»Dann holen wir die neuen Brecheisen«, ordnete Breuer an. »Aus beiden Vans.«

Die zweite Einsatzgruppe lief mit Chris an der Spitze auf das Landhaus von Vahrenheide zu. Unter ihren Helmen trugen sie zusätzlich eine Gasschutzmaske. Es war stockdunkel, Ninja hatte ganze Arbeit geleistet. Zwei der SEK-Männer trugen jeweils eine Ramme, zwei weitere kleine Leitern. Sie hatten bei der Begutachtung des Landhauses entschieden, durch die Fenster, die sich neben der Eingangstür befanden, ins Haus einzudringen. Sollte es sich bei der Haustür nämlich um eine Sicherheitstür handeln, bekämen sie mit der Ramme ein Problem.

Chris und seine Truppe erreichten das Haus, stellten rechts und links neben dem Eingang die Leitern unter die Fenster, und die beiden SEK-Männer mit der Ramme zertrümmerten Scheiben und Holzrahmen. Sie warfen zwei Tränengasgranaten durch die Fenster, und die Männer kletterten in zwei Gruppen ins Erdgeschoss.

Nachdem Breuer über Funk informiert worden war, dass Chris und seine Leute es ins Landhaus geschafft hatten, sahen sich seine SEK-Männer nicht mehr genötigt, möglichst wenig Lärm zu machen. Sie bearbeiteten das Streifenfundament, damit einige Ansatzpunkte für die Brecheisen vorhanden waren. Die zwei Kräftigsten unter ihnen setzten die einen Meter achtzig langen Stangen an die markierten Stellen und versuchten, die Metallplatte auszuheben. Nachdem sie die Platte einige Zentimeter angehoben hatten, bekamen sie Unterstützung von zwei Kollegen. Gemeinsam knackten sie das Schiebeschloss und konnten die Metallplatte herausheben.

Breuer leuchtete in den Schacht. Eine Steintreppe führte in einen Gang, dessen Sohle circa zwei Meter unter der Erde lag. Bevor Breuer und seine SEK-Gruppe hinabstiegen, bedeutete er Janne, am Ausstieg zu warten. Sie nickte, aber nachdem die Männer außer Sicht waren, machte sie sich auf den Weg in den Park hinter dem Haus zur östlich gelegenen Skulpturengruppe.

67

Waltraud Tampe, Kommandoführerin der SEK-Gruppe in der Magdalenenstraße, wartete nicht, bis der Kollege, der Professor Köhler zu Pöppelmann und Anna in den Van gebracht hatte, wieder zurückgekehrt war. Nachdem die Räume im Haus gesichert waren, lief sie mit den restlichen Kollegen die Treppe in den Keller hinunter. Schnell fanden sie den Tunneleingang, den Tampe anschließend mit dem ihr bekannten Code öffnete. Gebückt liefen sie die zwanzig Meter bis zur nächsten Tunneltür.

Tampe stoppte ihre Leute mit erhobener Hand. Sie schob eine Schlangenkamera unter der Tür durch, verband sie mit ihrem Handy und inspizierte so den dahinterliegenden Raum. Nach einer Minute war sie sich sicher, dass sich dort niemand aufhielt, schob den Riegel zur Seite und öffnete auch diese Tür. Vorsichtig betrat die Einsatzgruppe den Raum und schlich sich mit ihren Maschinenpistolen im Anschlag zur Gasschleuse. Die Türen waren geöffnet. Zwei Beamte kontrollierten die Treppen, die zum hinteren Ausgang führten. Tampe schickte zwei weitere Männer in den Aufenthaltsraum, die dort auch die Toiletten und Duschen überprüfen sollten. Sie gaben Entwarnung. Niemand hielt sich in diesem Bunkerbereich auf. Die Tür am hinteren Ende des Aufenthaltsraums führte auf den Mittelgang des Bunkers. Jetzt wurde es unübersichtlich, zumal Tampe sich nicht sicher war, ob die zweite SEK-Einheit auch schon in den Bunker eingedrungen war. Eine laute Explosion, die durch den Bunker schallte, vertrieb diese Ungewissheit.

»Elegant geht anders, Tjark«, nuschelte Tampe, wohl wissend, dass die Helmkommunikation im Bunker nicht funktionierte. Jedenfalls wusste sie nun, dass Tjarks Gruppe gleich in die zweite Gasschleuse vorstoßen würde. Sie lief zum Aufenthaltsraum, schob auch hier die Schlangenkamera unter der Tür durch und drehte sie nach allen Seiten.

»Niemand zu sehen.« Sie zog die Kamera zurück und rief sich den Grundriss des Bunkers und die weiteren Informationen ins Gedächtnis. Gegenüber auf der anderen Seite des Gangs gingen von einem kleinen Flur drei Räume ab. Rechts und links sollte pro Raum jeweils ein Wissenschaftler untergebracht sein. Dazwischen lag der Schlafraum der Bewacher. Am rechten Ende des Mittelgangs lag die zweite Gasschleuse, und in den drei weiteren Räumen vermutete sie die beiden anderen Wissenschaftler und den Technikraum.

Sie wollte gerade ihre Einheit einteilen, als Schüsse zu hören waren. Vorsichtig öffnete sie die Tür zum Gang. Nach wie vor war niemand zu sehen. Zwei Kollegen schickte sie in den gegenüberliegenden Flur, mit den beiden anderen wollte sie zur zweiten Gasschleuse vorrücken. Als von dort Rauchschwaden aufzogen und weitere Schüsse zu hören waren, diesmal auch Salven von Maschinenpistolen, stoppte sie ihren Vormarsch. Plötzlich fielen auch hinter ihr Schüsse. Sie drehte sich erschrocken um und sah, wie einer ihrer Männer aus dem kleinen Flur wankte und im Gang zu Boden ging. Sekunden später eilte der zweite Kollege in den Gang, kniete sich neben seinen Partner und sah sich die Wunde an.

Er blickte auf und sagte: »Ist nur ein Streifschuss. Und von dem Bewacher dadrin«, er zeigte auf den Flur hinter sich, »geht jetzt keine Gefahr mehr aus.«

Tampe nickte erleichtert, drehte sich um und wollte gerade ihren Weg zur zweiten Gasschleuse fortsetzen, als eine Gestalt am Ende des Gangs aus dem Rauch auftauchte und sich ihr langsam näherte. »Hier ist alles sicher«, hörte sie Tjarks Stimme.

68

Kiki und Ben liefen in den Keller und durchquerten das Weinlager. Hinter dem Regal, in dem die teuersten Weine lagerten, war der Eingang zum Schutzraum verborgen. Kiki betätigte einen Knopf, das Regal glitt zur Seite, und die Eingangstür öffnete sich. Ben und Kiki rannten überstürzt in den Schutzraum und trafen in der Rotunde auf Vahrenheide. Er saß wieder in seinem Schlafsessel und leerte seinen Cognac.

»Wie kannst du hier nur so ruhig sitzen?«, rief Kiki aufgeregt. »Wir werden angegriffen.«

»Vermutlich das SEK«, sagte Ben. »Sie sind bestimmt schon im Haus.«

Vahrenheide richtete sich abrupt auf und sprang aus dem Sessel. »Das ist nicht gut. Kiki, hol die beiden Wissenschaftler her. Ich muss noch einige wichtige Dinge einsammeln und mit Ben etwas besprechen.«

Breuer kam mit seinen Leuten in dem Gang zum Bunker hin nur langsam voran. Es war eng und nicht sehr hoch. Sie mussten gebückt hintereinander herlaufen. Sollten sie von vorne angegriffen werden, hätten sie schlechte Karten. Schon jetzt waren sie den Ratten gegenüber im Nachteil. Glücklicherweise waren es nicht so viele. Nach zwanzig Metern tat sich vor ihnen ein Hindernis auf. Breuer konnte im Licht seiner Taschenlampe erkennen, dass es sich um eine Tür ohne Griff handelte. Er schüttelte verwundert den Kopf. Warum einen Fluchtweg mit einer solchen Sperre versehen? Das erschloss sich ihm nicht. Gut, man hielt die Ratten von den bewohnten Räumen ab. Das ließ sich aber auch anders bewerkstelligen. Wahrscheinlicher war eine Tür, die sich von der anderen Seite automatisch öffnete, sollte sich ihr jemand nähern. Also mussten sie die Tür wegsprengen.

Walter, der Sprengstoffexperte, drängelte sich zur Tür und überlegte laut, wie er vorgehen würde. »Im Tunnel zu sprengen ist eine heikle Sache«, warnte er. »Wegen der Druckwelle, verstehst du, Bernd?«

»Bin ja nicht blöd.«

»Vielleicht stürzt auch die Decke ein.«

»Genau. Und wenn wir dann den Himmel sehen können, fällt der uns auch noch auf den Kopf.« Breuer war gereizt. »Du musst eben die Sprengladung so berechnen, dass das alles nicht passiert.«

»Na dann«, war die Antwort. »Ihr könnt schon mal wieder fünfzehn Meter zurückgehen. Sicherheitsabstand.«

Kiki kam zusammen mit Greta und Finn wieder in die Rotunde. Sie hatte die beiden offensichtlich aus dem Schlaf gerissen, da sie nur Jogginghosen und dünne T-Shirts trugen und ziemlich verschlafen aussahen.

»Was soll das?«, fauchte Greta. »Ich konnte noch nicht mal meine Brille mitnehmen.«

»Weil du sie selbst verlegt hast«, sagte Kiki.

»Und du mich daran gehindert hast, sie zu suchen.«

»Und ich konnte nicht mal mehr pinkeln.« Finn war aufgebracht. »Dann pinkel ich jetzt in diese beschissene Vase.«

»Haltet jetzt sofort euer Maul«, brüllte Ben aggressiv und zog seine Pistole.

Vahrenheide war damit beschäftigt, eine Mappe und Bargeld in eine Tasche zu stecken, und sagte beiläufig: »Ben verschwindet mit den beiden durch den Westtunnel, und wir«, er schaute Kiki an, »verschwinden durch den Osttunnel.«

»Wieso nimmt Ben denn beide mit?« Kiki wurde misstrauisch.

»Ich habe gerade eben versucht, Kontakt mit Ralf im Kaufmann-Bunker aufzunehmen.« Vahrenheide fischte seine Brille vom Tisch und setzte sie auf. »Vergeblich.«

»Du denkst, sie wurden auch vom SEK angegriffen?«

»Ben weiß, was jetzt zu tun ist.«

Chris schickte vier seiner Männer ins Obergeschoss des Landhauses, mit den anderen durchkämmte er das Erdgeschoss. Dabei nahmen sie wenig Rücksicht auf den entstehenden Lärm. Sie waren in Eile und konnten nur minimale Sicherheitsstandards berücksichtigen. Abwechselnd drangen sie, jeweils zu zweit, in die Zimmer ein. Und so rückten sie, wenn alles sicher war, Meter um Meter vor und gaben sich gegenseitig Deckung. Die Beamten in Chris' SEK-Einheit waren die Spezialisten für diese Durchsuchungsmethode. Nach fünf Minuten trafen sich beide Gruppen vor der Treppe, die in den Keller führte. Zwei Männer blieben sicherheitshalber im Erdgeschoss zurück. Falls doch noch jemand im Haus sein sollte und auf die Idee kam, durch den Keller zu verschwinden, würden sie das verhindern. Der Rest der Einheit stürmte die Treppen zum Keller hinunter und begab sich auf die Suche nach dem Eingang zum Schutzraum.

Janne war inzwischen bei der Skulpturengruppe angekommen. Ihr Gefühl hatte sie nicht getäuscht. Auf dem Kiesplatz stand der zweite SUV, befreit von Blättern und mit sauberen Scheiben. Bereit, als Fluchtwagen zu dienen. Also musste es auch hier eine von ihnen bisher unentdeckte Fluchttür nach draußen geben. Vorsichtig näherte sie sich dem Wagen und warf einen Blick hinein. Sie konnte kaum glauben, was sie sah. Auf dem Rücksitz stand ein Picknickkorb. Sonst konnte sie nichts Auffälliges erkennen. Sie wollte zu den Skulpturen, ging jedoch stattdessen in die Hocke, rollte über die rechte Schulter ab und riss blitzschnell ihr linkes Bein hoch. Sie hörte einen unterdrückten Schmerzensschrei, wusste aber nicht, wen und was sie getroffen hatte. Janne sprang sofort wieder auf die Beine, ging in Kampfstellung, das Messer in der Hand. Auf dem Boden lag eine zierliche Person, ganz in Schwarz gekleidet, und zielte mit einer Pistole auf sie. Die entpuppte sich in dem Moment, als Janne einen Schmerz auf der Brust spürte und sah, wie schwarzes Gel an ihrem Körper entlanglief und auf den Boden tropfte, als Paintballmarker.

»Ninja, lass den Scheiß.«

Kiki ahnte, dass Vahrenheide seine Haut unter allen Umständen retten wollte und Ben sein willfähriger Erfüllungsgehilfe sein sollte. Für Geld machte der alles.

»Ist das dein Plan C, Philipp?« Kiki sah ihm verächtlich in die Augen. »Soll Ben die beiden Wissenschaftler umbringen und die Leichen verschwinden lassen, damit du nicht belastet werden kannst?«

»Du warst immer schon ein schlaues Mädchen, Kiriaki«, erwiderte Vahrenheide kalt. »Deshalb müsstest du erkennen, dass mein Plan auch für dich die einzige Chance bietet, zu entkommen. Keine Wissenschaftler, keine Beweise. Also, komm jetzt mit.«

Vahrenheide ging auf die bewegliche Wand zu, hinter der sich der Osttunnel befand, durch den er fliehen wollte. Ben dirigierte Greta und Finn mit seiner Pistole zu einem Bücherregal, hinter dem sich der Eingang zum Westtunnel verbarg, dem zweiten Fluchtweg. Allerdings kamen Finn und Greta Bens Aufforderung nicht nach.

»Du bist so ein hirnloser Affenarsch«, sagte Finn hasserfüllt zu Ben. »Wie du ja gehört hast, sollst du uns irgendwo in der Pampa entsorgen, um deinem Boss den Arsch zu retten. Wenn du uns hier erschießt, wirst du uns kaum rechtzeitig rausgeschleppt haben, bevor das SEK kommt. Also bleiben wir doch einfach hier stehen.«

Ben grinste diabolisch. »Du hältst dich wohl für besonders schlau, Professor.« Ben nahm die Pistole in die rechte Hand und zückte mit der linken sein Messer. »Ich gehe jetzt zu der entzückenden Greta und werde ihr kleine, feine Kerben in Stirn und Wangen ritzen. Das macht mir Spaß, ihr wird es ziemlich wehtun, sie aber nicht am Laufen hindern. Anschließend –«

»Schon gut«, sagte Finn wütend und resigniert zugleich.

Kiki war starr vor Entsetzen. Sie war unbewaffnet, ihre Pistole lag blöderweise noch in ihrem Zimmer. Sie überlegte, ob sie auf Ben losgehen sollte, verwarf den Gedanken jedoch. Er würde nicht zögern, sie sofort zu erschießen.

Vahrenheide stand vor der beweglichen Wand und betätigte den Mechanismus, sodass sich die Wand öffnete. Er drehte sich noch einmal zu ihr um. »Jetzt oder nie, Kiriaki.«

Kiriaki wusste nicht, wie sie sich verhalten sollte. Ben war nur noch wenige Schritte von dem Bücherregal entfernt. Vahrenheide durchschritt den Eingang zum Osttunnel und würde die Wand gleich hinter sich verschließen. Ben hatte das Regal erreicht und drückte einen versteckten Knopf, den Kiki ihm gezeigt hatte. Das Regal wurde zu einer Drehtür, die in einen dunklen Gang führte. Im selben Moment platzte der unverkennbare Lärm einer Explosion in ihre Gedanken.

Finn und Greta warfen sich auf den Boden, Ben wich erschreckt ein paar Schritte zurück. Kiki, die etwas weiter weg stand, stürzte sich reaktionsschnell auf ihn. Sie konnte ihm die Pistole aus der Hand schlagen, aber dabei nicht verhindern, dass Ben sie mit seinem Messer am Arm verletzte und zu Boden schleuderte. Sofort schaute er sich um und suchte nach seiner Pistole. Er entdeckte sie in der Nähe von Greta und wollte hinlaufen. Kiki aber hatte sich unter Schmerzen aufgerichtet und grätschte Ben in die Beine, sodass er unsanft zu Boden ging. Wütend kam er wieder auf die Füße und stürzte mit dem Messer in der Hand auf sie zu.

Er sprang auf sie, drückte sie mit aller Gewalt auf den Boden und hielt ihr das Messer an die Kehle. »Du verfluchte Bitch, dich mache ich kalt, *nobody cares two hoots about it*«, zischte er unbeherrscht und erhöhte den Druck seines Messers. »Aber erst sollst du leiden.« Kiki fing an zu bluten.

»Das würde ich an deiner Stelle unterlassen«, ertönte Chris'
Stimme. Er und seine Einsatzgruppe hatten soeben die Rotunde
erreicht und richteten ihre Maschinenpistolen auf Ben. Der
blickte auf und drehte seinen Kopf nach rechts, und als er eine
andere Stimme hörte, blickte er nach links.

»Du kommst hier nicht mehr lebend raus, mein Junge.« Auch
Breuers Männer hatten die Rotunde erreicht. Insgesamt waren
jetzt zehn Maschinenpistolen auf Ben gerichtet.

»*I'll kill*—«

Weiter kam er mit seiner schrillen Stimme nicht. Ein Schuss
ertönte, eine Kugel drang in seinen Hinterkopf ein und trat
vorne wieder aus. Leblos sackte er über Kiki zusammen. Chris'
Leute stürmten zu den beiden und zogen den toten Ben von
Kiki herunter, die am Hals blutete, aber noch lebte.

Greta ließ die Pistole sacken und schloss die Augen.

69

Janne half ihrer Gegnerin auf die Beine. Die stöhnte. »Du hast
mir bestimmt zwei Rippen gebrochen mit deinem Tritt.«

»Stell dich nicht so an, Ninja.«

»Ich heiße Levke. Die Jungs nennen mich nur so.«

Die beiden Frauen lehnten sich gegen den SUV.

»Das gibt ein Scheiß-Hämatom.« Janne betastete die Stelle,
an der sie der Paintball getroffen hatte.

»Wie hast du mich bemerkt?«

»Ich konnte dich riechen.«

Levke schaute sie ungläubig an. »Niemals.«

»Du solltest kein Parfüm vor deinen Einsätzen benutzen.«

»Was machst du hier?«

Janne stieß sich vom Wagen ab und ging zu den Skulpturen.
»Ich suche hier nach einem weiteren Ausgang aus dem Bunker.«

»Und wo soll der sein?«

»Wenn ich das wüsste, würde ich —«

»– nicht suchen, schon gut.« Levke lief Janne hinterher. »Meinst du, der Ausgang ist in einer der Skulpturen verborgen?«

»Der Fluchtwagen steht hier, deshalb muss der Ausgang in der Nähe sein.«

Levke schloss zu Janne auf. »Aus einem Frauentorso herauszutreten hätte was, oder?«

Vahrenheide hetzte durch den Tunnel. Er bedauerte, dass Kiriaki nicht mitgekommen war, er mochte sie, sie war für ihn fast wie eine Tochter. Aber viel mehr mochte er sein Leben. Er hatte von überall auf dieser Welt Zugriff auf seine anonymen Konten bei Banken in Singapur und Dubai. Seine Firmen liefen auch ohne ihn weiter, seine Tochter würde nach einiger Zeit die Leitung übernehmen. Sollte Ben seinen Job vernünftig erledigen, könnte er wahrscheinlich nach einigen Monaten wieder nach Hamburg zurückkehren. Vahrenheide kam ein wenig aus der Puste, lief dennoch mit eiligem Schritt weiter durch den Tunnel. Dieser Tunnel war doppelt so lang wie der Westtunnel, er würde noch drei Minuten bis zum Ausgang benötigen.

Janne und Levke hatten, bevor sie mit der Suche begannen, gewettet, in welcher der Skulpturen sich der Ausgang befinden würde. Während Levke auf den Torso einer griechischen Tänzerin tippte, favorisierte Janne die im Zentrum stehende Blockskulptur. Sie sollte recht behalten. Eine mindestens einen Meter sechzig hohe, kaum sichtbare Tür war geschickt in dem Block eingelassen. Jetzt hieß es, darauf zu warten, wer aus dieser Tür ins Freie treten würde.

»Hast du auch eine echte Pistole bei dir?«, fragte Janne.

»Nein«, antwortete Levke. »Auf diesen Teil des Einsatzes war ich nicht vorbereitet.«

»Hast du wenigstens noch ein paar Paintballs?«

»Hab ich.«

Janne holte ihr Kampfmesser aus dem Beinholster. »Ich kann damit dienen.«

Dann besprachen die beiden ihr Vorgehen. Da sie nicht wussten, wie viele Personen aus dem Tunnel herauskommen würden, teilten sie sich auf. Janne blieb hinter dem Block, Levke versteckte sich in der Nähe des Fluchtwagens.

Janne stand angespannt hinter der Blockskulptur. Nicht zu wissen, wie die Befreiungsaktion im Bunker verlief, war schwer zu ertragen. Sie wusste aus Erfahrung, dass es sich um einen äußerst schwierigen Zugriff handelte. Es gab viele Unwägbarkeiten, deshalb konnte sie nur hoffen, dass die Besten im Einsatz waren.

Ein leises Quietschen lenkte ihre Aufmerksamkeit zurück auf ihre Aufgabe. Sie hörte schweres Atmen. Dann erneutes Quietschen, und die Tür wurde wieder geschlossen. Kurz darauf waren Schritte auf dem Kiesboden zu hören. Janne kam hinter dem Block hervor und sah die schemenhaften Umrisse eines Mannes, der Richtung Fahrzeug eilte. Sie fragte sich, wie Levke bei dieser Dunkelheit zielen wollte. Als ein »Quiekquiek« ertönte und die Warnblinkanlage zweimal aufblinkte, wusste Janne, worauf Levke gewartet hatte. Zwei Schreie in kurzen Abständen bestätigten Janne, dass Levke ihr Ziel mit der Paintballpistole erwischt hatte. Sie sprintete zum Wagen und sah einen älteren Mann sich krümmend und mit schwarzem Gesicht auf dem Boden liegen. Levke kniete neben ihm.

»Wen haben wir denn da?«, fragte sie.

»Vahrenheide persönlich«, klärte Janne sie auf.

Levke drehte ihn auf den Bauch, legte seine Hände auf den Rücken und bat Janne, einen Schnürsenkel aus ihren Schuhen herauszufummeln. Damit fesselte sie Vahrenheide.

»Sauberer Schuss, Ninja«, sagte Janne anerkennend.

»Ich wollte immer schon mal einem kriminellen Milliardär die Eier zum Omelett aufschlagen.«

»Darauf sollten wir einen trinken.« Janne stand auf, ging zum SUV und kam mit dem Picknickkorb zurück.

»Milliardär zu sein hat auch gewisse Vorteile. Selbst auf der Flucht haben sie eine Flasche Schampus und Sektschalen dabei.«

»Ich hatte gerade wieder Kontakt mit Breuer. Geiseln wohlauf. Sie holen uns gleich ab.«

»Ein Grund mehr zum Trinken.« Janne köpfte die Flasche und schenkte die Gläser voll. Die beiden Frauen nahmen ihre Sturmhauben ab und stießen miteinander an.

70

Die Woche nach der Befreiung der entführten Wissenschaftler war für alle Betroffenen anstrengend und voller widersprüchlicher Gefühle. Einerseits hatten sie sechs Wissenschaftlern das Leben gerettet und einige der verantwortlichen Drahtzieher, wie Philipp Vahrenheide, überführt. Andererseits waren noch immer nicht alle Hintermänner ermittelt, und bei den Einsätzen hatte es zu viele Tote gegeben.

Gleichwohl wurde die Arbeit der Sonderkommission als großer Erfolg gewertet. Zusammen mit den Aussagen der entführten Wissenschaftler, dem umfassenden Geständnis von Karl Bussard und der vollumfänglichen Kooperation von Kiriaki Blumenfeld sowie den Ermittlungsergebnissen der Sonderkommission ließen sich die Puzzleteile weitgehend zu einem Bild zusammensetzen. Der Umfang und gleichzeitig der Wahnsinn, der hinter den Entführungen zum Vorschein kam, wurden insbesondere durch die Hinweise und Informationen des Zukunftsforschers Ferdinand Peakock deutlich.

Mittags kam die Sonderkommission im Besprechungsraum des LKA zusammen. Das Meeting hatten LKA-Chef Schepanski und Oberstaatsanwalt Dürkopp einberufen. Sie wollten auf den neusten Stand gebracht werden, um bei ihrem anstehenden Termin mit dem Innensenator die aktuellen Ermittlungsergebnisse präsentieren zu können.

Die meisten Mitglieder der Sonderkommission sahen müde und erschöpft aus. Das Treffen am gestrigen Abend bei Elias war nicht nur ein kulinarisches Highlight gewesen, sondern vor allem eine emotionale Abschiedsfeier. Janne hatte ihre Auszeit im Kloster in Bhutan angekündigt und Pöppelmann seinen Ruhestand zum Ende des Jahres. Und da sie sich einfach nicht trennen konnten, war es spät geworden.

Schepanski eröffnete das Meeting. »Meine Damen und Herren, Sie haben im Kontext der Entführungsfälle und Tötungsdelikte rund um den Wissenschaftskongress sehr gute Polizeiarbeit geleistet. Und wir werden die Sonderkommission zur gegebenen Zeit entsprechend würdigen. Jetzt möchten Herr Dürkopp und ich zunächst von Ihnen für den Termin mit dem Innensenator gebrieft werden.«

Es klopfte an der Tür. »Ah, der Zimmerservice. Nicht ganz pünktlich, aber auch nicht zu spät.«

»Wen zitierst du denn da, Zille?«, fragte Elias neugierig.

»Meine Vermieterin Frau Kohl.«

Die Tür öffnete sich, und zwei Mitarbeiter aus der Kantine brachten Wasser, Kaffee und Franzbrötchen.

»Es hat sich in der Zusammenarbeit der Sonderkommission als besonders effektiv erwiesen, bei der Arbeit die leiblichen Bedürfnisse nicht zu vernachlässigen«, sagte Zille zur Erklärung.

»Und es ersetzt unser Mittagessen«, bekräftigte Pöppelmann.

»Ich hatte auch über Gebäck nachgedacht«, sagte Dürkopp, »war mir dann aber unsicher, was angemessen wäre.«

Zille bedankte sich bei den Kantinenmitarbeitern und wandte sich an Dürkopp. »Wenn Sie diesbezüglich Unterstützung brauchen, stehe ich Ihnen gerne zur Verfügung. Zum Beispiel bei der Belobigungsfeier.«

Schepanski konnte sich ein Grinsen nicht verkneifen. »Ich habe das verstanden, Herr Zillinski, jetzt würde ich aber gerne über Ihre Erfolge informiert werden.«

Pöppelmann hatte sich Kaffee und Wasser eingegossen. »Die allerneuste Information zuerst. Karl Bussards Tod wurde mit hoher Wahrscheinlichkeit durch das Kontaktgift Parathion hervorgerufen. Die genaue Analyse durch die Rechtsmedizinerin Freya Jensen erfolgt noch.«

»In Bezug auf die Aussage von Bussard spielt das keine Rolle«, erläuterte Dürkopp. »Sie müssen jedoch noch einen weiteren Mord aufklären.«

»Später«, sagte Zille mit einer wegwerfenden Handbewegung. »Mord verjährt nicht.«

»Jetzt zum aktuellen Stand der Ermittlungen«, sagte Pöppelmann. »Ich gehe davon aus, dass Sie die Berichte der SEK-Kommandoführer über den Ablauf der beiden Zugriffe gelesen haben. In der Rotunde von Vahrenheides Bunker kam es schließlich zum Showdown. Kiriaki Blumenfeld wurde gerettet und Ben Taylor alias Charles Beastly –«

»– der Mörder von Professor Santino und der Assistentin von Professor Gutowski«, ergänzte Laura Sentrup.

»– erschossen. Und zwar von Greta Villinger mit der Waffe von Ben Taylor.«

Zille, der schon sein erstes Franzbrötchen verspeiste, wischte sich einen Krümel vom Mund. »Der tödliche Schuss von Greta ging direkt durchs Kleinhirn, daher war Ben Taylor sofort tot und konnte Kiriaki Blumenfeld nicht mehr die Kehle durchschneiden.« Zille hielt inne und fragte rhetorisch: »Diese Lebensrettung erfüllt ja wohl den Tatbestand der Notwehr, oder, Herr Oberstaatsanwalt?«

»Vermutlich.«

»Warum hat das SEK nicht geschossen?«, fragte Anna und bediente sich nun auch an den Franzbrötchen.

»Die haben sich nicht getraut«, erklärte Pöppelmann.

»Gretas Vorteil war, jedenfalls steht das so im Bericht, dass sie sich im Gegensatz zu den SEK-Einheiten hinter Taylor befand, er sie also nicht sehen konnte und deshalb von dem Schuss völlig überrascht wurde.«

»Wusste Greta Villinger, was sie da tut?«, fragte Dürkopp mit einer gewissen Hochachtung in der Stimme.

»Anzunehmen«, antwortete Zille. »Sie war schon als Kind mit ihrem Vater auf dem Schießplatz.«

»Zum Glück, muss man aus unserer Sicht sagen.« Pöppelmann nippte an seinem Wasserglas. »Zum Glück hat auch Frau

Blumenfeld überlebt, sie hat vollumfänglich mit uns kooperiert.«

»Um Strafmilderung zu bekommen?«, fragte Schepanski.

»Das auch. Gleichzeitig will sie, so hat sie es formuliert, etwas wiedergutmachen. Sie hat uns alle Entführungen, an denen sie beteiligt war, gestanden und die weiteren Beteiligten genannt. Darüber hinaus hat sie Vahrenheide schwer belastet. Er ist mit weiteren Superreichen Drahtzieher der Entführungen.«

»Kennt sie denn weitere Hintermänner, und gibt es Beweise für die Beschuldigungen?«, fragte Dürkopp, der nach einer Serviette griff, um sich seine vom Franzbrötchen klebrigen Finger zu säubern.

»Dazu hat sie sich noch nicht geäußert.«

»Aber hier kommt doch sicher Ferdinand Peakock ins Spiel?«, meldete sich Elias zu Wort.

»Genau«, erwiderte Zille. »Er hat bei einer Gegenüberstellung Vahrenheide als denjenigen identifiziert, der die Gesprächsrunde in seinem Bunker, den Peakock übrigens ebenfalls wiedererkannte, vor zwei Jahren geleitet hat. Er konnte zudem anhand eines Fotos Matuschek als Mitglied der illustren Runde benennen. Von den drei weiteren Mitgliedern ist ihm nur in Erinnerung geblieben, dass zwei von ihnen Frauen waren. Eine von ihnen war wahrscheinlich eine Dänin. An Gesichter und Namen konnte er sich leider nicht erinnern.« Zille nahm sich ein weiteres Franzbrötchen. »Peakock hat ein Gedächtnisprotokoll über den Inhalt des Gesprächs, das er mit diesen Leuten geführt hat, erstellt.«

»Wieso konnte er sich so gut daran erinnern?«, fragte Laura Sentrup.

»Weil es seine eigenen Gedanken und Ideen waren«, erklärte Zille. »Anhand dieser Aufzeichnungen wird deutlich, was diese Superreichen geplant haben und weshalb sie genau diese Wissenschaftler entführen ließen.« Zille hob bedauernd die Hände. »Allerdings wissen wir nicht, wo genau sie ihren Survival-Bunker bauen lassen. Nur, dass es in den Bergen sein soll.«

Dürkopp rümpfte die Nase. »Ich habe das Protokoll gelesen. Peakock hat ihnen sehr detailliert aufgezeigt, wie so ein Survival-Bunker funktionieren könnte. Und diese Reichen haben daraus ihren wahnsinnigen Plan entwickelt. Aber ob wir ihnen das nachweisen können?«, fragte Dürkopp skeptisch.

»Hier konnte uns wieder Kiriaki Blumenfeld weiterhelfen, indem sie uns das Passwort für Vahrenheides Computer verraten hat«, sagte Pöppelmann. »Auf dem Computer haben wir die Subskription des Audiomitschnittes von den insgesamt fünf Gesprächen in der Rotunde gefunden. Sie stimmt inhaltlich mit den schriftlichen Aufzeichnungen von Peakock überein.«

»Und es gibt zwei weitere Punkte, mit denen wir Vahrenheides habhaft werden können«, sagte Zille mit einem zufriedenen Gesichtsausdruck. »Zum einen hat er Finn und Greta widerrechtlich in seinem Bunker gefangen gehalten, zum anderen bezeugen Blumenfeld, Finn und Greta, dass er Ben Taylor den Auftrag gegeben hat, die beiden Wissenschaftler zu ermorden.«

»Wie geht es den anderen Wissenschaftlern, die im Kaufmann-Bunker gefangen gehalten wurden?«, fragte Janne, die etwas abwesend wirkte.

Zilles Gesicht verfinsterte sich. »Aus dem medizinischen Bericht geht hervor, dass es Professorin Breitenmacher aus Österreich am schlimmsten erwischt hat. Sie wäre an den Verletzungen, die dieser Ben, also Charles Beastly, ihr zugefügt hatte, gestorben, wenn sie nicht rechtzeitig gerettet worden wäre. Sie hat viel Blut verloren und einige schwere innere Verletzungen erlitten. Die Ärzte sind aber zuversichtlich, dass sie in sechs bis acht Wochen körperlich wieder genesen sein wird. Allerdings ist auch ihre psychische Verfassung nach wie vor sehr kritisch. Wir konnten sie daher bisher noch nicht befragen. Gutowski geht es psychisch auch nicht gut. Aber er hat darauf bestanden, eine Aussage zu machen, und dabei Professor Köhler schwer belastet. Zudem hat er den Engländer der Folter beschuldigt, was von den übrigen Wissenschaftlern bestätigt wurde.«

»Dieser Ben, wie ich ihn der Einfachheit halber weiter nennen will, scheint der Haupttäter zu sein«, sagte Janne. »Er war auch im Schwarzwald und hat im Auftrag von Matuschek die Tochter von Miroslav Eschenbrosch bedroht. Das kann der dänische Arzt aus dem Sanatorium, der Jasmina betreut, bezeugen.« Janne schluckte. »Ich habe ihm übrigens mitgeteilt, dass die Gefahr für Jasmina vorbei ist.«

»Nach Aussagen des niederländischen Professors de Jong und seines Kollegen Meierhuber aus München war Ben Taylor auch an deren Entführungen beteiligt«, ergänzte Pöppelmann. »Leider kann er nicht mehr belangt werden.«

»Wie geht es den beiden jungen Wissenschaftlern?«, fragte Laura Sentrup.

»Bei Finn Tiberius und Greta Villinger konstatieren die Ärzte übereinstimmend eine den Umständen entsprechende gute körperliche und befriedigende seelische Verfassung.« Zille räusperte sich. »Dem kann ich grundsätzlich zustimmen, nachdem ich mit beiden ausführlich gesprochen habe.«

»Wieso geht es ihnen besser als den anderen?«

»Entscheidend hierfür ist die persönliche Disposition«, dozierte Zille. »Sie halten sich für fast unsterblich. Das ist ihrem jugendlichen Alter geschuldet. Weshalb sollten sie also Angst haben? Diese Sicht der Dinge wurde durch das anständige Verhalten von Kiriaki Blumenfeld unterstützt, das sich auch in ihrem mutigen Auftreten in Vahrenheides Bunker zeigte. Dennoch sollte sich vor allem Greta Villinger psychologisch betreuen lassen, um mögliche Spätfolgen zu vermeiden. Sie hat schließlich einen Menschen erschossen, zwar in Notwehr, dennoch«, Zille hob den Zeigefinger, »die Tötung eines Menschen geht nicht spurlos an einem vorüber.«

Schepanski schaute auf die Uhr. »Gibt es sonst noch etwas, was wir wissen sollten?«

Anna meldete sich zu Wort. »Ich habe mich um diese Drohmails gekümmert, die den Wissenschaftlern zugeschickt wurden. Zumindest eine konnten wir ins Institut für Biochemie und Molekularbiologie an der Uni Hamburg zurückverfolgen.

Ich vermute, dass Paula Rudowski dahintersteckt, das können wir aber nicht beweisen. Es würde als Ablenkungsmanöver ins Bild passen, zumal sie an der Entführung von Greta Villinger tatkräftig beteiligt war. Das hat uns Kiriaki Blumenfeld versichert.«

»Damit kann sie ihre akademische Karriere knicken«, stellte Janne lapidar fest.

»Diese Stiftung ›Spirit of Future‹«, Zille fuhr sich durch die Haare, »haben wir etwas aus dem Blick verloren. Die diesbezüglichen Aussagen von Frau Blumenfeld sind sehr vage.«

Elias lächelte, als er antwortete: »Ich habe ein kleines Dossier zusammengestellt, das ich Ihnen, Herr Schepanski, gerne zur Verfügung stelle. Die Stiftung ist zumindest ein Fall fürs Finanzamt.«

Schepanski winkte ab. »Geben Sie es Pöppelmann, der kann es an die Kollegen der Finanzermittlung weitergeben. Aber wir sollten ebenfalls weiterermitteln.« Er machte eine Pause. »Dann danke ich Ihnen allen und berichte Ihnen beizeiten vom Gespräch mit dem Innensenator.«

»Eine Bitte hätte ich noch.« Dürkopp wirkte ein wenig verlegen. »Könnte ich von diesem Meeting bis heute Nachmittag eine Zusammenfassung bekommen? Eine Seite würde reichen.«

Alle blickten entgeistert zu Dürkopp. Bis auf Zille. »Kein Problem«, sagte er spitzbübisch, nahm sich einen Zettel und notierte: »Die Hintermänner waren die üblichen Verdächtigen.«

Pöppelmann und Zillinski gingen nach der Besprechung noch einmal in Pöppelmanns Büro.

»Meinst du, dass die Berichte, die bisher vorliegen, Dürkopp für eine Anklageschrift ausreichen?«, fragte Pöppelmann.

»Das bezweifle ich«, sagte Zille. »Die meisten sind nur vorläufig. Und der entscheidende Bericht, in dem alles zusammengefasst wird –«

»– muss von der Soko kommen. Also von mir«, brummte Pöppelmann enttäuscht.

»Er muss von dir unterschrieben sein.«

»Sag ich doch.«

»Schreiben kann ihn jemand anders.«

»Würdest du –?«

Zille hob abwehrend die Hände. »Um Himmels willen, nein. Aber«, Zille grinste schief, »du gehst doch Ende des Jahres in Rente.«

»Wenn ich bis dahin das Büro aufgeräumt habe.«

»Und dann brauchen wir einen Nachfolger für dich oder, noch besser, eine Nachfolgerin.«

Pöppelmanns Gesichtsausdruck änderte sich. »Du meinst meine Stellvertreterin Laura Sentrup?«

»Dieser Bericht, den sie verfassen würde, wäre doch ein hervorragendes Bewerbungsschreiben.«

Jetzt strahlte Pöppelmann. »Das stimmt.«

Zilles Handy vibrierte. Er schaute aufs Display. »Ich habe gleich einen Termin bei der Soko Tierschutz. Die haben einen Beagle für mich.«

»Echt jetzt? Aus dem Todeslabor?«

»Kommst du mit?«

»Auf jeden Fall.«

71

Am nächsten Morgen kreuzte Zille gegen acht Uhr mit seinem Wildtrak in der Lange Straße 10 auf. Anna wartete mit Janne schon vor der Haustür.

»Ich dachte, du wolltest die Karre stilllegen?«, sagte Janne.

»Eine letzte Fahrt«, erwiderte Zille.

»Ich kann auch allein zum Flughafen fahren.«

»Das weiß ich. Aber ich habe dir versprochen, dich am Flughafen in den Flieger zu setzen und so sicher auf den Weg nach Bhutan zu bringen«, antwortete er. »Das ist das mindeste und leider im Moment auch das Einzige, was ich für dich tun kann.«

Janne nickte und drehte sich zu Anna um. »An dich habe ich noch eine Bitte«, sagte sie mit trauriger Stimme. »Ich bekomme in nächster Zeit ein Paket aus Panker. Die Urne mit der Asche von Miro. Kannst du dafür sorgen, dass sie in den Schwarzwald zu Poul Lund, dem dänischen Arzt, kommt?«

»Mach ich«, antwortete Anna und nahm Janne in den Arm.

»Ich komme wieder«, flüsterte Janne ihr ins Ohr.

»Hamburg wartet auf dich«, erwiderte Anna mit brüchiger Stimme.

Irgendjemand wartet immer, dachte Zille. Dann bellte ein Hund.

»Kommt das Bellen aus deinem Auto?«, fragte Janne.

»Ja, Snoopy ruft. Wir müssen los.«

Als Maja und Elias mit Greta Villinger und Finn Tiberius im Schlepptau mittags am Hamburger Hauptbahnhof ankamen, saß Janne schon im Flugzeug. Die beiden Männer hatten sich entschieden, die Damen nach Wien zu begleiten, wenn auch aus unterschiedlichen Gründen.

Finn hatte aufgrund der Ereignisse der letzten Wochen kein großes Interesse mehr, seine Forschungen in Hamburg weiterzuführen. Deshalb wollte er sich das Institut für Theoretische Chemie an der Universität Wien ansehen. Selbst sein Großvater fand diese Idee gut. Die Wiener hätten einen renommierten Ruf, hatte er seinem Enkel versichert. Zudem hatte Greta Finn angeboten, bei ihr zu wohnen.

Elias wollte in Ruhe das Buch über seine beiden toten Väter schreiben, und zwar die ganze Geschichte. Das konnte er nun endlich tun, auch ohne seine Abmachung mit dem BND-Mitarbeiter und Ex-Agenten Dachhuhn zu brechen, denn dieser war plötzlich einem Herzinfarkt erlegen.

Die vier hatten es sich in einem eigenen Abteil gemütlich gemacht und waren für die lange Fahrt auch kulinarisch bestens gerüstet. Dafür hatte Maja gesorgt. Elias hatte einen Fensterplatz ergattert und schaute sich das Treiben auf dem Bahnsteig an. Dabei fiel ihm ein Mann mit einer Schiebermütze und einer getönten Brille auf, der hektisch herumlief und irgendwie skurril wirkte. Elias wollte Maja gerade auf ihn aufmerksam machen, doch der Zug fuhr in diesem Moment an, und so verlor Elias den Mann aus den Augen.

Epilog

Ferdinand Peakock stand auf einem Bahnsteig am Hamburger Hauptbahnhof. Sein Zug hatte mal wieder Verspätung, und er hasste es, wenn er warten musste. Er lief hektisch auf und ab und kam dabei ins Sinnieren. Er bereute es nicht, den Zukunftskongress besucht zu haben. Sicher, er hätte lieber als Redner an ihm teilgenommen, doch sein Leben als Wissenschaftler und Zukunftsforscher, der sich als »Everybody's Darling« in Talkshows und auf Podiumsdiskussionen bewegte, war vor zwei Jahren abrupt beendet worden. Das hatte er sich zum Teil selbst eingebrockt. In seiner Eitelkeit war er dem Umgarnen eines reichen Thinktanks auf den Leim gegangen. Das hätte er fast mit seinem Leben bezahlt, doch ein Mitglied dieses Thinktanks hatte sich in ihn verliebt und ihn vor seiner Rückreise rechtzeitig gewarnt. So konnte er einen Unfall mit dem Hubschrauber provozieren, den er glücklicherweise überlebt hatte.

Seither war er lange Zeit von dem Gedanken besessen gewesen, das Projekt des Thinktanks zu verhindern, mit seinen Ideen und Visionen einen funktionierenden Survival-Bunker zu errichten. Doch dann trat die Frau, die sich in ihn verliebt hatte, ein zweites Mal in sein Leben. Sie bot ihm die einmalige Chance, etwas Großes zu schaffen, etwas, was seine wissenschaftliche Reputation wiederherstellen würde. Doch dazu musste zunächst etwas Krankes zerstört werden. Und diese Zerstörung hatte gerade wie geplant stattgefunden.

Mitten hinein in seine Gedanken klingelte sein Handy.

»Bist du schon auf dem Weg?«, fragte eine fröhliche Frauenstimme. »Das Wetter ist immer noch phantastisch.«

Eine Durchsage ließ ihn aufatmen. In fünf Minuten sollte sein Zug nach Zürich endlich einfahren. Und dann war er auf dem Weg zu Bärbel oder Uschi, wie sie richtig hieß, und seinem eigenen Survival-Bunker-Projekt. Er konnte sein Glück kaum fassen. Die Chancen standen bestens, das, was schon bald auf die Menschheit zukäme, zu überleben.

Zu guter Letzt

Der dritte Fall meines Hamburger Ermittlertrios hat mich einige schlaflose Nächte gekostet.

Grund dafür waren meine Protagonisten. Wie sehr soll Zille darunter leiden, dass seine Freundin Britta als Europol-Beamtin nun noch weniger Zeit für ihn hat? Wie kommt Janne Bakken mit ihrem Trauma, dass sie alle wichtigen Menschen in ihrem Leben nicht beschützen konnte, zurecht? Elias Hopp, der Mann mit den zwei Vätern. Löst er das Geheimnis um den Tod seines Stiefvaters? Und soll Bernhard Pöppelmann tatsächlich in den wohlverdienten Ruhestand gehen?

All diese Fragen haben mich beschäftigt, am Tag und eben auch nachts. Weil mir diese Figuren ans Herz gewachsen und ein Teil in meinem Lebens geworden sind. Aber letztlich haben sich diese schlaflosen Nächte gelohnt. Ich glaube, dass ich allen gerecht geworden bin. Ich hoffe, liebe Leserinnen und Leser, ihr seht das auch so.

Großen Anteil an dem Ergebnis dieser Überlegungen und an vielen anderen dramaturgischen Entscheidungen hat meine Frau Ines, der ich zu besonderem Dank verpflichtet bin. Auch deshalb, weil sie mich in kritischen und zweifelnden Phasen bei diesem Schreibprozess immer wieder ermutigt und mit ihren Ideen und Vorschlägen auf neue Wege geleitet hat. Die habe ich zwar manchmal auch wieder verlassen, doch der Weg selbst war immer produktiv. Dich an meiner Seite zu haben ist ein großes Glück, liebe Ines.

Danken möchte ich auch den vielen Menschen, die mich bei der Recherche zu diesem Buch unterstützt haben.

Ronald Rossig vom Verein »unter hamburg e. V.«, der mir eine lehrreiche und intensive Führung durch den Kaufmann-Bunker gegeben und mir zudem viele interessante Details zur Hamburger Bunkerlandschaft vermittelt hat. Danke auch an den Verein »Hamburger Unterwelten e. V.«. Die von ihm organisierte Führung durch den Hamburger Atombunker am Steintorwall war sehr beeindruckend und hat mir in Zeiten aktueller Kriege noch einmal deutlich vor Augen geführt, was für ein Verbrechen an der Menschheit kriegerische Auseinandersetzungen sind. Kriege, die weder Lösungen herbeiführen noch zu gewinnen sind, sondern nur Leid bringen.

Ein großer Dank geht auch an meinen Sohn Jasper Hansen, der mir mit seiner naturwissenschaftlichen Expertise viele zukunftsweisende Forschungen erklärt und zudem auch einige Ideen (beziehungsweise Probleme) für das Überleben in Survival-Bunkern beigesteuert hat.

Mögliche Fehler beziehungsweise Abweichungen und Vereinfachungen der realen Abläufe gehen auf meine Kappe, weil ich entweder nicht richtig zugehört oder aus dramaturgischen Gründen Veränderungen vorgenommen habe.

Bedanken möchte ich mich auch bei meiner lieben Kollegin Sabina Naber, die mir Einblicke in das Fluchen auf Wienerisch gegeben hat.

Danke auch wieder an die Mitarbeiterinnen und Mitarbeiter des Emons Verlages für ihre tolle Unterstützung. Ihr seid die Besten.

Und der Beste für mich ist auch mein Lektor Lothar Strüh, der mit seinem professionellen Blick entscheidende Tipps und Ratschläge gegeben hat, um das Buch besser zu machen. Danke dafür.

An vielen der in diesem Roman beschriebenen Technologien wird geforscht, beziehungsweise sie sind schon in der Anwendung. Möglicherweise könnten sie das mehrjährige Überleben in einem Bunker garantieren, inwieweit das wünschenswert ist, sei dahingestellt.

Die erwähnten Bunkeranlagen in der Schweiz und in Hamburg gibt es tatsächlich (und noch viele mehr in Europa). Meiner Phantasie entspringt hingegen, dass der Kaufmann-Bunker verkauft und modernisiert wurde. Er steht unter Denkmalschutz und ist ein Mahnmal für den Wahnsinn und Schrecken der Nazidiktatur und aller autoritären Regime.

Wer mehr über Hamburgs Unterwelt erfahren will:
https://www.unter-hamburg.de/
https://www.hamburgerunterwelten.de/

Leo Hansen
ALSTERNACHT
Broschur, 368 Seiten
ISBN 978-3-7408-1539-4

Die Leichen von vier angesehenen Männern werden nackt und
entstellt an beliebten Hamburger Orten entdeckt. Privatermittler
Dr. Elias Hopp und Ex-Soldatin Janne Bakken suchen gemeinsam
mit LKA-Profiler Zille fieberhaft nach dem Täter und den Motiven
für die bizarre Mordserie. Die Spur führt zu einer Kaufmannsgilde
mit dubiosen Geschäftsbeziehungen ins Ausland, doch ein ent-
scheidendes Detail scheint noch im Verborgenen zu liegen …

»Hochspannend und tiefgründig.«   Hamburger Wochenblatt

www.emons-verlag.de

Leo Hansen
ALSTERSCHATTEN
Broschur, 304 Seiten
ISBN 978-3-7408-1915-6

Hamburg wird von einer brutalen Mordserie erschüttert. Privatermittler Dr. Elias Hopp, Ex-Soldatin Janne Bakken und LKA-Profiler Zillinski arbeiten zusammen, um dem Täter auf die Spur zu kommen. Der Schluss liegt nahe, dass ein Psychopath sein Unwesen treibt. Doch um das perfide Spiel tatsächlich zu durchschauen, müssen die drei ihr ganzes Können aufbringen. Eine Informantin aus der Szene der »Neuen Rechten« bringt die Ermittler auf eine heiße Spur. Viel Zeit bleibt ihnen allerdings nicht, denn unter der Oberfläche ziehen gefährliche Gegner ihre Fäden.

»Eine faszinierende Story, die die Verwicklungen junger Menschen in eine rechtsradikale Organisation überzeugend nachzeichnet.«
Buch-Magazin

www.emons-verlag.de